U0607588

大方

sight

无名指

李陀 著

A Novel
by Li Tuo

中信出版集团 · 北京

图书在版编目（CIP）数据

无名指 / 李陀著 . -- 北京：中信出版社，2018.8
ISBN 978-7-5086-9081-0

Ⅰ. ① 无… Ⅱ. ① 李… Ⅲ . ①长篇小说 – 中国 – 当代
Ⅳ . ① I247.5

中国版本图书馆 CIP 数据核字（2018）第 111766 号

无名指

著　　者：李陀
出版发行：中信出版集团股份有限公司
（北京市朝阳区惠新东街甲 4 号富盛大厦 2 座　邮编　100029）
承 印 者：上海盛通时代印刷有限公司

开　　本：880mm × 1230mm　1/32　　印　　张：13.5　　字　　数：220 千字
版　　次：2018 年 8 月第 1 版　　印　　次：2018 年 8 月第 1 次印刷
广告经营许可证：京朝工商广字第 8087 号
书　　号：ISBN 978-7-5086-9081-0
定　　价：68.00 元

图书策划：活字文化 Moveable Type

- 1 -

窗玻璃上流淌着一条条水迹。

今天的雨完全是乱下一气，一会儿雨疏风骤，一会儿淅淅沥沥，从早到晚，颠三倒四，喜怒无常。

打开音响，我挑了一张艾拉·菲茨杰拉德的唱碟，让她的歌声缓缓升起——三年前，我花了很多时间挑选、制作了一套CD，几乎把我最喜欢的所有爵士乐，都集在了一起，菲茨杰拉德也在其中。她的声音无论什么时候，都像在朵朵白云之间缓缓流动的阳光，有些耀眼，可是舒服，你闭起眼睛，马上就能感受一种流布全身的暖和。

Now you say you're lonely
You cried the long night through
Well, you can cry me a river, cry me a river
I cried a river over you
Now you say you're sorry
For being so untrue
Well, you can cry me a river, cry me a river

I cried, cried, cried a river over you

歌声刚刚升起，手机响了。

是谁？

我不太情愿地拿起手机。

“请问大宝在吗？”

“在——当然在！”

“二宝也在吗？”

“当然也在啊。”

“那我是先和大宝说话，还是和二宝说话？”

这个带着笑意又清凉的声音，一下让我回到半年前一个宁静的黄昏。

那是在九寨沟。

我费了很大的劲，才找借口和朋友们分了手，终于自己一个人在珍珠滩左近游逛起来。那帮小子一定正在着急，不停地瞎猜，到底是在什么时候把我给“丢”了。我可不管，尽情享受一个人独行的乐趣。

天色有点暗了，四周寂寂，空无一人，只有红黄相间的秋叶在远山上妩媚，让我一下子想起马松的诗：我与花平分秋色，一灿一烂。

重新回到紧贴着水面、用长长的圆木铺成的小路上，我不慌不忙地领会珍珠滩的美景。

半个钟头前，我在这路上已经走过一次，可是扫兴，同行的这帮人一边吵吵闹闹地嚷着“真美呀！”“好漂亮哦！”一边马不停蹄地往前赶，好像那“真美”不是在他们的脚下，是在前边什么地方——珍珠滩就这样被冲过去了。这等于遇到了一个顶级美人儿，可是匆匆交臂，只能倾慕于一瞥之间，连回头再看一眼都来不及。现在好了，我独自与美人相处，或并肩，或携手，同行同止，相看两不厌。淡淡的暮色里，伴随着清扬的流水声，珍珠滩显得分外婀娜。目力所及，前后左右，四面八方，到处是流水在浅滩上激起的银色浪花，犹如瞬开瞬谢的千万朵白菊。

太神奇了，眼前一片花海，这海里的每一朵水菊花都霎间即逝，又霎间即生，生生灭灭，无止无休，虚无飘渺，又实实在在。

为什么这种霎间生灭这么吸引人？

我正对着珍珠滩的流水发呆，有人忽然出现在我面前。

这是个身材高挑的女孩，手里提着鞋，赤着足，正站在水波中间，低着头看那些白色的水菊花怎么在她的小腿四周绽放、流逝。我不由得大吃一惊，立刻跑过去："小孩儿！你怎么在水里走？快上来！"

这时候我才看清楚，蹚水的女孩子年纪不像我想象的那么小，上身穿蓝白条纹相间的紧身T恤，外边还套了件牛仔小马甲，背着一个米色双肩包，一副太阳镜高高顶在头上，下身是一条牛仔裤，可是裤腿高高地挽起来，修长的腿上挂满了晶莹的水珠，在斜阳里闪闪发光。

我的叫声吓了她一跳，但是脸上惊惶的表情很快变成一种蛮横："谁是小孩儿？你叫什么呀？吓人！"

夕照之下，女孩全身明亮，表情虽然蛮横，可是嗓音里融合着一种很柔和的低音，很好听。

"这是自然保护区，禁止人下水，知道不知道？"

"我刚下来，就洗洗脚，大惊小怪！"

"什么洗洗脚，快上来！"

“你厉害什么呀？我——”

“别废话，快上来。”

“你管得着吗？就不上去，你怎么着？！”

“怎么着？罚款！”

“罚款，你是干什么的？”

“我是这儿的管理人员！你不听劝阻，罚你！”

“不就是罚钱吗？说，罚多少？”

“你这是什么态度？”

“别废话，说，罚多少？”

我和周璎就是这么认识的。

不过，这次的邂逅和争吵，有了一个我们万万没有想到的结局——先是在餐馆不期而遇，相视一笑，然后凑到一张桌上，一起吃晚饭，再后来，差不多十二点多的时候，两个人已经睡到了一张床上。再以后，是我过去从来没有过的一个经验：在连续几个小时汗水淋淋的啪啪啪过程里，每当我想停下来，来一点抒情的时候，周璎总是啪一声拍一下我的屁股说：“别废话！”她还时不时用手拨弄一下我那总是雄赳赳的JJ，然后夸上一句：“真是个好宝贝！”接着又说：“你也是宝贝——一个是大宝贝，一个是二宝贝！”结果，她和大宝贝、二宝贝在第二天都起不了床，不吃不喝，昏天黑地睡了大半天。

一个多星期前，周璎去芝加哥参加一个未来城市绿色发展问题的论坛，通过一次电话以后就杳无音信。所以，现在听到了她的声音，我真是高兴。

“这些天过得怎么样？”

“还行吧，活动太多，没什么意思。”

周璎的情绪不太好。

“喂！怎么这么说？你去的地方是芝加哥！那可是蓝调的大本营——”

“是啊，跑了好几处酒吧了。几个乐队都很棒，还和两个黑人喝了酒，一个是钢琴手，一个吹萨克斯，俩人轮流上去演奏，再轮流下来喝酒。”

“你还和人家喝酒！”

“是啊，那感觉，棒极了。”

周璎的声音亮了一点，不再那么黯淡。这是她的一个习惯，情绪不好的时候，嗓音里的一股柔和但是低沉的音色就亮起来，还很好听，反过来，如果心情好，这个声部就低落，好像四重奏中的大提琴飘然下落，孤独地滑向了 C 弦。最近，好一阵了，她一直这样，即使在嬉笑的时候，我也能在她的眼睛里看见一丝暗影，像一层郁闷的雾气。我本来还希望这次美国之行能让她换个心情，看来不一定行。

“什么很棒？是人还是音乐？”

“你嫉妒了？告诉你，音乐当然棒，人更棒，你不知道那两个黑哥们儿多棒，多帅。”

我当然嫉妒，可是当然不能承认。

“这有什么可嫉妒的？不就一块儿喝酒嘛。”

“这还差不多。可惜，我明天去纽约，要是九月那时候还在这儿，就能赶上在 Grand Park 举行的爵士音乐节，那才棒！”

手机已经寂然无声。

可我为什么还一直盯着它？

周璎说她还要在美国待一阵，因为她所在的团队还要走几个城市，考察老美的城市商业网点的规划和布局，然后她还要去洛杉矶看看她的母亲——这可不太寻常。周璎的父母早就离婚了，而且离婚以后两人双双出国，把她放在国内由姥爷抚养，后来周璎母亲又把她接到美国读大学，读博，可是周璎还是和姥爷亲，总是说，什么父母恩？她只有姥爷恩。所以，她和父亲母亲的关系从来不好，平时几乎不怎么来往，偶尔来往还发生冲突，然后周璎会情绪低落，很长时间云浓水暗。

现在她突然要去专门看母亲，怎么回事？

- 2 -

窗外依旧雨潺潺。

房间里一下子静下来，静得发闷。

时不时，带着一声爆响，就有一个大雨点砸到水汽蒙蒙的玻璃上，活像一只大飞蛾想到屋子里躲雨，不想撞了个粉身碎骨，爆成一朵透明的水花。

调节一下按钮，我让菲茨杰拉德的歌声重新响起。

灰暗阴沉的房间霎时间明亮了起来。

肯德基外卖来了：十二个香辣鸡翅，再加一杯百事可乐——我的晚饭。为了我酷爱肯德基的香辣鸡翅，周璎好多次批评我粗鄙，说每次请我到餐馆吃饭都后悔，可惜那些好吃的东西。我对她说，这个没办法，有些东西是与生俱来的，比如每个人走路都有自己特别的姿势，不论好看难看，那是改不掉的。粗鄙这东西也一样，难改。她对我这些谬论嗤之以鼻，根本不屑于和我争论。

刚吃完第五个鸡翅，门铃响了，带着一股幽幽的湿气，我刚放下手里的鸡翅，门铃又急促地响了起来。

来的是什么人?

打开门，一股寒气迎面扑来，我不由得打了个冷战。

来人是个大高个子，西装笔挺，派头十足。奇怪的是，这人身上没一点湿，连贼亮的皮鞋上都没一点水迹，亮亮的鞋头在门口的灯影中闪着银光，很神气。只是客人的脸高高浮在暗影里，模模糊糊，一双眼睛就在这一片模糊中瞪着我，闪闪发亮。

“你是杨博奇？”

“我是，先生找我有事？”

暗影中的眼睛更亮了，能觉得出来，那光芒中有股刺人的怀疑，还有点儿轻蔑。

大概楼道里有个窗子没关上，一阵带着雨意的冷风飒飒吹来。

我板着脸，一声不出。

“你是心理医生？”

到底是他先张了口。

“我是心理医生，这是我诊所。”

我门口旁边的墙上有一块牌子，那牌子是黄铜做的，上边一排是黑体隶书，另一排是花体的英文字，隶书字大，英文字小，内容都一样：杨博奇博士心理诊所。这位大个子客人一定看过这牌子了，但是此刻他又瞥了一眼，好像要鉴定这牌子是不是水货。

我把门一带，用送客的口气说：

“先生到底有没有事？”

我想尽快把这不速之客打发走，回去吃我的鸡翅，不料大个子说：“我先参观参观你这诊所，行吧？”

没等我回答，这家伙已经挤了过来。

他刚向前一跨步，一股冷冷清清的酒气先重重地压到我头上，然后是宽宽的胸膛和肚子。大个子进了房间，先在几平米大小的门厅里站下，迅速地打量了一下，然后也不得到我的允许，就几步走了进来，接待室，咨询室，还差点进了我的卧室——这小子好无礼。

“听说，你这诊所开门不久？”

“对，不久。”

大个子不再说话，拿出一个金灿灿的打火机，啪地打出一个长长的火苗，点燃了手里的烟，深深吸了一口，然后走到我办公桌旁边一个小沙发跟前，一屁股坐下。

“你是在美国念的博士？”

我的回答再简略不过，只有三个字：“不像吗？”

大个子皱了下眉，两眼霎时变成两把闪光的锥子，不过，这就是一刹那，接着是一丝笑容在他脸上漾开，两把锥子也在这几乎看不见的笑里熔化了，一下子无影无踪。他调整了一下坐的姿势，又吸了口烟，忽然换了种带点亲切的口气说：“我是病急乱投医。”由于带着东北口音，这家伙说起话来语调很硬棒，所以此刻这突如其来的亲切，也还是硬梆梆的，“不瞒你老兄说，我早听说有心理医生这么回事，一直不大信。人家告诉我，心理医生专治心理病，啥是心理病？我想，也就是心病吧？可人的心病也能治？——今天路过你这儿，就进来看一看，提着猪头找庙，试试。”

“先生，现在是我下班时间。如果你需要咨询，需要事先预约。”

“还要预约？”

“对，现在我是下班时间。”

“可我已经来了，例外一下，行吧？”

大个子把身体用力往后一靠，喷了口烟，一串灰蓝的烟圈带着明显的讥讽在空中慢慢飘散。

我没有回答大个子的问题，而是反问过去：“先生，我能不能问一句，你是做什么的？一定是位老板吧？”

从对方的反应里，我知道自己猜对了。果然，大个子笑了，一双精光四射的眼睛眯了起来：“行，杨博士，还真有两下。告诉你，我手底下有公司，规模还不能说很大，可也不算小。”

果然是个老板。

“请问贵姓？”

“免贵，我姓金——金兆山。”

“金老板，你进来，说是参观——现在参观完了吧？我这诊所普普通通，没什么可看。”

大个子大概对我的逐客令有点不快，皱着眉看看雨珠四溅的玻璃窗子，没有马上说话。

我真的不耐烦了，得马上赶他走。

我开始想念我的香辣鸡翅，还有七个没吃呢。

- 3 -

正在这时候，突然有人敲门，声不大，可是很坚决。我过去开了门，是一个被雨水淋得半湿的矮胖子，一脸麻子，灰白的寸头，眼睛似乎睁不开，有如两条细缝。这人的身上、脸上，甚至一举一动里，都有股让人想起屠夫的腥气和霸气，很是瘆人，可是他的眼光刚一和大个子相接，马上散乱起来，一丝慌乱在脸上一闪即逝。

“老板，王颐在门外，他非要进来见你。”

大个子的脸一下沉下来：“他怎么知道我在这儿？”

“他到‘金太阳’找你，没找着，一下看见你的车了。”

“告诉他，我没工夫。”

矮胖子犹豫了一下：“他闹得厉害。”

“没工夫！”

“是。”

矮胖子应了一声，转身向门外走——从他的转身姿势和步伐来看，他肯定当过兵。

我刚要把眼光收回来转向我的阔佬客人，不料一个人趁胖子开门那一瞬，一下闯了进来，可是还没等我看清楚来的是什么人，胖子一个熟练的擒拿动作，已经用左手把来人一把抓住，又一下子把这人扔出了门外，自己也一下闪了出去。那动作太麻利了，从人闯进来，到房门嘭一声关上，前后大约也就一两秒，我几乎看花了眼，以为是现实版的成龙功夫片。可是，来人虽然被扔到门外，他的叫喊却隐隐约约传了进来：

“金总！金总！”

这人的叫声并不很高，带着一点儿南方腔，但是嗓音里有一种很响亮的金属音，让人不舒服。我刚要对大个子说，他公司里的事可不能在我的办公室闹，这位金老板已经抢在我前边发了一声断喝：

“让他进来！”

不等我有任何反应，门一响，胖子已经把那人又带了进来。

“金总，给我一个机会！”

这次我把来人看清楚了，是个俗话说的那种小白脸，眼睛、嘴、脖子都带股女气，特别是嘴唇，不单唇红齿白，而且又红又艳，富于表情。

矮胖子没有把房门关严，一股凉气伴随着阵阵风雨声不请自来，屋子里一下子充满了冷意。

我本来要对大个子说，这是诊所，请他们马上出去，可这张风情万种的脸引起了我的好奇，于是忍住了，且看这热闹到底是怎么回事。

“机会？你要什么机会？”

小白脸从胖子的大手里用力挣脱出来，急急地向大个子跨了一步：“金总！我错了，这是我的检讨书——”小白脸从已经被雨淋得几乎湿透了的西服上装的口袋里掏出一叠纸，恭恭敬敬地用双手放在大个子的桌前。

“金总，你说过，知错改错就是好同志——”

大个子突然笑了起来：“好同志？你？一会儿猫脸，一会儿狗脸，曹胖子，你说，这样的人能是好同志？”

大个子站起身，上前两步，一边扔给矮胖子一支烟，一边问。原来这矮胖子姓曹。可曹胖子笑了笑没说话，慢慢点上烟，深深吸了一口，过了足足有半分钟，才见两股浓浓的烟雾从他鼻子孔里缓缓冒了出来，绵绵不绝。

他准是个大烟鬼。

“金总，我——”

“王博士，你嫖娼，你包二奶，都跟公司没关系，你有人权，有隐私权，谁也管不着；可说起好同志，今天咱们要认真一下——”

原来小白脸还是个博士。

“金总，我——”

这句话还没有落地，一个湿淋淋的女人伴随着一声刺耳的尖叫破门而入，直扑向小白脸博士。我刚想上去拦住，不料这女人突然又一个急刹车，迅速瞥了金兆山一眼，然后定定地站在小白脸的面前，不动，也不说话，像一座泥塑，一串串的水珠从她脸上滚滚落下。

屋子里没人说话，只听得风声雨声从大开的屋门里流进来，又流出去。

大个子似乎也觉意外，他愣了一下，然后兴趣盎然地在这女人和小白脸之间看来看去，一声不出。曹胖子依然不慌不忙地吸着烟，脸向着窗子，好像在欣赏雨景。

小白脸在女人的凝视之下，脸色越发惨白，那是真正的雪白，比雪还白。又一个突然，在一声清脆的响声里，浑身湿透的女人飞快地打了小白脸一记耳光，打得非常熟练，好像是专门练过这手功夫。一霎间，我想冲上去拦一拦——这是我的诊所，不能由着不明不白的人在我这里打架闹事。

不想这时候大个子站了起来，对我笑了笑说：“咱们别管闲事，杨博士，过两天我再来找你，我的事还没完。”他一边说一边往门外走，话说完，人也走出了门外，曹胖子也像影子一样跟了出去。我还没来得及说什么，小白脸一跃而起，叫了一声“金总！”就飞出门去，那个女人愣了一下，低声骂了句什么，也跟着飞身出门，在跨出门那一瞬间，还把我的房门咣的一声关上，整个房间都颤了几颤。

房间里又静了下来。

骤起的暴雨把窗子敲得叮当响，一阵密，一阵疏。

不过，刚才在我房间里发生的那一幕戏，好像还不太愿意落幕——隔着窗子，我看见小白脸和打小白脸嘴巴的女人一前一后追上了金老板，就站在人行道上争着和他说话。大个子老板站在曹胖子撑开的一把大黑伞之下，只听了几句，就转身进了路边一辆黑色轿车。曹胖子收起伞，一个转身也麻利地钻进车里，很快起动了车子。不到十秒钟，这辆黑车就完全消失在雨雾和车流之中。

当我转过头再关心小白脸和那个女人的时候，才发现刚才演出的那场戏，正好进入好莱坞影片的结尾之前的那种绝不能少的小高潮：两个人争执了几句，女人又开始打耳光，还是左右开弓，让我惊讶的是，小白脸竟由着女人打，打一下，说几句，不躲不闪，一动不动。这场结尾戏坚持了大约三四分钟才终于收场。最后还是小白脸拉起女人的手，一起往不远的十字路口跑过去，很快转过弯，也终于没了踪影。

透过水迹斑斑的玻璃，远近的灯火冷冷清清，唯有对面楼顶上的“金太阳俱乐部”几个霓虹灯大字，依然闪着刺眼的红光。

-4-

早晨起来，我一边喝咖啡，一边给华森打电话。

他是我的铁哥们——不是一般的朋友，如果你有机会和一个人结伴，一起背着背包在北美流浪，一起跑了上几千里的路，你才能明白，说他是我的铁哥们，那是什么意思。

是赵苒苒接的电话：“什么事？这么早就来电话？”从电话

听筒里可以听到盘子和碗叮叮当当碰撞的声音，赵苒苒肯定是在厨房里做早饭。不等我说什么，赵苒苒就喊起来："喂，花子！你那一半的电话！"

"花子"是华森外号。在大学的时候，华森读书之勤奋和他生活之邋遢同样闻名，有一次，系主任在会上非常生气地批评："我们系里有个同学很'现代派'，可是不讲卫生，衣服从来不洗，一星期才洗一次脸，刷一次牙，特别是，他吃饭用的饭盒——一学期才洗一次！这还像大学生？简直是叫花子！"系主任没有点名，但是大家都知道是在说华森，于是上百双眼睛齐刷刷一起向他扫过去，谁知道人家一点不在意，一脸笑容，神采奕奕，由于平日就是一身的超级"混搭"，被四五层灰白相间的脏领子包围的脖子这时候还特意伸了出来，头抬得很高，又特意扬了扬手里的饭盒，把里面的勺子摇得啪啪乱响，以证明系主任所言不虚，千真万确。从那以后，华森就以"花子"扬名立万。不但如此，还有一些女同学主动去帮他洗被褥和衣服，这更让他有了"红袖添香夜读书"的名声，一时名动江湖。

至于"一半儿"，是赵苒苒的一贯看法：华森的"那一半"不是她，而是我。不过，她对我的这个"一半儿"地位从来不反感，似乎觉得理所当然，非此不可。这从下边的事实里得到了多次验证：只要我有几天不到他们家吃饭，苒苒就一定打电话叫我过去，这意味着她会下厨做一顿好饭好菜，名义是给我这光棍儿"补一补"。

华森大概是刚刚醒来："什么事？"

我向他仔细介绍了昨天晚上发生在我诊所里的一幕幕精彩的戏：大个子金老板，小白脸，黑胖子保镖，还有打耳光很有一手的那个女人。

"那个老板叫什么名字？"

“姓金，叫金兆山。”

“一条大黑鱼，你得下钩儿，把他钓住。”

“这小子讨厌，神气活现——”

“怎么神气活现？”

“到我的诊所，还带一个保镖。”

“第一次见？”

“第一次。”

“少见多怪！去年到沈阳开会，住一家酒店，晚上八点多钟，我和几个朋友正要出门吃饭，忽然一个老板带十几个保镖前呼后拥闯进来，黑乎乎一片，你猜他干什么？原来是让一个小男孩儿在酒店大堂里砸东西，那孩子顶多十一二岁，简直是小疯子，手里提着个垒球棒，见什么砸什么，两米高的十八罗汉落地大瓷瓶，这小子一下一个，稀里哗啦，粉粉碎！那个老板还站在大厅里喊：‘好侄子，砸得好，痛快！接着砸！看谁敢拦着？’我当时以为自己是穿越，不小心一头碰上了Godfather，兴奋得不得了——”

华森说得正兴致勃勃，被苒苒一下子打断了。

他上午还要去参加一个有关十八世纪中国和欧洲贸易史的学术研讨会，不得不放下电话去洗漱，但是放下电话之前，他特别提高了嗓门警告说：“喂，开了诊所，那就要赚钱，特别是要赚金兆山这种人的钱，明白不明白？”

“明白，赚钱。”

“抓住机会！别老是晕头转向。”

我能成为华森的“另一半”，决不偶然。

我喜欢他，他身上有股鲜活劲儿，“鲜活”这个词一般都是在菜市场形容活鱼活虾，用这个词形容一个人，其实不恰当，有点滑稽，可是无论什么时候，什么地方，只要有华森，他不用费劲，周围的气氛能一下子有风有雨、又鲜又活。我见他第一面，是开学第一天，全宿舍的人围住他，听他讲欧洲老贵族“炫富”的故事：一七一七年那阵子，萨克森选侯奥古斯都二世做了一单让他永垂青史的大生意——用最英武的六百名龙骑兵和普鲁士国王交换一百二十七件康熙老皇上在位时候出产的瓷器，为此，他一下子就成了当年老欧洲老贵族里最拉风的明星财主；不但如此，这老财主的女儿还爱上了这队龙骑兵的队长，由是又生出一段德国版罗密欧与朱丽叶的香艳故事，等等等等。华森爱读书，一向多而杂，读之后又喜欢说，说书——喜欢把从书里读来的东西，或者任意褒贬，或者任意发挥，变成曲折动听的故事，他还常常兴致大发，讲着讲着就开始胡编乱造，比如说奥古斯都二世的女儿和龙骑兵队长那一段朱罗式的浪漫爱情，就是他当场即兴创造的一个桥段，“要不然就不够味儿嘛！”他后来和我这么解释的时候，居然一脸正经，一点不害臊。

从小时候起，我就很独，日常里不喜欢和人打交道，不喜欢聚会聊天，不喜欢一群人凑在一起高谈阔论，不喜欢和陌生人一起吃饭，尤其不喜欢参加 party，——一想到我不能不说话，不能表现出不耐烦，不能不客气地打断我对面某个人的滔滔蠢话，我就退缩，退避，退让，尽可能减少日常交往。可是华森除外，他的话多我不反感，连他经常没完没了的胡说八道我也都能容忍——这是怎么回事？我问自己，答案是：这小子透明——一种快乐的透明，这不但让我喜欢，还让我感动——说感动其实不是很合适，可我不知道怎么形容才合适。所以，认真说起来，我的性格不是很适合心理咨询这个行当。华森总为这个嘲弄我，说我骨子里是个自虐狂——我越喜欢什么，就越不去做什么，而我特别喜欢做的，却偏偏不去做。

“你这人太拧巴，你是个拧巴人。”

这样的话华森说过很多次。

每次他笑嘻嘻地用烟斗指着我说这样的话的时候，我其实心里都不太舒服，不过我并不计较，每次都沉默以对。

- 5 -

这人叫胡大乐，已经是第二次到我的诊室来了。

看来今天我比较成功，在我们谈了大概十分钟之后，他开始没有顾忌地说心里话。而且，出我意料，他很能说，说话声音还很大，很洪亮，好像肚子里装了一个共鸣箱。这声音和他胖胖的身体，阔大的国字脸，额头下一对生动的八字眉都十分相配，它们总是协调一致，一起来表达胡大乐的情绪变化，一会儿愤愤不平，一会儿满腔幽怨。

“我今年四十一。听说在国外，人到五十岁，算中年，可是，我怎么觉得自己已经老了？”

“胡先生，你这是一种错觉，我看你一点不老，正当壮年。”

胡大乐的八字眉惊奇地向水平方向做了个直立运动，可是立刻又落了下来：“杨医生，你这是安慰我。这一年多，我血压高了，跑几步就气喘，还吸氧。杨医生，才四十一岁，就成老头儿了，这是不是有点悲剧？啊？”

“胡先生，你觉得自己老了，还有什么明显的，和过去不一样的变化吗？能不能和我说说？”

胡大乐犹豫了一下，把声音放低：“有，当然有变化。”

“能和我说说吗？”

胡大乐垂下头，避开我的眼睛。

“有什么话不好说吗？”

听了我这句话，胡大乐的胖脸上突然一片灰暗，张了张嘴，不过到底没有说话。

“唉，难以启齿。”

“胡先生，到我这里来，无论什么话，都可以说。”我开始鼓励他，口气尽量轻松，“我们第一次见面的时候，我就已经说明了，你的隐私一定会得到保护，你放心。”

胡大乐眉峰上愁云滚滚，眼色中惨雾苒苒，这人一定遇到了很大的麻烦。

“是不是婚姻方面出了问题？”

犹豫了一下，胡大乐又重复了一句：“唉，难以启齿。”

“是不是性生活方面，有什么不满意的地方？”

胡大乐突然满脸通红，八字眉斗在了一起，又深深埋下了头，于是我看见连他胖胖的脖颈也都发红了。

“我不知道怎么说。”

“没关系，我们慢慢来，可以先说点别的。”

胡大乐脸上闪过一道好像得救一样的兴奋表情，可立刻又愁眉苦脸起来：“杨医生，是这方面的事，可又不全是，就是说，问题起因不是我自己，是另外的事。”

“那是什么事情？”

“杨医生，你大概万想不到，这事情——这事情和说黄段子有关系。”

“黄段子？”

“还得从头说起。有一天，我们公司老总找我——我还以为要给我发红包，唉，做梦！原来老总交代给我一个特别的任务，什么任务？杨医生，你猜是什么任务？你肯定猜不出来——是让我学会说黄色笑话！老总说，你作为财务部门的经理，不会说黄色笑话，怎么和公司其他部门打交道？怎么和客户和政府部门应酬？”

世界上还有这样的公司老总？我好奇起来：“那你怎么办呢？”

“我怎么办？我还能怎么办？”

我开始从内心里同情他。

“我怎么办？我能和老板拧着吗？我学！可怎么学？我上哪儿去找老师？谁想，老总听见我发牢骚——也不知道是谁给汇报上去了——马上就给我派来一个老师！老师是谁？是我手下一个刚进公司的大学生！上第一堂课，他一口气给我说了十个黄色笑话，一个比一个黄，不瞒你说，我听得浑身冒汗。杨医生，你说现在这大学生是怎么回事？”

“这样的大学生恐怕是个别的吧？”

“杨医生，你这是不了解情况。现在饭桌上，不论是当官的，还是做生意的，里头都少不了学者、博士。白领不用说，还有银领、金领——将来一定还有珍珠领！——西装笔挺，人模人样，不少人还自认是‘贵族’，可是只要酒过三巡，全是不堪入耳的黄笑话，无黄不成席！”

胡大乐越说越气愤，额头上又渗出一层细细的汗珠，倒挂的八字眉一动一动，两条眉好像要各奔一方。

看他情绪越来越激动，我本来想做些劝导，转移一下话题，不过想到这样发泄一下有好处，就没有说什么，只给他的杯子里添了些矿泉水。

“杨医生，你觉得这事荒唐吧？可后边还有更荒唐的！”胡大乐喝了口水，尽量让自己平静一些，然后又说起来，“不知道怎么的，我学黄段子的消息就传开了，一到喝咖啡休息的时间，一群公司里的年轻人就都凑到我的办公室来，说是给我一个机会，让我实习。”

我觉得这是把他的激动情绪引到另一个方向的机会：“年轻人恐怕还是好意——”

“是好意，可我的办公室落了一个外号：‘特设扫黄盲办公室’，还有简称，‘特黄办’！”

我差一点笑起来，好不容易才忍住了。

“他们扫我这‘黄盲’，可是，第一，我老是记不住，第二，有不少笑话，我根本就听不懂！”

“怎么会听不懂？这类笑话都很简单啊！”

我真的好奇了。

“真是听不懂！”

胡大乐看看我，聚精会神想了一下，然后说：“比如，有这么一个段子：一位年轻的女法官正在审理一件强奸案，犯人是个男的，女法官说：你怎么被强奸的？仔细描述，被害人就说了：嫌犯溜进我家里，用刀子威胁我，让我脱光衣服，要求我给他吹喇叭。女法官就问：吹喇叭？那是什么样子的喇叭？想不到这一问把被害人问住了，半天说不上来，来回支吾：那个喇叭，那个喇叭，不是一般的喇叭，是不能吹的喇叭。女法官听他这样说，很生气，就说：喇叭就是喇叭，有什么一般不一般的？把嫌犯用的喇叭呈上来，本法官要仔细检查！——杨医生，说到这儿，他们都笑起来，还笑得前仰后合。可我不明白，这有什么可笑的？就是现在，我也不明白其中有什么可笑的！杨医生，你听过这笑话吗？能告诉我，这笑话到底是哪儿可笑吗？”

“胡先生，这里说的‘吹喇叭’不是真的吹喇叭，在这儿它是个比喻。”

“比喻？”

“这里的喇叭不是喇叭，是用喇叭代替另一种不便说出口的东西，是一种委婉的说法。”

“那到底是什么意思？”

“是指一种性行为，指口交。”

“性行为？口交？”

胡大乐刚刚退了红潮的大方脸，这时候又渐渐胀得通红，而且呼吸急促。

“可是，可是那两个人都是男人。”

“那个犯人一定是同性恋。”

“同，同性恋？”

八字眉倒竖，胡大乐结巴起来。

“这么说，这么说——这喇叭是指——”

“是指男性生殖器，确切一点儿，是指阴茎。”我想，还是给他说清楚更好，“这类性爱方式也就是平常说的口交，其实无论同性还是异性，用这方法做爱的人很多，很普遍。”

“很，很多，还很普遍？”胡大乐结巴得更厉害了。

“对，很普遍。”

听了我这句回答，胡大乐的脸色开始由红转青，眼睛里一片迷茫。

“恶心！”

胡大乐嘟囔出这么两个字，一脸的阴霾越发黑暗。

“恶心！”

胡大乐离开之后，这两个字像无止无休的回声，总在我耳边绕来绕去——我想起了洛根丁，他和胡大乐一样，也觉得周围的生活恶心，可是，洛根丁的身上叠印着一个萨特，一个大哲学家，胡大乐身上叠印着什么？一个大老板——恶心，都是恶心，两个人的感觉和理由一样吗？不一样，两回事。

可毕竟恶心就是恶心。

恶心——有谁关心胡大乐的恶心？

- 6 -

“有意思。又是雨夜，又是神秘客，简直像侦探小说嘛。”

华森一边说，一边慢条斯理地往烟斗里装烟丝，可是一举一动都让我觉得别扭，有点儿做作。

在美国读博那些年，哪儿哪儿都不准许吸烟，这小子的烟瘾一发作，就死去活来，生不如死——一个人逛大街，不巧尿急万分，可怎么也找不到一家麦当劳，那差不多就是他的标准像。为这个，苒苒经常讽刺他：“人家是神仙日子，不腾云驾雾怎么活？”讽刺归讽刺，她可从来没有反对丈夫吸烟。今年去英国旅游，正好赶上了情人节，苒苒专门为华森带回来一个爱尔兰出产的 Peterson 牌的新烟斗，送给丈夫作情人节的礼物。从那以后，这支烟斗就成了华森的最爱。除了它隐喻着妻子对他吸烟的全力支持，还因为这 Peterson 牌烟斗有个说法——“the Thinking Man's Pipe”。

“这个金老板找我，干什么？有点奇怪。”

“是有点奇怪，”华森用火柴点燃了烟斗，长长吸了一口烟，又用手把吐出来的烟雾向四处赶，可是那些蓝色的轻烟对他非常依恋，散而复聚，缭绕不去，“不过，他不是说提着猪头找庙嘛，也许他有抑郁症。”

“这种人能有抑郁症？”

“看你说话这口气，‘这种人’——你嫉妒。”

“嫉妒？我嫉妒一个老板？”

“潜意识——心理学常识。”

“别胡扯。”

“你潜意识里嫉妒，所以你不能正确看金兆山这人。”

“好吧，我暂时不嫉妒，金兆山是个什么人？”

“你愿意听？”华森得意起来。

这家伙一笑，脸上的笑容就像湖面上漾起的涟漪，很诗意地向周围扩散，还绕过耳朵，向他胖嘟嘟的后脑勺儿漾了过去，然后在那一带隐没。可是，此刻他收起笑容，表情一下子郑重起来。

“需要有点想象力，伙计。”

“你到底想说什么？”

“好，我说，你别打断我。”华森吸了两口烟，开始酝酿情绪，烟雾里，一双眼睛一眨一眨地发亮，“这个金兆山，傻大黑粗，你看不上人家，可你想过没有？这样一个人在你的小诊所现身，这是什么意思？”

“什么意思？”

“什么意思？重演，历史重演，是十七、十八世纪欧洲故事在中国的重演——要是没有一帮资产阶级，一帮巴尔扎克小说里的暴发户，没有他们拼命模仿，二百多年里照着欧洲老贵族们那样穷奢极欲，声色犬马，锦衣美食，极尽奢靡，能有现代欧洲吗？能有现代社会吗？今天，就是重复，老故事又来了，千千万万个金兆山，今天正干着当年欧洲资产阶级一模一样的事儿，一模一样！重复！是他们，教会了中国人奢侈，是他们，让中国人明白，奢侈不奢侈不是一个道德的选项，那是现代生活——你不能不奢侈，今天不奢侈，你明天也要奢侈，你早晚会奢侈。什么是当代生活？你学会奢侈，你能奢侈，那你就进入了当代生活——金兆山的意义就在这儿！你说，谁在改变中国？是你？是我？不是，是他们！金兆山们！”

“等一等，你到底想说什么？”我终于找到一个机会打断华森，“你说哪儿去了？我好像又回到大学时候，上起政治课了。”

“政治课！”华森喊了起来，还把嗓门一下子提高了八度，“伙计，这不是政治课，这是政治，差了一个字，可差着十万八千里！”

“你激动什么呀？活像贾雨村。”

贾雨村是当年我们一位政治课老师的外号，他的真名叫贾承真，不过，谁要在校园里说起贾承真，那绝对是百分百的默默无名，可一提起贾雨村，那真是大名鼎鼎，学校里无人不知，无人不晓。

我很少见到华森这样：气恼地用烟斗指着我，一下子说不出话来。

华森正在写一本书，题目是《奢侈品贸易和十八世纪中国—欧洲关系》，所以，最近动不动就往这个题目上扯；我读过其中两章初稿，书中所论，完全是桑巴特的思路，并不新鲜，不过，这小子把奢侈这个概念从日常生活里拎了出来，上升到经济学，上升到哲学，还说他要用这个研究冲击和改造形而上学——不拉不拉，全是雾中看花。现在，他用烟斗指向我已经有几秒钟，一定是在酝酿什么长篇大论，我知道不妙，得想办法赶快转移话题。

很幸运，这时候从书房门外传来苒苒的声音：

“还没说完？吃饭了。”

-7-

还是四菜一汤。

其中三菜一汤我都认识：一盘香菇鸡片，一盘清炒丝瓜，一盘小黄瓜烤银鱼。汤是萝卜丝鲫鱼汤。可是这第四道菜，我还是头一次在苒苒的饭桌上见到。这明显是一道肉菜，可是这道菜的造型也太讲究了——完全是一个很小的近三寸高的金字塔，层层叠叠，精致玲珑，从正方的塔座到尖尖的塔尖，晶莹剔透，通体暗红，闪着琥珀一样的光。如果不是盘子上新鲜翠绿的绿豆苗围绕其下，你几乎都不相信那是一盘菜，可以吃。

“这是什么菜？”

我的老土，让华森非常高兴，抢先对我说：“怎么样？没见过吧？”

“为这道菜，我忙乎了快两个礼拜。你先尝一口，看看怎么样？喜欢不喜欢？”

“好，我尝一口。”

“不是这么吃，”华森拦住了我，“我教给你。”

这道菜的吃法，和吃烤鸭差不多——原来小金字塔是肉片卷出来的，用筷子撕下一片，包在一张小薄饼里，就着饼一起吃。那肉薄薄的，入口即化，全靠小面饼把它托住，让你舌头去品味那股酥而不烂、油而不腻的口感和香味儿。比起来，味道比烤鸭丰富多了，也细致多了。

“问一下，这菜叫什么名字？”

“这菜的名字可是俗得不能再俗了，叫金牌扣肉——这么好吃的东西，名字也该雅一点儿，偏这么俗！前些日子，几个大学同学在杭州聚会，我在杨公堤知味观尝了一口，回来试了几次，给我试成了。算你们有口福！”

“怪不得，原来是南方菜。比烤鸭，就显出一粗一细。”

“先别评价，你还未必真吃出好来了。看这儿，这里头的笋干你还没留意吧？”

原来这塔形的一层层薄肉里，还裹着一些笋干。

苒苒搛了些笋，再夹上肉，重新给我卷了一张饼：“这回你再尝尝，又一个味儿。”

果然，真是又一个味儿。没想到加进这么一点笋干，香糯的味道和口感又发生了变奏。

“怎么样？”华森急切地问，“味道又一变，是不是？”

苒苒又从冰箱里拿出两瓶青岛啤酒，倒满两大杯：“这扣肉发甜，喝红酒，两个甜味儿打架，青岛啤酒清淡，还是喝啤酒吧。”

“这菜很难做吧？”

“难倒不是太难，就是有点费事。第一，要用最新鲜的上等五花肉，这也罢了，再者，调料比例不太容易拿捏，其实也不过是酱油、白糖、绍酒、大料、草菇这些东西，可是，糖多少？酒多少？没有现成公式，全靠经验。不过，这个菜最要功夫的，是怎么把这肉用刀切成条子，厚薄保持在一毫米到两毫米之间，还不能断，不多练练，休想。”

“把生肉切成一两毫米的薄片，也太难了吧？”

华森似乎要对我这问题发表什么见解，但是被苒苒用筷子一指，如同隔空打穴一般，立即把话僵在了嘴边上。

“直接把生肉切那么薄？董小宛再世也办不到！这有点讲究：把大块儿的五花肉剔除去骨头，加上调料、笋干，上火煮，差不多了，从锅里捞出来，放凉了，压平整，然后先切成十五厘米见方的方块。有了这方块，才能动手上刀劈肉，这时候的肉比较劲道，不黏刀，再往下，就看你手劲儿了——这刀得在肉块上一口气走下来，不管走多少圈，手劲儿要一点儿不能变，那才能厚薄如一。这道菜，也就是这地方特别考人，成败在此一举。”

“最难的是心静如水，”华森用筷子夹起一片肉，举在半空晃了一下，“刀下要有禅意——”

不等华森说完，苒苒又用手指定住他，转过身对我说：“这道扣肉还有不足的地方，干笋不地道，要够味道，必得用莫干山的笋干才对，这回就凑合，我已经托朋友弄去了，等有了莫干山笋干，我再做，你等着。”

莫干山的笋干？非要莫干山的笋干？

“食不厌精，脍不厌细——这‘脍’，是什么？鱼肉！杜甫有一首诗，就专门描写吃一种叫‘鲙’的鱼，描写做鱼的刀工是‘无声细下飞碎雪’，那又是什么功夫？”

华森把一卷夹着肉的薄饼放在嘴里，腾出来两手，一边比划一边大发议论。

“刀下飞碎雪？”苒苒摇了摇头，“我可没那功夫。”

听苒苒这么说，我心里又开始不安——近两年她信佛之后，自己一直素食，可又经常下厨为我和华森做各种荤食，这让我心里一直很不安，不过，每次一说起我们可以跟她一起吃素，她都淡淡地说，没关系，你们爱吃就行。

遇到这时候，华森常常一脸笑容地补上一句：

“这叫垢净不二。”

垢净不二？苒苒怎么可能垢净不二？

看眼前这道金牌扣肉，是一个机会，我正好可以建议苒苒以后别这么麻烦，我和华森可以吃素。可是我刚要开口，不料她突然对我说：

“这顿饭你可不能白吃。”

苒苒神色认真，口气也很认真。

“有人想和你见面。”

“是谁？”

“是你过去的老同学，熟朋友。”

我的老同学？熟朋友？那是谁？为什么不直接找我？

“到底是谁，快说吧。”

“你先说见不见？”

“好，我见。是谁？”

“不许说话不算数，你一定要见。”

我有点犹豫了，苒苒是个很静很宅的人，平时不喜欢社交，也不喜欢出门，所以苒苒的朋友圈子很小，其中有几个我偶尔见过，印象里没有什么老同学。

“告诉我，到底是谁？”

“是兰子。”

兰子？海兰？

“不行，我不见。”

“可你刚才已经答应了，你说话不算话？”

“苒苒，真的不行。”

“为什么？”

“过去的事就过去了，苒苒。”

“这和过去有什么关系？人家找你，是有事求你，你以为什么？再和你重温旧梦？”

“不就是前女朋友嘛，怎么就不能见？”华森马上插嘴，这小子永远是苒苒的跟屁虫。“都过去那么多年了，再说都是老同学，有事相帮，是应该的。”

“你们别逼我了，真的不想见。”

“三千烦恼丝，”华森又插嘴，“一丝胜一丝。”

“不管你做了什么对不起她的事，”苒苒神色严肃，语气也加重了，“你一定要见她。”

对不起她的事？我对海兰做了什么？

其实是再普通不过的故事：两个人恋爱，死去活来，可是后来一个人出国了，另一个人没有出国；没有出国的人给在国外的那人写了很多信，上百封的信，可是在国外的人不知道是什么心理，一封信也没有回——故事结束。

结束就是结束，难道真的要和海兰见面吗？

不，不见。

可是，苒苒说了“一定要见”——怎么办？

- 8 -

苒苒是我生平见到的最聪明的人。

用华森的话形容，她是那种“爱因斯坦 + 林徽因”的“奇女子”——苒苒像爱因斯坦一样聪明？我不敢说。至少，在中学的时候，也不见怎么用功，一直就是理科实验班的尖子，参加各种数学比赛从没有落空过，还得过全国第一名；但是，让人想不到，当人人都觉得清华大学正在向她招手的时候，人家突然宣布她发现自己并不喜欢数学，她真正着迷的是文学和历史。就这样，苒苒进大学选择了历史系，而且马上又成了系里的才女和尖子生，硕士毕业的时候，一篇《唐诗西域地名水名考》的论文，获得了全国毕业论文奖第一名；以后，到美国读博的时候，这篇论文又成为她继续研究的课题，最后发展成英文博士论文《汉唐诗文和西域地理》——就凭这个著作，苒苒不但获得导师的极力赞赏，而且还拿了好几个一流学校的 Offer，六年后又在普林斯顿大学很顺利地拿到了终身教职。不过，当人人都认为苒苒前途无量的时候，她又一次让周围所有的人大吃了一惊——由于华森一定坚持要回国，她“嫁鸡随鸡”，俩人一起回国了。

为什么华森要回国？

起因是他的“中国胃”。

和华森在一起，一个经常的话题是：若是成立全国吃货模范联合会，他是铁定的秘书长，非他莫属。华森这么自认第一吃货，可不是说说而已——华森在拿到博士学位的当天，就正式向苒苒提出回国的申请，说他的胃“终于熬出了头”，说在美国再待下去，从他的胃里会“长出一只手来”，天天扇他耳光。说实话，开始我听他说这些话的时候，完全当作这家伙的一种矫情，是小弟弟向老姐撒娇；可是，万万想不到这撒娇最后带来惊人的结果，竟然有一天，苒苒突然宣布放弃教职，和华森一起回国。

“这才是‘夫妻双双把家还’。”

那几天，这成了华森的口头禅，说的时候一脸得意。

- 9 -

世事难料。

要是华森知道回国之后不久，他的得意很快就变成了一连串的失意，当初他还会为中国胃那么闹腾吗？

不只是他，有谁能想到结局是这样？

无论谁也想不到。

其实刚开始的时候，他们什么什么都很顺利，特别是苒苒的第一堂课就是一场轰动，成了校报的头条新闻，标题还十分耸人：“学校讲台上从来未有过的杀气——记历史教授赵苒苒归国后的第一堂课”，而校网的论坛就更热闹了，其中一个帖子竟然说什么“侠女教授惊艳亮相，一教 101 奇迹般无一人瞌睡，破我校历史纪录”。不过，这堂课上没人睡觉，应该不奇怪：苒苒开课的题目是“唐代政治与疆域地理”，可是她没有按照通常讲课的惯例，以一篇绪论之类的内容开篇——谁也没想到，她进了教室没一句废话，先站在黑板前写了三个字：哥舒翰；然后问：谁知道这个人？看没几个人回应，又转身写下了一首五言诗：“北斗七星高，哥舒夜带刀，至今窥牧马，不敢过临洮。”诗写毕，她宣布今天的课就从这首诗开始——这让学生们又吃了一惊，这什么路数？历史课从一首诗开始？可确乎是如此——以一句“哥舒夜带刀”带起，苒苒讲述了大唐名将哥舒翰纵横西域的征战生涯，分析了他的胡族背景带来的种种军事方便和政治麻烦，他和安禄山之间的恩怨纠葛，直到最后他丢尽老脸，下跪向安禄山乞降的悲惨结局，不过，很快同学们就发现，赵老师还“顺手”对葱岭以东、玉门以西、大漠以南、昆仑以北的边境沿革，民族迁徙，山川水系，气候土壤，植物地貌做了简要生动的介绍——这已经让听课的学生见所未见，谁想还有让他们更吃惊的事：苒苒边讲边在黑板上挥臂疾书，不但有文献摘引，不时还有简略的地图，不一会儿教室的三块大黑板就布满了遒劲的板书——从此，她的板书不仅在全校出了名，后来每逢苒苒上课，总有好几个学生抢着轮流为她擦黑板，以能成为赵教授的“志愿擦”为荣。

那时候谁能想到，两年之后，赵教授突然辞职了。

这当然比苒苒的第一堂课更轰动。

事情的起因说起来再简单不过：苒苒很快发现学校里事事弄虚作假，不但博士论文的答辩漏风漏雨，明里暗里都是利益交换，连教授的评级、晋级也夹带着半遮半掩、欲说还羞的暗箱操作。在一连串的吃惊之后，她很快就和同事以及领导摩擦不断，分歧日多，后来又发生了一件事，就像一个火星掉进了汽油桶里，让这摩擦一下爆成了一团烈火——系里有一个教授，他写的一篇论文被揭露是别人代写的，不但作假，这位代写者还是一个专门代写论文的“公司”雇佣的。这事不知道怎么被苒苒知道了，于是马上就“捅娄子”——尽管有人已经和苒苒打了招呼，可是她仍然在学术委员会上做了揭发，于是立刻爆出了一个震撼全校的“代写门”事件，纷纷扰扰，嘁嘁喳喳，举校不安。不过，后来事态的发展，完全出乎所有人的意料：这个揭发竟然遭到系里大多数教授的抵制，说苒苒所作所为，是有意给学校抹黑，完全是“罔顾事实”“别有用心”，于是，一场荒唐戏迅速落幕：苒苒宣布辞去教职，无条件全身而退。

——这就是苒苒，她就是这么一个人。

我和华森对她做出辞职的决断，并不怎么觉得意外，可有一件事我们大错特错了——不论是华森，还是我，都以为苒苒早晚会平静下来，过一两年，她会再找一个学校就职，一切就可以重新开始。可是，有一次聊天，说到了这种可能性的时候，苒苒立即宣布：一切都结束了，她永远不会再谋求新的教职，她也永远不会回到学校。

苒苒说出她这样的决定的时候，语气很平静，但是她的眼神告诉我们，的确一切都结束了，再说什么都没用。

“这不行，绝对不行！”华森一脸阴霾，变了声的嗓音里充满慌急，“得劝她，不能这样，绝不能。我说不管用，你去——你去找她好好谈，一定谈，她绝不能这么自毁前程——自毁前程，你懂不懂？她这是自毁前程！”

“你说不管用，我说能管什么用？”

“不一样！你说和我说，不一样！”

“她那脾气，谁说也不管用。”

“你说管用——你去试一试，至少试一试！”

看着华森几乎要掉泪的样子，我只好答应试一试。

每个人遇到大麻烦或者大困难的时候，都会有自己特殊的表情，或者眼睛，或者嘴角，或者眉际，多少会有一点消息透露出来。苒苒例外，她不是一个喜怒形于色的人，喜悦，疑问，厌恶，如果和她的眼神相遇，那也都是在一瞬之间，像小鱼在水面上吹的细浪，一闪即逝；偶尔的，有一种讥讽的神色浮上了眉眼，那就是她最强烈的表情了。可是，这都是平时，一旦苒苒严肃起来，我和华森都见过，那时候，她态度只能用四个字形容：冷若冰霜。

试一试？

我“试一试”能有什么结果？

十有八九，我只能面对冷若冰霜的苒苒。

只能硬着头皮试试。

谁知道，和我想的不完全一样，我遇上的是一阵沉默。

冷若冰霜，我还能对付，怎么对付苒苒的沉默？

“再找一个教职——要是又遇到类似的事，怎么办？”

沉默了好一阵之后，她突然张口了。

“忍一忍。”

“忍一忍？”

“你得学会忍耐。”

“忍耐？”

“苒苒，历史上很多人都有过忍耐。”

苒苒看着我不再说话，眼光暗淡，一片阴翳。

“我不。”

突然她站了起来，很急促地说出这两个字，还做了一个很决断的手势，然后半转身，好像急着要走开——只有不耐烦到极点的时候，苒苒才会有这样的举动。不过，大概看到了我的惊讶，她又停下来，很专注地看了我一会儿，似乎还想说什么，不过最后只说了一句：

“忍耐？我不。”

说完她还是走了，走得很急。

这以后我们再没有谈过这个话题，苒苒果然也没有再找什么工作，不过她当然没有闲着，而是很专心地做两件事，一件是埋头在电脑上炒股，一件是埋头读佛经。

她是怎么把这两件事掺和在一起的？

难道不是靠忍耐？

- 10 -

周璎又几天没有电话，我打过两次，无人接听。

寂寞的感觉很烦人，特别是在周末。

我已经习惯和周璎一起度周末。

周末是什么？不过是两个整天的闲暇，可以随时读书听音乐，进入另一个世界，不知不觉里，整整四十八个小时就会悄然而逝。可是和周璎在一起，时间就有了温度，可以把“周末”加热，就像坐在炉子上的水壶，很快就咕噜咕噜沸腾了起来，发出了温暖的响声。

何况，在这些天里和她一早一晚的电话聊天，也都成了不可缺少的生活仪式，一旦没有，那感觉就像一个房间突然倒了一面墙，冷风带着落叶吹进来，一片萧瑟。这种感觉我过去从来没有过——想和周璎说话，说什么都行，哪怕是和她为一点不起眼的小事拌嘴。

有一次拌嘴让我特别难忘。

一个星期天的下午，我陪周璎到日坛公园商务楼去“淘”衣服，这一“淘”差不多“淘”了整整三个小时。她似乎和每个房间里的摊主都很熟，而且特别热衷和他们砍价，一砍价就半天，买的，卖的，两边都是一角一分地计较，绝不相让。不过，那不过是一场掰腕子游戏，两边的玩主都是图个乐。直到下午五点多，周璎才“淘”够了，我们终于走出了商务楼。不过，两个人的风度不大一样——周璎手里只有一个小手包，一边走一边兴高采烈地议论那些小摊主，哪个心黑手软，哪个心软手黑，谈笑风生；我和她并肩而行，可是背着一个装满衣服的黑塑料包，鼓鼓囊囊，晃晃荡荡，一个地地道道的“跟包儿”。想不到的是，这时候周璎又宣布：“我想吃冰激凌。”我说你不是为了减肥，不吃冰激凌了吗？周璎的回答完全出我意外：今天是增肥日，所以可以吃。

原来还有增肥日！

周璎想去的哈根达斯冰激凌店并不远，就在国际俱乐部楼下，可是，背着这样一个大黑包包，去那地方吃冰激凌？我有点犹豫，不料周璎立刻说：这有什么？我来拿这包好了！我还以为她不过是说说，谁想刚走到冰激凌店的门口，她突然伸手把衣服包抓过去，先扔在地下，然后用手拖着，磕磕绊绊就进了门。

这样的动静当然引来很多目光，特别是几个混蛋男，个个一脸惊艳，几个半张的嘴都一下定格，然后贼眉鼠眼地对周璎行注目礼。先是看她在地下拖着的黑塑料大包，然后，又一齐目光上移，移到有空气的地方，再从上往下快速扫描，依次是她的白皙的脑门，她的墨镜，她随便挽起翘在脑后的发髻，她的男式T恤，T恤上黑白色大骷髅头印花，高高挺起的胸线，然后是那件米色BV大编织，短得很过分的热裤，不断闪动的让人眼花缭乱的长腿，再接着是那双彩带人字拖鞋和右脚大拇指上的金色戒指，最后落到我身上——先是好奇，再下来是明显的猜疑和不加掩饰的轻慢。

拌嘴是在我们吃第二份冰激凌的时候开始的。

这场拌嘴还有音乐背景：那时候，店里正在播放斯威芙特的“爱情故事”，罗密欧正在往阳台上扔石头，而女孩的父亲正警告这坏小子最好滚远点儿——听到这里，我就说这也太糙了吧？你能想象贾宝玉往潇湘馆门里扔石头吗？然后又说现在的流行歌曲，不论中国的，外国的，百分之九十九都是拿爱情说事儿，一会儿爱，一会儿不爱，一会儿恨，一会儿不恨，其实总共就几百个词，来回变着用，编成一个个差不多三分钟长的玫瑰梦，缠绵悱恻，欲生欲死，可梦醒之后，等着他们的是什么？是大公司们设计好的圈钱连环套，你做梦，他赚钱，还不少赚，都是几亿或者几十亿美元的赚头。可是周璎对我的说法完全不以为然，她反驳说，首先，我这么说，不过是嫉妒，因为我五音不全，唱不好歌，其次，人能不能不呼吸？不能。人的爱情也一样，人不可能没有爱情，唱爱情歌曲，相当于淹没在水里的人伸出头大口喘气，拼命呼吸，你懂不懂？我说，可是今天这世界里，还有爱情吗？爱情这东西早已经质变，已经成了心灵鸡汤——装在音乐罐头里的心灵鸡汤，而那些大公司就是专门制造这种音乐罐头的工厂，有标准，有工艺，有生产线！

我的这些看法，周璎听了之后更为生气，她嚷起来，第一，爱情不是“东西”，爱情就是爱情，第二，心灵鸡汤怎么了？现在人是什么？人已经变成了“人力资源”了，你是资源！你不是人！幸亏还有爱情这东西，至少人还能通过想象爱情来想象自己是个人，不纯粹是“资源”，要是连这点对爱情的想象都没有，世上的男男女女是什么？都是性爱机器人？这反驳不但尖锐，而且一下子让两个人的快乐的拌嘴走向了越来越复杂的讨论，那太沉重了，况且，邻座的两个小子听见“性爱机器人”几个字，早已经把四只驴耳朵竖老高，四只眼睛也越来越放肆起来。我于是转移话题说，就大规模害人来说，音乐公司和学校比起来，小巫见大巫，学校是什么？那是大规模有计划培养准白痴的专门机构——这时候天边就开始乌云密布了。周璎说我胡说，至少不能说理工科的学生都是白痴。这时候我犯了一个致命的错误，对正在往我头上聚集起来的一片黑云，竟然没有及时警惕，仍然继续争辩说，问题不在学理学工还是学文，都一样，基本上都是准脑残，因为受的教育都非常之窄，就像走进了北京的小喇叭胡同——我和周璎去逛过这地方，还在那儿特意吃了天桥的卤煮火烧——越往里头走，就越窄，这就不能不造就一大类高智商的白痴：只要离开自己学过的那一点点专业知识，这拨高智商其实什么都不懂，可是个个都非常牛，自认为已经是大知识分子，无论什么事，都抢着发表意见，抢着挑错，抢着批评，政治不对，经济不对，文化更不对，哪儿哪儿都不对，世上的对错他最清楚；可是，很多人一过了四十五岁，只要没能实现他的远大抱负，都一准闹精神危机，纷纷去投奔各式各样的宗教，但是有人对自己信仰的宗教思想做认真研究吗？全是碎篇零章，只言片语，可都成了最终的真理，成了天上的声音，从此一个个都在云端里修炼，先救自己，确信自己得救了，就互相比赛着向人间布道，个个都肩负起拯救社会的大任，还有一拨人干脆投奔邪教，把几个教主浅薄的教义和胡思乱想当作世界上最最深刻的人生指南，然后心甘情愿地把自己骚乱的灵魂交出去，从此自己不再为是非操心，轻轻松松做一名快乐的白痴。

我那天真不知道怎么了，嘴怎么也停不住，说之不已，滔滔不绝。这还不算，当我和周璎的争论已经白热化，而周璎更加激烈地为“智能白痴群”辩护，说科学技术才是人类进步的真正动力的时候，我不知不觉犯下另一个大错误，马上回敬她说，这种看法根本上是一种“庸人之见”，于是，已经聚集在我头顶多时的黑云终于化成了一场电闪雷鸣——清凉爽口的冰激凌，不但一下子变得滚烫滚烫，周璎还差一点把吃了一半的“香蕉船”扣到我脸上。

离开冰激凌店，一路上，周璎气鼓鼓地不说话。我还是背着那个大黑塑料包和她并肩而行，继续给她当陪衬，一路上自然又引来不少注目礼。

这场哑剧表演直到进了停车场，找到了她的车，把大包塞到行李厢里才终于结束。

戏剧性变化是回到周璎家里之后，而且来得特别突然。

在电梯里，周璎还一言不发，一脸木然，可是当我随在她身后走进房门，正把肩上的大黑包放下的时候，她忽然笑了起来，接着一下子扑过来，差不多是吊在了我身上，一边把两条腿紧紧缠在我腰上，一边给我一场热吻——再接下来，自然就是身体和身体的热烈对话——激情从浴室开始熊熊燃烧，待到了卧室，一切都已经白热化，像一团滚动的熊熊烈火，烧到哪儿，哪儿就熔化，最后在周璎疯狂的叫喊里化为乌有。

她是这么一个人，和她在一起你不可能寂寞。

- 11 -

匆匆忙忙跑到街口的肯德基店，三口两口把六只辣鸡翅和一只炸鸡腿，还有一大杯百事可乐，全都送下肚子之后，我拦下一辆出租车，直奔京华心理教育中心——晚上七点，我在那儿有一个关于“日常家庭亲密关系与心理问题”的讲座。

和往常一样，来听讲座的人不少，可是真正对我讲话内容有兴趣的，是少数，很多人不过是来找对自己有用的消息和新闻。这从听众提问里就看得出来：“杨博士，能不能告诉我们美国心理医生收入情况？”“听说美国中产阶级有一半以上的人都有心理问题，是不是属实？”甚至还有人问：“奥运会上菲尔普斯拿那么多金牌，能得多少奖金？”

讲座结束之后，还有一些不肯散去的听众围上来提问，要求签名，要求留通讯处；足足费了半小时，我才好不容易从包围的人群里逃了出来。

已经是晚上九点多钟了，宣武门内大街上还是车来车往，熙熙攘攘。不过，刚下了一场暴雨，空气新鲜极了，鲜得有股青草味儿；到处是湿漉漉的，沉甸甸的水汽在空中缓缓地浮上沉下。街边的树上还积了不少雨滴，一有小风掠过，就飘零下落，打在脸上，凉飕飕的。

这情景让我不想立刻回家。

从这大街向北走，到了西单以后沿着长安街向东，过府右街，过新华门，再向前走不远，就是南长街，那是一条南北走向的大街，也是唯一一条还保留着老北京韵味的老街——是我最喜欢的一条街。从这街北行，沿街都是灰墙瓦舍，车少人稀，路两旁，老槐树迢迢密密，交织成一道长长的幽廊，走在下面，郁郁森森，满目苍苍，抬头不见天日。如果是五六月，头上总有白色的槐树花若隐若显，一串串的碎花累累垂垂，香气袭人。这时候在街上漫步，浮动的花香能陪着你一直走过北长街，可是待到了北长街的街口，只要走出去几步，已经暗香难觅，近两里地的静气也会突然收束。

出了这长街的街口，向西，是北海公园南门，再向前，是金鳌玉栋桥，这座桥粗暴地切开了京城里最大的一片烟波浩渺的水面，非常霸道；但是，如果出街口向东，是景山前街，街南是紫禁城，巍巍峨峨，殿阁重重；街北，是景山，以一道高高的红墙把自己围了起来，墙之外，周圈都是人行道。正是这红墙，很多年都是我最迷恋的一道风景：夏天的夜晚，会有路灯在暗红的墙壁上投下斑驳的树影，这些影子又清又浅，印在墙上，一枝比一枝安静；若是冬天，树枝的影子变得稀稀疏疏，交错纵横，或斜或直，有一种古意盎然的金石味道。夜深了，一个人沿着这红墙漫步，越走越静，内心会一片空明，一时间你竟至于不知这里是不是人间。

好久没有在这条路上走了。

也许是由于雨后湿漉漉的空气让我兴奋，或者是由于雨后拥挤的街道让我心烦，突然地，我很想去南长街走走，刚刚雨后，走这条路一定有意境。

到了西单十字路口，我决定不走地下通道——干嘛不在这么新鲜的空气里多呼吸一会儿？

红灯好像长眠不醒，死活不变绿，不过，不是我一个人这么耐心，路边还立着几个和我想法一样的人，也都在等，大约也都在着急：这红灯是不是死过去了？

正在这时候，身边忽然有人说话，声音很轻：

“杨老师，我刚听了你的讲座，能和你说几句话吗？”

是个女孩子，黑发明眸，笑盈盈地看着我。

“当然可以，没有问题。”

女孩正要说什么，绿灯亮了，等候的路人开始匆匆过街。这时候女孩子向大街挥挥手：“杨老师，你往哪儿走？”

“没想好去哪儿，下了雨凉快，我想在街上走走。”

“你往哪边走？”

“往那边。”我含糊地向东指了指。

“我也往那边走，能和你一块走走吗？”

“好啊，再说，你的话还没说呢。”

走过西单十字路口的时候，女孩轻轻挽住了我，从她的胳膊传过来一阵清凉，一种带着雨意的清凉。

过了路口，我和女孩立刻混入熙攘的人群。

“现在可以了，请说。”

“你真想听？”

“当然。”

大概是整理思路，女孩想了一会儿才说：“我觉得你们心理医生应该联合起来，组织一个心理医师协会。”

“协会？”我好奇了，“为什么要成立协会？”

“有一个协会，你们就可以联合起来做事啊，还可以利用媒体，利用电视，利用网络，还可以发动志愿者。现在你们都是一个人一个人在自己诊室里等病人上门，守株待兔，没有效率！”

原来这女孩是这个意思。

我一下子不知道说什么好，最好赶快结束这个话题，然后立刻分手。可是和这么一个笑容可掬的女孩一起散步，我感觉到一种久违了的轻松，我发现自己其实很眷恋这轻松，并且正在找一个可以聊得下去的新话题，能一边走路，一边继续听这女孩轻声说话。

- 12 -

夜晚的长安街华灯高照，车水马龙，潮水一样的车流塞满了宽阔明亮的马路。每一辆车子都急急忙忙，不时用短促的鸣笛，用车轮辗过路面薄薄的水层时发出的刺耳噪音，来表达自己的不耐烦。可是，这女孩子不很高的声音总是清楚地浮在这一片嘈杂之上，这真奇怪。

女孩子有一个特别的名字：冯筝。

当我和冯筝走到南长街的时候，我已经对她有了一个大致的了解：想不到，她原来是个记者，不过她不是北京媒体的记者，是《都市信息报》的记者，在广西。

“杨老师，到这个茶室里坐坐怎么样？你没事吧？”

我没有注意到，原来我和冯筝已经走到西华门了。紫禁城西门的城楼，还有高耸的城墙，都裹在充满浓浓水汽的夜色里，雾失楼台，灯影迷离，影影绰绰；再环顾两侧，南北长街也都寂静无声，行人寥寥，只有槐树上积存的雨滴，时不时坠到地面的浅水滩上，发出一声清响。还有，就是眼前这个“紫藤庐”茶室，昏黄的灯光在雕花窗格上面透印出方圆不一的影子，从里面隐隐透出一点人声。

我不太喜欢茶馆，也很少进茶馆，但是冯筝的邀请此刻实在难以拒绝。

“来一壶最便宜的龙井，我们坐不长。”

刚一落座，还没等服务员把茶单放到桌上，冯筝就发了话。

这紫藤庐的布置倒也有点匠心，处处以镂空花格的隔板相隔，隔开的小室不大，正好二三人促膝相对，而且小室和小室之间似隔非隔，空间也不显局促。

茶来了，一把清俊的青花壶，还有两个茶杯。但是冯筝似乎没有注意茶水，暗影下，她的眼睛格外明亮。

不只是眼睛，这女孩每一个动作都生机勃勃。

“杨老师，你回国两年多了吧？都什么感觉？”

“这不太好说，一下子说不清。”

“那就慢慢说嘛。”

“你这是采访？”

“不是，也许我会正式给你做个采访，可不是今天。今天咱们就是聊天。行吧？”

“既然聊天，能不能轻松一点儿？”

“好，那我就问点具体的，让我想想。”

好像对我更感兴趣了，冯筝一时不说话，仔仔细细地盯着我看，手里的一个茶杯，本来在她手指间缓缓转个不停，这时候也停下来，一动不动。

“你结婚了吧？有没有把家也迁回来？”

“查户口？”

“好奇嘛，这也不好说？”

“我一个人，一口之家。”

“一口之家？你没结婚？”

“结过婚，可是已经离了。”

“你离过婚？真的？”

冯筝忽然很留意地看了一下我端着茶杯的手，视线在我的无名指上逗留了足有两秒钟。

“当然是真的，这没必要说假话，不相信？”

“不是不相信，我觉得像你这个年纪的人，要是离婚，一定有比较严重的理由。”

“我这个年纪？怎么，我很老了？”

冯筝作认真状地又看了我一眼，笑了笑。

“杨老师，也许我不应该问，可我还是要问：你离婚的原因是什么？能说说？”

“查户口还查这个？”

“你不愿意说，就不说。”

“说说也没什么——”

冯筝一边给我倒茶，一边催促：“那你快说，我想听。”

事已至此，我只好说下去：“其实我离婚的原因，也说不上多严肃，说到底都是些琐碎的事，鸡毛蒜皮。”

“没关系，鸡毛也好，蒜皮也好，我都听。”

“那就从锅说起——”

“锅？”

冯筝惊讶地笑起来，这孩子爱笑，动不动就笑。

“就是厨房里做饭用的锅？”

“对，锅。”

“怎么和锅有关系？”

冯筝又笑起来，一双眼睛变得弯弯的，然后没头没脑地说：“你这人——和别人不一样！”

“这从何说起？”

“别管，我乱说的。你还是接着讲，说锅，怎么回事？”

把笑容收住，冯筝还调整了一下姿势，身子前倾，一副要专心听故事的架势。

“我们——我和我的前妻——结婚之后立刻买了房子。”

“那是在美国吧？”

“对，在加州。那时候我们两个都刚找到工作——结婚的前前后后就不说了吧。”

“对，还是回头说锅。”

“买房子没有什么周折，想不到有这房子以后，麻烦就一个接一个。我这位太太有一个癖好：热爱烹调，喜欢下厨房做香饭、做好菜。”

“这还不好？男人求之不得啊。”

“可是，她这癖好还带着另一个癖好，就是特别喜欢好厨具，特别是锅。起初我没在意，一个新家，锅碗瓢盆自然不能少。可是，三天之后——我们开车跑了不知道多少商店，甚至还跑到旧金山城里——我才知道原来买锅这事情是个大麻烦，一场磨难。”

“ 你夸张了吧？不就是买锅嘛，何至于？”

“你们家一定有锅？”

“当然有，谁家没有锅啊。”

“可是，你家的锅讲究品牌吗？有名牌锅吗？”

“锅还要名牌？”冯筝更惊奇了，“你们开车跑三天，就为买名牌锅？”

“不是三天，是整整一个多月，疯狂吧？”

“锅很贵？”

“有的一二百美元一件，几百美元的也有。一套锅我们总共花了两千多美元吧？”

“这么贵的锅，真用它们做饭？”

“当然用，天天用。不但用，用完之后还要洗刷干净——不是一般的干净，是要绝对干净，也就是说，洗刷之后，要和新的一样，要亮晶晶。”

“亮晶晶？锅？瞎说！”冯筝惊奇得扬起了眉毛，“那不可能！经过烟熏火燎，什么锅都不可能亮晶晶。我从小就是家里的专职刷碗工，我知道。”

“那是一般的锅，如果锅是优质不锈钢的，就不一样。”

皱了一下眉，冯筝不再说话，一边慢慢地啜着茶，一边盯着我看，好像要从我的脸上采集什么重要的信息。

“我知道你为什么离婚了。”

“为什么？”

“家务事，你受不了。”冯筝一边说，一边还慢慢点了点头。由于背光，她的一丝笑意躲在阴影里朦胧不清，只有耳边的一缕稍稍卷起的细发，闪着一缕微光，非常清晰。“可是，谁家没有家务事？为这个离婚？你一定特别特别大男子。”

“你知道美国有个剧作家叫奥尼尔吗？”

“奥尼尔？我知道大鲨鱼奥尼尔。”

我开始后悔，为什么要说这些？和一个邂逅相逢的女孩子聊聊天也就罢了，怎么会越说越多，认起真来了？

“我说的是 Eugene O'Neill，是美国一位剧作家。”

“一位剧作家？”冯筝兴奋起来，“你离婚，和他有关系？第三者插足？”

“这人在一九五三年就已经去世了。”

“那不是一个古人嘛，”冯筝满脸失望，“为什么说起他了？这和你有什么关系？能不能说明白点儿？”

说明白点儿？

为什么？有什么必要？

我忽然心烦起来，虽然明白人家只不过是好奇，可我已经烦躁起来：为什么和这么一个女孩跑到一个茶馆来？还聊这样的话题？

莫名其妙。

“奥尼尔写过一个剧本，名字是《早餐之前》，”发现自己不能控制自己，真要给这傻孩子说“明白”，我更加懊恼，开始生自己的气，可是我控制不了自己的舌头，“你知道这剧本讲了一个什么故事？一对夫妻，妻子爱说话，一天到晚唠唠叨叨，没完没了，丈夫一直忍着，忍了又忍，忍了又忍，直到有一天，他实在受不了，在一个早晨，就在他妻子一边唠叨一边准备早餐的时候，自杀了。”

由于诧异，冯筝的眼睛睁得很大，闪着惊异的光。

“这不可能！这个剧作家瞎编！”

奥尼尔瞎编？

行了，该和这女孩分手了。

离开紫藤茶室，我和冯筝又一直走到北长街的路口才分手。临别之前，冯筝问我以后能不能接受采访，我说绝对不可以，我讨厌采访，又问能不能再见面，我说可以，然后她拦了一辆出租，走了。

我看了看表，已经十一点多，难道我和这个叫冯筝的女孩说了这么长时间的话？

云暗雨欲来，水汽蒙蒙的街道模模糊糊，远处，一只手从车窗里伸出来摇了又摇，在被街灯的光亮搅成一团灰黄的夜色里，像一只由于疲惫而飞不起来的黄蝴蝶。很快，出租车转了一个弯，消失了。

- 13 -

前边是景山前街，路左边，故宫的护城河黑黝黝的，和高耸的古老城墙连成一片，隐隐约约，朦朦胧胧，既肃穆又安静；路的右边，在街灯的光影里浮现的红墙，显得更静谧，那一片热烈的暗红和对面冷静的幽黑形成的对比，使得眼前这静夜又古老，又神秘。

我跨过马路，沿着红墙缓缓东行，着迷地看着墙壁上斑驳的树影，不觉想起了和周璎的一次谈话。

当时周璎和我正站在景山顶上远眺，刚刚完工的大剧院清晰可见，阳光下，它银色的外壳熠熠闪光，像在金色琉璃之海上漂浮的一颗巨大的珍珠。

我发起议论，说这颗大珍珠，或者说是大鸭蛋，放得太不是地方，也许保罗·安德鲁想重复一次贝聿铭的成功，但是这家伙不但没有成功，反而是一个失败——无论这个设计是超级珍珠还是巨型鸡蛋，它都没有能够像玻璃金字塔那样溶化在一片古意之中，相反，倒像从太空里掉下来的一块大陨石，没头没脑地硬砸到了北京城的正中心。

“可你还夸过，说这大剧院设计得不错。”

这么说话的时候，周璎凝视着远方的大剧院，躲在长长睫毛阴影下的眼睛，一片迷茫，像是在做梦。

“剧院本身设计得不错，我是说它的位置不对，把这个大鸡蛋塞在紫禁城前边，很傻，完全是破坏。”

“破坏什么？”

“破坏北京。”

“北京早就被破坏了。”

“问题不在北京，在于破坏，在于你用一种文明的名义去破坏，把一个古老的文明当成路边的废墟。”

“算了吧，”周璎眼睛继续固执地盯着远处，声音里还带着一点不耐烦，“所有文明都是废墟，一堆一堆废墟，今天不是废墟，明天也是废墟。”

都是废墟？在灰蓝色的天空里，正盘旋着一群轻盈上下的鸽群，它们的脚下，一大片宫殿的琉璃屋顶在透明轻盈的阳光下闪着耀眼的光芒，有如正起伏摇荡的金色波涛——难道这都是废墟？

周璎忽然转过头问我：

“你嗑过药没有？”

“只吸过一次大麻。”

“别的呢？”

“没有。”

“摇头丸？”

“没有。”

“好孩子。”

“好孩子？”

“亏你还是个心理医生，书呆子。”

“我们现在说的，和吸不吸毒有什么关系？”

“太有关系了，其实人类和所谓文化、文明的关系，就像吸毒，全靠幻觉。

我没有和她争论——在景山的山顶上争论？不合适。再说，我当时心里浮起了波德莱尔的两句诗：

钻进你的美目，像进入一场美梦
永远睡在你睫毛下的阴凉之处

为什么那时候突然想起这两句诗？因为她的睫毛？

- 14 -

想不到，除了眼角多了一些细纹，身体更加纤细，海兰的样子竟然没有大变，特别是眼睛，仍然那样又亮又黑，带着几分淡淡的忧郁。不过，我还是隐隐觉得她多了点什么，要不然就是少了点什么。

再想不到的，是我们的见面这么平淡，甚至都没有想到握手。由于一时找不到话说，我和她都有一点尴尬，可是这尴尬也很平静，就像桌子上这两杯静静相对的咖啡。

这个咖啡店空空荡荡，只有我们两个人。

花子说，她在四年前从一个媒体公司退职，应聘做了一家幼儿园的园长——我和她说什么呢？说孩子？

不知道海兰在想什么。

她和以前一样，只要看人，就特别专注，镇静的目光里总是带着一丝让人难以察觉的询问、疑惑。她这个习惯，往往让她对面的人没有选择，或者，你和她直视，或者，躲开这询问，假装不经意，转眼去看看四周：窗子，窗外的浮云，在阳光里上上下下自在游弋、闪着微光的灰尘——什么都行。不过，她盯着我看了几秒钟之后，好像有意避免和我再次四目相对，大部分时间，都盯着她面前那杯卡布奇诺，杯子里，细细的白色奶沫上飘着一个褐色的喜笑颜开的男孩，他面前是一杯冒着热气的咖啡。

这让我轻松了好多。以前我特别喜欢海兰这种毫无顾忌地专注看人的神情，有时候，我故意模仿，也用这样的眼神去直视她，海兰就问我，你怎么这么看人啊？怪怪的。我说我这是学她的样子，她的眼神就是这样的，可她根本不信，说这么瞪眼睛看人，太不自然了，她不可能这么看人。

此刻，我和她又面对面坐在了一起，可当年的亲昵，犹如在深秋里凋零的一树枯叶，一片片飘落，随风而去，已经了无痕迹。

“你结婚了？”

我先开了口。

“结婚了。”海兰点点头，声音很轻。

“我也结过婚，可是后来离了。”

“我也听说了。”

海兰抬起头看了看我，不过脸上没什么表情。

“你现在还是一个人？有女朋友了吧？”

“有——就算有吧。”

相隔这么久了，我不知道现在海兰所说的女朋友，是怎么定义，如果女朋友一定是爱情关系，周璎就很难说是我正式的女朋友。

“就算有？什么意思？”

疑问很坦白地映在海兰的眼光里，稍稍提高了一些的声音里，还明显露出关切，海兰似乎也不想遮掩它们。

“就是不太确定吧，说不清。”

海兰点了点头，没有再说什么，默默地拿起杯子喝了一口咖啡。这时候我看到了她细细的手腕，连腕上蓝幽幽的血管都清清楚楚——只是比过去更细瘦。怎么瘦了这么多？我心里一下子升起一阵隐痛：这纤细的手腕，于我是太熟悉了，多少次，由于用力过猛，我曾经在它们上面留下一道又一道乌青的手印，成为海兰在同学里一个说不尽的话题。

“听说你丈夫是个编辑？”

想出了一个新话题，我心里一阵轻松。

“是苒苒他们告诉你的吧？”

“是。”

海兰欲言又止，好像在考虑怎么说才好。

“他是一家出版社的编辑，”海兰口气有点犹疑，同时低下目光，又专注地盯住眼前的咖啡杯，好像她想和这杯子说话，“他喜欢写作，写文章。”

喜欢写作？

“都写什么？”

“什么都写。”

什么都写？

也许海兰从我的眼睛里读出了这疑问，她忽然说：

“你想问什么？你说吧。”

我想问什么？我什么也不想问。

见面之前，我定下了一条原则：不多话，不多问，和海兰这次见面，完全是一个程序，就当作是很偶然地翻检一回尘封多年的旧日记；可现在，情形有点不对，难道我要再打开一个本子，开始写新的日记？不，旧日记翻一下就行了，到此为止。

“苒苒说，你找我有事，是什么事？”

为了尽早结束这次见面，我决定直截了当。

“有件事，你要帮我。”

什么事？

海兰忧郁的眼神变得十分严肃，这眼神告诉我，这里有一道门，她把门打开了，手里举起一支点亮的蜡烛，现在不管门里发生什么事，我都必须进去。

“我想让你见一下我丈夫。”

“见你丈夫？”

我吃了一惊，原来门里是这个！

“对，”海兰点点头，口气有一种明显的急切，“你见见他，和他谈谈——”

我看见两道皱纹在她额头上隐隐浮起。

我等着海兰再说话，什么事？我一定要见她丈夫？

“能不能告诉我，”我等了一会儿，觉得还是主动一点儿更好，“让我见他，是为了什么事情？”

听我这么问，海兰没有马上回答，神色更阴郁了。

海兰定定地看着我，这目光我太熟悉了。过去她有什么疑惑，那疑问就像一支箭，都是向外投射的，可现在，在这注视的深潭里我还看见了一丝惶乱，虽然就是一丝，那也一定是有了大麻烦——我太了解她了。

“出版社说他精神有问题。”停顿了不到三四秒钟，她突然口气很快地说起来，“上个星期，他们领导还派人送他去医院做了检查。”

“什么医院？”

“回龙观医院——你知道那医院吧？”

“知道。”

那是国内一所最大的精神病专科医院，我当然知道。

“医院怎么说？”

“医院说他没有问题。”

“是谁把他送去检查的？”

“出版社的领导。”

“什么理由？”

“他和出版社领导的关系一直都不好——他这人，脾气坏，”海兰急急地说起来，“总是和人家冲突，不但和同事冲突，得罪人，还和几个头头都经常顶牛，顶撞，其实，平时他话不多，可一张口就得罪人。”

“能不能举个例子？”

“有一次，他们出版社的总编辑和他聊天，说他这个人不好沟通，他的思想好像被一个又厚又重的石头门挡着，还总是上锁，要是能把锁打开，真想进去看一看。你知道他怎么说？”

“他怎么说？”

“他说，我拿把刀子站在门口，谁也别想进去。”

“他这么说？”

“他这人，就这性格。”

“脾气很倔啊。”

“他的同事说，无论说话还是办事，他永远是‘两点一线’，永远取最短的距离。”海兰一边说一边叹口气，眉头蹙了起来，“他老是得罪人。他们总编辑的脸比较长，他当面说人家长得是一个马脸，眼睛还一边一个。”

我笑起来，眼睛能“一边一个”，这人该什么样？

“你别笑，还有更严重的。上个月——”

不知道突然想到了什么，海兰的眼光穿过我，落在我身后很远的地方，可是我身后什么也没有，只有一面墙，墙上是一幅色彩恶劣的壁画，作画的笨蛋一定是想把意大利的著名风景都凑在一起，拼成一幅旅游广告，可效果很可笑，比萨斜塔活像一根插歪了的粗蜡烛。

“上个月，”海兰忽然收回眼光，也收回了思绪，“他们出版社总编辑召开了一次会，提出要做一套‘文学天才儿童园地’丛书，他又和人家吵起来了，和同事吵，和总编辑吵，吵得比哪一次都激烈。”

“文学天才儿童，是什么意思？”

“就是儿童作家。”

“儿童作家？”

“这几年，有出版社出版了几个十岁上下孩子写的散文集，还有童话，媒体炒得很热闹，说出现了一个‘低龄作者群体’，也就是儿童作家群体——他们总编辑说赶早不赶晚，提出也要尽快做这样一套书，文学也要从娃娃抓起。”

“胡闹。”

“不是胡闹。”

“这还不是胡闹？”

“不是胡闹，听说还有几家出版社都有这样的计划。”

“太荒唐了。”

大概我的声音太大了，海兰有点惊讶地看着我。

“不荒唐。”

“怎么不荒唐？这还不荒唐？”

“要是什么事天天发生，那就不荒唐。”

我忽然觉得面前这个海兰非常陌生，不是刚一见面那种久违的陌生，而是一种奇怪的感觉：你认识这个人，你又完全不认识这个人——她从过去走了过来，可是她身后的那个过去真的存在过吗？过去，究竟是怎么过的？怎么去的？

过去的海兰不会说这样的话。

“这样培养孩子？当作家？这只能毁了孩子！”

“他也这么说。”

这个他，当然就是她的丈夫了。

“他怎么说？”

“他在博客上批判低龄作家，说都是炒作，还举出其中最有名的一个，叫韩不读——”

“韩不读？”

“对，人家就叫这样的名字。”

“意思是，不读书？”

“不知道，不过媒体上吹捧他的人，倒是都说，天才不需要读书。石头看不下去，直接点名说这孩子写的文章根本没有真实感情，里头有一些华丽的句子和激烈言辞，那也都是从媒体上抄过来的，再配上一种天真的姿势，一种少年气盛的口吻，一种假兮兮的青春气息——其实这里头的每一行字，都离不开家长、老师，还有编辑的参与，完全是父母、学校和出版社串通一气造假，假文学，假天才，从头到尾都是造假，大人造假已经无耻，还把小孩也拉下水，这完全是犯罪——”

“说得对啊。”

“可是孩子的家长说他诽谤，要上法院告他。”

“这么严重？”

“不止家长，出版韩不读的出版社也要告他。”

“荒唐。”

看着我，海兰轻轻叹了口气，不再说话。

“后来呢？”

“领导找他，让他给人家道歉，结果，他把等着他道歉的出版社编辑给大骂了一通，把人家赶走了。”

“他把人家赶走了？”

“就是，赶走了。”

“他一个人就能把人家赶走？没人阻止？”

“出版社上下都说他是社里的一个恶霸。”

“恶霸？”

“不但领导这么说，不少同事也这么说。”

海兰这样说的时候，脸色很平静，好像在说一件很平常的事，不过，在她明亮的眼睛里升起一片黑雾。

“他平时对人很凶吗？”

“不凶。”

“那为什么说他是恶霸？”

“他凶起来就特别凶，有一次，社长说他一闹起来，整个出版社就鸡犬不宁，你知道他说什么？他当着社长面说，不是鸡犬不宁，是猪狗不宁。”

“让他去医院检查，是不是和这些事有关系？”

“当然有关系，特别是最近半年，他和领导还有同事冲突越来越多，上上下下都说他精神有问题，结果就有了上星期去回龙观医院检查的事。”

“具体情况是怎么样的？”

“什么具体情况？”

“他怎么到医院去的？谁送他去的？”

“他自己要求去的。”

“他自己？”

“就是。他听社里领导开会，认为他精神有问题，应该到医院去检查，他就主动找到领导说，你们不用研究了，我愿意检查，你们派两个人和我一起去。”

“于是就去了医院？”

“他说，看不下去他们鬼鬼祟祟。”

“你丈夫叫什么名字？”

“石禹。”

石禹，这是个什么样的人？

“因为他的脾气，他有个外号——石头。”

石头，是名如其人？还是人如其名？

- 15 -

苒苒来电话。

“你和兰子见面了？”

“见了。”

“你答应见石头了？”

“我可以见，可是最好带他去见别的心理咨询师。”

“让你见他，不是做心理咨询。”

“我知道。”

“那你就见他——像朋友那样见。”

“我们不是朋友。”

“见几次，就成朋友了。”

“本来不认识，忽然要成为朋友，不自然。”

“帮帮兰子吧，真的，她很麻烦。”

海兰有麻烦，而且是大麻烦，可我能做什么？

“石头很孤独，他没朋友。”

“我和石头也不一定合得来。”

“你能和他合得来。”

“为什么？”

“你会有办法，再说，你的心理学白学了？”

“心理学不过就是一门知识——”

“是知识，就应该有用。”

“我们以前讨论过，很多知识都没用。”

“好了，我不和你争，反正你要帮兰子，马上见他。”

苒苒结束了对话，剩下我对着手机发呆。

- 16 -

这条地下走廊相当长，从一头走到另一头，至少有三十几个门——每个门里面，都是一间十平米甚至五六平米左右的出租屋。我租的藏书室，在第十三个门，多半是这地下室里最大的一间，大概有十六七平米。

从两层楼梯走下来，空气变得又黏又稠，我汗津津的脑门、脖子、前胸、后胸，还有又湿又黏的T恤、短裤，立刻好像裹上了一层透明的棉絮。

足有一个月没到这屋子来了，门一打开，一股带着霉味儿的潮气扑面而来，让我想起看家的狗，跳得高高的，扑上来迎接突然回来的主人。这间屋子是去年秋天租下来的，没想到夏天会这么潮，书要长霉了怎么办？

我把屋门大大打开，打算让空气流通一下，忽然背后有人说话：

“我肏！这么多书！”

“还有外国书，洋文的——英文的吧？”

“英文的——好像你妈屄懂英文！”

“瞎屄眼！你没看见有英文字母？”

我忍不住转过身，向门外看过去，这俩是什么人？

“老师——吵着您了吧？”

说话的，是一个矮个子，穿一身已经快看不出本色的迷彩服，敞怀露胸，脚蹬着一双结实的大头皮靴。看见我转身看他们，这矮个子有点不好意思，笑了一笑，露出一口白牙。另外一个，个子高一点儿，上身披着一件旧西装上衣，里面什么也没穿，裸露的胸脯上挂着不少汗珠，下身也是迷彩，脚上是一双球鞋，手里提着一个塑料兜，里面装着一摞餐盒，一股一股的炒菜香味儿不断从那里钻出来，至少其中一个菜是肉片炒蒜苗。

“老师，这么多书，您都看过？”

高个儿的那一个，看了我一眼之后，一边问，一边继续惊奇地在几个书架上看来看去。

“有的看过，有的没看过，慢慢看。”

矮个子叫了起来：“那看到哪辈子啊？”

高个子不耐烦地推了矮个子一下：“说你没文化，就是没文化，人家一目十行，你能比？你比得了？”

“嚇！一目十行——你还拽起来了！”

“不懂？那是说看书快，你看一行，人家看十行，也许几十行，像你——一块钱十块钱都分不清！认半天！”

“你妈屄就认得钱！”

“你妈屄又骂人！”

“你妈屄先骂的！”

“你先骂的！要不是你妈屄先骂人，我他妈屄的能骂人吗？”

这“妈屄”绕口令听得我笑了起来，

我刚想劝上两句，突然看见一个小女孩立在门边，正定定地看着我。孩子不大，六岁左右，很瘦，套着一件苹果绿的连衣裙。

随着我的眼光，高个子小伙子看见了女孩：“小玲！你怎么跑这儿来了？”

小女孩并不回答，眼光移向了立满了书架的四壁。

“玲子，你爸爸还没回来？”矮个子也蹲下去问这个小家伙。

小姑娘还是一声不吭，眼神在书籍上来回流动。

看见我疑问的眼光，高个小伙子向我解释说：“这孩子的妈不在了，现在就是她爸一个人带着——今天怎么回事？你爸还没回来？”

“还没吃饭吧？走，到我们那儿吃饭去！”矮个小伙子拉起小女孩的手。

但是小女孩没有理会，还把手抽了出来。

“叔叔，你有带画儿的书吗？”

“你想看书？带画的？”

孩子点点头，没有再说话。

我真的为难了，我的藏书里没有适合孩子看的书。

“我想看带画的书，”看我迟疑，孩子又补充说，“有画就行。我喜欢看画儿。”

“有画就行？”

孩子又点点头。

这时候走廊的另一头有人大声喊：“泥鳅！你们俩磨蹭什么？他妈饿死人了！快把饭拿过来！”

“对不住，先生，回头再聊！”高个子对我笑了一下，拉着矮个子匆匆走了。

突然想起我还有几本画册。

“你看这本行吗？”我从书架上抽出一本夏加尔的画册，递给小家伙——这书对孩子其实也不合适，可我再没有更合适的了。

“叔叔，太重了。”

这画册对孩子是太重了。我把孩子领进屋子，把画册摊在一个已经开了缝的破沙发上，让她跪在地上翻着看。

“怎么样？喜欢看吗？”

孩子没有回答，一篇一篇翻着看。

“叔叔，这人在天上飞呢！”

孩子的声音细细的，充满喜悦，她抬起头，小手指着那幅《塞纳河上的桥》。

“这儿也有人在天上飞。”

“这儿又一个！”

这回孩子指的是《从窗子里看巴黎》。我很惊讶，这个悬在巴黎上空里的人其实在画面里很不起眼，在很远的后景上，不过是吊在一个三角帆上的模模糊糊的人形，可是，这孩子一下就把它挑了出来。

描绘巴黎的画可太多了，但是在夏加尔眼里的巴黎充满了神秘：窗子外，几何形的天空五色斑斓，楼群却是一片惨白，埃菲尔铁塔斜着刺向空中，有一列火车在奔驰，但是车轮一个个都倒挂在空气里；窗子里，一只沉思的猫有一张近于人的面孔，而和猫并排的，是一个人头，有着两张脸，一个朝前，一个朝后，一边黄色，一边蓝色。不过，小家伙好像对这一切一点也不注意，好像着了魔，她的小手指点在那个浮在半空的人形上一动不动。

我也不再说话，看着女孩凝神屏息的样子，觉得不应该打搅她。

“叔叔，”忽然，小女孩问我，“你要走吗？”

孩子这句问话让我非常惊奇，因为我一边哄孩子看画册，一边确实在想，赶快找到几本想看的书，尽快回诊所。小家伙怎么能看出我急于离开这里的意思？

“叔叔，这书我想再看一会儿，行吗？”

“当然行——拿回去，慢慢看。”

“真的吗？”

“当然真的，我帮你拿着，到你屋里去看。”

孩子抬头看着我，不知道为什么，表情很严峻。

“走吧。”

我左手拿起书，右手伸给小家伙。

“谢谢。”

严峻的神情没有变，但是孩子举起胳膊，把小手放在了我手里。

也许是因为生平第一次握这样小的一只手——那么小，又那么柔弱，柔弱得我小心翼翼，都不敢用力去握，不知道该怎么抓住它才合适；我从心里升起一阵感动，原来牵着一个孩子的手，感觉可以这么特别，这么好。

孩子住的地方，离我这藏书屋不远，只隔几个门，几步就到了。

这孩子的房间旁边，是凹进去的一个空间，里面有一排混凝土水槽，几个女人正在那里洗衣服，水龙头一会儿关，一会儿开，带着洗衣粉味道的水沫溅得四处都是；有几根晾衣绳悬在半空，上面挂着不少湿衣服，有水滴不断滴到光光的混凝土地面上，形成一摊一摊的水迹，让本来黏稠沉闷的空气越发潮湿。

孩子的家非常简单：一个六十度的灯泡，在屋顶发出一片黄光，一张床，用木板、旧箱子和木凳子拼起来的柜子，两个很旧的旅行箱，一个小学生才用的旧课桌，上边放着几个玻璃杯，还有一把已经破损的茶壶。地上有锅碗瓢盆，一个暖壶立在墙根，壶里插着一根电热棒，带插头的电线随便拖在地上。房间四周墙壁的油漆漆皮一片斑驳，正在脱落，和门相对的墙上，整整齐齐贴着一幅很旧的张惠妹演唱会的海报。

我想说点什么，可什么也说不出来，只对孩子说了一句，这画册就留在她这里，爱看多久就看多久。

“谢谢，叔叔。”

当我告别小玲，匆匆找了几本书，离开藏书室的时候，这地下室越发热闹起来。走廊里一下子塞满了各种声音，一片喧闹，简直像走进了电影《小武》。有两个女人尖声吵架，互相骂对方

“长着一张屄脸”，有的房间里电视正在播送奥运会的篮球比赛，观众激昂的呐喊声一阵高过一阵，还有人用盖过一切喧哗的大嗓门不断地喊：“老五，你鸡巴上哪儿去了？”另一个东北口音的人对着手机大声说生意：“不行？这价儿还不行？你啥意思啊？我这可是拿着自己亲生的孩子喂老虎，知道不？”

忽然，不知道从哪一个房间里，突然又响起一曲《狼爱上羊》的歌声，“狼爱上羊啊，爱得疯狂，它们相互搀扶去远方”——嚎叫一样的声音可能来自一个质量极差的电视机，一句句歌词都卷裹在尖利粗糙的歌声里时隐时现，狭窄的走廊立刻变得格外拥堵。

过道里的门，全都是大开大敞，有的门口挂了一块方布帘，有的门就没一点儿遮拦，光着膀子甩扑克的，躺在床上看《北京晚报》的，夫妻两个拌嘴的，还有一个人就着一盒鸭脖子独个儿喝闷酒的，全都一览无余。

- 17 -

我回到自己的诊所——我住的这栋楼，和“藏书室”所在的那座灰楼，顶多相隔二三百米——痛痛快快洗了个澡，然后想坐下来看书。

从藏书室里挑出来的几本书，都是小说，其中最想看的一本，是一直想仔细读，但是，拿起书来才发现我根本读不下去，一行行的英文忽然变得迷离起来，时隐时现。代替这一行行外文字母，浮现在书页上的，是小玲那细瘦的胳膊和纤细的手指，还有她高兴时候发亮的眼睛，我甚至还闻到了孩子头发里隐隐发出的一股清香；混在地下室潮湿沉闷的空气里，这股清香显得十分尖锐，犹如一片超薄的透明锋刃。

窗外风疏雨骤，雷声隐隐。

忽然一阵又干又脆的响雷，从天上滚了下来，似乎在寻找什么仇人。电闪总是先来，那凄惨的光芒，每隔几秒，就把天地之间照得一片雪白，很吓人。从窗子望出去，远近的一栋栋楼房都在瑟瑟发抖。

想不到，门铃响起来了。

是谁？在这种时候来访，也许又是金兆山？这几天我一直在期待这个老板重新出现。

过去打开门，我不由吃了一惊：来人竟是那位被打连环耳光的小白脸。

不过，让我更惊讶的，是这人此刻的形象。

小白脸的头上、身上都有雨迹，但是笑盈盈的，气定神闲，手里还提着一只很精致的小手提箱，比起上次，眼前完全是两个人。

第一眼看见这张脸，我就不喜欢，总觉得这脸是从哪个韩国影视广告上剪下来的，它什么地方显得不自然，甚至让人感觉不真实。

“先生，找我有什么事？”

我板着脸，语气冷冷。

“杨博士，对不起，这么晚打搅你，但是我想找你谈个事，事情比较急。”

“请明天上班时间再来。”

“杨博士，确实有急事，不会占你很多时间。”

这小白脸到底有什么急事？会不会和金兆山有关系？

最好不拒绝这位来客。

小白脸在桌前一屁股坐下，没有马上答话，先把手里的一个精致的商务皮包放到地上，然后拿出几张纸巾，一张擦脸上的雨水，一张擦那皮包，一张擦西服上身，一双忙碌的手白得晃眼。一个男人怎么能有这样女气的手？特别是那些闪着圆润暗光的指甲，一定还被仔细修剪，甚至专门抛光打磨过。这小子到底是什么人啊？

我坐在这家伙对面，静等着他说话。

窗子外面，透过水迹斑斑的玻璃，雨中的远近灯火一片朦胧，冷冷清清，唯有“金太阳俱乐部”几个大字依然闪着刺眼的红光。

小白脸把擦湿了的纸巾叠成整整齐齐的小方块儿，然后放在桌子上，这才开了腔：“我是想和杨博士商量个事。”

“商量事？”

“杨博士，听我先说几句，事情很重要，几句话就能说清楚。”

小白脸从已经淋湿了的西服口袋里掏出一个很精致的名片盒，从中又取出一张名片递给我。

我瞥了一眼名片，在“王颐”这个名字旁边的一串头衔里，第一行是“经济学博士”。

“请问你有什么事？”

“很简单的事，我想问一个问题。”

“什么问题？”

“杨博士，我想问一下，我们金总到你这诊所来——是三天前吧？是为的什么事？是来做咨询吗？”

没想到这小白脸问这个。

“对不起，这和你没关系。”

我把这句话说得尽量干巴巴的。

“不，有关系，”不等我说完，小白脸立刻急急地抢过话头，“是这样，金总到你这里来，一定有什么事情，可是不便对我们说。其实，我们完全可以和金总分担，也许根本就没什么大事，很容易解决。”

“王先生，我们有行业的规矩，有我们的原则，你这要求，过分了。”

我很想把这小白脸马上赶走，可是好奇心让我决定和这小子继续周旋。

“对不起，无论有什么事，请明天再说。”

我刚说完这句话，灯突然灭了。屋子里一下子暗下来，窗户外，对面的几栋楼也都没有了灯光，只有远近的街灯还亮着，在粗粗的雨丝里照射出一团团昏黄的光圈。

大弦嘈嘈，小弦切切。黑暗中，雨声变得切近起来。

咔哒一声，小白脸打开了小手提箱，从中取出一件象牙色的椭圆形的球，用手轻轻拍了一下，那个东西立时放出一道青幽幽的光，把我的诊室一下子照得亮了起来，不过桌子、笔筒、电脑、茶杯也都染上了一抹淡淡的青色，有点像好莱坞的恐怖片。

把这青色光球往我面前推了一下，小白脸得意地笑了笑：“新产品。”

不等我说什么，那笑脸突然一下又变没了：“直话直说吧，咱们做个生意，怎么样？”顿了一下，看我没有马上回话，他又说了下去：“这儿有五万块钱，现金。这样——你只要告诉我，金总到你这儿都说了些什么，这钱就算是给你的一笔感谢费。怎么样？”

随着小白脸的声音，整整齐齐的一叠钱，上边还留着银行打捆的纸条子，也放着阴险的清幽幽的光，突然出现在离我不到两尺远的桌子上。

“怎么样，行不行？”

小白脸又把钱往我这边推进了半尺。

“对不起，你这是什么意思？”

两只娇若柔荑的手稍稍忙了一下，立刻又有一叠钱立在我的桌上。

“你不过几句话，这钱就是你的。”

我觉得手心有些发热，是不是我手心出汗了？好奇心让我低头看了看，手心干干净净，没有汗。可就在我低头这一会儿，桌子上的钱又无声无息地高出一层，在青幽幽的光芒下，像一座妖气四射的魔塔。这到底是 tmd 多少钱？

这小白脸到底是哪方的妖怪？这么邪门？

“王先生，你知道——你在干什么吗？”

“我在干什么？”小白脸稍稍愣了一下，“杨医生有什么看法？请指教。”

“你这不是一般的生意，是买情报，高价买情报——买有关你的老板心理健康的情报。”

“情报？这也算情报？”

“当然。”

“请问，如果这算情报，它有什么用？”

“这个我不知道，你自己知道。你花这么多钱，去买一点用处没有的东西，可能吗？”

我又看了一眼桌上那叠钱，是多少，十几万？

“杨医生，就算是我买情报，你能不能设想，我可以光明正大地利用这情报？”

“这我不知道，我也不想知道。王先生，你大概没有设想过，我有可能把今天这生意告诉你的老板？”

我从卡片盒里检出金兆山留下的名片，晃了一下。

小白脸的表情凝重起来，红润的嘴唇闭得紧紧的。

“杨医生，你这是威胁我？”

看了我一会儿，他突然微笑起来。

我摇摇头：“说不上，我说的是‘设想’。”

小白脸点了点头，又是没有任何表情地看着我。

“杨医生，”他忽然开了口，“打开天窗说亮话吧，是不是觉得价钱不合适？我还可以加价，钱不是问题。”看我没有反应，小白脸还是先开口，用手把那叠让我心跳有些加速的钱向我这边又推进了半尺。

突然地，我想起不少电影里都有这样的镜头：某人不动声色地把办公桌的抽屉轻轻一拉，又不动声色地用手在桌子上轻轻一划，一大叠钱，或是一张大额支票就溜进了抽屉里，简单得很。那是什么影片？

一片大如黄豆的雨点噼噼啪啪地砸到玻璃窗上，接着是几声响雷，为什么雨来得这么暴躁？

“王先生，别麻烦了，这事我绝对不能做。”

“绝对？”

小白脸忽然笑起来，笑声十分怪异，吓了我一跳。这小子平时说话，带着一股柔和的软音，可是又被他嗓音里的另一种尖锐的金属声平衡，让人听起来不舒服。

“对，绝对不能。”

我立起身来，准备逐客。

笑声戛然收起，接着，那摞钱也一下子消失了。

小白脸收起那个青光魔球，咔哒一声阖上小皮箱，站起来，笑盈盈地看了我一眼，又迅速环顾一下我的诊室，包括窗子、窗帘、屋顶、屋顶上那盏已经半旧的吸顶灯、倚墙而立的书架、挂在书架右边那张毕沙罗的风景，还有通向我的卧室的那扇关得紧紧的门，然后转身走到门前——开门，出门，关门，活像个鬼影子，一下就不见了。

瓢泼大雨。

我一动不动地坐着，眼前的灰暗的空间里，有东西时隐时现——那是小白脸那双白得耀眼的手。

我使劲闭上了眼睛，过了大约半分钟才睁开，果然，那双白手没有离开，还在我眼前，不过不再那么耀眼，接着，一张笑盈盈带着几分妩媚的脸也浮现在半空，朦朦胧胧的，先是从右面往左面漂，然后又渐渐升高，一边升一边变大，像是《西游记》里的妖怪。

我急忙又紧紧闭上了眼睛。

- 18 -

为什么不到雨地里走走？

我一头走进瓢泼大雨之中。

一片混沌的街上，行人寥寥，车如流水。

有几家纸烟店、快餐店和二十四小时小店还在营业，在它们明亮的灯光的透视下，粗粗的雨丝清晰可见。

我在雨中不辨方向地乱走，粗粗的雨丝像一条条细细的水鞭，在脸上起劲地胡乱抽打，带来一阵阵的痛感；没一会儿工夫，上衣脖领的空隙已经成了决堤的口子，雨水欢快地沿着脊椎肆意下流，不但贴身的内裤都湿得透透，连JJ都水淋淋的，缩缩瑟瑟地贴在大腿根上。落汤鸡，想到自己成了真正意义上的落汤鸡，我笑了起来，觉得很痛快。

往下去哪里？我给自己定了一个原则：逢街口，一律左转。所以，当我转了几个街口，发现自己原来已经转到了中关村，不觉很高兴，因为我可以找个地方，坐下来，喝上一杯热乎乎的咖啡了。

虽然是雨夜，这地方依然灯火辉煌，一片繁华。e世界大楼的楼面占满了半个夜空，像万花筒一样不停地在烟雨雾气中变幻着光色，楼端上那个巨大的蓝色e字，犹如一个妖怪的独眼，一会儿睁，一会儿闭，警惕地守望着黑云压城的天空、四周的万家灯火、街道上川流不息的行人和车辆。

周璎有一次对我说：怎么分别一个城市现代不现代？其实就一个标准：灯光——城市的灯光。

她说话多半都十分极端，可是准确。

现代大城市，纽约也好，东京也好，只要是在白天，其实都很难看：密密麻麻挤在市中心的写字楼，带着一副暴发户嘴脸的一幢幢银行大厦，花尽心思赶时髦、可总是带着一股寒酸相的大小商城——这一切丑陋和寒碜，都会被白日的阳光一点不讲情面地揭露无遗，什么都清清楚楚，一点不含糊。可是夜幕一落，马上不同。灯光真是最最了不起的魔术大师，一样的楼群，一样的街道，一样的商铺，不过一秒钟，就突然变得新鲜陌生，光彩夺目。刹那间，有如一颗颗晶莹璀璨的夜明珠突然花雨一般从天而降，撒满人间，本来呆板冷血的玻璃幕墙忽然一层层大放光明，晶莹通透，仰望过去，里面活动的人物历历可数，人人带着熠熠光晕，好似神仙世界，好似梦幻；街道两旁的橱窗们更是个个花枝招展，不但珠宝首饰，连乳罩和三角裤都光华四射，附上了一层层的灵韵；酒吧，餐馆，旅店，会所，KTV 歌厅，购物中心，也都在灯光里变得柔和亲切，殷勤地向每一过路人发出邀请。只要血液里的欲望还在流动，只要你的银行卡还能够刷钱，面对这样的邀请，你绝不可能不动心——不管那暗处和阴影里潜伏着多少计算、阴谋和危险，它们都像千百年里流传的那些可怕的鬼故事一样，有一种不能抗拒的魅力，让人又怕又迷又向往，妙不可言。

还有比这更虚伪的表演吗？还有比这更狂气的欺骗吗？还有比这更诱人的诱惑吗？

我登上过街天桥，伏在栏杆上看桥下的车流。

湿气蒸腾的夜色里，缓缓漂移着两条长长的灯河，一条银亮，一条殷红，各自向着相反的方向缓缓流动，没有波浪，没有徊流，气象万千，可是死气沉沉。我忽然想起，十多年前一个冬天，我和华森两个人跑到了芝加哥，两个人背着旅行包走到密歇根大街上，站在那里发呆——已经在魁北克寂寞荒原上流浪了一个多月，此刻竟然又看到塞满马路的密集车流，看到无数的车灯汇成的闪闪灯河，似乎一下子掉进了什么童话世界。两个人谁都不想再走一步，从肩上卸下沉重的旅行包，放到马路边，我和华森一屁股坐下，筋疲力尽，一动不动。从大湖吹来的夜风像一条条寒气凛冽的鞭子，带着啸声抽来，几乎把人吹得透心凉，可是我全都不顾，只是着迷地对眼前这一银一红汇在一起的两股车流发呆，一边看，一边想：要到什么时候，中国的城市也能有这样的夜景？

现在，我眼前这条普通的大街上演出的，正是当年我神往不已的景象。

还记得那天晚上，当我面对那缓缓流动的灯河不断发出感叹的时候，他甩出这么一句让我永生难忘的评语：“傻子看灯！”

不错，傻子看灯！说得好。

- 19 -

钻进一个星巴克，我要了一杯咖啡，然后掏出手机给周璎打电话。

周璎的声音显得那么遥远。

“你在什么地方？现在？”

“在我妈妈这儿，已经两天了。”

那就是说，她已经到了洛杉矶。

有一次，周璎让我猜，她在这世界上最痛恨的两个人是谁？我说这从何说起？人海茫茫，她可能恨的人太多了，叫我从哪儿猜起？周璎说可以给我一个提示：是在这个世界上和她关系最密切的人。我说那一定是她最直接的两个顶头上司，一个是书记，一个是院长，周璎说不对，这两个人讨厌，但决不至于让她痛恨。我说那我就实在猜不出了，她说你真笨，世界上和她关系最亲密的人还有谁？不就是父母嘛。我当时真吃了一惊，最痛恨父母？那怎么可能！但是周璎立刻反驳说，怎么不可能？她在这世界上最痛恨的，正是她的爸爸和妈妈，其中恨得更厉害一点的，是她妈妈。我记得很清楚，她这样说的时候，长长的睫毛下的眼睛确实闪着厌恶和仇恨的光芒，那不可能是假的。我刚要说几句什么，可是周璎抢先用右手食指封在我的嘴上，轻声喝道：“住！”

我只好什么都不说了。

现在周璎到了她母亲那里，会不会闹别扭不愉快？我想提醒她注意，可是忍住了。

“给你打电话，都是关机，信也不回。怎么回事？”

“我把手机关了。”

“遇到什么事了？”

“不说，没意思。”

“一定是和你妈妈冲突了。”

“差不多。”

“因为什么？怎么了？”

“不想说。”

我好像看见了周璎微微蹙起的眉头，伸在被子外面的肩膀和胳膊懒洋洋的，被早晨的阳光勾出金色的轮廓。

“又吵架了吧？”

“你管不着。”

“你是女儿，她是妈妈，你让她一点嘛。”

“又来了！为什么女儿就该让母亲？为什么母亲就不该让女儿？什么道理！”

周璎蛮不讲理的劲头又来了。

“好，说别的。”

“干嘛说别的？我还没说够呢。”

周璎停了一下，把语气调得柔和了一些：“我这妈，怎么这么烦人啊？昨天晚上，她让我去跟她参加一个Party，还特别强调说，有很多狗屁名流参加，我不想去，她就闹，啰嗦没完，我去了，她见人就告诉人家，女儿是伯克利的博士，这是不是有病？”

“做父母的都是这样啊——”

“别废话，听我说。还有更让人生气的，好不容易话题转到奥运会，有几个脑残艺术家，还有几位教授，立刻就扯起了西藏，这个那个，我本来想躲开，可这几个老兄揪住我，非要和我争，我心想，你美国人知道什么西藏啊，也好，那就给他们上上课，我也不客气，也不给他们还嘴打岔的空挡，从文成公主一直讲到西藏的奴隶制，然后再讲农奴解放——可气的是，这时候我母亲跑过来打岔，非要转移话题，讨论什么城市发展，说洛杉矶的发展可以给中国城市化提供经验——然后就开始全面、系统、彻底地胡说八道！”

“这可是关老爷眼前耍大刀啊。”

“人家就这样，一斤鸭子半斤嘴。”

“别这么说，她是你妈妈。”

“又来了！不和你废话，挂了！”

咔哒一下之后，只剩下一缕嗡嗡声在我耳边弥留不去。

周璎不喜欢她母亲，也不喜欢她父亲，这态度我可以理解：她的父母离异的时候，周璎才五岁——这样的伤害就像一道不能愈合的伤口，只要你清醒，就会刻骨疼痛，难得片刻安宁。

- 20 -

“您是杨医生？”

来的人个子不高，非常壮实，头很大，脖子很粗，肩膀很宽，胳膊、胸背和大腿也都厚厚的，厚到很容易让人联想到一个敦敦实实的正方形。可奇怪的是，这样的体型并不难看，相反，一举一动都很协调沉着；一件很宽大的暗红色T恤衫套在他身上，紧绷绷的，不但短袖和粗壮的胳膊紧紧贴在一起，连胸肌的轮廓都清晰可见。

我告诉来客，我正是杨医生。

“我是小玲的父亲。”来客扬了一下手，他手里是那本夏加尔的画册，“我来还书，谢谢您了，借书给我女儿。小孩不懂事，打搅您了。”

“没关系，我喜欢小玲，再多看几天也没关系，不用急着还。”

“不用了，多谢，还是还给您吧。”

“对不起，你怎么称呼？”

“不客气，我叫王大海。”

把书交到我手里，王大海转身就走了。

有的人，只要你有机会和他见上一面，甚至不用说什么话，就会被他吸引，想认识他，和他聊聊，和他交个朋友。王大海就是这样的人。

这个体格壮实的矮汉子给我印象太深刻了。他的黑脸上似乎没什么表情，可有一种凛然不可欺的严厉，他说话的语气也平平淡淡，但是平淡里裹着很硬的东西，让人想起坚硬的钢锭。

小玲有这样一个爸爸，太好了。

应该去看看小玲，再和她这个爸爸聊聊天，王大海给我的印象太深了。

- 21 -

我打开手机，听到却是一个又粗又哑的男声：“喂，是杨先生吗？”

我刚想反问对方是谁，手机里传来一句让我立刻兴奋起来的话：“杨先生，请等一下，我们金总要和你说话。”

我眼前马上浮起一双贼亮的锥子一样的小眼睛。

“杨博士，我是金兆山，今晚有空吗？能不能见个面，聊聊？”

这位金总的口气和几天前大不一样，很随便，好像我一直是他的老熟人、老朋友。

我当然有空。

听到我说愿意和他见面，金兆山显得非常高兴，马上说要找一个“有点意思的地方”——在一个老板眼里，北京哪里是“有点意思的地方”？

原来是东三环瑞金大厦八楼瑞金俱乐部。

我谢绝了金兆山派车接我的建议，自己打车到了瑞金大厦。

通向八楼的电梯前站着两位迎宾小姐，在她们旁边，稍远一点距离，还站着一个男服务生。两位小姐都如花似玉，很是靓丽，一个身穿玫瑰红真丝印花的无袖长旗袍，另一个也是无袖旗袍，不过是宝蓝色的大花印花绸，让人想起六七十年前风行一时的月份牌年画。

民国风又活了？祝你长命百岁。

大概是我的一脸汗迹可疑，蓝袍小姐客气地请我出示会员卡——六只眼睛一齐阴阴地盯着我，全都冷冰冰的，冷得让这地方的空气明显降温，完全可以不用空调。可是在我通报了姓名之后，她们的态度一齐大变，三三笑脸相迎。这样的笑太甜了，甜得我有点手足无措。

“原来是金总的客人，让您久等了，请跟我来。”

穿着一身玫瑰红的小姐笑容可掬地请我进了电梯。

到了八楼，又一个迎宾小姐迎上来，也是无袖真丝印花旗袍，银地上叠着浅紫荷叶，翠鸟白莲，双开衩，而且开衩非常高，以致每半秒钟，这位小姐的玉腿就轮流暴露一次，与紫荷白莲交相辉映——什么是眼花缭乱？这就是吧？

我跟着银旗袍经过的，是一间相当大的咖啡厅，高高的护墙板在不很亮的壁灯下闪着暗淡的光，沿墙都是高靠背的火车厢座，每个咖啡桌上都亮着一个小蜡烛，每根蜡烛坐在一个小小的刻花水晶玻璃杯里，烛火于是被曲折的晶面歪曲成点点的鬼火。这厅里喝咖啡的人不多，倒是有几个三四岁的孩子在嬉戏打闹，不时发出肆无忌惮的尖叫。银旗袍小姐没有在咖啡厅里停留，而是经过几个过道，把我领到一个房间的门口，微笑着对我说："金总一直在这儿等您，请稍候。"

小姐轻轻敲了敲门，里面马上隐隐传来金兆山的声音："进来！"

我刚一走进门，金兆山立刻大步迎了过来，像对很熟的朋友一样用劲握住我的手："杨博士！可把你等来了，快请坐！"

这是一间又像客厅又像书房的厅房，一圈皮沙发正对着一个高高的墨色大理石砌成的壁炉，厅的另一角上有一个很气派的老板桌，桌旁一排三个卧进护墙板的书架，书架上的书不是很多，一套中外名人传记故事丛书，一套民国丛书，另外还有一套鲁迅全集。

金兆山一边拉我坐下，一边又招呼还站在门前的蓝印花旗袍小姐："小莲子，给我整几盒烟来，我这儿没烟了，快点儿！"

小莲微笑着答应了一声，为我们关上了门，在关门的一刹间，我又一次看见银旗袍后面闪动的长腿，似乎那长腿之间也浮现着这女孩子的微笑。

“怎么样？这小姑娘不错吧？我每次到这儿，都是她招呼，换别人还不习惯。”

我刚在沙发上坐下，金兆山就从墙角一个酒柜里拿出一瓶白兰地，两个高脚酒杯：“来，喝点儿，咱们一边儿喝一边聊。”

“金先生找我有事？”

“那天晚上的话没说完，给人搅了局，咱们今天换个地方，接着说。”金兆山一脸笑容，一边往两个杯子里斟酒，一边在我旁边坐下，“天晚了，再到你诊所搅和，不合适，这地方轻松一点儿，你看行吧？”

“在这种地方喝酒，我还是第一次。”

金兆山把斟好酒的酒杯递给我：“来，喝酒！”

酒不错，轩尼诗，酒香幽幽四溢，开出一朵看不见的鲜花。我拿起杯子看了看——酒倒得太多了，足有半杯。看金兆山端起酒杯一下喝了一大口，我也只好喝了一大口。

“怎么样？这酒还行吧？”

“酒是好酒。可是要我说心里话，天下什么好酒也比不上二锅头。”

“什么？你爱喝二锅头？”金兆山一下子兴奋起来，两只眼睛笑成两条小缝，大嘴咧得好大。

“上大学时候，同学一到周末就喝酒，不喝别的，就喝二锅头，从那以后，我是非二锅头不喝。”

“哎呀！老弟，这叫酒逢知己！”金兆山兴奋得重重拍了一下我的肩膀，“我也是，就认二锅头，这洋酒——都是没办法，碰上场合才喝，我想你是从美国回来的，才喝这个，根本没往二锅头上想！好，就来二锅头，立马！”

不等我回答，他掏出手机，飞快拨了几下："小莲子，快，去再整一瓶二锅头来——要红星的！"

我赶快站起身拦住他："别麻烦了，这不是喝二锅头的地方。"

金兆山奇怪地瞪起了眼睛："不是地方？那你说什么地方？咱们马上换地方，你说什么地方？"

"算了，那种地方现在早没了，不好找，咱们就在这儿喝吧。"

"绝不能凑合，你说什么地方？我给你找！"

看金兆山认了真，我只好给他解释："我说不好找，是因为我说的，是那种老北京才有的小酒馆，我上大学时候，还有，现在都过去十多年了，这种小酒馆早就没了——现在上哪儿找去？"

"这可不一定。天底下，只有想不到的事，没有办不到的事！你说的小酒馆是啥样儿，我知道。"金兆山晃了一下酒杯，把剩下的酒一饮而尽，一脸笑容地搓了下手，"你算碰对人了。杨博士，委屈你在这儿等一等，我去办，你等好消息吧。"

金兆山掏出手机，一边拨着电话一边走出门去。

足足有二十分钟这位金老板还没有回来。不过我并不着急，这皮沙发凉凉的，很舒服，何况还有一杯好酒在柔和的灯光下静静地散发着暗香。问题是，这个大个子阔老板究竟为什么找我，究竟出于什么目的，到底要干什么。

"杨先生，我找到地方了，立马走，包你满意！"

金兆山回来了，兴冲冲地拉起我就走。

- 22 -

曹胖子把车子开得飞快，不一会儿就离开万家灯火的东四环，很快进入夜色昏暗的京石高速公路。

看来我们要去的地方一定不近，至少是郊区。我问金兆山，这是去什么地方，不会是石家庄吧？他咧开大嘴笑笑，用手指指驾驶座上的曹胖子，说：“不用费心，有他呢。”我更好奇了，可是曹胖子那张在黑暗中时明时暗的麻脸没有一点表情，我也就不再问。金兆山可是兴致很高，一路上和我比较二锅头和其他白酒的优劣——不管是贵州的茅台，还是东北的高粱烧，都不如二锅头。

当车灯在夜的暗色里隐约勾出一段古老城墙的轮廓的时候，我终于认出了我们的车子来到了什么地方：“金总，这是宛平县城，对不对？”

金兆山惊讶了：“杨先生对北京可真熟呀！”

我十二岁那年母亲去世，成了孤儿，从那以后我在北京到处跑，像一只没有家的野猫——我对这个城市能不熟吗？

我们的车子缓缓驶进宛平城的时候，对能不能在这里找到小酒馆，我还是相当怀疑。待车子穿过古城，开出西门，又穿过在夜色里朦朦胧胧的卢沟桥，在桥西头停下，我们面前出现的不过是一片破旧的房子和几扇亮着暗暗灯光的破旧窗子的时候，我的怀疑就更深了。可是，不等我说什么，曹胖子带着我们拐进一条窄窄的小街，走了一小段土路，又打开临街的一个破旧的小门。

我和金兆山进到这门之后，眼前所见，让我不由得大吃了一惊。

时光真的可以倒流。我一下子回到了二十多年前，一切都太熟悉了：很小的屋子，昏暗的灯光，呼呼呼作响的摇头风扇，糊了旧报纸的墙壁，摆满了廉价烟酒和日用小百货的木头货架，还有布满了刻痕和污迹的木头柜台，两张小方桌，几个小木凳。酒客只一位：一个落寞的老头儿靠墙坐着，面前的桌面上有一小撮花生米，一个旧茶杯，一缕二锅头的酒气正从那里冉冉升起，又缓缓穿过充满了小屋的暧昧异味和热烘烘的空气，迎面扑来。酒铺的老板也是个老头儿，眼睛混浊，看我们进到他的店铺，满脸惊疑。

“金总！你怎么找到这么个地方？”

我真是惊喜交加。

“怎么样？满意吧？”

金兆山非常得意，小眼睛精光闪闪，厚厚的嘴唇上漾起一片嘻嘻的笑。

“老曹，把咱们带的酒杯拿来。”

“来了。”

曹胖子应了一声，立刻打开一个乌色的木盒子，从中拿出两个有喜鹊登枝图，足有茶杯大小的酒杯，小心地放在了布满了裂缝的小方桌上。

满头白发的老板走过来，在方桌上放了一瓶红星二锅头。

“来，满上！”

金兆山急不可待地把两个酒杯都斟满。

“走！”

我把一满杯的酒一口闷下，金兆山喝了声彩，把他手里那一杯酒向我举了举，也一下喝干。

混杂着烟气的闷热里，二锅头的酒香挥之不去，一股暖烘烘的热气从小腹升起，直贯头顶，留下一阵如薄薄轻纱一样柔软的迷糊和晕眩，然后在全身四处悄悄游走——这感觉，太好了，太熟悉了。好像十多年的岁月不过是一道小河沟，能够一跃而过，于举步之间就又回到了在大学里读书的年代；这小屋还是学校西门外的那个小酒铺，对面坐着的还是同宿舍的王大屁和老白薯，两个人酒不过三巡，就开始为马尔克斯和博尔赫斯的小说孰优孰劣展开激烈的争论，不一会儿的工夫，已经大吕黄钟，声震屋瓦。还有，记忆里，酒铺的小店主和眼前这个老头儿也很像，眼睛也是混浊不清，虽然完全不明白这两个大学生胡说的是什么，可坐在柜台后面的他，花白的头一直伸到了柜台前面，聚精会神，连听带看，津津有味。

“杨先生！”金兆山的一声呼唤，让我一下醒了过来。

金兆山高高举着酒杯，一头大汗，一粒粒豆大的汗珠在黑大理石一样的闪光的胸脯上凝聚，T恤衫湿了一大片。“出汗的酒，闷声的狗”，凡一边出汗一边喝酒的人，千万不能轻视；我知道今天遇到了对手，心里开始盘算应对的办法，可不能让这个大个子给灌醉了。

“杨博士，今天痛快，好多日子没这么痛快了！”

不错，这酒喝得痛快，特别是曹胖子悄悄走进了门，不声不响，轻轻把两大包用新鲜荷叶包住的猪头肉放到桌子上的时候，我不由得叫了起来：“金总！你这是变魔术啊，哪儿来的猪头肉？”

“你不是刚才说，可惜少了猪头肉吗？这不给你整来了！”

那还是我们刚坐下不久，酒铺老板颤颤巍巍送上来一碟煮花生米的时候，我顺便说了一句，可惜没有猪头肉。

我从柜台上拿过一个杯子，满上了酒，站起来递给曹胖子：“老曹，来，谢谢你的猪头肉，我敬你这一杯！”

“杨先生，无功不受禄，这猪头肉不是我弄来的。”

曹胖子脸上难得出现了一丝微笑，用厚厚的手掌轻轻挡住了酒杯。

我转身向金兆山："二锅头，猪头肉，真是要什么有什么！我无论如何要敬老曹一杯！"

金兆山笑了笑说："这猪头肉还真不是他的功劳，另有人。"接着他问："这东西是谁整来的？"

"是韩小六。"

"把小六子叫来。"

曹胖子应了一声匆匆走出，但立刻又转身进来，后边跟着一个二十多岁的青年人，黑T恤黑长裤黑皮鞋，胳膊上的刺青是一只昂头翘尾的小鳄鱼。

"小六儿，这猪头肉是你整来的？还挺快。"

"报告金总，一包是福云楼的，一包是浦五房的，这两家都是百年老字号，要是不合口，我马上再去弄。"

"胡说，"金兆山瞪起眼睛，可嘴边还含着笑，"福云楼和浦五房的猪头肉要是不合口，你还上什么地方弄？尖嘴巴舌，不实在！"

韩小六脸上闪过一丝笑，没说什么，只垂手而立。

"来，这是杨博士，为这猪头肉，他要请你喝杯酒。"

我赶快举着酒杯递给韩小六："多谢你啦，来，把这杯干了！"

"杨先生，不敢当，这是我应该做的。"

韩小六还是垂手站着，没有接过酒杯。

"喝了吧。"

金兆山笑着扬了扬手。

韩小六这才把酒一饮而尽，又走前两步，把酒杯放到木头柜台上，然后和曹胖子一起退出了小酒铺。

- 23 -

“金总，你手下的人都是超级能干哪！”

“超级？你从哪儿看出来的？”

金兆山也是满嘴猪头肉嚼得正香，但是一对小眼睛非常警觉。我晃晃手里夹着猪头肉的筷子：“就凭这个！”

这筷子是随着猪头肉打包带来的，包筷子的纸套上有一行字：“瑞金俱乐部”。

金兆山愣了一下，然后哈哈笑了起来：“杨博士，你真行！到底是心理学博士，眼尖，心细，我服了你。来，再走一个！”

“走一个！”

把杯中酒一口喝干，我突然想起王颐那张小白脸，还有那双捧着一个青幽幽光球的白手。

“金先生，你那位王博士怎么样了？”

“你是说王颐吧？”金兆山的眼睛又像锋利的锥子一样亮了一下，接着哈哈笑起来，“真不好意思，那天晚上在你那儿闹了个乱七八糟，来，走一个，算我给你赔不是！”

“他好像犯了什么错误？你要开除他？”

“我问你，什么人最可恶？吃里扒外！”

“王博士吃里扒外？”

“可不是！这小子——”金兆山用力拍了下桌子，可是又突然收住话头，“我是吓唬吓唬他，”一股狡猾的光芒随着金兆山的微笑在他眼睛里闪个不停，像是藏在浓浓黑云后面的闪电，“做企业，不依靠知识分子，真不行，可知识分子，最靠不住！那话怎么说？对，带兵如带虎——你用上王颐这样的人，你就当自己家里养了条花豹子，绝不能大意。”

“他一个小白脸，能像豹子？”

“可不是！说豹子没准都小看了他！”

豹子？那种人也比作豹子？

“杨先生，你想，一个男人，当着众人让自己媳妇风风张张打嘴巴子，不但不还手，还能不动声色，不急不火，这就不是简单人物。这种‘忍’的功夫，不得了，我都不行。一个人在‘忍’上有这么大修为，那是忍者，那是人才！”

“人才？这也算人才？”

“当然是人才。我聘他做发展计划部的部门经理，等于是买进来一台超级电脑，兄弟，这可不是一般电脑，是人，活人——性价比合适，嘿嘿。”

“刚才你还说这人吃里扒外，你不担心？”

金兆山摇了摇头，突然举起酒杯，“不说这些了，来，咱们再走一个！”

“走一个！”

我和各种各样的人喝过酒，可从来没想，有一天能和一个大老板一起痛饮二锅头，更没想过和这大老板一边醉酒，还一边各自“痛说革命家史”，我说十二岁时候怎么在北京四处流浪，他说十六岁怎么到工厂去学徒，我又说我的伯父怎么把我领到西北，让他的孩子打工，但是供我读书，他就说八十年代怎么做起了“倒爷”，倒塑料饭盒，倒海产，倒各种水货，最后靠“倒”汽车配件当了万元户——到最后，我们已经成了酒中知己，他不再称“杨博士”、“杨先生”，而是“老杨”、“杨兄弟”；我也不再叫他“金总”或是“金老板”，而是“老金”、“金大哥”。这还不算，两个人的话里开始都带起了脏字，这些脏话脏字像被关在一个黑洞里的一群蝙蝠，被二锅头打开了笼门，一下子都闹哄哄地飞了出来，在半空上下翻飞。

“我真有三毛钱活了三天的时候，兄弟你不信？谁哄你谁不是人养的，是王八蛋孵出来的！”

“扯鸡巴蛋，一毛钱一天？你喝凉水？”

“怎么？一毛钱不是钱？一毛钱——你知道那时候什么物价？告诉你，杨兄弟，那时候一毛钱能买三斤小白菜，两斤西红柿。火烧，五分钱，肉包子，才一毛钱——我一天两个火烧，三天六个火烧，他妈的过来了！搁到现在，三毛钱买个鸡巴毛！”

“一天两个火烧 —— 嚼火烧那时候，你想过今天吗？大公司，当老总？”

“想这个？做梦也没想过。那时候，一脚棺材里，一脚棺材外，谁敢想这个？可是，兄弟，我从小就知道挣钱，也爱挣钱，钱是好东西——说民主是好东西，妈了个屄！钱才是好东西。跟你说，杨兄弟，你见过屎壳郎没有？知道屎壳郎最喜欢啥？大粪！听我说，我有一比，人和钱的关系，就像屎壳郎和粪的关系。我，就是一个屎壳郎。”

“你是超级屎壳郎。”

“超级？不对，我不超级，不够格儿！”

“你不够格，谁够格？”

“兄弟，你不明白，不懂！最爱钱的，不是我们这些生意人，我们是爱钱，可这世上有人比我们更爱钱，信不信？什么人？告诉你，兄弟，是那些当官的；俗话说，千里做官只为钱，可当官能挣什么钱？可越挣不上钱，他们就越爱钱，比我们更爱钱，官越大，越爱钱！太大的官，不容易碰上，可是县长、局长、市长、部长，还有他妈数不清的秘书长，我见得多了——他们才是超级屎壳郎！超级，那才超级！”

“照你这么说，屎壳郎太多了。”

“可不是！告诉你，人人都是屎壳郎——你也是！”

“我？”

“对，别看你洋博士，也是屎壳郎，小小屎壳郎。”

“我肏，和你喝点儿二锅头，我就成屎壳郎了？”

“你跑不了，咱们哥俩都是屎壳郎。”

“好，屎壳郎就屎壳郎，走一个！”

“走一个！”

- 24 -

我从来有一种控制能力，每次知道自己已经八成醉了的时候，就能想办法把酒局搅黄，决不让自己酩酊大醉，不省人事。所以，当金兆山叫酒铺小老板打开第六瓶二锅头的时候，我假装自己完全醉了，坚持要到卢沟桥去看月亮。

“看月亮？这时候？”

“就是！赏月！‘卢沟晓月’，‘燕京八景’，知道不知道？”

“好，赏月，屎壳郎要赏月，走！卢沟桥！老曹，把酒瓶子带上！”

小酒铺就在卢沟桥的西桥头的小街上，离大桥不远。但是金兆山刚一走出酒铺，就吐了，人也东倒西歪，活像醉打山门的鲁智深；曹胖子和韩小六忙上来搀扶，硬把他塞到停在路边的一辆SUV里去了。

我自己一个人来到卢沟桥头。

已经是后半夜，皓月当空，清风徐来。

我扶着桥栏，摸着一个个石头狮子，慢慢在桥上走过去。一直走到东桥头，到“卢沟晓月”石碑前边，停了下来，使劲儿睁大眼睛，想把石碑看清楚。

月光淡淡，乾隆皇帝题的四个大字模模糊糊，一点儿不清楚。我拍了几下热烘烘的脑门儿，使劲回忆，想记起最后一次来卢沟桥看这碑，那究竟是什么时候，可不行，怎么也记不起来。算了，不再费这个劲，我转过身，一步一步回头往桥上走，上到桥面，双手抱住桥栏上的一个狮子头，使劲向永定河看过去。

很多北方的河都有一个宽阔的河床，永定河也一样，不过在如烟如雾的月光下，眼前的这片河床用宽阔来形容并不合适，它带着股蛮劲儿向四面八方伸展，月光照处，完全是一片大平原。我在黑暗里寻找永定河的河水，最后终于找到了：那说不上是条河，那是一线闪着朦胧银光的溪水。在这莽莽苍苍的夜色里，大概很为自己的细小惭愧，那些细碎的水波都带着歉意，时隐时现，好像随时都要钻进地缝里。

当年，马可·波罗走过这座桥的时候，是在白天还是在夜里？他能看见我眼前的这月色下的大桥吗？看见桥栏上几百个石狮子一齐在暗夜里闪闪发光吗？他应该看见过。不过，这家伙还说他亲眼见桥下波光荡漾，片帆如织——那是真的？不可信，这家伙肯定是个大嘴，一个像华森那样喜欢胡编故事的大嘴，回到威尼斯胡吹的时候，他一定是把在大运河看到的景象剪接到卢沟桥来了。

一定是。历史离不开大嘴们编故事。

忽然，我的手机响了起来。

“喂，你在哪儿？”

是周璎。

“我在卢沟桥。”

“什么？在哪儿？”

虽然周璎的声音是从大洋那一边传过来的，可是非常清楚，好像她是从北京家里给我打电话。

“卢沟桥。”

“你在卢沟桥？胡说吧？你喝醉了？”

“我真在卢沟桥，我现在就站在卢沟桥上。”

“你去卢沟桥干什么？”

“喝酒，看月亮！”

周璎沉默了一会儿，又笑起来：“那儿的月亮好吗？”

“好得很，月亮不大，可是很亮，照得整个桥都晶晶莹莹的，一个水晶大桥！”

“你醉得厉害，快回去睡觉！”

不能让周璎知道我醉得厉害，我告诉她这里还有别的朋友，他们会送我回家，就关上了手机。

我眼前一下子闪出周璎平滑的小肚子，小肚子下边，是被她修理得整整齐齐的一片梯形的浅浅的草地，还有——今天这酒可真的喝多了。

月光下的卢沟桥闪着朦胧的银光。

脱下汗水湿透了的T恤，又脱了牛仔裤和内裤，全身赤条条的，我在石头桥面上躺了下来。

已经是后半夜，可是桥面的石块还很暖和，好像白天的阳光不乐意跟着落日下山，悄悄躲在了这些石头的里头。我来回动了几下，让脊背和屁股都紧紧贴到了桥面，不一会儿，一股暖意源源不断地钻进两肩、后背、屁股蛋和睾丸，然后又缓缓流向胳膊和大腿，再流向直挺挺指向灿烂夜空、膨胀得几乎要爆裂的阴茎，真是舒服。这股舒服劲儿怎么那么熟悉？我想起来了，好多年以前，也是在一个深夜，我在天安门前金水桥的桥面上也睡过觉。不过，那天夜里可没这么透明，也没这么安静，相反，四周很乱，不是一般的乱，不过，那汉白玉的桥面，也是这样，很平，很光，很温柔，躺上去一点不嫌硬，也是这么热乎乎的，感觉有阳光从石头里慢慢渗出来，又慢慢渗到你身子里，让你浑身的血都是热热的。那到底是哪一年啊？是什么时候的事？

当我在剪剪轻风里朦胧睡去的时候，夜空纤尘不染，没有一丝云迹，只有一轮水晶似的月亮，在天上飘来又飘去，光华射处，天地皆白。

- 25 -

我给华森打电话，把金兆山忽然找我喝酒，我和他大醉卢沟桥的经过详细告诉了他。

“这太牛了！跑到卢沟桥喝二锅头！”

“是啊，还有猪头肉呢。”

“猪头肉？卢沟桥那地方还有猪头肉？”

我于是把猪头肉的传奇来历又给他详细讲了一遍。

“这个太有意思了！就是喝酒，没有说别的？”

“说了，俩人还都‘痛说革命家史’，就着二锅头，差一点儿抱头痛哭。”

“你？和一个大老板——痛说家史？”

“是啊，从小说到大。”

“大老板也说？”

“说啊，说到动情的地方，还热泪盈眶。”

“两个神人！”华森在电话里高声嚷起来，“一个腰缠万贯的大老板，一个美国回来的海龟，还是心理医生，凑到一块儿诉说家史，还挺会挑地方，卢沟桥！有了，这简直就是一回书：‘卢沟桥月下说家史海龟结新友，二锅头酒中忆故知老板赞猪头’。”

“行了，别瞎扯。”

“瞎扯？这回书刚开始，我惊堂木还没拍下来呢。”

我得想办法拦住华森，一旦说到兴头上，这家伙就刹不住车，滔滔不绝，没完没了。

幸好苒苒这时接过了电话。

“你去见石头没有？”

“没有。”

“你答应过的。”

“过几天我一定见。”

听得出来，苒苒对我这搪塞很不满意，想说什么，可是沉吟了一下，没有说下去，只是说如果我不马上去见石头，以后休想再到她这里混饭吃。

威胁归威胁，放下电话前她又叮嘱：

“过几天来吃饭，这两天不行，搬家，乱七八糟的事情太多。你来，正好看看我们的新家。”

搬家？不错，听华森说过，最近苒苒炒股很顺，赚了不少，所以他们又买了一套新房子，“新房子大多了，客房也多了，来朋友，挤一挤，七八个人住下没问题！”其实，他们现在的房子三室一厅，已经够好了，再说，他们就两个人，为什么要那么大房子？

“我再说一次，马上去见石头，马上！”

“好，马上。”

- 26 -

海兰的家既然是个大杂院，那一定是在胡同里，而且多半是一条不起眼的老胡同，但是没想到这么偏僻。我大约转了近半个小时，才好不容易找到这个“勤贤胡同 26 号”。

海兰电话里还特别说明，这胡同原来的名字不是“勤贤”，是“琴弦”，胡同里的老住家说起自己的胡同名，还要加一个儿化音，是“琴弦儿胡同”。其实这样改名真是太可惜了，原来的名字多有味道，一听就是条有来历的老胡同。

这 26 号，明显不是正门，是后来破了墙另修的小门——很多大杂院都有这种相当随便的改建，是图方便，也是为了节省院子里可用的空间；我见过一处旧宅子的广亮大门被封起来当了居室，还在墙上砌起一个高高在上的小窗户，一盆仙人掌立屋里的窗台上，开着艳艳的一朵红花。

站在门口，我又犹豫起来。

院门敞开着，两扇门板油漆剥落，处处开裂。

为什么我犹豫再三，还是答应了海兰，来这里和她丈夫见面？

我自己也说不大清楚，很可能是因为世界上还有一个人这么说自己：“我拿把刀子站在门口，谁也别想进去。”这是个什么人？

进了门，已经没有院子，迎头就是一个个临时搭建的小砖房，房子和房子中间挤着一条曲折的过道，靠左手是一间用石棉瓦和木板搭建的小棚，几株喇叭花沿着几根细竹竿高高兴兴地攀援而上，一朵朵淡蓝色的小喇叭正在微风里快乐地东摇西晃。靠墙根，高低依着几盆仙人球，其中两株正开着花，一红一白，都很娇艳。

我该怎么走？正犹豫，从一侧的屋里走出一个老头：

“您找人？”

老头手里拿着一把水淋淋的韭菜。

“我找杨海兰。”

“您找杨老师？她住西跨院。”

不等我接话，老头对着旁边一间小屋喊起来：

“二妞儿，杨老师家有客，你给送过去。”

一个小女孩应声而出，笑着向我打招呼：

“这边走。”

幸亏有女孩子带路，要不然，我一定会在这些曲折的过道里迷路——如果不是神话里，而是在现实里真有迷宫，眼前就是：正在冒着丝丝蒸汽的蒸锅，煤气罐，旧木梯子，堆满了蜂窝煤的煤池子，密密地搭在过道顶上的丝瓜架子，窝棚式的小厨房，吊在房檐下的白铁皮烟筒和自行车，还有种在各式小盆里的花草：玻璃翠、仙人掌、倒挂金钟、月季、凤仙花——这一切都充斥在一道道左拐右拐的露天走廊里，使得本来就十分逼仄的空间更加无序和杂乱。

意外的是，在经过一个已经严重破损的垂花门之后，有一个院子竟然不那么错杂凌乱，带有高台阶的北房和东西厢房都依然完整，房顶上一水的青筒瓦，正房的翘檐上还留着一溜辟邪小兽，院子还有一个很大的葡萄架，茂密的藤条和叶子生气勃勃，郁郁葱葱，很像一个凉棚，一串串葡萄垂下来，沉沉的，绿绿的，上面还挂着一层轻薄的白霜。

院子很静，听得从蓝天里传来悠悠的鸽哨声。

这里是海兰的家?

但是二妞没有停下脚步，领着我绕过北房又进了一个院子，再经过一个窄窄的过道，才停了下来。

“石头叔叔，有人找你。”

二妞刚喊了一声，一个人从一间屋里走了出来。

“谁找我？”

“是我，我叫杨博奇。”

“你就是杨博奇？”

“是我——”

“进来吧。”

我惊讶地发现，海兰的丈夫原来是个残疾人，右腿比左腿略短，右臂架着一只拐。

“坐吧，我是石禹。”

招呼我坐下之后，他又转身向门外叫二妞：

“丫头，先别走。你到我厨房，把炉子边木架上的那个陶锅拿回去，我用完了，让你妈收着。”

隔着门，我看见对面那个厨房，也是用旧砖、木板和石棉瓦搭起来的一个临时板棚，昏暗中依稀可以看见锅碗瓢盆和写着液化石油气几个红字的煤气罐。

“石头叔叔，我拿上了，我走了。”

“留神，别摔跟头”

二妞答应一声不见了，石禹才在我对面坐下来。

“你等等，我去沏茶。”

刚坐下，他又站起来，不容我说话，就已经架起拐，几步到对面厨房去了。

原来海兰住在这么个地方。

这间屋子是个西厢房，明暗两间，里间显然是卧室，外间正面是一个很旧的八仙桌，两把椅子，两个凳子，桌子的一半堆了些报纸和刊物，空隙中露着一只玻璃花瓶，里面插着一些干枝，其中的一支是石榴，两朵艳红的石榴花肩并肩挤在一起，把一簇干枝衬托得生气勃勃；靠隔壁是一张书桌，上面的台灯还亮着，隔壁这面墙的对面，靠墙是一排书柜，不但里面都塞满了书，就是柜子上边也都是开本不一的书，几乎堆到了房顶。

屋子朝东一面，全是玻璃窗，很干净，很明亮，连窗子最高的地方也十分明净，透过去，可以看见另一个院子里伸出头来的枣树，连枝子间垂垂累累已经开始挂红的大枣子，都看得清清楚楚。

七月十五枣红圈儿，八月十五枣落杆儿。

再过几天，这枣子就该打了——我一下想起和一群小朋友满地捡枣的日子，我还听见了一群孩子快乐的嬉笑声。

- 27 -

“你原来是兰兰的男朋友？”

兰兰——那就是海兰了。

没想到，倒上茶之后，第一句话就是这个。

海兰——我以为他坐下来之后，会先解释一下，为什么在约好的时间里海兰不在家，另外，至少也有几句两个人初次见面的应酬话，没想到，这位石头张口的第一句话是这个。

硬邦邦的，简直是一块石头直直地扔了过来，连躲一下都没有可能。

我该怎么回答？

“对，她告诉你的？”

“是，我们俩，她对我，我对她，什么都说。”

我觉得心在下沉，什么都说？那一百多封信的事，海兰也对他说了？

“你做得不对。”

又是一块石头扔过来，更加硬邦邦。

“兰兰这人，你怎么忍心把她甩了？啊？”

我没有说话，也没法说话。

一边说，一边给我的杯子里倒茶，石头看我的眼光里不但明显带着责备，还有些轻蔑。

“我头一次听兰兰说你们的事，就觉得，你这人一定人品不好，就算不是坏人，可也算不上是好人，多半属于陈世美那种人，”石头的语气和和眼神都继续着不满，只是似乎又多了几分好奇，“可是兰兰一说起你，老是替你辩护，说你是好人，我不信，她还生气——她这人！——固执，她有了什么看法，你别想让她变，那是蚍蜉撼树。再说，我能不信她吗？不能。所以我一直把你假设成一个好人。今天见你，说实话，就是想知道你到底是什么人。”

原来见我是这个目的？

“现在你觉得我是好人还是坏人？”

“至少看面相，不像坏人。”

“你会看面相？”

“不会。”

我从来还没遇到过这样的对话。这些年里，接触心理咨询访客的机会让我可以接触各种各样的人，进行过各种各样的对话，其中有不少非常困难甚至是离奇的经历，可是面对一个人，我不但觉得尴尬，还不知道怎么把一场对话引导到一个有目的方向——这种狼狈从来没有过。

“我凭直觉，”一定是我的疑惑引起石头的同情，他主动又说起来，“特别是看人，我很少出错。”

“从来没错过？”

“一看一个准，错不了。”

“我是陈世美？也错不了？”

可能是没想到我这么直接，石头不好意思地笑起来，笑容里还带着歉意，不过，他忽然又收起笑容，表情一下子变得很严肃，突然说：

“你是心理医生？”

“我是。”

“是兰兰不放心，让你来看看我，是吧？”

“是，不过——”

“你看我像精神上有毛病吗？”

“那是你们领导——”

“什么领导？没一个好东西！要多坏有多坏！”

话刚出口，石头已经一脸怒容。

“你是研究心理学的，专门研究人内心的，对吧？”不等我说话，石头又说起来，“你能不能解释，为什么现在坏人这么多？越来越多，为什么原来还是挺好的人，也一个个都变坏，这是怎么回事？这应该有解释吧？你们心理学家能不能给个解释？”

“这不太好解释。”

“为什么？”

“好人，坏人，没有清楚的标准。”

“怎么没有标准？我有标准。”

“什么标准？”

“一个人如果总是做缺德事，他就是坏人。一个人本来是好人，要是他做缺德事，那他就变成坏人。”

缺德？这算什么标准？

想不到，一个口语里的词——一个即使在北方口语里也流行有限，很难有确切定义而且内涵含混的俗词，突然被石头像魔术一样变成了我脚下一个黑幽幽的深潭，怎么好？直接跳下去，还是想法子绕过去？

“你不同意？”看我没有马上回答，石头又说起来，“兰兰和你说过我们出版社社长这个人？”

“没有。”

“我们这个社长，是个正派人，我到出版社来，是他给办的，那时候社里几个领导全都不同意，嫌我残疾，”一边说着，他抓起倚在桌子边的那个木拐杖，向我摇了两下，“他不管，一直坚持，硬是把我调了进来，可是你想得到吗？就是这个人，现在也说我有精神问题，也同意把我送进精神病院——别人，算了，他怎么能做出这种事情？陷害人？他到底是怎么想的？你说，他现在是好人还是坏人？”

“如果他原来很正派，一定有什么原因。”

“原因重要吗？不重要！我还是问你，一个人做起了缺德事，就像我刚才说的这个社长，是心理上有了什么变化，干这种事？能不能解释？你们研究不研究？”

“缺德恐怕不是心理学研究的对象。”

看得出来，石头很失望，刚才闪烁在他眼里的期待的火星已经掉进一片黑黑的水潭里。

“我问你，有没有一门学问研究缺德这种现象？”

“你说是专门研究这个？”

“对，专门研究。”

“恐怕没有——没有这样一种研究。”

我这样回答，还把特别加强语气的肯定，因为不然这个话题就会变成我们两个扔来扔去的一团越烧越旺的火球。

大概这样的回答让石头有些意外，他愣愣地看着我，眉头皱得更紧了，目光凛然，眼神里全是怀疑。

很幸运，这时候忽然有人在门外喊：

“石头！”

话音还没落，来人已经进到了门里：这是一位精干利索的老太太，花白的齐耳短发，一副老花镜很时髦地顶在了额头上，手里提着根火筷子。

又看了我一眼，石头抄起身边的拐杖，很快站了起来。

“刘奶奶，您什么事？”

“你有客人？”

“不碍的，有事吗？”

“石头，你赶紧到我小厨房去，一只大马蜂，这么大个儿，”老太太用左手比了一下，“不知道什么功夫进来的，绕世界乱飞，接着，就见不着了，一定猫哪个旮旯了；我眼睛不济，上哪儿找去？你去一趟吧，赶紧的，快着！”

“我这就去。”

石禹起身，拿起拐立刻出了门。

“找着，轰走就完了，别弄死！”

听见一声“放心”的回应，老太太这才转过身，和我打招呼：“你是石头的朋友？给你们裹乱了。”

“没关系，我们闲聊。”

“那就好，别为一个马蜂耽误你们正经事。”老太太的笑容里、声音里，都带着一种明亮，“是我那十几盆月季惹的事儿，那话怎么说来？招蜂引蝶？对啊，就是招蜂引蝶。今年花儿开得又比往年好，蝴蝶啊，蜜蜂啊，见天来，可今儿个不知怎么的，马蜂也来了——你来也罢，欢迎，你干嘛非往小厨房里钻？那地方有你能吃的东西吗？”

她大声笑起来，一个阳光老太太。

“你是石头的朋友？以前没见过，是头一次来吧？”

“是头一次。”

“不好找吧？石头朋友多，第一次来的，没一个不转向的，大杂院，曲里拐弯，搁谁谁晕菜。要说起来，过去，这地方可不这样，正经院套院的大四合院。那时候，凡院子，都种着东西，丁香、玉兰、海棠、夹竹桃，就不用说了，金鱼鸽子石榴树嘛。就说前头北院那院子，西南角，有两棵柿子树，大夏天满院子绿荫，你听见鸽子哨儿在你头顶上悠悠地转，可看不见蓝天，到了秋天，入了冬，你再一抬头，满天的小红灯笼——别提多吉祥了。”

“满天的小红灯笼？没见过，好看啊。”

“可不是！哎吆，你瞧，净顾着说话了，对不住，我得去看看，石头这孩子性子急，别把厨房里东西砸了！”

又道了声歉，老太太拎起火筷子急急走了。

一只麻雀落在窗台上，叽叽喳喳，小心地向屋里窥探。

- 28 -

对一家人来说，书柜是个最容易泄密的地方。

我忍不住开始检阅靠北墙那一排书柜。

书很多，几乎每一排都塞得满满的，连书籍和隔板的空档都平放了几排书，不过所有的书按性质和门类排列得非常整齐；其中有一排书很显眼，因为每一本都竟然包着书皮，虽然很旧，磨损也很厉害，可是这些书皮依然是红白相间、非常鲜艳，看去很像是一种香烟包装纸——被书主这样精心爱护，这是什么书？我抽出了其中一本，打开一看，原来是中华书局出的一九五九年版的《史记》。这可太巧了，当年我躲在学校图书馆里囫囵吞枣乱读书的时候，读得最认真的，恰恰是这一版共计十册的《史记》，没想到，竟然在这地方故旧重逢。

是谁用心收藏了在今天已经很珍贵的这老版书，又是谁在读这书？海兰？石头？

在别人书架上看到自己熟悉的书，你总会高兴，那和遇到熟人不一样，那是另一种亲切。可是，当一本《安娜·卡列尼娜》忽然出现在眼前的时候，我的心情就绝不能用亲切来形容了。

完全不能控制，一段往事浮上了心头。

大二那一年寒假，我和海兰一起迷上了托尔斯泰，不仅一块儿把《战争与和平》《安娜·卡列尼娜》和《复活》都一口气读完，还一起读托尔斯泰的日记。可是没想到读这日记的时候，我们有了一场很大的冲突——海兰对这位大作家的日记又震惊又反感，甚至拒绝再读下去，还说觉得恶心，她认为写这日记的人，内心如此肮脏，那应该是个坏人，就算他写出了《安娜·卡列尼娜》，本质上他还是个坏人。于是我和她争论起来，我认为能写这样的日记的人，那才了不起，比如我自己，内心也肮脏，可是我就没有这样的勇气来面对自己。没想到，海兰这时候认真起来，问我内心怎么“肮脏”，要说清楚，还要举事实，我对她说，你是天使，你理解不了魔鬼，就别较真了。可是海兰坚持，非要我“举例说明”。实在无奈之下，只好向她坦白，仅仅是为满足性欲，我曾经怎么和好几个女孩上床等等劣行劣迹，海兰听了之后就哭了起来，说了一句“没想到你真的挺脏！”然后就跑了。这之后我们足足有两个月没有来往，可是正当我觉得海兰永远不会再理我的时候，她突然又来了，表情严厉地盯着我看了足足有一分钟，然后叹了口气说：“魔鬼就魔鬼吧，我认了。”说完之后，海兰又从一个大包里掏出一件新织的毛衣塞到我手上：“试一试，合不合身？”——就是这件毛衣，让我又成了校园里的冬日明星。

这些事早已经烂在了回忆里，怎么突然又活了过来？

- 29 -

随着拐杖触地的一阵笃笃声，石头回来了。

不过，形势有点变化：石禹额头上多出一个红肿的大包——一定是被那只马蜂蛰的。

“兰兰说，你特别爱书。”

？？？

我把书放回书架，回到桌旁坐下来。

又说起海兰！

他一点儿不觉得我很别扭吗？

应该找个轻松一点的话题，但是不等我想好说什么，石头已经又说话了。

“我还想问你个问题，行吧？”

“当然行。”

“你们心理医生自己会不会也出问题？”

“出什么问题？”

“心理问题啊——你们如果有心理问题，据说也要做心理咨询？”

这太意外了，他想的是这个。

“心理医生或者咨询师一点不特殊，都有可能出现心理问题，而且，比例还很高。”

“那你呢？”

“我？你的意思是——”

“我是问，你是不是也做过，你自己？”

问得很直接，而且认真——人的眼睛常常被说成是一个可以穿透内心隐秘的窗户，可实际上，很多窗子上都蒙满着一层厚厚的灰尘，一片朦胧，晦暗不清，你就是把眼睛贴到窗玻璃上，也只能看到一些在暗色里飘摇的蛛网和游尘，不过，眼前的这位石头，太特殊了，我还从来没看过这么透明、这么明亮的两扇窗户，让我想起两三岁的儿童——再看那一脸期待的神情，也真的有点像个大孩子。

这和他头上的红肿很不协调，甚至有点滑稽。

他不觉得疼吗？

应该告诉他，被马蜂蜇了，应该先用水洗一洗，然后抹上些醋，或者蜂蜜，这样可以疼得不至于太厉害，还可以防止出现过敏反应，可是看到这人目不转睛地盯着我的样子，我这些到了嘴边的话咽了回去。

“我有过自己的心理咨询师，可是很少去咨询。”

“就是说，你很少有心理问题？”

“也不少，我是普通人——”

“那你怎么办？”

哪有这么刨根问底的？

“可以自己想办法化解。”

“什么办法？”

“很简单，读书。”

“遇到解决不了的问题，去读书？”

“是，读书。”

“书！”

只说了这么一个字，石头顿住紧紧蹙起眉头，不再说话。不过，石头紧绷的脸上透露出一种紧张，红肿的额头下，一双眼睛闪着阴郁的光。

“书能有这作用？”

“有——有这样的作用。”

“什么书？文学？小说？”

“都有。”

“这不可能。”

这怎么不可能？

我敢说，和我一样依赖读书，让自己走进一本书的世界里以化解心中烦恼的人，一定不少，这有点像吸毒，不过，海洛因是给你一个无尽无休的幻觉长廊，你走啊走，不管走了多远，走到尽头还是幻觉——书不一样，每一本书后面都有一个写书的人，一位作家，读他的书，你不但可以走进他幻想出来的那个世界，还可以走进作家他自己的生活，时间长了，你不知不觉就成了他亲密的朋友，亲密到有点像家人，亲密到最后和他们龃龉，斗嘴，争论，就这样，也许你还有忧愁，还有烦闷，可是你不再寂寞，不再孤苦伶仃，那比任何心理咨询都更有效——可是这怎么和石头说清楚？何况，这想法本身就是对心理学的不敬，甚至也可以说是对我自己职业的一个羞辱，你的心理学博士的学位难道是假的？

我最好是等一等，看石头还说什么。

“书——”

重复说了一遍这个字，石头不再说话，眼睛直直地看着我，眉头皱得更紧了，他额头上的蜂毒正在发作，一大片皮肤红肿，还变得亮晶晶的，难道他不觉得疼吗？

“你想过没有？有人讨厌书。”

“有人不喜欢读书，可是讨厌书？不太可能。”

“怎么不可能？有人见了书就恶心。”

“有这样的人吗？”

“有，我就是。”

我真是大吃了一惊。

石头见了书就恶心？什么意思？

他是认真的，不但表情严峻，阴沉的额头和嘴角在一阵轻微的痉挛之后，还留下了几条深深的刻线，这让他的脸色木然中又带着一点刻毒。

“你真觉得恶心？”

“不但恶心，而且——”迟疑了一下，石头才继续说起来，“我只要进书店，就不舒服，觉得味道不好，也许是油墨味儿，可是我越闻越不舒服，难闻，受不了。”

“那是什么味儿？”

“垃圾，垃圾味儿，奇怪吧？”

“你是真的闻到到了垃圾味儿，还是一种形容？”

“你见过垃圾山吗？一卡车一卡车的垃圾运到城市以外很远的地方堆成的山？你见过没有？”

我很希望石头明确回答我这个问题，不想他绕开了。

“没见过。”

“我见过，真是山，垃圾山。”石头把手举过头顶，比了一下，“前些日子我编辑过一本关于城市垃圾的书，去了几个垃圾填埋场，结果，后来我做梦——我这人爱做梦——经常梦见这些垃圾山，有点怪吧？”

很意外，这时候石头笑起来了，似乎有些不好意思。

“不奇怪，谁不做梦？”

“可是我这梦不一样，太恶心。”石头摇摇头，“每一次的梦，差不多都一样：我被一辆卡车运到填埋场，和垃圾一块倒下来，沿着垃圾山往下滚，一下给埋在垃圾里，可是奇怪，我能看见蓝天，看见半空里飞白色透明塑料袋，还有好多书，也在天上飞，和塑料袋子混在一起飘来飘去，然后像下雪一样落下来，把我越埋越深，我一动不能动，除了它，”他举了一下拐杖，“我能用它护住我的头，不让落下来的乱七八糟砸着我，可有更恶心的，是大大小小的老鼠从我脸上跑过来跑过去，还吱吱叫，抢着吃垃圾——”

这是噩梦。来到我诊室的访问者，经常有人说起他们做过很坏的梦，不过很多都是恶梦，不是噩梦。

“这梦可怕。”

“我老是梦见这个，还老是重复，”又摇了摇头，石头放低了声音，一边看着我，一边有点犹豫，似乎在考虑要不要说出来，“你说，这是什么意思？你能不能解释？”说完这句话，他突然停住，一脸阴沉地打量了我一下，又说：“我忘了——兰兰说，和你聊天的时候，我不能把你当心理医——算了，不说了。”

“没关系，我们可以说别的。”

“说别的，说什么？”

我怎么知道要说什么？

幸而随着一声叫喊，几个孩子一下涌进了屋子里，一个女孩和两个男孩，女孩是二妞，两个男孩一胖一瘦。

“石头叔叔，小后院的那家新结婚的，”瘦男孩抢先报告，“两口子又吵起来了！两人还摔东西——”

“摔盘儿，摔碗儿，”胖男孩急忙补充，还挥着手模仿“摔”的动作，“连酱油瓶子都摔，还要摔电视机！”

“我爷爷让你快去，”二妞不但催促，还拿起立在墙角的木拐，递给了石头，“劝让他们别打了。”

“他们因为什么又吵架？”

“不知道！”

“我知道，屋子里有一个蜘蛛，女的害怕，让男的弄出去，可是那男的不敢，也怕。”

“嘿嘿，连蜘蛛都怕！”

“他们前天刚吵过。”

接过木拐，石头对我说了一句“你等等”，就在七嘴八舌的孩子们的拥簇中匆匆走了。

屋子一下静了下来。

只有忽近忽远的鸽哨声，时时从空中传来。

我眼前漂浮起石禹的额头，一个大肿包红得像半个变了形的苹果，可镶嵌在这苹果里的一双黑色的眼睛犹如一对发亮的玻璃球——无论这额头飘到了哪个方位，那尖锐的视线都定定地投向我，一眨都不眨，坚定又固执。

为什么我眼前会出现这样的情景？

是幻想吗？

是幻象吗？

“杨老师！”

是二妞。

她站在门口，眼睛亮亮地看着我。

“石头叔叔说，你别等他了，他回不来。”

才说完，小姑娘马上就跑开了。

我顿时如释重负，没想到可以这么轻松地离开这屋子。

刚走出屋门，一颗大红枣通一声掉在我眼前的地上，捡起来咬了一口，一股清香立刻满齿满颊，而且很甜，是那种枣子刚刚熟透时候才特有的甜。

- 30 -

可以肯定，石头有焦虑症。

这一点不奇怪，还有什么情绪比焦虑更普遍？

如果世上有灵魂，灵魂可以附体，那焦虑预先就已经附在了每一个灵魂里。自古以来，焦虑从来都是人心里的一个大麻烦，可是，在过去的时候，人的焦虑，总是和别的情绪混在一起的：恐惧、愤恨、忧伤、沮丧、绝望、紧张、疑虑、快乐、满足、幸福、愉悦、骄傲、兴奋、狂喜、惊讶、厌恶、羞耻、愧疚、懊悔，等等等等，就像每个人心里都有一片黑森林，里面藏着各种飞禽走兽，一个个都有自己的巢穴，自己的树丛，自己的啼鸣，或者是尖利的嚎叫，可正是这些杂乱的声音混在一起，让这黑暗的森林生机盎然；可是，曾几何时，焦虑似乎变成了一种咒语，在林木间四处回荡，不但刺穿了所有啼鸣和嚎叫，而且强横地在每一个声音里都注入自己的魔力——在今天，有谁能够躲开焦虑？有谁能够拒绝焦虑？哪怕是一次？哪怕是一会儿？

然而，谁又能真正解释清楚焦虑？

克尔凯郭尔？弗洛伊德？霍尼？马斯洛？当然还有很多人，都想弄明白焦虑的秘密，可是谁完全说明白了？

石头的焦虑里也有秘密，那是什么？

他为什么说他讨厌书？

为什么害怕进书店、进书库？

还有，他真的在书里能闻到垃圾味？还是随便说说？

他应该去做心理咨询。

- 31 -

每次见到大学时候的老同学，我总免不了一番惊奇或惊叹，人人都变，七十二变，变化都太大了。这倒不是音容笑貌的变化，那是老天爷最乐意玩的游戏，没什么；让我惊了一次又一次的，是这些老同学都像是 Peter O'Toole，扮演起自己的新角色来，一个个都那么成熟老到，那么才华横溢——我看着他们，心里老想：这位就是当年班上功课最差、抱负最高的“阮小二”？那位就是当年班上第一情圣、采花高手“赛花荣”？

但是，当廖二闻一边说话，一边从兜里掏出一把硬纸卡片，并且两手翻飞，急急地从中检阅寻觅，然后一张又一张递给我看的时候，我还猜，那是不是一副袖珍扑克牌，后来这些“牌”一下子变脸，原来是一张张的名片！

“瞧这个。”

伸出胖乎乎的手，廖二闻把一张金色的名片扔过来，差点落在盛着胡椒虾的木桶里。

“这个南方文化创意设计公司，有大背景，官方的，红白两道通吃；我是他们的特别董事。这个公司最近有一个十几亿的大项目，计划在北京建一个‘明清文人文化大观园’，里头还有很多小项目，可小项目也一点不小，比如，重修钱谦益和柳如是的‘绛云楼’，这都归我设计规划。怎么样，有想象力吧？”

“绛云楼？那是在南方常熟啊。”

“南方北方有什么关系？大观园嘛，”廖二闻张开两手比了一下，还把大这个字的声音拉得很长，“就要大观！”

我不知道说什么好了，只能问：“这样的项目，上边能批吗？”

“没问题！”廖二闻笑了笑，压低了一点声音，“朝中有人哪，顶多来个暗度陈仓，齐活！”

我突然想起，廖二闻是一个大学里的党史教授，还是博导。他改行了？

“有人告诉我，你一直是在大学里，”我实在忍不住，干脆直接问他，“你什么时候又干起公司了？”

廖二闻笑了笑，从手里的那一把名片里抽出一张递给了我：“看看这个。”

我接过来一看，名片上边好几行字：国际贸易与文化交流学院教授、博士生导师，近代史研究室高级研究员，《新党史文献》特聘编辑，250 重点研究计划项目学术带头人和负责人，国共两党两史研究项目负责人，社会主义思想国际交流计划筹备小组召集人——还有两行我没来得及看完，就被廖二闻打断了。

“看见了吧，这是我本行，老本行不能丢。”

大概看我面有疑色，廖二闻又拿过名片凑到我眼前，指着最下面一行字说：“看这个，‘二十世纪世界社会主义思想发展研究论文二等奖获得者’，”一个字一个字念完之后，他又提高了声音补充说：“你以为？得这个奖不容易，全国一共才有三个人。”

看着老同学手里攥着的那一把扇形的名片，我一遍一遍回忆廖二闻当年的样子，可怎么也对接不起来。不错，那时候他外号就是“廖大嘴”，能侃，天文地理，哲学艺术，无所不通，常常连全班最博学的王大屁都被镇住。可是，眼前这位身兼多个公司副总、董事、顾问的腕级人物，这个开始发福，已经有点肥头大耳的胖家伙，就是当年的廖大嘴？我竭力想象这位同学在大学毕业后如何发迹的过程，可是脑子一片混沌。只有两个细节，让我相信眼前不是幻觉，让我还能把此刻同桌一起就餐的这人，和当年的“大嘴”这哥们联系起来。一个，是每当廖二闻嘴上的火车跑得太快的时候，他的两边嘴角总是泛起一层白色的泡沫；另一个，是他那镜片很厚的眼镜，还有眼镜后面的一对泡泡眼，在这双泡泡眼的厚厚的眼皮之下，总是隐约闪着什么模糊不清的东西，若有若无，像是隐藏得很深又很机密的某种暗器。

“你的党史研究和你这些公司——”我一时不知道怎么问才好，只能用手指指廖二闻给我看的几个名片，“你不觉得有矛盾？”

“我就知道你要问这个。”

廖二闻笑笑，把手里的名片像扑克牌一样收拢起来。

“你还记得吗？有一次咱俩大吵了一架？多少年前的事了，可我记得特清楚，你说人和动物最大的不同，是因为人有历史记忆，而且历史记忆是人成为人的原因、根本，可我不同意，我说记忆和人的吃喝拉撒一样，不过是生理现象，没那么玄——你还记得不记得？”

“不记得了。”我摇摇头，我确实不记得了。

由于得意，厚厚的眼镜片闪闪发光，廖二闻举起筷子，使劲指了指我，声音高了起来：“可我记得很清楚，为什么？因为后来我发现你是对的，我错了。特别是这几年，知识界老有人想翻案，闹民国热，闹‘民国范儿’——什么是‘民国范儿’？他们要干什么？简单，就是把中国人弄糊涂，把中国人的历史记忆搅和乱，颠之倒之，倒之颠之，越乱越好！问题来了，这些人想干什么？啊？其实，不过就是想讲另外一个历史故事，这样，他们才能釜底抽薪，按老美模式搞民主，让中国变成所谓的民主国家，可是，历史改得了吗？能让他们乱改吗？告诉你，有我廖二闻，门儿都没有！”

看着廖二闻的口角已经开始激动地泛出白色泡沫，而且嗓门越来越大，四周的人都已经纷纷转头，侧目而视，我开始后悔，不该约这小子在餐厅里见面。可是怎么办？廖大嘴，天生大嗓门儿，此刻，我扑上去掐他脖子，也决不管用，我只能硬着头皮听下去。

“这里关键的关键，是他们拿这个历史记忆没办法！你想想，为什么中国人，说起两千年前的强秦大汉那么亲切，秦始皇不用说了，就说李斯、吕不韦，刘邦、项羽，韩信、张良，李广、李陵、霍去病，说起这些人，就如同说昨天的事情？你说为什么？还不是因为一部《史记》！可是，那帮要重写民国史的傻蛋，就不明白这道理，他们能弄出一部《史记》来？成吗？不成，弄不成。先不说他们从哪儿去挖出个司马迁来，就是挖出来一个，可故事在哪儿？传奇人物又在哪儿？没有，老弟，没有！要说老蒋和国民党惨，惨就惨在这儿，他没有井冈山，没有二万五千里长征，更没有延安窑洞的苦日子，他也没有反扫荡、地雷战、敌后武工队，更没有淮海战役和抗美援朝——他的故事在哪儿？他的传奇人物在哪儿？没有！有，没几个，也不够传奇，不够戏剧。他的鸿门宴在哪儿？他的暗度陈仓在哪儿？他的垓下之战在哪儿？ 他没故事！这是要害！反过来，再看毛泽东和共产党这边，传奇故事，一抓一把，风流人物，一抓一把，要多少，有多少。文臣？武将？都堪比大汉盛唐！你随便拿出一个，都能进史记列传。比如陈赓，就这个人，有多少故事？黄埔时候救过蒋介石，长征时候又救过周恩来，南昌起义时候差点枪毙林彪，还顶撞过毛泽东，可这么一个人，开国之后才不过官拜大将而已——”

这家伙嘴角上的白沫已经集成了两个泡泡。

“你等等，别说那么远，能不能先说说你最近都在干什么，简单说就行。”

没想到，被我打断话头，廖二闻并没有不高兴，立刻转移了话题。

“简单说？”廖二闻顿了一下，把手里的名片展开，从中挑出一张递给我，“你看看这个就明白了。”

我接过名片，上面的字很少，只有两行，一行是“《风流人物》编辑部”，一行是“主编 廖二闻”。

“这是我创办的一个新刊物，明年正式出版。”

“你的意思，是用这个刊物宣传革命故事？”

听我这样说，廖二闻的圆圆的胖脸变得紧绷绷的，可眼角和嘴角同时生出带着几分讥嘲的笑意。他看了我一会儿，伸筷子夹起一只虾，几口吃下，然后又用筷子指着我说：“老同学，不是‘宣传’，应该说‘宣扬’。我不是司马迁，我不妄想；可是我要做的事情，和太史公当年那时候做的事情实在差不多，相当于写《史记》。当然，这里头还是有个区别，当年太史公写《史记》，那是给皇上看，我不然，今天我手里有市场——我凭借市场之力，我给大众看，给人民看，我至少发行十万份，这还是第一期目标——”

如果不是被一个女孩子的声音忽然打断，廖二闻的这番滔滔不绝的解释不知道会滔滔多久。

- 32 -

“杨老师，没想到在这儿碰上你！”

是冯筝，看样子她和几个朋友刚进门，正在找座位。

看见我，她立刻满脸笑容地走过来。

这女孩的笑容总是特别：她的眼睛很黑，一笑起来，一双眼睛随着弯度变得细长，但是会更黑更亮。

我刚想说话，一下被廖二闻枪过了话头：“老杨，能不能介绍一下？”

我只好介绍：“这位是都市信息报的记者，冯筝。”

不待我说完，廖二闻立即从他手里那一叠名片里抽出一张递给冯筝：“我廖二闻，这是我名片，我们的公司，冯记者一定有耳闻——”

“大可乐文化娱乐公司？不知道，没听说过。”冯筝看看名片，又看看廖二闻。

“这奇怪了，我们公司在文化娱乐界声名远扬，可不是一般公司！你看这个，”廖二闻说着又从冯筝手里拿过那张名片，然后翻了过来，让她看背面的一张图片，“看见没有？这是国务院召开的‘进一步大力振兴文化产业讨论会’，会后温总理接见会议代表，还合了影，这就是合影照片。你看，这是温总理，坐中间，这边，是我们公司老总，另一边，这儿，是我——我是公司的文化总监。这个会议，全国只有二十几个企业代表参加，我们大可乐文化娱乐公司就有幸名列其中，怎么样，不简单吧？”

“可是，这照片模模糊糊，根本看不清啊！”冯筝认真地把名片往眼前凑了凑，努力辨认着，“别说你，连哪个是温家宝都看不清，再说，哪一个是你啊？太不清楚了。”

“这个，”廖二闻的两片眼镜闪闪发光，用手指了一下，“最边上这个，就是我。”

“这人不全，才半个身子啊——真是你？”

“当然是我，假了包换。”

“不用换，我又不是方舟子。”冯筝笑起来。

我想打断廖二闻这番自我介绍，可是这小子很敏感，马上左手一拦，把我推到了一边。

“照片是有点模糊，名片太小了，没办法。不过，欢迎你到我们公司来看看，公司的会议室，还有我们老总和我的办公室，都有这照片，挂在墙上，放得很大，清清楚楚，”廖二闻一边说，一边用两只手比了一下。那手势很含糊，给人感觉眼前有一张宽银幕。

“谢谢！可我不是跑文化娱乐这条线的，”冯筝看了我一眼，有点为难地说：“我们报纸有管文化片的记者，我可以让他到你们公司去看看。”

“欢迎！无论冯小姐亲自去，还是别人去，我们公司都欢迎，保证高规格接待，我保证。”

无论如何应该打断一下廖二闻的话头了，不过，我刚要说话，廖二闻忽然抬手看了一下手表，焦急地说：“糟糕，我得失陪了，有个重要的会，我不能不参加，我不去，会就开不成。现在已经晚了，实在抱歉，我必须马上走。”

廖二闻提起一个保密箱，急急忙忙走了。

“你这朋友，怎么这么神啊！”

把眼光从廖二闻的背影收了回来，冯筝转过头，笑盈盈地看着我，一脸的惊异和好奇。

“能在你这儿坐一会儿？”

“当然可以，可是你的朋友在那边。”

“不管，”冯筝在我对面坐了下来，“本来我都要回去了，可是还有麻烦，报社领导让我再晚几天回去——幸亏，不然就见不到你了！”

“你采访任务没完成，挨批了？”

“不是，这麻烦不是一般的麻烦，是个大麻烦，简直不能用麻烦这词儿来形容！”

“到底是什么麻烦？怎么说起来像绕口令？”

冯筝说“麻烦”的时候，脸上一下暗下来，像是窗外有一片乌云悠忽飘过，把阳光挡住了。可是一听我这样说，她马上又笑起来，叹了一口长气。

“我说话就这样，啰嗦，家里人，特别是我爸，还有同事、领导，都嫌我话多，啰嗦！”

这女孩是啰嗦，但是比起廖二闻，还是逊色。

“还好，也不算太多。”

“这么说，你不嫌我话多？”冯筝喜形于色，“那太好了，上次和你聊天，特有意思，是吧？我还有问题问你，我们再聊一回，行吗？”

“要采访？”

“不是采访——不采访就不能聊聊？”冯筝颇带忿意地看了我一眼，“好多问题想问你，随便聊，行吗？”

“好多问题？”

“就是，我这人，好奇心特重，什么事闹不明白，我就茶饭无心，坐卧不定，失眠，还爱发火，动不动就跟人急。”

“还跟人急？”

“是啊，就像大姨妈来了，闹得慌。”

这时候那边桌上的有人叫冯筝：“菜都上齐了，快来吃吧。”

“你的朋友在叫你。”我提醒冯筝。

“不理他们。”冯筝挥了下手，“我快离开北京了，走之前我们找个时间再聊一次，行不行？”

“好啊，可以。”

“说定了？就这两天，你等我的电话。”

笑着向我点了一下头，冯筝回到她的同伴那里去了。

我坐下来继续吃饭，刚才廖二闻一直滔滔不停地说了又说，饭菜只吃了几口。

那边的桌子上，冯筝的朋友们谈兴正高，说的很多都是奥运会的事，一会儿揶揄北京的蓝天白云，一会儿嘲笑张艺谋的开幕式不过是借用了现代技术的团体操，一会儿调侃奥运会建筑都是超级现眼，大剧院不过是个闷骚的大鸭蛋，央视新楼是变形金刚的超级色情大裤衩。

- 33 -

“你肯定他没有精神问题？”

“我已经说了，他有心理焦虑，应该去做心理咨询。”

“我劝过他，他不去。”

“如果长期焦虑，很麻烦，容易精神上出问题。”

海兰不再说话，面无表情——每逢陷入沉思的时候，她总是这样。

我们见面的地方，还是上次那个咖啡馆，两人面前，还是两杯咖啡，一束脏兮兮的阳光从雨迹斑斑的玻璃窗里照了进来，正好落在一株紫不唧唧的塑料花上，一切如前，这我恍惚觉得，我和海兰似乎并不是再次见面，我们其实一直就在这里说话，根本就没有离开过。

“他有没有比较好的朋友？”还是我先说了话，“可以凑在一起，什么都聊的朋友？”

“原来有过，现在没有了。”

“怎么回事？”

“他成立过一个文学社，五六个人，写诗，写小说，他们常聚会，可是前两年散了。”

“为什么散了？”

“有人成了网络作家，有人成了职业写手，还有人去办文化公司，就散了。”

“职业写手，什么意思？”

“就是枪手，也叫影子写手，你和一个公司——什么名义都行，比如文化传播——签下合同，版权归客户所有，然后替人家代笔写东西，也就是说，你写作，可你不是一个有名有姓的人，你是个影子。”

“客户都是什么人？”

“什么人都有，文化名人，商业名人，政治名人。”

“代笔写什么？”

“什么都写，传记、剧本、小说、科普著作、学术论文。”

“论文？论文也能代写？”

“怎么不能写？什么都能写。”

“这样的影子写手，能有什么样的收入？”

“几万，几十万，几百万，都有。”

“这么多？”

对我的惊讶，海兰窘困地笑了笑，然后突然说：

“他在出版社里有过一个朋友——”

“是那个社长吧？”

“你知道？他都告诉你了？”

“这是个什么人？他把石禹调进了出版社，后来还成了朋友，这样的关系，怎么能够陷害自己的朋友，要把朋友送进精神病院？这是个什么人？你认识他吗？”

轻轻摇了摇头，海兰没有回答，可是忧郁的目光一下暗下来，低下头看着咖啡杯，似乎咖啡里有答案。

“其实社长是个好人，”海兰叹口气，说好人的时候还特别加强了语气，“他一直对石禹很好。”

“是好人？哪里好？怎么好？”

“这怎么说？就是人很好啊，各方面。”

“一个好人，怎么能陷害人？”

没有回答，海兰只是皱起了眉。

不知道突然想到了什么，海兰的眼光穿过我，落在我身后那面墙的壁画上，她在看墙壁上那个拙劣的风景画吗？罗马角斗场，叹息桥，百花大教堂，都在那被硬拼在了一起，其中比萨斜塔尤其难看，像一根插歪了的粗蜡烛。

“你肯定他没有精神问题？”

这样问，已经是第四次了。每次这样问的时候，海兰的表情都很镇静，可是她的眼睛一次又一次背叛她的镇静，而且一次比一次严重，看着她怎么也掩藏不住的害怕和慌乱，我难过起来，一时生出一种冲动，忽然想如很多年前那样，紧紧握住她的手，说一些温情的话。

我自然不能。

“别那么着急，你放心。”我努力笑出来，希望这笑能帮助她宽心，“不过，一定要去做心理咨询，无论他多么不愿意，你要说服他，至少试一试——你知道他做过一个被埋在垃圾堆里的梦吗？”

“知道。”海兰有点惊讶，“他和你说了这梦？”

“是，噩梦。”

“他平时就梦多，这个垃圾的梦最奇怪，可他最近总是做这个梦——自己被埋在垃圾堆里。”

“这个梦不是好兆头，一个人有很严重的心理焦虑的时候，才会有这样的噩梦，为什么在出版社里他总是控制不住自己的情绪？总是愤怒？为什么——”

“为什么愤怒？如果你被陷害，你不愤怒？”

“当然愤怒，可是，愤怒常常是一种很复杂的情绪，每个人都不一样，如果一个人愤怒里还包含着恐惧——”

“你不了解石头，”海兰突然插嘴，“他不会恐惧。”

“我说的恐惧，不是一般的恐惧。”

“那是什么恐惧？”

“比如对书的恐惧——”

“对书的恐惧？人能恐惧书？”

“你觉得不可能？”

“别人不知道，石头不可能，他爱书。”

忽然一群吵吵闹闹的男男女女涌进了咖啡店。

看样子，这是结队来北京旅游的一群观光客，先冲进来的几个大妈，立刻用五六个鼓鼓囊囊的购物袋把几个空桌全都占上，然后大呼小叫，让后面的孩子赶快来“占位子”，但是跟在小孩后面进来的，还有六七个人，位子自然不够，于是一个头发灰白、四肢短粗、大脸像个慈祥老太婆、脖子上晃里晃荡挂着三个大小相机的矮胖子，领导他们开起了讨论会，内容主要有三个：歇一下，还是不歇？喝杯饮料，还是不喝？坐下吃点心，还是不吃？这引来孩子们一片抗议，尖叫和哭闹让这么一场民主讨论进行得颇为艰难，幸而多数人很快形成了一个共识——继续走，一定要找到麦当劳。脖子上挂着三个相机的胖子这时候又发挥了核心作用，在他催促和领导下，这群游客终于和进来时候一样，吵吵闹闹地离开了咖啡店。

咖啡店里一下安静下来。

把我忘了，海兰眼光一直跟随着那群喧闹的孩子，直到最后一个孩子消失，海兰才转过头来。

“你还是那么喜欢孩子。”

我很后悔说起这个话题，提这些往事干什么？

海兰似乎也是这样想的，她看了我一眼，没有说话。

“你第一次见石禹，”海兰打破了沉默，“能不能说说你是什么印象？我想知道。”

“我的印象？这怎么说？”

一个人，只见过一面就做判断，是很容易出错的。

“随便说。”

“他很了不起。”

出于惊讶，海兰眼睛睁大了，可还是没有说话。

“我想这么说——”我挑选着合适的说法，努力不用过分的词，避免带有太多的感情，“很多年了，让我从心里很佩服又很尊敬的人很少，太少了——我一直觉得，再不会遇到这样的人了——真没想到这样的人还有，石禹就是——虽然是刚认识，可是他想的，他做的，我很佩服，从心里觉得他了不起——我不知道还怎么说——我好久没有说这类话了，可都是真心话。”

“谢谢你。”

海兰轻轻地说了这么一句，低下了头。

“谢谢你的真心话。”

她又说了一句，然后抬起头，一边直直地看着我，一边微笑起来，像是有一道光芒从她嘴角升起，立即又照亮她的额头、双颊和耳际的鬓发，还有在眼眶里隐隐地闪闪流转的一波泪光。

- 34 -

窗子临街，正对着五道口的 13 号线地铁。每隔几分钟，就有银色的地铁列车从高架桥上飞驰而过，一会儿往南，一会儿往北，匆匆忙忙，可又从从容容。

这个“雕刻时光”的靠窗座位，是我最喜欢的地方——无论周末还是平日，只要没事，我都在这里消磨时光。

每次来，我都挑二楼这个桌子，临窗而坐，要杯咖啡，然后静心读书，时间就在不知不觉中悄然滑走，了无痕迹，就像一勺糖化在了一杯清水里。

读书累了，就转头去看来往的地铁列车，眼见一列车奔驰而来，又倏忽消失在视野之外，有一种说不出来的感动，从来看不烦。何况，还经常有另一种风景：经常的，你会看到一个清爽明艳的姑娘匆匆奔上楼来，迅速瞥一眼四周，迅速找一张桌子坐了，放下沉甸甸的双肩背，麻利地从里面掏出电脑，再掏出书本，再掏出手机，然后要一杯卡布奇诺，然后在卡布奇诺的氤氲里埋下头，让悄然滑落的黝黑长发遮住半张脸，让裸露的肩头在一缕斜斜的阳光里闪着亮光，从此就再也不抬头四顾，好像她的四周是一片悄无人迹的旷野，仿佛她来到了月球上，一个人落座于某个荒漠的盆地——这情景我也是百看不厌。

但是今天想心静，有点难。

我在窗子旁坐下，刚喝上一口热咖啡，就接到周璎的一个手机短信：

我还有事，归期不定。

我把这八个字反复看了好几遍，然后才把手机收了起来，转过头来看窗外的景色。这一刻正好有两列地铁同时从高架上驶过，匆忙相交，又匆忙分开，一会儿工夫就踪影俱无。

身在咖啡馆，如果不读书也不在电脑上工作，想专注可不容易。靠着窗子呆坐了一阵子之后，我的耳朵自作主张，开始收集四周的各种声音，这时候邻座几个学生的谈话和说笑，很快抓住了我的注意力。

一开始，这四个人聊天的主题还是奥运会，几个人争论这次奥运会是哪个时刻最近动人心，是中国男子体操男团得了冠军，还是菲尔普斯这小子得了第八金？但是，说笑的主题集中到一位外号叫“粉条”的老师的时候，本来的悄声细语就渐渐变成了大声说笑。一个男生抢着介绍了外号的来历，原来被尊为“粉条”的这位教授，不到六十岁就秃了顶，头上一片光明，不过，人家的光明顶上还保留了几绺被摆放的特别精心的灰发，让人想起一根一根的粉条。于是“粉条”的雅号就诞生了，而且，由于这位教授上课时候总爱说“我在八十年代的时候”，所以这雅号后来又被加了一个“八十年代”的前缀，这样，“80 粉条”很快就声名鹊起。

“这几天‘80 粉条’带我们排练节目，我才发现这老师原来还是个牛人。”

“还带你们排练节目？太有才了！”

“当然有才！人家会弹钢琴，还能指挥。”

“指挥？”

“就是打拍子，这样——”

邻桌一片嬉笑，我转过头去，可是已经晚了，没有看见“这样”的打拍子到底是怎么一个打法。

“接着说，不是牛人吗？还怎么牛法？”

“有一回，大概是排练时间太长，指挥得也太累了，‘粉条’宣布休息，有一个同学，也不知道是哪个系的，拿出来电脑，上网，正好有迈克·杰克逊《天旋地转》的视频，大伙就都围过来看。”

“就是那个 *You Rock My World* 吧？”

“对，就是这个。听我说，没想到这时候‘80 粉条’也过来了，也跟着看，看了一会儿，‘粉条’开始说话了，一出口就雷人——”

“他说什么？”

“他说，这个，杰——克逊，看样子是个小流氓嘛。”

“杰克逊是小流氓？嚯嚯。”

“要严打啊！”

“派‘粉条’去严打！”

“国际刑警任命：超级无国界特任文化艺术巡警。”

几个人都嘻嘻哈哈笑起来。

“还有呢，还有更雷人的。”

“还有？快说啊。”

“听着，这样——注意，这是‘粉条’的原话，”说话的还是那个男生，他咳嗽了一下，声音立刻非常庄重，“你们应该多听真正的音乐，我指的是经典音乐，也就是交响音乐，莫扎特、贝多芬、门德松、勃拉姆斯、柴可夫斯基、威尔第、瓦格纳、马勒——”

“晕！很像广告词啊。”

“恒源祥——”

“鼠鼠鼠！”

“羊羊羊！”

又是一片嬉笑。

“我倒想问问，交响音乐，到底什么是交响音乐？”四个人中的一个女孩打断他们的玩笑，认真地问起来，“我一直弄不清，谁给解释一下？”

“我告诉你，”女孩对面的一个男生立刻抢着回答，“你坐过电梯吧？”

“傻不傻啊，这跟电梯有什么关系？”

“当然有关系：你在电梯里听到的那种音乐，就是交响音乐，纯音乐，经典音乐！”

“胡说，听交响乐，一定要去音乐厅，一定要晚上，男的西服革履，女的珠光宝气——高端生活展示！”

“那也太奢侈了吧？”

“就是，太奢了！”

- 35 -

我想起了周璎。

周璎不喜欢交响乐，而且和她平时反对什么事情一样，理由很特别：一，太有纪律性，那么大的乐队，那么多人，都一定按总谱规定演奏，这就够可怕了，还要加上一个指挥，这个指挥还一定是个了不起的权威，谁不服从都不行—— 一种艺术必须以服从为前提，这是什么？难道不是病态？典型的集体受虐症。二，听演奏，观众必须集体变脸，人人都正襟危坐，人人都凝神闭气，而且，突然之间每个人都必须特别有礼貌，听音乐变成一场必须的礼仪表演，这又算什么？难道不是一种集体强迫症？

我相信，除了我，周瓔对交响乐这一番“集体受虐、集体强迫”的批判，大概没几个人赞成。

大概是觉得我如此知音，周瓔还说出了一句让我印象非常深刻的话，她说，我们俩的缘分就在这儿。

这太过分了，难道除了不听交响乐，我和她就没有别的“合得来”的地方？不能就这一条吧？

按说，这问题不难回答，没想到周瓔盯着我充满期待的脸看了好一会儿，才说：“还有一条，就是你比较老实，算得上是个老实人。”说完这句之后，她继续看着我，若有所思，欲言又止，我以为下面还有什么精彩说法，没想到，她补充的是这么一句：“就是有时候太老实了一点儿。”

如果不是 Carmen McRae 的歌声闯了进来，我不知道还要在回忆里沉浸多久。

不知道为什么，吧台里的小伙子忽然停播了原来的音乐，转而播放 Carmen McRae 演唱的 *Weep No More*：

In your eyes
Was the promise of the endless skies,
Now you say our love will die,

And you cry;
Weep no more!

Now our song
Is as mournful as the day is long,
Heavy as a million years,
Filled with tears,
Weep no more!

Let's relive our dreams
And forget those schemes
Of a world gone mad,
What we had let's have!

What was there for us,
Let's take care for us!
No, our love's not through,
It is born anew!

Weep no more,
For our hearts are through with love,
Can be filled anew with love,
Weep no more,
Weep no more!

——歌声一下子把我带回到去年冬天的一个晚上。

- 36 -

那是一个大雪纷飞之夜。

接到周璎电话的时候，我也是在这个窗子旁坐着，脑门顶在冰凉的窗玻璃上，专心看黑暗里的风和雪的缠斗。

正好在 *Weep No More* 这首歌开始不久之后，手机响了起来。

“喂，你在哪里？”

“我在五道口。”

“干什么呢？”

“听歌，”我把手机向吧台那个方向伸出去，“你听是什么歌？”

“好像是 *Weep No More* —— 你不问问我干什么？”

“你在干什么？”

“在挨饿。”

“什么？”

“挨饿。”周璎声音显得很疲乏，“我还在办公室，一直没吃饭，快饿死了，正要打 911。”

“好，你等着。”

我收起手机，赶快结账，然后下楼。

越过十字路口，来到二十四小时营业的“嘉禾”粥店，我买了一份野菜粥，两份小笼包，还有筷子和餐巾纸，让服务员分别装在两个密封的餐盒里，然后脱下羽绒外套，把餐盒严严地裹上。这时候粥店里已经空空荡荡，没有几个顾客，几个服务员都凑了过来，好奇地看着我。我顾不上和他们说话，小心地把这羽绒包裹抱在怀里，又回到风雪交加的大街上。

眼前的景色，让我一下呆住了。

从来没见过这样凶悍的雪夜：一股股裹挟着细雪的白毛风带着凛冽的寒气扑面而来，连朦胧的路灯，都在翻腾的雪雾里躲躲闪闪，隐隐没没；风和雪，都像是带着什么难以化解的怒气，有的自上而下，在半空肆意翻滚之后又突然扑向地面，有的化作了一根根银色的风柱，在马路上游走，似在追逐什么敌人——整个街道都被这吓坏了，既无人，也无车。

我觉得自己快冻僵的时候，奇迹出现了，一辆出租车奇无声无息地停在了我身旁。

“冬练三九啊？哪门功夫，这是？”

上车坐下，司机师傅特意转过身打量我。

我没答话，现在张嘴，一定哆哆嗦嗦，说不成句子。

从五道口到东二环，这是一条我再熟悉不过的路，但是此刻，街道、树木、楼房、街灯、行人，无不影影绰绰，我和车子，更像是漂泊在风雪梦境里的一只小船。

“我说，您怀里揣的什么宝贝？”

后视镜里的司机师傅，还是一脸好奇。

“热粥，小笼包。”

“给女朋友的？”

“对。”

“您这女朋友是位大公主吧？金枝玉叶，啊？”

我没有再搭话，只关心从羽绒衣里渗透出的那一点温度。

我以为周璎会跳起来欢迎我，可没有。

我进门的时候，她只连头都没回地说了一句：“等一下，别说话。”就又聚精会神地继续在键盘上飞快地打字。

“饿坏了吧？先喝点粥。”

我把餐盒放在周璎的桌子上。

她还是没有看我，眼睛盯着屏幕，手指闪动，飞快地敲着键盘，清脆的滴滴答答声，一会儿疏，一会儿密。我也不再说话，转身到一边的一把椅子上坐了下来，一心一意看她怎么在电脑上工作。

这是一间大概有五六十平米的房间，只有周璎的桌子上的台灯亮着，也只有她一个人在工作。

周璎的这间工作室，位置太好了，正好是这层楼的一个楼角，两面都是落地窗，晶莹透明的大玻璃像是巨大的一块块黑色幕屏，风雪在窗外的黑暗里肆意弥漫，不过四周的楼房和灯火，还隐约可见。

忽然，像静静的水潭里突然冒起一个浪花，透明的窗玻璃上多出一个画面，那是周璎的影像，于是窗外的纷纷扬扬的大雪和她苍白的脸色就叠在一起，若虚若实，缥缈迷离，像是叠印在空中的一个幻影。更想不到的是，目光略一游移，我一下子看见了三个这样的幻影——对面的三个窗子里，每一个都印着一个苍白的脸和一圈橘色的光虹。

回头看看真实的周樱，她还在埋头工作，两个餐盒一动没动。

风不知道什么时候停了，窗外一片白茫茫，大片大片沉重的雪花，不飞不舞，直直地从黑暗中直直坠落，好像在做一场比赛，看谁先落地，再静静地等待死亡。

我和周璎怎么开始接吻的？

记不清了。

和周璎接吻的感觉太好了，能死人。

她的嘴唇湿润、柔软、敏感，这没什么，不少女孩的嘴唇大概都这么性感。可周璎不一样，一吻起来，她的嘴唇就好像独自有了自己的生命，一开始，它胆怯，小心翼翼，显得没有信心，甚至有点怕怕，然后一点一点变得自信，变得越来越热情，越来越放肆，那往往是一个很长的过程，像一个乐队的演奏，一个声部一个声部地进入，最后演奏就进入了高潮，弦管并起，金鼓轰鸣。

这样的缠绵不可能没有严重后果，实际上，我早已欲火熊熊，不过，这可是周璎的办公室——怎么办？

我正这样想的时候，感觉到周璎的手已经滑到我腰带以下的地方，在慢慢寻找我的牛仔裤的拉链，一股快意和紧张，让我感到一阵轻微的晕眩，于是把热吻中的她抱得更紧——以前这种时候，我总要提醒自己，不能太用力，怕伤了她，可今天就全都顾不上了，不过周璎好像没有觉得什么，她的身体远比我想得更柔软，更细腻，像抓在手里可以随便揉搓的一把滑润的丝绸。

我听到到裤子的拉链被拉开的时候，吓了一跳，那真是声如裂帛，想不到一个拉链能发出这么大的声音！

“忍不住了吧？”

周璎一直手还绕在我的脖子上，另一只手紧紧地握住“小宝贝”，带一点嘲笑地看着我。她满脸红潮，湿润的嘴唇晶莹透明，眼睛闪闪发亮。

“走吧，回家去。”

“别废话！”

“这地方——”

无论是A片，还是网上那些色情文字，都有在办公室做爱的描写，可我万万没想过，自己真的会在一个办公室里和女孩子做爱，而且是和周璎。所以当周璎说哪儿也不去，说“就在这儿”的时候，我又吓了一大跳，接着，看她跑过去锁门，我简直就目瞪口呆。她真要在这地方，在她的办公室做爱？

我很快明白了，是真的。

有意换一个不熟悉的地方做爱，我们不是没做过，可是不知道为什么，在办公室做爱，刺激会如此特别，以至于我和周璎都很快就变成了用某种特殊金属导体做成的两片很薄很薄的薄片，在往返震荡的电流里不停震颤，在快感的大风暴里快意膨胀，以至于周璎的短促呻吟很快变成声嘶力竭的尖叫。

“别叫！别叫！”

我急忙制止周璎——在深夜，这样尖叫可太吓人了。

“别叫！听见没有？”

周璎好像根本听不见我说什么，叫声反而更张狂。

“别叫了！人家都听见了！”

我停下动作，狠狠在周璎屁股上打了一巴掌。这时候她才眼光朦胧地看了我一眼，似乎终于明白我在说什么，一下子紧紧咬住嘴唇，立刻把尖叫全部压抑到嗓子里。不过这让她呼吸更加急迫，每一吸，每一呼，被白衬衣紧紧包裹的两个暴涨的乳房就高高耸起，又急急地落下，半露的平坦小腹，还有被仔细修剪成平平的梯形的细细阴毛，还有躲在阴影里像一颗朦胧的黑宝石一样的小肚脐，连同那只红色的小瓢虫，也都随着一块起落。这时候我才注意到，无论在光亮里，还是在阴影下，都有一些细细的汗珠在她额上、脖子上，特别是她急促起伏的肚皮上闪耀，简直是撒上了一层闪光的碎钻。

我很想去舔舔那些小汗珠，那是什么味道？也许有点发甜吧？可是激烈的动作妨碍了我，几次努力，我都没有办法把头伸得那么低。后来，当我终于死了心，把头抬起来的时候，对面那个落地窗里的影像一下子吸住了我的目光：三扇巨大的落地窗里都上演着这样的画面：一双漂亮的高高举起的长腿，犹如一个白色的大V字，骄傲地镶嵌在被万家灯火和漫天大雪映照得一片灿烂的夜空里，把沉沉的暗夜染作一片玉色；在其中，还有一个晶莹的小光点在漫天的大雪中飘来飘去，一会儿静止，一动不动，一会儿跳起来，翩翩摇摇——那是周璎的脚链映在大玻璃上，像刚刚出世的一只金色的萤火虫。

还有人见过这么美丽的夜景吗？肯定没有。

- 37 -

华森的新家吓了我一跳。

比起原来的家，这可不是“条件比以前好了一点儿”。

我眼前这个客厅，很大，很阔，很高，左右两面都是落地窗，白纱窗帘和紫色窗幔垂在两边，像是刚拉开幕的舞台，不过，到底不是舞台：透过大小错落的窗格，两株梧桐，几丛绿竹，一边在阳光里半明半暗，一边让一片绿意渗了进来，半个屋子都阴阴的——很明显，这都是精心设计出来的，可是这么精心，不觉得有点儿做作吗？

房子中间是一组围成半圆的皮沙发。

为什么要围成半圆？

坐了下来，我面对的一个大大的红木茶几，大得像一架矮床，这床上，立着一个插着一丛白色百合的球形花瓶，也大得相当夸张，闪亮的花瓶玻璃曲面有如一面凸镜——我的脸印在了这镜子里，不但怪模怪样，还和窗外的景色重叠，正好压缩成了一团变形的风景画。我赶快把眼光移开，这才注意客厅正中的墙上，是一幅黄永玉的画作《红荷白鹤图》，墨彩淋漓，烟云满纸；偏过去一点，拐角处，挂着一幅苒苒自己手书的立轴：

無是则物無不是 物無不是 故是而無是

客厅的另一头，一道弧形的楼梯，雅雅地伸向楼上，让人不能不把视线再延伸过去，去欣赏房间顶部优美的拱顶，还有那一道安置在两个浅浅的拱券下带有新艺术风格的铸铁栏杆。

不就是一个家吗？用得着这么刻意吗？

我还没来得及发表感想，花子先发了话：

“到卢沟桥喝酒？谁的主意？”

这正好，我可以免去祝贺什么乔迁之喜。看得出来，这小子想知道“卢沟桥夜饮”的详情，急得完全顾不上说别的，我只好把当时的情形又细说了一遍。

花子听得津津有味，即使给烟斗装烟丝的时候，他也聚精会神地听我说，还不断询问细节——包括我如何酩酊大醉，如何赤身裸体躺在卢沟桥的桥石上赏月，包括那时候我的阴茎怎么放荡不羁，如何硬挺挺地竖起来，流氓气十足地指向孤独的月亮和满天的星斗，如何对上苍不敬之极。

“想不到碰上这种事：陪一个大老板喝酒！”

我把故事讲完了，华森摇摇头，用烟斗指指我：“你不是喝得挺痛快嘛！二锅头！猪头肉！卢沟桥！”

我想起金兆山那厚厚的嘴唇和精光四射的小眼睛，月光下的卢沟桥，还有桥下那一线闪着朦胧银光的溪水。

“金兆山这人太有意思了，不是凡人。”

“这家伙还想和我拜把子，结成把兄弟呢。”

“什么？他要和你结拜？”

在一片缭绕不去的薄烟里，华森的眼睛睁得好大。

“对，他差点拉我到野地里，撮土为香，八拜磕头。”

“有这事？你刚才怎么没说？”

“这有什么可说的？”

“你这人！你好像不当回事。”

“酒喝高了，什么话不说？酒话能当真吗？”

“他醉了？”

“醉倒没醉——”

“他没醉！你呢？你怎么说的，你拒绝了？”

“也没有，我说，撮土为香，就不必了，用酒代吧。”

“后来呢？”

“他让酒铺的老头换了三个大碗，说是用三碗酒代替三炷香，两个人喝了，代表跪地下磕三个头——”

“三碗酒你喝了没有？”

“喝了。”

“那你们就已经结拜了嘛。”华森兴奋得站了起来，声音一下提高了八度，“嘿嘿，你有了一个大老板的把兄弟，这太牛了。”

“你还把这事当真了？”

“当然得当真——能介绍我认识一下你这把兄弟吗？”

“你也想和他结拜？”

“那倒不用，你是他把兄弟就足矣。”

“你想干什么，别吞吞吐吐。”

“听我说，”华森用烟斗指着我，收敛笑容，脸色一下庄重起来，

“他能不能给我一些捐助？给我做 donation ？”

“给你做 donation ？”

“不是我，是我策划的那个项目，我们缺钱。”

我想起来了，华森说起过，他最近正在和一个外贸公司还有几家物流企业合作，由他主持策划一个规模宏大的“8 世纪中欧贸易瓷历史回顾展”，其中不但计划有大型的各个历史时期外销瓷的实物展示，而且还有学术研讨会，甚至还设想趁势举办五代名窑瓷器的专场拍卖。

“你为什么求外人？苒苒可以帮你，举手之劳。”

“你还说苒苒！”华森一脸沮丧，连连摇头，“她要是帮我，我还求外人干什么？”

“她为什么不帮？”

“她说：一，举办研讨会完全是花架子，国内没有足够的学术力量，二，其中还举办名窑瓷器拍卖，目的不纯，其中有商业动机——”

“她说得对，这叫文化搭台，经济唱戏。”

“我说——” 华森盯着我，沉在蓝色的青烟里的胖脸，一半焦急，一半无奈，可更多的是一种坚决。

这个表情我太熟悉了，那后面的深刻含义就是：要是不想法子打住，这小子可以拿这话题跟你纠缠一天一夜。

“行了，还是先带我看看新房子吧。”

这样打岔果然有奇效：华森虽然不情愿，但还是不得不带我参观他们的新家。

- 38 -

“怎么样？这新家还不错吧？”

看得出来，华森有意让自己的尽量语气平淡，可是，那平淡语气后面的满足、喜悦和骄傲，就像被关在了门外的几只小狗，又叫又跳，其实更惹人注意。

“你们住上豪宅了。”

“这算什么豪宅？北京好房子有的是。”

看朋友的新家，应该高兴，可我高兴不起来。

这是什么感觉？是陌生？不错，那是一股陌生感正从我心里升起，越来越强烈。

跟随华森在楼上参观时候，这别扭的感觉就更强烈了，好像穿了一双挤脚的鞋，无时无刻都觉得不舒服。

非常奇怪，楼上有三间卫生间，其中的两个装修得非常豪华，而且一样大——大得完全不必要，也不合理。主卧室里的一个，是白色的，白得让人有点眼花；墙面、地面、浴池、浴室柜的台面，都是温润的白色大理石，和这“白”搭配的，是一面闪闪放光的硕大无比的镜子，还有镜子内外混在一起的金属水龙头、马桶扳手、毛巾架、多用不锈钢小筐、壁橱把手、镜前灯的托架；它们都争先恐后地闪闪发光，不过，也都有自知之明，明白自己不过是以这样俗气的金属光泽来陪衬人家白的高贵罢了。

就设计说，这浴室的设计还不错，可是我一点不喜欢，不就是一个家庭卫生间吗？至于吗？不过，我还是忍住了，没说什么。再下来，当华森把我带到第二个卫生间的时候，我终于忍不住，很大声地说了一个不久前刚学来的词：“太奢了！”

这第二个卫生间，是刚才那个卫生间的拷贝，但完全是黑调子——只不过黑色的大理石不懂得谦虚，一点不掩饰自己的自负和傲慢。

“你说什么？”

“太奢了！”

“什么意思？”

“就是太奢侈了！”

“奢侈？”

华森转过身来看着我，一脸的不以为然。

我不知道往下该说什么，按说，在这样场合，就算再熟不过的朋友，也应该说那样一种话：喜气，得体；但是我脑子里空无一物，有如一碗透明的鸡蛋清。

“这房子装修花了多少钱？”

“一百多万。”

“一百多万？”

我吃了一惊。

“花这么多钱？就为装修？”

“这不算多。操千曲而后晓声，你要是多看看北京的好房子，这装修真算不上高档。”

我该说什么？只觉得自己脑子里的蛋清已经浑浊不清。

我已经盼着尽快结束这别别扭扭的观光。

“就说这张书桌，黑酸枝木的——”

说这话的时候，我们站在华森的书房里，一张仿古书桌上一座台灯还亮着，在桌面上映出油油的暗光。

“什么木？”

“黑酸枝木。”

“黑酸枝木？”

“就是俗话说的紫檀木，也叫大叶紫檀，其实是红木的一种；红木，广东人用广东话叫酸枝，北方，长江以北，咱们北方人习惯叫红木——和黄花梨一样——你知道黄花梨吧？准确一点儿、学术一点儿的说法，有点绕嘴，叫作豆科类蝶形花亚科黄檀属，其实俗话里，都是硬木，现在国内已经没有了，全靠进口，泰国、缅甸、越南、老挝、柬埔寨、印度——”

“这张书桌多少钱？”

“二十万多吧。”

“奢侈。”

“又是奢侈！”华森看着我嚷起来，“这能算是奢侈？你就是不习惯，慢慢就习惯了。”

不习惯？不习惯什么？

我怎么了？为什么心里会有一种明显的不快？

“这么装修，你和苒苒一起商量的？”

“当然啊，一把火，能把灶烧热了？”大概看到了我脸上的疑问，华森又说：“不信？你看这个。”

打开身边的一个门，华森推着我走进去：“看看这个。”

这是一间佛堂。

一间处处都有苒苒的痕迹的佛堂。

房间正面，是一张横幅彩绘丝绢唐卡，上面是释迦牟尼图像，像前一张供桌上置了一个淡青色布满冰裂纹的钧瓷开片小香炉，炉里插着三根点燃的细香，香头上升起袅袅青烟，几缕游丝缓缓飘到了我的面前，墙角有一座轻巧的木花架，一盆万年青已经结出了几颗红果，我记得这盆栽本来是放在苒苒书房里的；两侧的粉墙，一边是一张黑色的狭长条案，摆满了一叠一叠的经书，《中论》《十二门论》《大乘广百释论》《成唯识论》《摄大乘论》《大乘起信论》，另一边是一个与人齐高的仿古书架，架上除了多种金陵刻经处出版的宣纸线装佛典经籍，还有汤用彤的《印度哲学史略》，齐鲁书社出版的《吕澄佛学论著选集》，印顺法师的《原始佛教圣典之集成》《初期大乘佛教之起源与开展》和《妙云集》，都是港台版。

不过更吸引我的，是贴在墙上的两张手绘的地图，一张有方桌大小，是“贵霜时代佛迹图考”，略小的一个是“《大唐西域记》玄奘行迹图考”，两张图不但对古代中亚和印度的地界、水文、交通、城市有清楚的描绘和标注，而且还有大小乘佛经传播路线、关键人物、重要事件的文字说明，都是细小如蚊蚁的蝇头小楷，其中有不少地方是英文和一些我不认识的文字，这些文字也都是用毛笔写的，都非常清晰。

在这两张图旁边，用胶条临时贴在墙上的一张四尺四开的宣纸，上边有几行沉稳的楷书：

如其所如是
如其所如非
如其所如所
如其所如如

也是苒苒的手书。

屋子的正中，是一个很大的书案，上面摆着两方砚台，一些法帖，一个黄杨木的大笔筒，里面插着一簇大小毛笔，一张摊开的宣纸几乎铺满了案子，一行行平和简静的小楷，分行布白，错落满纸。

我刚要俯身细看，华森一下拦住我。

“先看这个：高仿明式书案，黄花梨的，”华森左手拍了下案子，右手还把写满小楷的纸张掀起了一角，让我注意书案的桌面，“你猜多少钱？”

“多少钱？”

“四十七万！”

“这么贵？”

“这是黄花梨！”

我摇摇头，把到了嘴边的“太奢了”三个字咽下去，然后把案上的纸抚平，俯身看过去。

这是正在抄写中的一段经书：

外曰 如灯 修妒路

譬如灯既自照 亦能照他 吉亦如是 自吉亦能令不吉者吉

内曰 灯自他无闇故 修妒路

灯自无闇 何以故 明闇不并故 灯亦无能照 不能照故 亦二相过故 一能照 二受照 是故灯不自照 所照之处亦无闇 是故不能照他 以破闇故名照 无闇可破故非照

外曰 初生时二俱照故 修妒路

我不言灯先生而后照 初生时自照 亦能照他

内曰 不然 一法有无相不可得故 修妒路

初生时名半生 半未生 生不能照 如前说 何况未生能有所照 复次一法云何亦有相亦无相

复次不到闇故 修妒路

灯若已生 若未生 俱不到闇 性相违故 灯若不到闇 云何能破闇

“这是哪一段经书？”

“大概是《百论》，也许是《中论》。”

“每天都抄经？”

“当然，”华森指一指留有残墨的砚台，“人家每天就两件事，第一件，头等大事，就是读经、抄经。”

“第二件？”

“炒股。”

她读经，我一直以为不过是有兴趣于佛学，而非学佛。

现在她在新家里这么正式地设了一个佛堂，这意味着什么？

- 39 -

我很想问问苒苒，可是当我们俩在她的书桌旁边坐下来的时候，她严肃的样子阻止了我。

可以隐约听见花子在客厅大声说话——刚才又来了几个朋友。可以想象，此刻他和客人的话题，一定离不开这个新房子；过一会儿，这小子一定又会带着客人“参观新居”，走楼上，走楼下，当一名热情的免费导游。

“你和石头见面的情形，兰子都和我说了。”

这样开门见山，苒苒一定已经见过了海兰，也一定完全知道了我和石禹说过的话。不过，她还是问：

“你肯定石头没有精神层面的问题？”

和海兰的问题一模一样。

“没有，基本上可以排除这种担心——出版社要送他去精神病院，完全是胡来，也可以说是陷害——可是，石禹有明显的心理焦虑，而且相当严重，这是肯定的；他现在介入的冲突这么尖锐，加上他嫉恶如仇的性格，言语行为十分激烈，这都难免，可是他的很多行为，太偏执，这就有问题。”

“是什么问题？”

“愤怒，他有太多的愤怒。”

“一个人能够愤怒，你不觉得是好事情？”

“愤怒太多了，就不是好事情。”

“愤怒太多，什么意思？能不能说得准确一点儿？”

“你一定了解石禹——”

“你错了，不了解，”苒苒打断了我的话，轻轻叹了口气，“其实我不了解他。”

我不能不惊讶，这太意外了。

“你不了解石禹？他可是你最好朋友的丈夫。”

“我和石禹没见过几面。”

“这怎么可能？怎么回事？”

摇了摇头，苒苒苦笑了一下。

“你知道为什么？”

“为什么？”

“他不喜欢我，也不喜欢华森。”

“不喜欢你们？奇怪。”

“你以为他是兰子的丈夫，就一定喜欢我们？”

“我还是觉得奇怪，是不是有别的原因？”

“你要知道原因，就不奇怪了。”

“什么原因？”

“石头第一次到我们家，就和华森吵起来了——”

“吵起来？为什么吵？”

“他说我们生活的不真实。”

“这是什么意思？生活还有什么真实不真实？”

“开始的时候，我们也不太明白是什么意思，我琢磨大概是说：你过着一种你不应该过得生活。”

“总得有具体所指吧？”

“有啊。”苒苒一边说一边笑，“后来他和华森吵得厉害了，才知道他认为我和华森是资产阶级——”

“什么？你们是资产阶级？这从哪儿说起？”

“他的意思是：虽然你们不是资产阶级，可是你们非要过资产阶级的日子，把自己想象成资产阶级；他还打了一个比方，说我和花子不好好走路，非踮着脚走路。”

“踮着脚走路，这又是什么意思？”

“就是讽刺嘛——你不够高，是个矮子，可是到了人前非要显得自己是个高个子，于是踮起脚走，假装自己是高个子。”

“比喻不太准确。”

“比喻从来不准确。”

“这个石头，说话老是这么尖刻，难听。”

“华森说石头的话，也不好听。”

“怎么说？”

“说他呆，呆根子，不是呆话，就是疯话。”

“花子一定和他吵得很厉害吧？”

“为了安全，我眼睛一直盯着石头的拐杖。”

我们俩都笑了起来。

“不至于吧，他能轮拐杖？不可能。”

“兰子说他刀子嘴，豆腐心。”苒苒笑着摇了摇头，神情里带着几分遗憾，还有几分无奈，“不管怎么样，来过两次之后，兰子就不再让石头再到我们家来了；我和她说，没关系，刀子嘴有什么关系？豆腐心就好，可是她说，是石头不愿意，一到我们家，他就觉得别扭，坐不是，站不是，说呆话不是，说疯话也不是，怎么办？只好算了。”

我能想象石头为什么“站不是、坐不是”。

眼前一下出现了琴弦胡同26号。

几株淡蓝色的喇叭花沿着几根细竹竿高高兴兴地攀援而上，密密地搭在过道顶上的丝瓜架子，吊在房檐下的白铁皮烟筒和自行车，旧砖、木板和石棉瓦搭起来的板棚厨房，写着液化石油气几个红字的煤气罐，从另一个院子的墙沿伸出头来的枣树，枝子间垂垂累累开始挂红的大枣子，只听见鸽哨声可是看不见鸽群的透明的蓝天——

“还是再说说石头吧。”

苒苒打断了我的遐想。

“让石头去做心理咨询，根本说不通，他不去，和你谈过以后，兰子又劝他，还是不行，石头就说一句话，他没有任何心理问题，为什么去做心理咨询？”

“这很麻烦。”

“石头说，他是在和恶人斗，他要斗到底。”

“他斗得过吗？斗不过。”

“我和兰子一起分析了多少次，也这么看，斗到底，怎么才能到底？根本没有底。”

“有没有可能，让他换一个出版社？”

“不太可能。兰子说，她想过让石头换个工作，也试着问过一些出版社，还有媒体，结果都差不多——石头在出版界已经有恶名，不但传说他有神经病，甚至有一个编辑，还是她大学同学，告诉她说，行里流行一个说法：石头可不是一般的石头，是茅坑里的石头，又臭又硬，哪个单位敢用他？兰子听了这个，到我这里悄悄哭了一天。”

“这可严重了。”

“是很严重。”

我和苒苒都一时无语。

可以听见书房外花子和客人们的说笑声和脚步声，很明显，一伙人都刚从楼上走下来——那两个一黑一白的大卫生间一定得到了很多赞叹吧？想想，如果石头来这个新家，那会有什么反应？会不会用拐杖打碎那里的几面大镜子？

一个人要是在那镜子前练习踮脚走路，一定好看。

“听我说，我有个计划。”

苒苒突然说，语气缓慢，一本正经。

“什么计划？”

“我和兰子仔细研究过，石头这样和人家斗下去，最后是什么结果？肯定非常糟，一败涂地。必须要想最坏最坏的情况，比如，很可能——用这种那种借口把他踢出出版社，那怎么办？以石头的性格，还有你说的愤怒，他会做出什么激烈的事来？不能不事先想好，有点预防。”

说到这里，苒苒的语气和眼光里都充满了忧虑，这是很少见的；我和花子背后议论她，讨论过怎么形容她这个人才最准确，我说“一身正气”，可是花子大摇其头，说不对，应该是一身静气，确实，用“静”来概括苒苒，再合适不过；可是现在，她在考虑石头的麻烦的时候，竟然不够静，明显地表现出这么深的忧虑，这实在有点不寻常。

“你有个预防计划？”

“我和兰子商量，实在不行，他们可以回兰子的老家去开一个书店——”

“开书店？石头愿意吗？”

“他一直有一个梦想，就是自己开一个书店。”

“你怎么知道？”

“兰子告诉我的。”

“回海兰的老家？回郑州？”

“这是兰子的主意。”

“石头呢？他会同意吗？”

“还没有和他商量。”

“海兰的工作怎么办？放弃工作，放弃北京？”

“为了石头，她什么都能放弃。”

“你们认真商量过？”

“当然认真。而且我们已经开始做了，兰子父母住的房子正好是临街房——你没见过她父母吗？”

“没有。”

这么多年，无论苒苒，还是花子，都很少说起我和海兰分手的事，偶尔提及，都是匆匆掠过，可是现在，苒苒不但直接这样问我，而且在我回答“没有”两个字之后，冷冷地看了我一眼，这眼光像是一根抡圆了的粗木棍子，一下子把我打翻在地，而我强装出来的镇静，像一片又薄又脆的玻璃盾牌，也顿时粉粉碎，尖锐的玻璃渣子满空飞舞，而我自己，更是遍体鳞伤。还好，苒苒一定看出我的狼狈，立刻移开眼光说：

“我和兰子凑钱，给她父母买了一套房，把两间铺面房腾出来，正好可以开店；另外，我在那边正好有朋友，可以帮忙安排做书店的其他事，所以，基本没什么问题。只要石头有大麻烦，北京呆不下去，他们就回郑州。”

“在北京，也可以开书店吧？”

“长安米贵，居之不易，再说，兰子认为北京是是非之地，不是石头这样的人能生存的地方，为了他，他们离开这里越远越好。”

“你们确定石头有开书店的梦想？”

“不是我们确定，是兰子。”

“这计划不错，可你有把握，他真能听海兰的？——我知道他们感情很好，可是真到了那一步，让石头决心离开出版社，离开北京，行吗？他干嘛？”

“这应该没问题。”苒苒沉吟了一下，犹豫片刻才接着说：“你知道他们是怎么认识，又怎么相爱的吗？”

“不知道。”

“想知道吗？”

“当然。”

“这是一个浪漫的故事，也是一个单纯的故事，单纯得不能再单纯。”苒苒缓缓说起来，口气里有一种亲切，好像在讲她自己的事，“他们两人认识，不是在北京，是在贵州：残疾人福利基金会为残疾儿童举办了一届特奥夏令营，活动地点设在了贵阳，他们俩都是义工，就碰上了。夏令营的活动很多很热闹，有作文比赛，有摄影展，有绘画培训，有舞蹈演出，其中一个项目是辅导孩子读书，形式很特别，是先由孩子提出想读什么书，然后辅导员去找，找来之后再和孩子一起读——兰子和石头都是辅导员，俩人就分工，石头主要负责找书，兰子负责和孩子一起读书，想得很好，可是这个特别的读书项目有一个很大的困难，有的孩子想读的书很特别，很难找，童话一类好办，但是有的孩子对蚂蚁好奇，想读关于蚂蚁的书，还有孩子对陨石有兴趣，想读从天上掉石头故事，等等，就很难找了；如果是别人，找不到合适的书，就算了，可以建议孩子读别的，不过碰上了石头，不一样了，他和兰子商量，无论什么书，只要有孩子提出来，就要一定找到，就算找到的书，内容和文字和孩子的要求不完全一样，没关系，那就再由兰子把书化解成她的意思，再复述给孩子听。后来出了一件事，快到夏令营结束的时候，有一个贵州大山里来的男孩，初中生，因为小儿麻痹症，小腿肌肉萎缩——这孩子不知道从哪儿听说了南极探险家阿蒙德森，一直就希望读到他的探险故事，阿蒙德森？南极探险？谁都没见过这样的书，上哪儿去找？可是石头说，上天下地也得找，不信找不到，结果，这人整整消失了两天两夜，就在夏令营结束的前一天，他笑嘻嘻地出现了，不架拐的左手里，摇着一本一九五九年版的《阿蒙得森：著名的极地探险家》——你知道后来出了什么事？就在兰子给孩子们读这本书的时候，靠在旁边听书的石头，不一会儿就睡着了，还鼾声大作！兰子告诉我，那个阿蒙德森的探险故事，从头到尾都是在石头的鼾声里读完的。”

“她就在这时候爱上了石头。”

“不是。”

“故事还没结束？”

“马上结束——他们俩都在夏令营里参加了一个学习哑语的训练班，俩人一起学习哑语，后来，两个人在贵阳火车站告别的时候，兰子的列车都已经启动了，石头追上了兰子的车窗，用哑语对兰子表白说：我爱你。”

“故事结束？”

“可以再补一个细节：就是到了现在，他们俩互相还常用哑语对话。”

海兰和石头，他们经常互相用哑语说话？

他们说的是什么？

是什么样的话，什么样的内容，只有用哑语才能说清？

- 40 -

当我打开门，看到是王大海领着小玲站在门口的时候，真是喜出望外。

“真对不起，又来打搅。”王大海神色有点不安，“您现在有时间吗？”

我赶快把父女俩迎进屋子，请王大海坐下。

王大海走进来的时候，一直牵着小玲的手，父女俩紧紧靠在一起。他们自己一定觉不出来，两个人在一块形成多么强烈的对比：父亲壮得让人想起一头犀牛，而女儿像是一棵小豆芽。不过，一两分钟以后，当王大海坐下来，把女儿揽向自己身边的时候，那没有表情的黑脸忽然发生变化，一瞥之间，投向小玲的眼光是那么柔和，犹如云影轻风——虽然这柔色延续了不过一两秒，可我一下就知道，这矮汉子一定是世界上最慈祥的父亲。

小玲靠着爸爸的膝盖，一只手抓住他右手的小拇指，有点羞涩地向我笑了笑，看得出来，孩子见到我很高兴。

王大海弯了一下那只小拇指，对小玲说：“叫杨叔叔。”

“杨叔叔。”

声音很轻，几乎听不见，但是小玲的笑容很亲切，好像在说：“我认识你，对吧？”

“杨老师，有个事和您商量。前几天我——”

“王师傅，我知道你为什么来。”

我从书架的下层抽出那本夏加尔画册，扬了扬，然后对王大海说：“是为这个吧？”

黑脸上闪过一丝惊讶，一时间王大海似乎不知道说什么好。

“一定是小玲还想看着画册吧？”

“您怎么知道？”

“这孩子和我有缘。”

刚一看到我把夏加尔的画册拿出来，小玲的眼睛就一下子睁大了，闪出一道渴望甚至是贪婪的光芒，刹那间我非常感动，觉得自己不但喜欢，而且爱上了这孩子，这孩子和我一定有一种特殊的也许是来自前世的难解的缘分。

当我要把画册交给小玲的时候，孩子没有伸手，而是把眼光转向了爸爸。

“杨老师，实在给您添麻烦了，这些天，孩子非要看这本画册，怎么说都不行——自从我把书还给您，这孩子就不高兴，还哭，真没办法。”

“既然小玲喜欢，当初就不应该还我——”我转过头又把画册伸向孩子，“来，小玲，把画册拿过去，想看多长时间就看多长时间，好吗？”

小玲又转头看爸爸，眼光里充满恳求。

“那就谢谢您了！”

王大海伸手接过画册，然后交给女儿。

“谢杨叔叔！”

小玲的声音依然很轻，可是宛如一波暖暖的微澜在我心里荡过，送来一股从来没有体验过的欢悦。

“来，小玲，坐到桌子这儿来。”我把小玲带到我的办公桌旁，“坐在这儿看画册，好吗？”

小玲点点头，很规矩地坐在了办公桌的沙发椅上。我刚把夏加尔的画册放到她面前，小姑娘翻动了几下，很快就找到了《从窗子里看巴黎》这幅画，静静地看了起来。

我转过身，想和王大海说话，但是一下子止住了——这位父亲正在凝视自己的女儿，黝黑的脸上漾一层浅浅的笑，眼神又一下柔和起来。

这时候突然有人敲门，很响，很急。

我过去打开门，门口站着两个人，正是那天在我的“藏书室”门口拌嘴的两个小伙子。

“杨医生，王师傅在您这儿吧？”

“在，在我这儿。请进。”

高个子的，叫“泥鳅”的小伙子立刻冲进门来。

“王师傅！”

王大海站起身，眉头微微皱了起来。

“什么事？这么慌慌张张的？”

“王师傅，刘锋从架子上摔下来了，”高个小伙子急急忙忙地说，“送医院了，说是脑震荡，还有骨折！”

“在哪个医院？”

“就在工地边上，北沙滩医院。”

“走，去看看。”

掏出手机，王大海一边拨号，一边对矮个小伙子说：“小徐，你把小玲送回去。”

然后又转过身对我说：“杨医生，咱们改日再谈。”

王大海带着高个小伙子匆匆走了。

“小玲子，走，”小徐走到小玲身边，伸手去拉孩子的手，“跟我回去。”

小玲子推开矮个小伙子的手；“我不回去，我要在杨叔叔这儿。”

“小玲！听话。”

“我不！”

小玲的声音忽然变得很大。

王大海的匆匆离去，让我很失望。这个黑脸汉子一脸肃容，不苟言笑，可是恰恰这股严肃特别吸引我，看着他，周围的世界会显得那么轻佻——一个嬉皮笑脸的世界。

现在小玲要留下来，我正好可以和小徐说说话，了解王大海的情况。幸亏小玲帮了我的忙，小徐不得不在一个椅子上坐下来，开始和我聊天。

“你和王师傅一起干活儿？”

“不是，王师傅有技术，我们不行。”

“你们不是他徒弟吗？”

“王师傅会修汽车，那是技术活儿。”

“师傅不教给你们？”

“不是，”小徐很为难地挠了挠头，“我们没文化，一时半会儿学不会。”

“你们都干什么活儿？”

“盖房子，建筑工地。”

我给小伙子倒了一杯可口可乐，小徐很局促，把杯子拿在手里，并不喝。

“盖房子——什么样的房子？”

“那不一定，什么都有，写字楼，也有民居，就是建房子，什么都建。”

“现在你们建的是什么？”

“医院，一个新起的医院。”

这时候小玲突然说了话，虽然头也不抬，眼睛仍然盯在画册上：“我爸爸也会看病，他也是医生。”

小玲的话让我惊奇了，王大海是医生？

“王师傅会正骨，”小徐把杯子放到一旁的茶几上，两只手上下比了比，“正骨，就是——”

“我知道正骨，王师傅会这个？”

“当然！我们王师傅的正骨，那可是太有名了，方圆百里，人家都说他是神医，妙手回春！”小徐兴奋起来了，一脸的骄傲，“不管你哪儿，腰，腿，胳膊，肩膀，脖子，到了王师傅手底下，捏几下就好，神啦！”

“我爸天天给好多人看病！”

小玲终于从画册上抬起了头，一边看着我，一边做了个手势，形容看病人之多，然后马上又埋头画册。

“那是！排队，排着队等，”小徐连连点头，赶快为小玲补充，“还有当官的呢，听说挺大的官，说是请王师傅到家里正骨，王师傅不干。你看病？那就到我这儿来，排队——不排队不行。”

“我爸爸给人看病不要钱！”

“真的？”

“当然不要钱，人家都说王师傅仁义。”

“不对，”小玲插嘴，“是义气。”

“丫头，是仁义。”

“不对，”这时候小玲才从画册抬起头，“是义气。”

“不对，人家还送了个锦旗：‘大仁大义’。”

“我不管，爸爸说的，人要义气。”

“好好，义气就义气，小孩儿，不跟你拌嘴。”

“你也不大，我爸能当你爸！”

“杨医生，你看这孩子，多厉害！”

我试着想象一下王大海给人正骨的情景，但是我眼前马上出现的是地下室的逼仄和闷热，那地方能有很多人排队？王大海和小玲的房间不但很小，连一张像样的椅子都没有，怎么在里面给那些腰疼背疼的人正骨治病？

但是这些疑问刚涌到嘴边，我又硬吞了回去。是小玲的眼光阻止了我，说到了爸爸，孩子的眼睛睁得大大的，一种由衷的骄傲在她瞳仁里光芒四射。

有这样的一个女儿，一个父亲还要什么？

什么都不要。

- 41 -

小白脸又出现了。

“是杨博士吗？我是王颐！”

在电话里，小白脸的嗓音听起来让人更不舒服，夹杂在其中的金属声格外刺耳。

我一下子想起上次和这小子见面那个凄冷的雨夜，还有放着青幽幽光芒的那几叠钱。

“请问你有什么事情？”

我尽量让自己的声音平淡，淡得像三十度的白开水。

“杨博士，我有事想找你商量，杨博士，我们能不能见一面？”

“对不起，我现在正在上班。”

“杨博士，我明天要去上海出差，事情比较急，还希望杨博士谅解。如果你晚上有时间，我可以请你吃饭，杨博士，请无论如何答应我这个邀请，无论如何。”

人就是这么奇怪：一个你特别讨厌的人，你会反而会惦记他，有时候还渴望见到他——我现在就是这样，想到又可以见到小白脸，甚至还有点兴奋，于是我回答说，既然无论如何要见，可以我下班后到诊所来。

这小子来了。

“杨博士，实在对不起，占用了你下班休息时间。”

小白脸还一脸笑容，比起上次，显得唇更红，齿更白。

“我希望你要商量的，不是上次那件事。”

“不，完全是另一件事。我们公司计划和你的诊所合作一个项目，而且，这是一个完完全全的创新项目。”

合作？还创新？这小子要干什么？

“对不起，我这里是一个心理诊所，不可能经营什么商业项目。”

“杨博士，这我知道，请你放心。我们公司提出的这个合作建议，和市场、商业都没关系。”

随着“项目”这个词出口，小白脸的笑容渐渐淡出，同时淡入满脸的严肃。这小子要玩严肃？无缘无故，我一下子想起那天晚上这小子挨耳光时候脸上的颜色：一片惨白，连红艳艳的嘴唇都变白了。

“杨博士，是这么一件事：我们金总有个想法，想在公司里设个心理管理部门——”

“心理管理部门？”

“对，其实就是公司内部的一个心理诊所，我和金总商量，想请你做公司的专职心理医生，今天我来，是想在意向层面上做个初步讨论，听听杨博士的意见。杨博士，你觉得这想法怎么样？”

“你是说，让我做你们公司的专职心理医生？”

“对，还是本公司心理咨询部门的负责人。”

“你们要建立一个心理咨询部门？”

“是。”

“我还是贵公司心理咨询部门的负责人？”

“我详细解释一下，”王颐打开一个 Polo 商务包，取出了一叠文件，“我们企业有一个具体设想，就是公司设立一个心理咨询部，然后对公司职工做定期心理健康检查，建立一个心理健康档案室。有了档案，公司对属下职工的心理健康状况就了如指掌，有数据，有分析，有预测，在这基础上再实行必要的管理。还有——”

“也就是说，要建立一个特别机构，把人心也都纳入公司管理。我的理解不错吧？”

“完全正确——全信息管理。”

这叫全信息管理？太可恶了。

从接到王颐的电话开始，我就断定，无论这家伙找我商量什么事，都绝不可能是好事，对一个连金兆山都当作是“花豹子”的阴险人物，决不能大意。

“如果杨博士愿意合作，”王颐的声音冷冷的，可是明显溶进了一丝得意，“我替公司表一个态度，工资待遇方面，杨先生尽管提，一口价，我们不会有一点含糊，真金白银，一定让你满意。”

我要想一想怎么对付这个白脸花豹子。

很凑巧，这时候我的音响按照我预先的设定，忽然放起了 Miles Davis 的《那又怎么样》，贝斯的低音和钢琴的轻快旋律让我热涨的脸上突然感到一种凉快，好像从哪儿吹来了一股清风。

“你是说，如果我愿意合作，无论我提什么条件，贵公司都能满足？”

“当然能，只有你想不到的，没有我们做不到的。”

“如果我要一套房子，贵公司能不能解决？”

“这个我们已经想到了。”

王颐说着，从放在桌上的一叠文件里抽出来几份，伸手放到了我面前。

“公司给杨博士准备了一套房子，两室两厅两卫，还带一个二十平米的阳台，地点也非常好，就在东三环这地方，地铁站很近——这是地点示意图，这是房子的平面图和照片，全部精装修，这是《住宅质量保证书》，这是《住宅使用说明书》，这是购房合同，手续健全，只要签个字，这房子就是你的了，明天可以拿钥匙。”

一边说，王颐一边把一份一份文件摆在我面前，然后靠在椅背上不再说话，只有脸上的笑容发生了一点不容易觉察的变化：本来，这小子的盈盈之笑有如一朵带雨的梨花，可采可掬，然而渐渐的，一丝阴毒的嘲讽又悄悄地出没于这小子的嘴角，像是花蕊中间伸出了一根长长的芒刺。

贿赂。

这个词一下子跳了出来，而且在我眼前乱跳。

不——不是贿赂，是收买——是直接的、一点不加掩饰的、一点不含糊的收买。

我感觉一股血冲上了我的头，

我的拳头越攥越紧，紧得手指节发疼。

“打算收买我，是吧？”

“收买？”

“对，收买。让我定期给你提供职工心理情报，说穿了，就是做公司的特务。”

“杨博士，为什么把话说得这么难听？”

窗外，天色暗了下来，屋子里景物开始有些模糊。

王颐沉吟起来，似乎在琢磨，在斟酌词句。

不行，我要放松下来。

我站起身开灯，让屋里一片明亮，然后坐下，静等王颐说话。

“杨博士，请你最后考虑一下。这是一个太好的双赢合作项目，机会难得。”

看见小白脸似乎又想说话，我不客气地拦住了他：

“你们这‘特殊构想’里有一种不合法的因素——一个公司无权建立职工的心理健康档案，更无权利用这些档案来‘加强企业管理’，基本上，这么做应该是违法的。”

“违法？请问杨博士，”不但脸上，王颐的的声音里都是露骨的讥嘲，“这违反了哪条法？”

我一下被问住了，我确实不知道这个“创意”到底怎么违法、又违背了哪条法律；忽然这么被动，我没想到，现在只能以守为攻。

“这个做法违背我们行业的职业道德——”

“道德？”王颐发出一声冷笑，“也就是说，杨博士认为，我们公司这个心理管理构想不道德？”

“当然不道德，而且不是一般的不道德。”

“不一般，请问是怎么不一般？”

一个词刹那间出现在我的眼前。

于是我把它说了出来：

“卑鄙。”

“卑鄙？”

小白脸机械地重复了一下，红艳的嘴唇成了紫色。

- 42 -

这样全神贯注地看王颐，我忽然发现，这小子长得真是很秀美。

我从来没见过，一个男人，不仅可以唇红齿白，而且脸上的线条和轮廓都有一种女性味道的纤细，不过，也许正是这个，让我从见第一面起，就觉得他不顺眼，看着别扭，甚至厌恶。现在我忽然明白了，我的厌恶，其实就是因为这张脸不但看上去很美，而且美得十分精致，精致里又带着一股邪气。有一次，我和华森一起看大岛渚的影片《御法度》，两个人为这片子的主角争论起来，争的问题其实有点无聊：现实生活里有没有一个人，是个男的，堪称“美貌”，可又邪恶之极，就像影片里的加纳总三郎那个人一样？我说没有，这个总三郎完全是艺术形象，是虚构；华森不同意，说艺术来源于生活，这样的人一定有，只不过是你没碰上。两个人还为这个打了赌——现在看来，是花子赢了。眼下，这个现代版也是现实版的总三郎，就站在我眼前，俊美的脸一片雪白，一双漆黑的秀目正冒着邪火。

不过，眼前这位王颐绝不是这类“像女人一样美的男人”，他根本用不着化妆，这小子素面，而且眼睛正里冒着一股邪火，可的确“美貌”，活脱脱就是《御法度》里那个里里外外都散发着阵阵蛇蝎戾气的总三郎。

这小子到底是个什么人？

“杨先生——”

缓缓地，王颐站了起来。

“没想到杨先生对道德这么感兴趣，可我今天是来谈项目的，不是来和你讨论道德的。谈不成，我告辞了。”

王颐拿起皮包，转过身，慢慢向门边走去。我也站了起来，刚要说一声再见，不料，这小子在已经伸手抓到门把之际，忽然又转过身来。

“杨先生刚才说到了卑鄙这个词，杨先生有没有兴趣知道我对这个词的看法？”

这句问话，用的是一种几乎是亲切的口气。

“请说。”

“杨先生一定知道北岛这个诗人了？”

“当然知道。”

“他有一句诗可以说家喻户晓——”

“卑鄙是卑鄙者的通行证，高尚是高尚者的墓志铭。”

“对，是这一句。”王颐说着，艳红的嘴唇弯起来，浮起一道阴阴的笑，“这诗写得不错，可是如果去掉两个字，这句诗就百分之百的正确。”

这小子还要改北岛的诗？

“请问去掉哪两个字？”

“其实就删一个字。”

“一个字？”

“对——卑鄙是卑鄙的通行证，高尚是高尚的墓志铭。”

在这句话出口之前的十几秒钟里，我一直在揣摩，这家伙会怎么改北岛的诗？但我完全没想到，是这样篡改，是，其实就删了一个字，一字之差。

“一字之差，是不是？”

我猜，这小子肚子里一定有更多恶毒的语言在咕嘟咕嘟冒泡，但是，这人的竟然有这样的意志力，只开一个很小的口子来减压。

我一言不发，这王颐大概没有想到，他停了一下，马上又说了起来。

“杨先生一定不同意我的说法，一定还坚持有高尚这东西，对吧？好，我马上就来向您证明，您是错的，还有，您为什么是错的——对不起，我就从您说起。杨先生，看看你这窗外是什么？”

我向他手指的方向看过去，“金太阳俱乐部”的红色光芒非常耀眼。

“杨博士，您的诊所选择这个地方？为什么？”

这小子问这个干什么？

“我替你回答：北京最富裕的地区，房价太贵，即使您海龟，在国外多少积蓄了一点儿美元，您大概也没能力在那种地方买房子——就是租房子，那开销也不小，长安米贵，北京的米更贵，是不是？”王颐说到这里停了一下，眼光变得很特别，好像我忽然缩成了一个矮矮的小侏儒，他只能俯视才能看见我，“所以，你找了这么一个地方，虽然不繁华，可也不是穷人区，这选择不错，是充分考虑到了边际效应，是明智之举——先生是不是嫌我把话扯得太远了？好，别急，我马上就进入正题，还说高尚。杨博士，如果追求高尚，你就绝对不应该在这地方开诊所，你应该到乡下去，起码到城乡结合部去，五环之外，六环之间，那地方是城乡结合部，有很多城中村，一句话，那儿才有穷人，那地方更需要医生，你承认不承认？当然，你是心理医生，我这么说，你也许觉得驴唇不对马嘴，你错了。你这么反驳我，是回避问题，因为，如果您自认为很高尚，你为什么不到医学院学做一个普通医生？内科大夫，儿科大夫，眼科大夫，产科大夫，或者，做牙医，一辈子专门给人治牙疼？可是，您没有！仔细考量，您选择了做心理医生，所以，您就有理了，你就能够心安理得来这地方，开一个心理诊所，不错，名义也是医生，可是，到你这儿来就医看病的，没有穷人，没有贫民，更不用说农民工，来找你杨博士的人，不是富人，起码也是富余人，是知识分子，是白领，是中产，是多少有几个钱的人，对不对？这太妙了——这些人看病？什么病？说穿了，不过就是到你这儿来抱怨、诉苦，而你呢，真心实意也好，虚情假意也好，所谓的工作，就是用各种好听话安慰他们受伤的心灵，用骗人的话洗干净他们流血的伤口，对不对？可是，这干的是什么？是什么？不是别的，是赚钱，赚人家的伤心钱。杨博士，刚才你说我不道德，认为我卑鄙，下流，是不是？好吧，我承认自己卑鄙，下流，厚颜无耻，可是，你赚钱，高尚，我赚钱，卑鄙，这是什么道理？杨博士，你和我一样，我都是生意人，别扯什么道德，别这么虚伪！”

这番长篇大论，让小白脸再也不能控制自己的情绪，他越说，越激情四射，话越来越急促，有如交响乐进入了第四乐章，不过，真正让我心旌摇动的，是这小子的声音，是他嗓音里那股又尖又锐的金属声——他嗓子眼儿里，一定有一把铁铲子，还有一个铁锅。

王颐终于停了下来，刺人的眼光在我脸上扫来扫去，雪亮的灯光下，一双漆黑的眼睛冷酷地盯着我，让我想起昂起头的眼镜蛇。

我没有说话，使劲控制自己，让自己攥得紧紧的拳头保持安静。我很久很久没有揍过人了，和人打架早就成了非常遥远的记忆，可是此刻，冲上去，在这张小白脸上一拳打个满脸花的冲动，是这样强烈，我不但全身肌肉都绷得紧紧的才能控制自己，而且似乎不能开口说话，因为开口的一刹那，我的拳头多半也已经冲了出去。

看我没什么反应，这不识相的混蛋似乎不知好歹，又想开口说话，幸亏这时候他的手机响了起来。

“杨先生，对不起，”王颐看了看手机，脸色一变，一边急忙收起手机，一边对我说，“本来想听听您的高见，但是我有事，来不及了，希望改日有机会再讨教。”

我以为这场戏结束了，不料，抓住门的把手之后，这小子半转身，又说话了。

“最后，再提请杨先生注意：现在是智能时代，一种超精密的电子脑波扫描仪很快就会研究成功，有了这种仪器，人的大脑就被彻底透明化，人的头盖骨就变成了一道屏幕，无论谁，心理活动都不是私人的秘密，也不能属于个人——如果我们公司装备了这样的设备，就根本用不着你们心理医生了——请问，那时候你骂谁？谁卑鄙？啊？”

用手指了我一下，这小子脸上又浮起一个微笑。

我从没见过这么恶毒的微笑。

再没有废话，一声门响，王颐匆匆离去。

屋子里忽然空落落的，向窗外看去，夜霭沉沉。

“金太阳俱乐部”的霓光依旧幻化不已，兴高采烈。

站在窗前，我想集中注意力分析一下王颐这个人，还有他那些长篇大论，但是都不成。我的眼前的窗子里，总是出现一张苍白俊美的脸，还有那个艳红阴冷的嘴唇 。

我离开窗户，从冰箱里拿出一瓶啤酒，一边喝一边给 CD 机换了一个碟，是 Charlie Parker，但是 Parker 萨克斯管的演奏此刻显得过于绚丽，像是一张厚厚的过于热烈又过于喧闹的声音之幕挡在我的眼前，而在这幕前，还切切实实有一双白手漂浮在半空，只不过不再那么耀眼，朦朦胧胧的，先是从右面往左面漂，然后又渐渐升高，一边升一边变大，像是《西游记》里的妖怪。

——我这是怎么了？

得找点别的事做。

- 43 -

去吃晚饭。

我习惯地向肯德基快餐店走过去。

这家店离我的诊所太近了，顶多不过百十米远，所以我是这家肯德基的老顾客。可是，走到这家店的门口之后，我没有进去——够了，肯德基鸡翅——今天一定吃点别的。

再往前，那边有一条小街，里头有很多小餐馆，为什么不到那儿去？

虽然大雨刚过，可是小街里灯火荧煌，行人如织，熙熙攘攘，有如一条唱着歌的欢腾的小河。路边，一路过去都是小摊小贩，一排排各种彩色的塑料帐篷挤在一起，湿湿的，帐沿上还滴答着串串水珠，地下还积着一洼一洼的浊水，不过这一点没有影响这里热闹的生意：新旧影碟，日用器具，廉价的手镯、项链、丝巾和鞋袜，太阳镜、游泳衣、各式凉鞋，还有几处很打眼的瓷器摊，从造型优美的梅瓶、天球瓶、高足碗、将军罐、青花大花盆直到近三尺高的弥勒佛，一概俱全；一溜散发着清香的水果摊位更让人眼花缭乱，蜜桃、草莓、鸭梨、荔枝、葡萄、苹果、橙子、樱桃、菠萝、金钱橘、火龙果、沙田柚、葡萄柚、番石榴，一摊一摊，一堆一堆，灿烂的颜色照亮了整条街。最搞笑的，是一个穿着很骚气的花衬衫的卖水果的小伙子，一边守着摊位来回走，一边大声吆喝："樱桃啦，樱桃啦，大樱桃，又红又甜啦，又甜又鲜啦，伦敦没有啦，巴黎缺货啦，您到美国也吃不着啊，快来买啊，快来吃啊！"这么喊着，一边把手里的一把樱桃，一颗一颗往嘴里丢，又准又快——可是看不见他吐核儿，这小子连核儿一块咽下去了？

小街深处，最热闹的地方，是东一处西一处的各种风味小餐馆，天气热，不少小店在门口摆起了摊，桌子，椅子，凳子，当街喝酒吃饭；兴高采烈的吃喝塞满了街道，羊肉串、鸡胗串、板筋串、烤龙虾、烤鱿鱼、烤蚂蚱、刀削面、臊子面、油泼面、凉面、卤面、拉面，各色炒菜和南北火锅，肉夹馍和小笼包，肉丝炒饼和红油抄手——这么多吃食聚会在一起，百味杂陈，杯盘交错，真是壮观。特别是从四处餐桌上散发的饭菜香气，在众多人头上混成一片氤氲，四下飘逸，弄得笑语喧哗之中无处不是暗香浮动。

我一下子觉得饿了，饥肠辘辘。

我在一家烤肉店前面停了下来，正考虑是不是在这里吃烤肉、喝啤酒，忽然听到一个小女孩的声音：

“杨叔叔！”

我转过头来一看，是小玲。小姑娘仰头看着我，一边微笑，一边伸手轻轻揪住我的衣襟。

“小玲，是你！”

我一直想到地下室去看看这孩子，现在忽然见到她，真是高兴。

“杨老师！”

还没来得及和小玲说话，王大海已经走了过来。

“王师傅，没想到在这地方碰上你。”

“我们一伙人来吃饭。”

顺着王大海的手指的方向看去，几步开外，有一家“朱记骨头庄”。号为“庄”，门脸不大，一眼看过去，门前虽然还积着一摊一摊雨水，可是店家在泥水狼藉的地上已然放了两个拼在一块的四方矮桌，桌子上两个硕大的塑料盆，里面都是满满的酱骨头肉，另外还有几大盘菜：麻酱拌凉粉，东北大丰收，凉拌白菜心，土豆炖豆角；矮桌四周环绕着七八个马扎和板凳，每个马扎和板凳上，都坐着一个正在吃喝的小伙子，其中五六个人都是赤膊上阵，大概是由于酒酣天热，黑黝黝的脖子和胳膊上，已经浮起细细的汗珠。

“原来是杨医生！”

从矮桌旁边站起两个人打招呼，我一看，马上想起那个“妈 B”绕口令，是他们俩，泥鳅和小徐。

我告诉王大海，自己也是到这小街来吃饭，这时候小玲扯了扯我的衣襟，小声说：“叔叔，和我们一起吃吧，有骨头肉，可好吃了！”

听到女儿这句话，王大海笑了起来，他低头轻轻摸了一下孩子的头，又抬起头来说：“这孩子！”

“爸，让杨叔叔和咱们一起吃吧。”

小玲没有松开我的衣襟，又提高了一点声音。

“杨医生，和我们一块儿吃吧。”

泥鳅和小徐也一齐随和。

“杨老师，怎么样？跟我们一块吃点儿？”

这时候怎么能拒绝？

其实，第一眼看到那两盆热气腾腾的骨头肉的时候，我已经馋涎欲滴，清楚地感觉到胃在使劲收缩，提醒我它已经忍无可忍，何况，桌子旁边还放了两箱燕京啤酒——啃着骨头肉喝啤酒，什么享受？

“王师傅，我还真饿了，就不客气了。”

当我也在矮桌旁边坐下来，接过满满的一大碗啤酒的时候，忽然之间，眼前出现了大学时候和一帮子兄弟喝啤酒的场面，也是一帮人，也是成箱的啤酒，还有一堆七碗八碟的便宜菜，也是这么豪饮，不醉不归。

那是多么遥远的事情了啊。

大块肉、大碗酒吃喝过几轮以后，一个短眉、阔鼻、宽肩，浑身都结实硬棒的斜眼汉子，站起身走到我身前，两只手各端着一个茶杯，从杯里隐隐散发着一股香香的酒气，一闻就是二锅头。

“杨老师，我媳妇儿生了个胖儿子，今天，我儿子满月，”斜眼汉子一脸笑容，两只手里两个酒杯，先向我举了一下，再向四周的人扬了一扬，“您瞧，大家伙儿凑一块儿，就算给我儿子过满月，杨老师，能不能为我儿子喝上一口？”

“大喜事啊！”

“得了儿子谁不喜？嘿嘿！”

斜眼汉子看我接过酒杯，短眉一下子扬起，脸上的笑容更加绚丽起来。

“干了？”

“干！”

我举起手里的一茶杯酒，一饮而尽。

周围响起一阵喝彩。

“杨老师，痛快。”

斜眼汉子惊讶地看了我一眼，也是一饮而尽，然后从屁股兜里掏出一个钱夹，有点不好意思地说：“杨老师，看看我儿子？”

“看，当然看——给我看看。”

钱夹里面有一张照片，一个胖胖的婴儿瞪着大眼睛，好奇地看着我。

“好胖的小子！”

听我这么说，斜眼汉子笑得眼睛眯成了一条缝，然后伸出大手，把大拇指、食指和中指拢在一起，杨起来使劲做了个手势：“七斤半！”

“好，为你七斤半的胖儿子，再干一杯。”

“真的？”

“当然是真的。”

斜眼汉子高兴极了：“拿酒来，满上满上！”

“大伙都来，都满上！”

泥鳅高喊了一句，接着就转圈给所有人倒酒。

“干！”

“都干，都干！”

“满上！满上！”

“干！”

很久没这么热闹地喝酒了，真痛快。

一片喧哗声里，斜眼汉子从泥鳅手里抢过酒瓶子，还要给我倒酒，可是被王大海站起来拦住了：“行了，让杨老师先吃肉。”

斜眼汉子立刻被泥鳅拽走了。

“杨老师，少喝白的。”

王大海让我坐下，从身边的木箱里拿出一瓶新啤酒，用牙把啤酒瓶盖咬开，把我身前的一个玻璃杯又斟得满满的。

“还是喝这个，慢慢喝。”

“给儿子过满月这师傅，是哪儿的人？河南吧？”

“河南人，河南民权县。”

“夫妻俩口子都来北京了？”

“生孩子，麻烦，他把媳妇送回乡下老家了。”

“家里有人照顾？”

“有老人，七十多了。”

“没有兄弟姐妹？”

“有，哥儿三个，全出来打工了。”

“都在北京？”

“老二在广州，老三在深圳，他是老大。”

“家里还有地吧？”

“有。”

“兄弟几个都出来了，地谁种？”

“都包给老板了。”

“老板？”

王大海略微皱了下眉，好像一时不知道怎么向我解释。

“我知道。”

一直倚在我膝盖旁边的小玲，这时候说起话来。

“杨叔叔，现在城里有老板，乡下种地，也有老板——他们有钱，还有机器。爸，我说的对吧？”

“这孩子！”

浅浅笑容和怜爱眼光，让王大海一下子变了个人。

小玲离开我，又依到爸爸的膝盖上。

“爸爸，我长大了，也当老板。”

“老板？你想当老板？”

王大海大笑起来，黑黝黝的脸膛一片灿然。

“爸爸，我能当老板吗？”

王大海没有说话，一边笑着一边用一双大手把孩子拢得离自己更近一些，然后低头看着女儿，看得那么专心，似乎把我完全忘了。

看着这对父女，我忽然特别想知道他们的身世：他们是哪里人？他们的家也在农村吗？家里还有什么人？小玲的母亲大概没有到北京来，那她留在老家了吗？

很想问问王大海，可是我觉得，这个汉子未必愿意和我细说这些家长里短。

正当我由于王大海寡言少语而有点尴尬的时候，小桌子周围一阵乱，原来是大家都在和一个新来的小伙子打招呼。

来人的样子有些出乎我的意料：小伙子很高，足有一米八，一件绛红色的T恤衫，牛仔裤，大光头，头剃得锃亮，青青的头皮一晃就一道青光，很酷；最吸引人注意的，是他背了一把吉他，在这人声沸腾的小街上，显得很扎眼。

“祥子，怎么这会儿才来？再晚，骨头就没了！”

“快坐，先喝上！”

“不行，来这么晚，先罚他唱一个！”

小桌周围的人都纷纷和这个叫祥子的小伙子打招呼，有人已经开始给他找碗倒酒。

想不到的是，祥子一边和四周的人打招呼，一边向王大海走过来，然后恭恭敬敬叫了声：

“王师傅！”

这时候小玲已经几步跑到了祥子身边，亲热地抓住他的手，高兴地说：“祥子大哥，你去哪儿了？我们等着你唱歌呢。”

“还没吃吧？坐下，先吃点肉。”

王大海接过泥鳅递过来的一个小竹椅子，推过去让祥子坐下，没想到大伙一致反对：

“不行，王师傅，先罚祥子唱一个，唱了再吃。”

“唱一个，唱一个。”

听到这一片呼声，祥子一边接过王大海递给他的小竹椅子，一边问：“王师傅，我先唱一个？”

“那就唱，唱完再吃。”

祥子听王大海这么说，从背后摘下吉他，蹲下身来问小玲：“你想听我唱什么歌？”

“不知道——唱什么都行，我都爱听。”

小玲的意见一下得到很多人的响应：“对，唱什么都行，都爱听！”

在一片催促声里，祥子站起来，开始给吉他调音。

叮咚几声过后，祥子突然挺直身子唱了起来：

起的比鸡还早吃的比猪还烂
干的比驴还多活的比狗还贱

起的比鸡还早吃的比猪还烂
干的比驴还多活的比狗还贱

一年一度的春节晚会提醒了我
今年是狗年旺旺旺旺似乎听起来不错
三十儿那天晚上收到了八十个手机短信
说的都是同一句话新年快乐好好生活

街上依然一片喧闹嘈杂，如同一条昏暗浑浊的小河，而祥子的歌声像一只灰色的猫头鹰，在这河上盘旋不已，即使有些时候他的声音被人们嬉笑的声浪淹没，但是没有人看不到它的飞翔。

让我印象更深刻的是，祥子的表情神态忽然大变：这小伙子眉眼平常，并不好看，有点扁平的鼻子使得整个脸部的轮廓软塌塌的，不够硬朗，相比之下，和他健壮结实的身体很不相称。可是，此刻，当一声“起的比鸡还早吃的比猪还烂”在吉他伴奏里冲出的喉咙之后，祥子的眼睛突然光芒凌厉，一种坚毅的神色完全改变了他的表情，连一双招风耳都很张扬，很骄傲。

起的比鸡还早吃的比猪还烂
干的比驴还多活的比狗还贱
起的比鸡还早吃的比猪还烂
干的比驴还多活的比狗还贱

终于明白这个狗年对我意味着啥
我还得卑躬屈膝低声下气像个碎娃
我还不是大款我还没有宝马

那我除了像狗一样吱哇我还能咋
还是糊涂长大究竟对我意味着啥
我还得卑躬屈膝低声下气像个碎娃
终于明白这个狗年对我意味着啥
我还得卑躬屈膝低声下气像个碎娃
我还不是大款我还没有宝马
那我除了像狗一样吱哇我还能咋

不知道什么时候，周围开始安静下来。我们这个小桌子周围，很快集合了很多人，里三层，外三层，没有人吃喝，也没有人出声，只有祥子激越的歌声在人群的头上四处飞翔。

“杨叔叔，宝马是什么样的马？你见过吗？”

小玲忽然伸头过来，在我耳边轻声地问。

“我不知道，我没见过。”

看着小玲清澈严肃的眼睛，我想不出更好的回答。

祥子的歌声还在继续：

终于明白这个狗年对我意味着啥
我还得卑躬屈膝低声下气像个碎娃
我还不是大款我还没有宝马
那我除了像狗一样吱哇我还能咋

- 44 -

手机响起来的时候，我就估计是周璎。

果然是她。

“喂，你现在在哪儿？”

“我在北京——”

周璎已经回来了？

“你回来了？什么时候回来的？怎么不来个电话？”

“见面再说吧，你现在能来找我吗？”

“当然可以，你在哪里？”

“你来吧，世贸天阶，老地方。”

“要不要先找地方吃饭？”

“不用了，我不想吃东西。你来吧，有事和你说。”

周璎的声音比平时低，这样听起来更柔和，还带几分磁性，可是又有点干巴巴的，一般来说，这都是心情不太好的表现。是不是这趟旅行太累了？

很走运，我刚出门就打到了车。

“师傅，能开快点吗？越快越好。”

司机师傅回头看了我一眼：“有约会？着急？怕女朋友生气——以后早出门！”

大概是同情我，师傅把车开得飞快，可是没一会儿就碰上塞车，只能夹在红荧荧的灯流里一点一点往前蹭。

“你女朋友漂亮吗？”

“一般吧。”

“对，一般了好，别找太漂亮的。”

“为什么？”

“费钱哪！现在女孩儿，个个花钱如流水，中国银行都是她们家开的！就前两天，在新光天地拉了两个女的，上了车没别的，从购物袋里掏出化妆品，一个一个地品，这个多少钱，那个多少钱，还说其中一个洗面奶上千块钱——先生，什么洗面奶，不就是擦脸油吗？”

“那还是有点区别。”

“区别？不就是擦脸的东西吗？值那么多钱？先生，我后来实在忍不住了，就跟她们说，这么贵的东西，你真舍得用吗？抹一手指头就上百块钱？你猜人家说什么了？她说，可不是，要不我给你抹一下，我们就省下车钱了。我赶紧说，饶了我吧，我还得给你倒找钱——不敢！”

我忍不住笑了起来，这师傅有意思！

“先生您别笑，什么人什么事我没见过？你见过马戏团表演钻火圈吧？可火圈钻过去还是人，可是钱眼儿不一样，一钻过去，他其实已经不是人了，那是什么？非人——是人又不是人，非人！小时候，老师教我们唱‘走到马路边，我捡到一分钱’——那时候，我们捡了一分钱，那是一定交公，交给老师，交给警察，现在？捡了个屁，都他妈的闻一闻！你说，那还像个人吗？非人！”

接下来是“非人”的一套更复杂的论述，可惜没说完，车子已经到了世贸天阶了。

这位司机师傅显然是个民间哲学家。要不是我一心想快快见到周璎，可以请这位哲学家到一个骨头庄，就着一大盘酱骨头和几瓶啤酒好好聊聊。

我匆匆穿过中心广场的时候，二百多米长的天幕上正在放映海底世界，各种奇奇怪怪的巨型鱼类在天上游来游去，似乎在展览它们的快乐生活。

一进 CJW 酒吧，我马上看见了周璎，她就坐在离门口不远的一张桌子上。

她和我点了点头，让我坐下，然后继续和一个年轻的调酒师讨论鸡尾酒的调制，好像要调一种创新的马丁尼。我坐了下来，静听这两个人的讨论，鸡尾酒这东西，对我来说是太复杂了，对他们讨论完全插不上嘴，我是在听周璎的声音，那种柔和清明又总带着宽厚低音音色的声音，使得她即使是轻声说话，也让人觉得委婉动听。

从调酒师的眼神和语气里看得出来，周璎不是一般的顾客，而是酒知音，所以他的态度虽然不失礼貌，可是语气已经越来越热烈，要不是我横加干涉，他们关于这杯马丁尼的讨论说不定会一直进行到天亮。

不知道怎么的，我把这年轻的调酒师得罪了。

当他把新调制的一杯马丁尼送到周璎面前的时候，斜眼看我的眼光里有明显的敌意，还有一点儿不屑，并且没多少掩饰的意思。我倒没什么，还特意把啤酒杯朝他扬了扬，打个招呼，可是这小子把脸转过去，假装没看见，可见也是那种脸酸心硬的小气人。

看样子周璎心情也不太好，一脸倦容。

“怎么样，累吧？”

我本来还想问，她到底什么时候回来的，为什么不像往常那样，下飞机马上给我打电话。但是我忍住了。

“你等一会儿，让我静一静，我有事和你说。”

“不急。”

于是我喝我的啤酒，周璎喝她的马丁尼，两个人一时都不说话，只有酒吧里面一支爵士乐队的演奏，好像是一个很老的曲子，我怎么也记不清是哪个组合。

这样过了一会儿，周瓔又喝了一口酒，然后愣愣地盯着我的眼睛，只是她那双眼睛木木的，没有任何表情。

她一定有什么重要的话要说，我一边喝我的啤酒，一边静静地等着。

“我们分开吧。”

周瓔忽然干巴巴地说，然后把杯里的马丁尼一口喝干。

分开？

是分开，周瓔说得很清楚——“我们分开”。

“好，那就分开。”

我的回答这么快，连我自己都吃了一惊。

听到我这样回答，周瓔没有说话，低头看着手里的空酒杯，过了一会儿，她又要了一杯马丁尼。

我的啤酒正好也喝完了，于是也又要了一瓶。

两个人一起喝闷酒，这有点尴尬。

“美国转了这么一大圈，有意思吗？”

还是我先开了口。

周瓔语气板板地回答说：和往常“考察”差不多，其实没有明确目的，所以也说不上有什么收获，很没意思。我本来还想问问她在母亲那里的情况，可是忍住了，接着周瓔问我的近况，我于是给她讲起自己这些天碰上的诸般事项：金兆山怎么雨夜来访，小白脸如何被老婆掌嘴，我醉卧卢沟桥时候，月色是多么美，王颐这坏蛋不断找来纠缠到底意图的是什么——虽然有的事情在电话里和周瓔说过，可我还是详详细细从头到尾讲了一遍。周瓔一边喝酒，一边听得津津有味，还不断打断我，让我补充细节。可是，等到我说完王颐的那一番关于高尚和卑鄙的高明分析之后，周璎已经完全醉了。

“这是车钥匙，送我回家——”

这句话还没有说完，周璎就趴到桌子上一动不动了。

- 45 -

等我把周璎抱进她的卧室的时候，她已经睡了，而且睡得很死。

我一件一件给她脱衣服：上衣，牛仔裤，乳罩，底裤——周璎从来都是裸睡——然后到橱柜里找到一条薄被，轻轻给她盖上。

已经午夜了，一点都不困。

我到厨房去，找点东西喝。

周璎的这个半敞开式厨房奇大无比，她喜欢大厨房——这间厨房足有五十平米，是把原来紧邻着厨房的两间小房间都拆掉、打通，才形成这么个格局的。虽然这么大，但是这地方被周璎布置得像是个不正式的起居室，非常舒适，她只要是在家，除了睡觉，基本都在这里活动，无论是看书、听音乐、看碟还是在电脑上干活。

运气不错，冰箱里有贝克啤酒。我拿出一瓶，打开了吧台上的一串淡蓝色的吊灯，然后坐在一个高脚凳上，一边喝啤酒，一边借着幽幽的灯光，仔细地打量这个让我忽然觉得格外空旷冷寂的厨房。和每次的感觉都一样，这厨房，舒适自然是真舒适，可是太奢侈了。不说别的，单是餐桌上那件堆满水果的直径近二尺的大刻花水晶盘子，就是威尼斯 Murano 岛上的产品，价格总要四五百美元。另外，驮着这大水晶盘的这张不锈钢桌子，也一定价值不菲，恐怕也要值上几万块钱。可是，你没办法批评周璎奢侈，她会说：“我这里还不够简单？”她是对的，这厨房真是很简单，你找不到一件多余又显得是“奢侈”的东西。

啤酒喝完，我又从冰箱里拿了两瓶，然后打开电脑，直接上到优酷网站，戴上耳机，一下子就找到路易·阿姆斯特朗的《世界是多么美好》，一边听，一边继续喝。

I see trees of green, red roses too
I see them bloom for me and you
And I think to myself what a wonderful world.

I see skies of blue and clouds of white
The bright blessed day, the dark sacred night
And I think to myself what a wonderful world.

The colors of the rainbow so pretty in the sky
are also on the faces of people going by
I see friends shaking hands saying how do you do
They're really saying I love you.

I hear babies cry, I watch them grow
They'll learn much more than I'll never know
And I think to myself what a wonderful world
Yes I think to myself what a wonderful world.

我喝得很慢，把一曲《世界是多么美好》来来回回地反复听，眼睛还盯着阿姆斯特朗演唱时候的画面。这首名曲被演唱得太多了，有各种版本，简直给唱烂了，但是老阿本人演唱的这一版，我百听不厌。因为我不但迷他那沙哑的破嗓子，还迷他的表情：你很少能见到这样了不起的歌手，他的表情和他的演奏、歌唱完全融成了一体，好像表情本身就是音乐的一部分。我不知道把他这首歌听了多少遍，可是，每当他为“世界是多么美好”而傻乎乎地睁大惊讶的眼睛的时候，我总是一边被感动，一边跟着他一起惊讶。今天，在这空荡荡的又大又冷清的厨房里，我格外感动，不过，和以往不一样，感动里还伴随着一种从前没有过轻松感。

为什么此刻会有一阵轻松感从这空空荡荡中升起？

我问自己。

像一个刚刚卸下了妆的演员，大幕落下，灯光熄灭，我正在向舞台告别？

像一个怯懦的登山者终于看到归途，我为自己庆幸？

把冰箱里的啤酒全喝完了，我才关上电脑，熄了灯，又回到周璎的卧室。

周璎的卧室也很大，为了把这套房子里最大的一间改造成主卧，她很折腾了一气，花了不少钱。与此对照，她的书房是最小的一间，只有两架书，理由很充分：电脑时代用不着很多书，书是正在淘汰中多余的知识形式，你和世界之间，有一台电脑足矣。这间卧室的布置也很简单，除了我现在坐着这个沙发，再就是一张大床，和床并行，是一个很长的嵌入墙里的衣橱，占满了整整一面墙；橱子的对面，是又长又大的梳妆台，这梳妆台很特别，将近四米长，本来是一块又厚又重的黑胡桃木的原木板材，被周璎按照自己的意思加工成了一个长案。板材的一边取齐，紧紧靠着墙，墙上是一面和长案等长的长镜子，莹莹闪闪，让这宽阔的卧室有点像练功房；厚板的另一面保留了原来的自然曲线，弯曲自如，但是也和案面一样打磨得非常光滑，黑幽幽的，光可鉴人。这个超大的梳妆台虽然超大，可被各种化妆品占去很多地方，零零乱乱，并不宽松。刚看到这些瓶儿罐儿的时候，我一直在想：这么多东西真的都有用？后来才知道，原来都有用，虽然不是全都“有用”。有时候，心情不好，她会买一些中意的品牌香水让自己开心，还有一些，只是瓶子造型好看，被她买来当摆设。有一次，我实在是太好奇了，鼓足勇气请她给我上一课，讲讲这些香水究竟都有什么功用。周璎高兴了，立刻给我讲了差不多两个小时，我这才知道，原来香水领域的学问是这么精深，其理解上的难度，远超过康德的“纯粹理性”。结果，这堂课完全失败：由于总是不能很懂，又总是记得前面忘了后面，老师最后发了脾气，认为我完全不可造就，不但停了课，而且永远不让我复学。

黎明才有的朦胧很烦人。屋子里灰蒙蒙的，好像浮满了一团雾气，几面大窗子里，还在睡意中留恋的天空和楼群也都灰不唧唧的，望过去，一片寂寞。

周璎翻了个身，把我盖在她身上的薄被全都掀掉了；一动不动的裸体浮现在朦胧里，若隐若现。我对这身体是那么熟悉，只要有机会接触它，不管是用目光，还是用手指，仍然情不自禁。我在床边坐了下来，不知不觉的，又把手放在周璎的小腹上。我早已经抚摩过周璎身体的每一个部位，可是她的小腹总是最让我激动，当我想念她的时候，常常的，想得最多的也是这里——那是因为有一次她告诉我说，每当我的手伸进她的低腰裤，她都会轻轻吸上一口气，好让我能从容得手。现在，我的右手轻轻地在这里划过，又一次重新感觉每一处细腻的起伏和丝绸一样的平滑。

周璎睡得很沉，对我的抚摸一点也没有反应，只有她的玉镯在凌乱幽暗的床上闪着银色的光。

莫名其妙，我有了一种冲动，想躺到床上去，再抱着这身体躺一会儿，哪怕是一小会儿。不过我制止了自己，只轻轻在周璎圆润的屁股上拍了两下，重新给她盖上薄被，然后转身把所有的窗帘都拉上，轻轻打开卧室的门，走了出去。

我忽然觉得周璎正在从背后看着我，浮在暗影里的眼睛亮亮的，没有一丝睡意。

回过头去，眼前是刚刚被我关上的门，从窗外什么地方透进来一道光亮，在上面撒下了一些斑驳的影子。

轻轻打开门，向周璎看过去，她在酣睡，一动不动。

再见，周璎。

- 46 -

她的名字叫吴子君，已经来我的诊室几次了。

吴子君有一张动人的脸，眼睛、鼻子、嘴唇、下巴，所有的线条都非常精致，让人想起一件烧制的没有一点瑕疵的晶莹的梅瓶，再加上她精心勾出来的过于清晰的唇线，还有很好看但是缺少感情的眼睛，神情里就总有一种傲慢和冷淡。这也让她显得非常年轻；第一眼看去，你可能会认为眼前这人是个在读研或者读博的大学生。可是，实际上她眼角上已经出现了细细的皱纹，这些细皱像一个难以完全隐藏的秘密，只要一个微笑，它们就抓紧机会出场，悄悄又阴险地声明此人早已青春不再。

然而她现在正陷入一场只有十八岁的女孩才可能投入的疯狂爱情之中——她和他，在一次张学友的长沙演唱会上恰巧是邻座，而前不久，在梁咏琪的上海演唱会上，两个人居然又是邻座——“这不是缘分是什么？天下哪有这么巧的事？”——麻烦的是，他比她年轻二十岁，可是，这个男孩最近一直要求和她幽会。

吴子君问我：她该怎么办？

大概是想控制一下自己的情绪，吴子君从手袋里掏出一支纤细的淡绿色纸烟，点燃以后缓缓吸了一口，又立即缓缓吐了出来；待淡淡的烟雾分成几缕渐渐消散的时候，可能出于习惯，她的眼睛眯缝起来，于是眼角那些细细的隐秘也随之隐隐浮现，满怀恶意地不肯退场。

她开口说话了，语气轻快活泼，声音非常年轻，像个年轻女孩。

“我常问自己，我是不是疯了？我的两个闺蜜就说我快疯了，让我赶快找心理医生，晚了来不及了。”

又吸了一口烟，吴子君笑了一下，其中有惶惑也有疑问，甚至有某种歉意，好像她来我的诊所是打搅我了。

“杨医生，我知道，像我这样，人到中年，已婚，有一个成功的丈夫，还有一个可爱的儿子，该满足了，是不是？可是，我不行。有一次，我们‘母鸡会’几个朋友去巴黎玩，买鞋买衣服，别人都很开心，可我开心不起来；有一天，我突然在一家鞋店里哭了起来，挺突然的，手里还抓着一只鞋，就那样，无缘无故，捧着一只鞋哭个不停，闹得一群老外围着我看——真不知道我是怎么了？也许是真要疯了。朋友问我到底怎么了，是不是出了什么事？我说没什么，就是心里难过，觉得什么都无聊。她们讽刺我，说人在巴黎还觉得无聊，你想怎么着？去南极？去北极？”

看到我想说话，吴子君用一个手势拦住了我。

“杨医生，先让我说，行吗？说句实话，这半年，我已经找了好几个心理咨询师，他们给我做的分析，我差不多都能像背书一样背下来，像背一篇标准的范文——你不信？”说到这里，吴子君的嘴角上又浮起一丝笑意，那笑里隐隐含着一种讽刺，“不过，杨医生，我到你这里来，感觉不太一样，和你说话，对你倾诉，我很愿意。”

“那就请继续，我在听。”

“好吧，我继续。”吴子君凝视了一会儿手里那只纤细的烟，似乎在整理思路，然后又说起来，“有一件事我始终没做——一夜情。我有一个发小，闺蜜，经常去夜店，然后找机会ONS。她就老说我傻，不敢在生活里找刺激，她说，活着就像高台跳水，你要敢跳，敢从高空跳下来扎猛子，这话当然有道理，可是我不行。有一次，两个朋友把我硬拉到朝外工体那边一家夜店去了，可是，等到真有一个男的过来和我搭讪的时候，我跑了。ONS，不行，荒唐，不要说真去做，想想都害怕。”

吴子君似乎并不在意我如何反应，而是盯着正飘荡在她眼前的一缕青烟，摇摇头，似乎在想一件什么事情。

“杨医生，我能不能问你一个问题？”

“当然可以。”

“问题有点不客气，行吗？”

“没关系，可以问。”

“一个私人性问题，行吗？”

“私人性问题？”

“没关系，你要为难，就算了。”吴子君顿一下，做了一个恶作剧的表情。“杨医生，你有过一夜情吗？”

这么一个问题，太意外了，怎么回答？当然只能敷衍一下，尽量避免正面回答，但是，我说出来的话连自己都有些惊讶：“我有过类似的经历。”

“类似？你去夜店？”

“我不去夜店，郁闷的时候会去酒吧。”

吴子君收敛起笑容，默默地看了我好一会儿。

“说真的，杨医生，本来想仔细问问你，可是算了，不为难你，谢谢你这么诚实。”

我已经准备好了怎么应对下面可能提出的问题，听她这么说，不由得暗暗松了口气。

把手里的烟在烟灰缸上用力捻灭，吴子君换了一种口气说：“杨医生，回到正题，你说我该怎么办？我现在是站在了悬崖边上，跳还是不跳？”

大概是由于终于进入“正题”，吴子君脸上的冷漠已经不知去向，各种激烈的情绪都在这难以捉摸的苍白里演绎，迷惘和焦虑，热烈和渴望，期待和惧怕，有时候是轮流出场，有时候是一齐上阵——被脚下的深渊深深吸引，她身不由己。

面对这样一个在困境中挣扎的人，我该怎么帮助她？我该采取什么样的策略？做什么样的劝导才会对此刻此人发生作用？

“我也问一个问题，稍微有点离题，行吗？”

“你问吧，问什么都行。”

“我想知道，你是怎么迷上演唱会的？”

我让自己的口气尽量轻松，实际上可是字斟句酌。

“怎么迷上的？”

吴子君又从手袋里取出一支烟，可是点燃以后并没有马上吸，而是看着摇摇飘起的青烟陷入静默。

上一次来我这里的时候，她已经和我说过到处追逐歌星听演唱会的事，刘德华、张学友、郭富城、齐秦、周华健、刘若英、王菲、王力宏、孙燕姿、梁静如、谢霆锋——只要是他们的演唱会，她都去听，无论这些演唱会是在上海、广州、重庆，还是在香港、台湾、新加坡，哪儿都去，不远万里。

“我也不知道怎么迷上的，”吴子君用力吸了一口烟，缓缓吐了出去，然后开口说了起来，语速忽然变得很慢，“我和你说过，我有几个闺蜜，经常一块儿去K歌，一边唱，一边喝酒，一边还哭，特别是唱爱情歌的时候，经常三个人抱在一起，哭成一团。”

说到这里，她又停顿下来，又默默地吸烟。

我不由得开始想象三个中年女性一边唱歌，一边抱在一起痛哭的情景，那是够悲的。

“我没吸过毒，可我想，吸毒也不过这样。经常的，我觉得我的心是个空房子，又大，又空，里头什么都没有，可是一到演唱会上，空房子就不空了，就填满了。我以前的心理咨询师告诉我，歌里的爱情都是幻觉，胡扯！幻觉怎么了？幻觉不好吗？再说，那么多人一起幻觉，这幻觉你就不能说那全是假的。”

吴子君细腻光滑的脸颊染上了一层淡淡的红晕，夹着香烟的手指也在簌簌颤抖。

我没有立即说话，想让她的情绪冷一下，不料我正要说话的时候，吴子君突然大声问我：

“杨医生，人不能天天在演唱会里活着，对吧？”

一点没有征兆，刚说完这句话，她一下子哭了起来，说话的声音也失去了控制：“我有什么错？说我要疯了，说我已经疯了——

我爱上一个人，我就是疯子？因为我结婚了？有一个家？我可以离婚，可以不要孩子！可以！”

吴子君的哭声越来越大，接着转为嚎啕大哭，一些叫喊也越来越含糊不清，完全淹没在狂乱的哭泣中。

我从来没有遇到过这样的情形，只能一边想着如何让她平静下来，一边把手边的一个纸巾盒递过去，没想到吴子君夺过纸巾盒，使劲把它扔了出去，然后对着我喊：

“别管我，谁也别管我！”

接着，她突然站起身，掩着脸冲进了卫生间，乒一声把门重重关上，然后继续在里面嚎啕大哭。

大概过了一刻钟，哭声终于停止了，又过了一会儿，吴子君从卫生间走了出来。

让我惊讶的是，虽然眼睛有些红肿，但是她的脸上并没有留下一点哭泣过的痕迹，依然是冷冷的表情，连闪着珠光的红唇都似乎冒着凉气。

这时候我才注意到，原来她冲进卫生间的时候还带了她的包包，难道她已经想好哭完之后需要补妆？

“杨医生，以后我不会再来了，”不等我张口，吴子君抢先说话，口气绝对在零度以下，“我明白，我的问题谁都解决不了，以后我也不耽误你的时间了。”

一边说吴子君一边快步向门口走去，但是被我拦住了。

“等一等，我觉得——”

“杨医生！”

吴子君厉声打断了我：“让开！”

吴子君的脸由于恼怒完全变形了，眼里全是怒火。

我刚刚挪开一步，她就夺门而出，不过，在两人错肩的一霎间，我清楚看见有两行泪水夺眶而出，滚滚而下。

在她突然跑走的第二天，吴子君给我发了一个 email 表示道歉，说她情绪失控，很丢人，还说她要再考虑一下，以后是否还到我的诊室来接受咨询，请我原谅。我给她回信说，谁都有情绪波动难以控制的时候，这很常见，也很正常，欢迎她再到我的诊室来。

她还会再来我的诊室吗？

- 47 -

石头最近怎么样了？

拿起手机，我拨通了海兰的电话。

“我正想找你，”海兰的听筒里一片欢乐的尖叫声，她好像正好被围在一群孩子里，“石头这几天说了几次，要去找你，和你聊天，还说有问题和你讨论。”

“他最近心情怎么样？”

“不好。”

“怎么不好？出了什么事吗？”

“又和领导冲突了。”

“因为什么事？”

“前些天，出版社有一本重点书出版，内容大概是二十世纪道德和文明进步关系，书出了，要宣传，开了一个推介新书的座谈会；没想到，他在会上和作者，还有参加会的学者吵起来了，他说二十世纪人类的道德和精神没有什么进步，几十年里有两次世界大战，死了上亿人，这是进步吗？从根本上说是倒退，还是大倒退；出版社的人，上上下下，都说他不对，他还和头头吵，包括社长、主编，都吵翻了。”

“又得罪了很多人吧？”

“这次不但又冒犯了头头，很多同事也生气，认为他完全是捣乱——我现在问你，你怎么看？石头的看法对吗？有道理吗？”

“他的意见有道理。”

“真的？”

“当然是真的，可是这问题很复杂，不易说明白。”

孩子们的叫声听不见了，大概海兰终于走到了一个安静的地方，不过，她没有马上说话，大概是在沉思。我熟悉她专心想事情的样子：她一眨不眨地盯着你看，黑亮的眼睛闪闪发光，很像一片阳光下闪烁的湖水。

“你在想什么？”

“没什么，”海兰继续说起来，“再告诉你两天前的一件事：也是一本他们社的重点书，书名我不记得了，大概是批判‘仇富心理’，他找总编辑提意见，说作者对仇富现象的批评不公正，是拉偏架，老百姓有人仇富，那一定有道——如果富人为富不仁，为什么不能仇富？结果，又吵，不光是和总编辑吵，还和责任编辑吵，和同事也吵。”

“为什么和同事也吵？”

“因为编辑部里没人同意他，都说他不对。”

“这可不好。”

“他满不在乎。”

“不可能不在乎，他一定心情不好，你要小心观察。”

“我观察没用。”

“为什么？”

“他回到家里，老是装得什么事都没有，高高兴兴，还笑嘻嘻的，说眉开眼笑都不过分。”

“他瞒着你？”

“过去不瞒，可是最近，单位里有了麻烦，他回家都是报喜不报忧，而且，每一次他都去市场买菜买肉，做一顿他拿手的饭菜——我爱吃鱼，所以一遇单位里出了什么大麻烦，不论清炖还是红烧，家里的晚饭，一定有鱼；所以，晚饭只要有鱼吃，我就知道他在出版社又惹事了——”

“这不就暴露自己了吗？”

“是啊，可是人家不觉得，一直就这样。”

想着石头小心地端上一盘鱼的样子，我忍不住笑起来。

“你觉得可笑，是吧？”

“有一点儿。”

“他就是挺可笑的。”

“我没见过这么单纯的一个人。”

“拿他没办法。”

“不过，你千万要小心，他这样瞒你，假装没事，好像很镇静，可是他把心里的焦虑藏得越深，问题就越严重，就像一颗定时炸弹，很危险。我建议，你和他专门谈一次，直接告诉他，在他单位里发生的事，你都知道——等一下，他的事情你是怎么知道的？有人告诉你？”

“他们总编室的一个小秘书，是我的朋友。”

“这样好，你直接和他说，你其实什么都知道——”

“你刚才说什么，定时炸弹？”

“这是说严重性，要考虑最严重的后果。”

“定时炸弹？”

“石头的个性和一般人不一样，一方面，他太刚直，太生硬，宁玉碎，不瓦全，可是另一方面，他又敏感，细腻，就是俗话说的，心很重，他是个心很重的人，这就很麻烦——你担心他，他更担心你，时间长了，这担心很容易转化成一种恐惧，藏在他心里很深的地方，可是，藏得越深，就越危险，如果一直不能化解，会又引出新的问题，很可能，他对自己的这种恐惧又产生恐惧，结果是双重的恐惧。你想，这是多大的心理压力？什么人能承受？所以你绝不能大意，无论如何，你要和他好好谈一次，你试一试，一定要试一试。”

“明白你的意思，我去直接对他说，以后别再瞒我，无论什么事，他不怕，我更不怕，我们一起承担，可是，”海兰的声音低下来，用一种充满犹疑甚至是怯生生的眼光看我，好像有点害怕继续说下去，“如果我直接这样说了，你知道他会怎么想？你想不到，他就会认为，他们不但迫害他，而且也在迫害我，他会更气更恨，很可能会发疯——不是我瞎担心，他漏过口风——”

“他会怎么样？”

“算了，不说了，我害怕。”

“所以，你必须想尽办法，让他去做心理咨询。”

“不可能，他不去。”

“无论如何你要说服他。”

“他不会去。”

我听出来，海兰的声音里充满焦灼。

那是一种极度无助的焦灼。

“求你了，你和他见见，和他聊聊，行吗？”

“行，我和他见。”

“他去找你，行吗？”

“让他来吧。”

我想起石头的那个噩梦。

乱七八糟的垃圾一层又一层堆在他头上，透过乱七八糟的塑料瓶，能够看见蓝天，还有白云，还有随风四处飘荡的白色塑料袋，大大小小的老鼠在他脸上跑过来跑过去，吱吱叽叽地叫，最后围着他的头，坐了一圈又一圈，好像在开会——他不在乎这个，受不了的是那些老鼠身上带的臭味儿，让他没法呼吸，感觉自己正在和四周的垃圾一道慢慢地腐烂，先从脚和腿开始烂起，然后是胳膊、肩膀和肚子，然后是心脏，然后是脑袋，眼睛，鼻子，额头——噩梦。

- 48 -

我几乎把冯筝完全忘了，她来电话的时候，我正躺在床上读 Robert Parker 的 *The Judas Goat*，打算和倒霉的斯宾塞一起消磨这个晚上。

可是今天斯宾塞一点不吸引人，我正在考虑要不要换一本书的时候，手机响了。

“杨老师，我现在离你的诊所就几分钟的路，我能去看看你的诊所吗？欢迎吗？我马上就到。”

是冯筝。

“一个心理诊所就这么简单？”

转了一圈，把我的诊所很快参观完了，冯筝好像有点失望。

“你想在我这儿看见什么？X光透视机？”

“那倒没有，”冯筝笑了起来，“就是太简单了点儿。”

“坐吧，喝点什么？”

“给我点水，我渴极了。”

我给了冯筝一瓶矿泉水和一个杯子，她没有用杯子，几口就把那瓶水喝了差不多三分之一。

这女孩似乎瘦了很多，脸色也有点苍白，一件洗水磨白的牛仔短款小外套，让她的两肩更显瘦削，只有眼睛还是那么弯着，笑盈盈的。

“真是渴极了！”冯筝晃了晃手里的水瓶，“跑了一整天，刚才又和一个朋友吃‘海底捞’，忘了喝水。”

“这么热还跑一整天——采访吗？”

听我这么说，冯筝忽然收起了笑容，变得一本正经：“杨老师，我今天来有一件正经事：和你做一次访谈。”

“和我做访谈？”

“是啊，在我们报纸上给你作个访谈。”

“对不起，不行。”

“不行？为什么？”

“我不习惯录音，看见录音机就说不出话。”

临时编出这样的假话，我觉得自己的表情不太自然，可是冯筝似乎没有看出来，她马上把录音笔收起来，然后说：

“我就猜到你可能不愿意，我还猜对了。”

“对不起。”

“我这人，特别难缠，只要我下决心采访什么人，没有一次不成功。”冯筝叹口气，然后笑了一下，“算了，我放你一马。可是，不能采访，那我现在干什么？”

我一下被问住了。

“可以聊聊天。”

“聊天？太好了，本来就想找你聊天，现在开始。”

我立刻后悔起这个“可以聊聊天”的建议。

“你是不是不知道聊什么，为难了？”冯筝笑吟吟地定睛了我一会儿，然后兴奋地说，“我来开个头——生活里你干什么事最觉得高兴？”

“读书。”

“就这个？”

“就这个。”

“没有别的？”

“没有。”

“真的假的？”

“当然是真的。”

我后悔极了，为什么自己会傻乎乎地提出可以聊聊天？

“能不能再问个别的？”

“可以。”

“你有没有女朋友？”

“怎么问这个？”

“不能问啊？有就有，没有就没有，这有什么啊？”

“有，有过女朋友，不过已经分手了。”

“分手了？刚分手的吧？”

“你怎么知道？”

“我有特异功能，可灵了。”

我为什么要告诉她和周璎分手的事？

“一定很失落？是吧？”看我迟疑不语，冯筝沉吟了一下，又说：“这样——你一定有女朋友的照片，让我看看行吗？”

给她看周璎的照片？

一丝嘲讽的光波在她的眼里闪动：“这你也有顾虑？太没必要了吧？”

很难说为什么，也许是这女孩的眼神刺激了我，我竟然一下改变了主意，打开电脑，找出一些周璎的照片给她看。

“哇！大美女！”

冯筝一声惊呼。

冯筝不再吭声，敲着键盘，一张接一张地看，看得非常专心。

“没了？就这么些？”

三十多张照片很快看完了，冯筝抬起头问我。

“没了，就这些。”

“怎么就这么点儿？”

“我平常不爱照相。”

“你怎么不多照几张，真是！”

用不满的眼光扫了我一眼，冯筝又低下头，重新在电脑上看照片。这次她还是一声不出，而且看得很慢，很仔细，有的照片还一看看好几分钟，甚至回过头，一看再看。

“哈，腿这么长啊？”

这是一张周璎和我两个人对着镜子的自拍照：周璎侧着身，把一条腿像自由体操运动员那样高高举起，脚后跟正好搭在我的肩膀上。

“这是在哪儿？野长城吧？”

冯筝突然又指着一张照片问。

画面里，周璎和我站在一座荒山上，四周桃花灼灼，如锦如绣，后面更高的山上，隐约有一座碉楼，还带着袅袅的几缕白云。

“是野长城，大概是在河北白羊峪附近。”

听了我的回答，冯筝没说话，继续默默地仔细看这张照片——依我看，这是一张再普通不过的照片，真不知道有什么可看的。

“你们常出去爬山？”

“不太经常，她太忙，周末都很少休息。”

“她是干什么的？”

“建筑师。”

没有抬头，冯筝轻轻地说了一句：

“还是建筑师。”

又看了一会儿，她抬起头说：“为什么——这么多东西都让你一个人背？”

“我一个人背？”

“是啊，活像一头驴！”

我看看照片，不错，照片里的我背着一个很硕大的旅行袋，而周璎除了右手持着一根登山杖，身上一无所有。

“我属驴，是驴命，我喜欢背东西。”

“你属驴？”冯筝看看我，笑容里带着惊讶，还有几分讥讽。“还自认驴命？”

“是，我身体壮，皮实，多背点东西不算什么。驴有什么不好？老实，能吃苦，不吭不哈，能抵抗一切诱惑，驴很优秀啊！”

——能抵抗一切诱惑？

想一想，一头公驴迎面遇到一头母驴的时候，那猛烈热情的嘶鸣是多么惊天动地！

一想这个，我差点笑出来，可是忍住了。

“我也听过别的人夸驴，特别是那些驴友，不过从来没有人用‘优秀’这个词！”

“可是驴的确很优秀——”

我本来还想为驴们辩护几句，冯筝打断了我。

“你说，你们分手，没什么理由？”

冯筝突然这样问的时候，并没有回头，继续盯着屏幕。

“是啊，没有什么理由。”

“谁先提出分手的？”

“是她。”

“她——她怎么提出和你分手的？”

“很简单，她把我约到一个酒吧，然后就说，我们分手吧，我说好吧，就分手了。”

我一边说一边觉得自己在犯傻：为什么和一个陌生女孩说这些？和周璎的交往，我甚至对华森都没有说起过。这是为什么？很难说清楚，反正就是没有说。可是，今天我不能控制自己，对这个很陌生的小女孩有问必答，我是怎么了？

“不可能，”冯筝终于转过身来，表情变得很严肃地又重复了一句，“不可能。也许，你还偷偷哭了一场，所以你不敢和我说实话。”

听她这样说，我笑了起来。

“你笑什么？”

我笑什么？

我本想告诉这女孩，我至少有近二十年没有哭过了——可是为什么要和她说这个？

现在我要做的，就是怎么很礼貌地把这位好奇心特强的女记者送走，我想有一个安静的晚上。

终于把冯筝打发走了。

我从CD架上拿出一张碟，是莱斯特·杨的一个三重奏。可是，当扬声器刚刚飘出次中音萨克斯的一个柔和、宽厚又飘逸的乐句，好像我的房间里正悄悄升起一轮橙色的圆月时候，我却安静不下来。

“你们为什么分手？”

自从和周璎分手之后，我并没有认真想过这个问题。

是啊，为什么？

问题不在于分手，和她分手是早晚的事。问题在于，为什么周璎提出分手的时候，我那么平静，就好像一直在等这分手。这平静是哪儿来的？当然可以分析出不少原因。不过，干什么要分析？

用不着分析。

- 49 -

突然门铃急急地响了起来，一声接一声。

已经夜深了，什么人会在这时候来访？

难道是冯筝又回来了？

果然是冯筝，不过一脸的惊惶，不等我完全把门打开，她就冲了进来，然后转身又迅速向门外张望了一下，才把门紧紧关上。

“怎么回事？你怎么了？”

背靠着门，冯筝勉强地笑了一下，但是这笑容掩饰不住她眼睛里隐约的惊恐。

“有人跟我。”

“有人跟你？谁？什么人？”

“我不知道，我不认识。”

“这人干什么了？欺负你了？”

“没有。怕死我了。”

看冯筝的样子，她确实被吓得够呛。

“我出去看看。”

冯筝立刻更紧地用背靠着门：“不，你不能去。”

“为什么？我去看看。”

“不是坏人，他们不是一般的坏人。”

“他们？不是一个人？”

“也许两个，也许三个，我没看清。”

我不再问，伸手接过冯筝沉甸甸的双肩背包：“来，先到屋里坐下，慢慢说。”

冯筝顺从地跟着我来到办公桌旁，接过我递给她的一杯热水，可是没有喝，两只手捧着杯子说：“有点狼狈吧？你不许笑我。”

我拉过一张椅子，在她对面坐下来。

“告诉我，到底怎么回事？”

“今天有一个人老是跟着我，好像是盯梢，”冯筝喝了一口水，神情和缓下来，“我怎么也甩不掉，就躲到你这儿来了，可是刚才又看见他了！出了门，没走出多远，一下就看见这人从一个店里走出来，后面好像还跟着一个人——”

“等一等，你肯定他是盯你的梢？”

“差不多，一整天，我走哪儿，他就跟到哪儿。”

“你没看错人？”

“不会错，而且，好像昨天已经跟着我了。”

“这个人什么样子，有什么特征？”

“很普通，可是好认，穿一件绿颜色的运动衫，里面是黑色T恤，胸上有一个挺大的熊猫图案。”

“好，我先去看看。”

冯筝还想阻止我，但是不等她说话，我已经出了门。

大街上很清冷，没有多少行人，昏黄的街灯无精打采地在马路上投下一个又一个光圈，只有当一个人骑着自行车，穿过一个个路面上的光伞急急驰过的时候，才会出现时长时短的黑影打破这路面的寂寞。

到底近九月了，空气里似乎已经流动着凉凉的秋意，夏夜街头的热闹和喧哗，已经渺无踪影，像是旋转舞台突然转换了布景，只有远处的肯德基的店里，依然灯火通明，不过也风景萧条，偶尔的，冒出一两个人形在玻璃窗里晃动，朦朦胧胧，有如剪影。

我在街头站了几分钟，没有发现任何异常。

回到房间，我告诉冯筝街上没有可疑的人。

“也许已经走了。”

冯筝呼了口长气，对我勉强地笑了一下。

“现在慢慢和我说，为什么有人跟踪你？是不是有什么事情？”

冯筝犹豫了一下，脸上升起一片愁云。

“肯定是他们派来的，肯定。”

“谁派来的？他们是谁？”

“都是我惹的祸！”

“惹祸——你惹了什么祸？”

在我一连串追问之下，冯筝开始一五一十说清楚她惹的祸是怎么回事。

事情很像一个经常在媒体上听到的旧新闻：冯筝的报纸派她去一个采矿区，调查非法开采造成的严重环境污染：十几万人口的饮水都被深度污染，由污水引发的癌症已经造成整个地区的恐慌。很可能，领导本来不过是派她去打一次酱油，没有认真。那一片矿区的开采，大部分都是私营企业承包，业主们和乡、县、地区的各级领导有着千丝万缕的明暗勾结，所以这种调查历来都是官样文章，谁调查，谁被调查，都已经形成一定的默契，大家一起胡混过关。想不到的是，冯筝竟然认了真，这个本来谁也没当回事的小记者，谁的账都不买，连续发表调查报告，一时间不仅省报和电视台都有报道，还闹得很多矿场被迫多次停产整顿。于是冯筝的"祸"就来了，一些矿主发誓要"收拾"冯筝，还有人说用硫酸水给她"美容"。这些消息传到报社，当然把领导吓坏了，连忙把她送到北京来躲起来，让她先避过这段危险日子再说。

"你看，我现在是被发配，成了北漂了。"

把事情经过说完，冯筝一下轻松了，又恢复到满脸笑容的样子。

"你发配北京这事，知道的人多吗？"

"就几个领导知道，报社里同事还以为我在天津，有人还托我带天津大麻花呢。"

"你刚才说，跟踪你的人可能是矿区派来的，你怎么知道？也许，不过是什么大色狼盯上了你。"

"大色狼？他敢？我踢死他！"

"你刚才为什么不踢死他？"

"那不一样！"

冯筝叫起来。

"好了，这么晚了，我送你回去。"

"真的？你送我？"

这女孩高兴地跳了起来。

“走吧。”

冯筝背起双肩包，犹犹豫豫地说：“要不再等等？”

“走吧。”

“你可得送我一路。”

“走吧。”

临出门的时候，我回身从衣橱里摸出一根乌黑油亮的短棍子，鸭蛋粗，约两尺长，顺手把它笼在夹克的袖子里。

“这是什么？”

“一根棍子，也许有用。”

“让我看看。”

我只好又把棍子从袖子里抽出来，冯筝接过去，兴趣盎然地仔细查看：“怎么这么重！这是木头的吗？”

“是木头，铁黎木，这东西比铁还结实。”

“这东西是干什么用的？”冯筝好奇地来回抚摸黑漆漆闪着油光的棍子。“有点像擀面杖，可太重了。”

擀面杖？在北美四处流浪的时候，这东西可是我防身利器，几次都是靠它脱离险境。

“走吧。”

我把铁木棍子重新笼在袖子里，和冯筝一起出门。

大街上更加空荡，寂无行人。

大概刚刚有洒水车经过，路面湿漉漉的，薄薄的积水还模糊地反射着路灯的光影，高处，“金太阳俱乐部”的霓虹灯还在夜空里闪烁，把高楼脚下的空地反衬得更加黑暗。

看得出来，冯筝还是很怕，一边躲在我背后，一边畏缩地左顾右盼——也许是由于那个沉重的双肩包，也许是由于落在地上的影子，她的身形散发着一种纤弱的气息——这孩子似乎还没有来得及发育完全，不只身体，连心智都残存着一些豆芽少女的特征。

“我能挽着你吗？”

没走上几步，冯筝紧紧贴上我，轻声轻气地问。

“可以，随便。”

实际上，没等我回答，女孩子已经使劲挽住了我的胳膊，身体也和我贴得更紧了。我的左臂甚至能感觉到她的乳房的压迫，很有弹性，也很温暖。

走到一个街口，终于等到了一辆出租。

在出租车里坐定，我想把胳膊从冯筝的怀里抽出来，不想一下被抓得更紧了，黑暗中，她笑盈盈地做了个鬼脸，用力摇了摇头，一双弯弯的眼睛幽幽地闪着光。

没办法，我只好不再用力，听任冯筝把头轻轻地靠在我的肩上，听任一阵阵的发香在我的呼吸之间飘来飘去。

和冯筝告别的时候，想不到她伸手把那根铁黎木短棍要了过去：“这个借我用一下，行吗？”

“你用它干什么？”

“我还要爬几个楼梯，我害怕。”

用手指了一下路边黑幽幽的门洞，不待我回答，这姑娘就匆匆跑了进去，可是，马上又退回来说：“我到了朋友家就和你打招呼，然后你再走，行吗？”

“可以，我等一下。”

“谢啦！”

一句欢天喜地的谢，立马消失在黑暗中。

过了几分钟，四楼的一个窗户打开了，两个女孩的半身剪影在明亮的灯光里浮现，其中一个明显是冯筝，她一边使劲向我挥手，一边喊：

“谢谢，过两天我给你打电话！”

这声音肆无忌惮，像寂静中突然冒起的一只响箭。

我转过身，急忙走向不远处的一个十字路口，也许那里可以打到车。

这里有一个不大的街心公园，一阵风突然吹来，几棵已经成形的杨树随即哗哗作响，在有光亮的地方，还可以看见在风里一边摇摆一边闪着微光的树叶，可是突如其来的风，又突如其来地停了，一声声清晰的蟋蟀鸣叫声，就像一股细细的泉水自草丛间缓缓地流了出来。

这里有蟋蟀。

- 50 -

我决定步行回家。

我喜欢走夜路，何况此时夜凉如水。

没走多久，我发现自己已经走到了保利剧院。

去哪儿？我稍微踌躇了一下，越过立交桥，走进了二环路西侧人行道。

这条环路是北京塞车最严重的道路之一，白天黑夜，红尘万丈，车流缓缓，永远像一条黏稠的河。河面上，废气和暑气争相腾起，有如无数的无形无色的烟花竞相迸放，挤满了天空，而河底下的人，看过去个个都一动不动，呆若木鸡，又愁肠百结，一脸忧郁。然而，快走几步，一旦躲进了路旁的人行道，情形就大不相同，不过几步之差，你会立刻躲进另一种环境：一边是密集连绵的树木，或垂或立的茂密枝叶，形成一道屏风，外面的车流和灯流虽偶尔可见，里面竟然是一片幽暗的肃静，另一边，是直向天空伸展出去灯火零星的公司大楼，阴阴森森的，犹如一座座黑色的峭壁；走在这里，你甚至产生一种幻觉，好像人是在梦游，恍惚间，那些高耸的楼房突然变成了老北京的城墙，城头上有野草和荆棘在夜风里轻轻摆动，而人走在城墙的墙根之下，犹如一只流浪的野猫，并不关心自己到哪里去，只管在这幽暗里缓步漫游。

不知不觉，我发现已经走到了朝阳门立交桥附近。面对桥上的一道道、一片片刺目的车灯，我收住了脚步。

还往哪儿去？沿着二环路继续往前？去长安街？犹豫了几秒，我想起朝阳门里北街上有一家专卖门钉肉饼的小店——对，去吃门钉肉饼。

这是个很小的小店，南北进深不足三米，东西长顶多十几米，七八张桌子，大概是屋子里太热了，只有三四张桌上有人，每个人面前都有一盘门丁肉饼，烤得焦黄，渗着油光，让人馋涎欲滴。

“外边坐吧，外边有桌子，凉快。”

看我在杯盘狼藉的几张桌子之间犹豫，一个女孩子走过来，用手里的筷子和盘子向门外指了指，对我建议。店门外是摆了几张桌子，那里肯定凉快，可是我固执地挑了一张桌子坐了下来，让女孩子把桌子收拾干净，然后要了六个门丁肉饼和两碗小米粥。

还是去年，我拉着周璎到这小店来吃门丁肉饼。

正是三九天，彤云密布，朔风渐起，天地间一片惨淡的灰色，路上的车和行人似乎都冻坏了，冻僵了，放眼四望，感觉到处都是慢镜头，小店没有一个客人，空空的，只有我们俩相对而坐。周璎吃得兴高采烈，对热腾腾的小米粥更是赞不绝口，还说在三九严寒里这样喝小米粥，太酷了。

当时我们坐的，就是这张桌子。

肉饼和粥很快都端来了，热气、香味混在一起，让我食欲大振。

往小碟子倒了醋和辣椒油，然后在酸和辣的合奏里，我把饼和粥都一扫而光，又心满，又意足。满头大汗地走出店门的时候，这股满足劲儿还在我身体的奇经八脉里流动不息，继续发酵——这让我很想找个暖和舒服地方，最好是一个软软的能把身体和四肢都深深埋进去的沙发，最好还有点啤酒，然后什么也不想，就在那儿慢慢体会这股满足劲儿，体会满足怎么在胃里，在四肢，甚至在脑子里流动和发酵——慢着，我在想什么呀？这股懒洋洋的想法是从哪儿来的？

这有点像一个人——《醋栗》里的小地主尼古拉·伊万内奇，契诃夫怎么形容他的这个人物来？

> 他的脸颊、鼻子和嘴唇都向前突出，眼看就要发出像猪那样的哼嘘声，钻进被窝里去了。

想不到我能记得这么清楚。

当年我差不多能把这个短篇整个背下来。

- 51 -

我像契诃夫笔下那个小地主吗?

不像。

不过,为什么会想起他?契诃夫笔下的猥琐的小人物不少,这个人为什么印象这么深,对他这么熟悉,像是我的一个熟朋友?到底是什么缘由,此刻我竟然又想到了他?这应该做点分析——算了吧,费这个精神干什么?

绕开,绕着走,躲开这个小地主。

这是什么?是不是有点虚伪?

我和前妻吵过一次架,主题是虚伪。

整个过程我都记得清清楚楚。

这架吵得很激烈,可是起因很可笑:她做菜,让我拿酱油,我于是把酱油递给她,可是她说这酱油是 Chinatown 买的中国酱油,不能用,让我给她另一瓶酱油,日本酱油,于是我不耐烦了,坚持用中国酱油——就这么一点儿事;不过像世上所有夫妻一样,一旦吵,一个再细琐的用词,都事关原则,锱铢必较,寸土必争,最后,迟早像一锅热油里掉进一个水珠一样,在某一个词、某一句话上一下子“炸锅”。对这次争吵,后来我仔细回想过,到底我的哪一句话是掉进一锅热油里的水星子?可是想不清楚,不过升级的阶梯大致有这么十几个关键的回合:

第一个回合,我不知道怎么了,不知不觉又说起了她的宝贝锅,说她对锅的热爱是一种强迫症,第二回合,她反驳说,我对中国酱油这么热爱那又是什么?难道就不是强迫症?接着第三个回合,我说我不过是想过一种简单的生活，可在她那儿无论什么事情都闹得那么复杂，于是进入第四个回合，她提高了声音问：什么意思？难道想生活得精致一点就是复杂？难道没教养就是简单？第五回合，我也提高了声音，很小心眼地反驳过去：这是什么意思？你是说我没教养？可能我语气太激烈了，第六个回合自然又升级——她嘴角上带着一丝冷笑说你自以为你有教养？读了个博士，多读几年书，就有了教养？第七回合，我的气量更小了，所以反攻也带上了火药味：不错，博士不一定有教养，可是一个真有知识的知识分子绝不至于有变态的恋锅情结，于是，继之而来的第八回合，她关了火，置锅里的红烧蹄髈于不顾，用锅铲指着我说，变态？注意，说这种话，你要承担责任！——这是什么话？什么意思？立刻，我再一次大举反攻：喂，最好别这样说话，最好别用律师语言，这种口气在家里不适合！谁想，这第十回合成了我的滑铁卢，她的反击既迅捷又致命：你提醒我是律师？是，我是律师，怎么了？提醒你说话要负责任，有什么不对？语言！你刚才说我变态，那又是什么语言？变态！我怎么变态了？智力障碍？精神异常？——这一连串的质问像一串呼啸而至的飞刀，刀刀闪着寒光，我于是不得不在这第十回合做战术规避：算了，都别说了，还是先做饭吧，给你酱油——这时候我又犯了绝不应该的大错——我伸手递给她的，还是那瓶 Chinatown 买来的中国酱油——于是往下的争吵就根本分不出回合了：

这是什么？

酱油。

你什么意思？

给你酱油啊。

你到底什么意思？

简单一点，行吧？

简单？什么意思？说清楚！

就是活得简单一点，就是这个意思。

虚伪！

虚伪？

对，你就是虚伪！简单——你老是说，想要活得简单一点儿，那你为什么到美国来？来美国读博士？你现在已经拿了博士学位了，为什么还留在美国？为什么？你可以回国啊，你回去就可以过你的简单生活了，你为什么不回去？

你来美国，就是想过精致的美国生活？

当然，我不假装，我来美国，我来读书，我读博士，我做律师，就是想过另一种生活——你说我生活追求精致，不错——我就是要活得精致，有什么不对？不然，为什么要和你结婚？为什么买房？为什么买车？你呢？到了这地步，现在又要活得简单，你这不是虚伪是什么？

这么说，想活简单一点儿就是虚伪？

对，你虚伪！非常虚伪！

——这样一场无聊的日常夫妻争吵，我怎么能记得这么清楚，为什么？

有一个原因非常重要：争吵的当时，我一边和她吵，一边不断想起《醋栗》这篇小说，觉得我眼前这个人，不就是一个契诃夫笔下的人物吗？不过，这样想并没有让我觉得自己理直，或者气壮，这样的争吵本身，本身不也很无聊吗？什么精致地活和简单地活，还不是自己骗自己？

“你虚伪！”

我虚伪？

可到底什么是虚伪？

- 52 -

和我一样，苒苒不喜欢手机聊天。

可是，这一次说起石头，她竟然完全破例。

“你的主意不错，兰子和石头谈了，两个人说好，以后什么都公开，无论有了什么麻烦，石头都不能再瞒，有事和她商量。”

“石头是怎么说的？”

“他说，有一个更彻底解决问题的办法，就是再不管出版社的事，以后他要闭上眼，他们爱出什么垃圾书就出什么垃圾书，爱干什么干什么，要关心，就关心他自己编辑的书，还说，既然有人能够大隐隐于世，他就大隐隐于社，在哪儿隐不是隐？”

“可是，他能做到吗？”

“兰子认为可以。”

“为什么？”

“石头和她做了保证，决心很大。”

“决心——那东西脆弱，一碰就碎。”

“一碰就碎？”

“就像玻璃灯泡，很容易碎。”

“石头可不是玻璃灯泡。”

“是，他不是玻璃灯泡，他是石头，可是大隐隐于社，他不可能做到——你想想他的性格。”

“这是心理学的分析？”

“可以这么说。”

“那怎么办？”

“最积极的措施，就是说服石头去做心理咨询。”

“不行，他根本不承认自己有任何心理问题，相反，他认为他们出版社的几个头头，个个都有心理问题，他们才应该去看心理医生，他们才应该去精神病院！”

“那我就劝你们考虑办书店那个方案。”

“那是个预案，万不得已才考虑。”

“如果到了万不得已的时候，石头真会同意？”

“可能会有问题，说服他不容易。”

“那怎么办？”

“到了最后，石头会同意。”

“你们有把握？”

手机里没有了声音，一片寂然，我似乎看到了苒苒：她有一个习惯，想不清楚的时候会突然不说话，一动不动地定格几秒钟，然后又突然说起来，好像空去的那几秒是脚下的一道地缝，她必须一跃而过。

果然，几秒钟之后苒苒又说话了。

“你知道石头怎么爱兰子吗？”

“可以想象——他追着火车用哑语表白的事，说明一切——倒不是因为浪漫，这不能用浪漫形容。”

“浪漫都虚假，都是表演。”

“可是一个人用哑语表白，那是浪漫，不是表演。”

“好了，不讨论这个。回郑州办书店，你知道石头能怎么想？他会认为是他连累了兰子，让兰子离开她的幼稚园的孩子，离开她的工作，离开北京，是他让兰子丢掉了她最宝贵的东西，他会觉得自己犯了罪。”

“你怎么知道他会这么想？”

“兰子试探了一下。”

“石头这么说？”

“对，石头还哭了。”

“石头哭了？”

“就是，石头哭了。”

说到这里，我和苒苒谁也不再说话。

是她先挂了电话，我愣了一会儿，也挂了。

- 53 -

当我打开门，发现站在门口的竟然是架着拐的石禹，真吓了一大跳，不觉愣住了。

“你有空吧？找你聊聊。”

你都站在门口了，还问这个？

“请进。”

在我对面坐下以后，石头把拐杖靠在了墙边，又把右手拎着的一个塑料袋放在了脚边。

“你这儿不像医院。”

“这里本来就不是医院。”

“你不是医生吗？”

“是医生，不过和一般医生不一样，这是我的诊所。”

“诊所——”

他环顾了一下四周，突然转过头说：

“兰兰说，你想当作家？”

啊？？？

——怎么说起这个？

这是我绝没有想到的。

谁心里都有秘密，很多时候，这秘密还是一个很深的伤疤，由于被藏得深，隐蔽得好，用一层又一层硬起来的血痂包裹得严严实实，这个疤就能变得很老，结出一层又一层很厚的硬壳，可是那东西其实很脆弱，谁有机会伸手指去戳一下，它多半就立即迸裂，流血如注，让你痛彻心扉。

我现在就是这种感觉。

能说海兰背叛吗？记得很清楚，她郑重地答应过，既然我把成为作家当作藏在心里最深的一个秘密，她一定守住这个秘密——可是，她不但没有遵守诺言，还泄露给了石头，让他来刺戳这个本来已经结痂变硬的伤疤。

他在眼巴巴地等着我的回答，全神贯注。

“那都过去了，不说了吧。”

“你不想当作家了？放弃了？”

“对，早就放弃了。”

“为什么？”

“能不能说点别的——最近出版社有没有找你麻烦？”

没想到我问这个，石头愣了一下，然后挥了一下手。

“暂时没事。”

“风平浪静？”

“对，风平浪静——风不平，浪也得静。”石头紧紧皱起了眉头，“我已经想好了，以后不管他们的事了，他们爱干什么干什么，又不是我的出版社。”

“下决心了？”

“不下决心怎么办？真让他们送我到精神病院？”

最好不碰这个话题，说别的，没想到石头抢了先：

“今天不说那些乱七八糟，咱们聊文学。”

“聊文学？”

“对，专门聊文学——你为什么不想当作家了？”

怎么又回来了？

不回答恐怕不行。

“原因很多。”

“总得有主要原因吧？”

“其实很简单，我不知道写什么。”

“不知道写什么？”

石头紧盯着我，眼光里出现了一种由衷的惊奇，我不由得开始懊恼，干嘛要这么老实？我完全可以说，梦想成为一个作家，不过是当年的一时兴趣，像风里散去的一缕青烟，这个梦早已踪迹难寻，如今说这样的旧事对我已经毫无意义。

可是，我管不住自己：

“对，不知道写什么。”

“你放弃当作家，是因为——不知道写什么？”

“对。”

“奇怪。”

“什么奇怪？”

“别人都是知道写什么，不知道怎么写。”

“我相反。”

“你知道怎么写，可是不知道写什么？”

“差不多。”

“那就应该看看别的作家，他们都写了什么。”

行啊，只要不说我自己，不继续这一问一答，说什么都可以。

“比如谁？”

“加缪。”

“加缪——很狭隘。”

“狭隘，什么意思？”

“他以为他的问题就是人类的问题，他太自大。”

“奥威尔呢？”

“哪个奥威尔？”

“《1984》的作者。”

“那是个二流或者三流作家。”

“为什么？”

“他不会写小说，他关心的也不是文学。”

“索尔仁尼琴呢？”

索尔仁尼琴——

我选过一门俄国文学史的课，学期末交的 paper 题目是《俄国作家写作中的思想衰落》，文章的主要部分，是以陀思妥耶夫斯基和索尔仁尼琴两个人的写作做比较，讨论俄国作家思想和精神世界的“蜕化”：这两个作家分属于完全不同的时代，但是有一个地方非常一致，他们都具有最坚定的东正教信仰，并且都以此立足，各自对当代社会做了严厉的批判，但是认真比较起来，两个人的写作正好是俄国作家思想能力退步的标志：一个是把这批判变成艰苦又痛苦的思想探索过程，另一个，不过是借批判来发泄一种由于思想贫乏而形成的愤怒。两人的写作在某种意义上都超越了文学，上升成一种特殊的思想形式，可是一正一负，耐人寻味。这些想法让我很得意，洋洋洒洒写了几十页。没想到，一桶凉水泼过来，这篇 paper 只得了一个 B。我不服，后来借 office hours的机会，特意上门去和Warren Kissinger教授认真切磋了一番，最后他不得不承认，我的paper虽然观点简单生硬，证据不足，对索尔仁尼琴的分析也比较粗暴，可是有一定道理——只是因为我对索氏这样一个可以称之为俄国良心的作家态度如此刻薄，他实在气不过，要不然，其实是可以给我一个A-的。

现在我怎么办？难道要讨论索尔仁尼琴？

“索尔仁尼琴这人很复杂——”

“那还是化繁为简，说主要的，没关系。”

不管怎么不情愿，我没有退路是很明显的。

“好，化繁为简。”绞尽脑汁，我尽量让自己的表达不那么干巴巴，“说到索尔仁尼琴，在他的故事里——”

“我们不说他的故事，说他这个人。”

被这么不客气地打断，真想怼回去，我还是忍住了。

“说的就是他这个人——不管在哪儿，美国，俄国，都认为他是一个大作家，还是伟大的作家，可是他到底伟大在哪儿？是他的写作？他的思想？让我看，都不是，说他伟大，理由给藏在了文学的后面：他是一个持不同政见者——现在持不同政见很时髦，都是明星，也许，索尔仁尼琴在这群明星是最出色的，最能写的，最有思想的，可是，说到底，这和文学有什么关系？就算他是一个伟大的持不同政见者，这个伟大是什么意思？和伟大的作家有什么关系？——”

“这么说不对。”

石禹突然打断了我，语气还很生硬。

我本来是想“化繁为简”，只说几句，可是没想到一开口就停不住，一下子说了这么多，而且似乎是刚刚开头，此刻又被这么粗鲁地打断，心里不由得烦乱至极，可想到这是个刹车的好机会，就立刻闭住嘴，什么也不再说了。

石禹和我对视了几秒钟，突然开了腔。

“索尔仁尼琴，他是不是持不同政见，我不关心。他为什么重要？他诚实——对于一个作家，什么东西最重要？是诚实；诺贝尔奖给了他，全世界尊重他，为什么？因为他立了一个榜样，那就是他诚实，他敢面对真实——对于作家，什么最重要？诚实和真实！就这两个东西：你敢不敢诚实？你敢不敢真实？”

他说完了，又直直地看着我，等我说话。

可是，我除了不断增长的不快之外，又开始沮丧：怎么又扯起“诚实”和“真实”这样更大的话题了？

“你不同意？”

看我沉吟不语，石禹明显有些不耐烦。

“问题很复杂，更不容易说清楚。”

我这样回答，是无可奈何，也是心存侥幸——或许这样的语气和态度，能让我解脱？可是，我又错了

“那你就说，为什么说不清楚？这可以说清楚吧？”

听了这句话，我的头立刻大了一圈。

“你可以说得简单点，没关系。”

我的沉吟被石禹打断，很明显，他已经不耐烦。

“真实，诚实，每一个作家都向往，”我试图从自己混乱的思路里理出个头绪，“但是，就说真实，今天谁有能力认识真实？没有人有这个能力——”

“包括你和我？”

“包括你和我。”

“别，你别包括我。”

我愣住了，不知道往下说什么。不过，石禹很快说了起来：“有

一句老话，眼见为实，我相信眼见为实。”

“可是，你眼见的，不一定真实。”

“我说的‘眼见’，是亲身经历，亲身经验——这是一把尺子，有这尺子，你就能衡量，什么真实是真，什么真实是假，作家也一样。”

真实还分真假？

“可是，你手里那把尺子可能不准。”

“千千万万的人手里都有一把尺，那就不可能不准。”

“那不一定。”

“为什么？”

又是为什么！

石头！你知道不知道，我们俩这么争论下去，永远不会有结果，不但谁也说服不了谁，而且毫无意义——你会放下你手里的尺子吗？你会接过我手里这把尺子吗？绝不会。当然我也一样，我也绝不会和你换尺子，那我们争个什么呢？

我感到绝望。

可更绝望的是，我明白无论如何还要和石头争下去。

想办法换个话题？

可是新话题只能引起新的争论而已，不是吗？

- 54 -

从傍晚起我就在这儿。

我在这街口已经坐了半天了。

这是路边一个卖冷饮的小商亭，有桌子，有椅子，不过都坐满了人。我要了一罐冰凉的可乐，就站在路边一边喝可乐一边看街景。

北京的暮色总是灰紫色，有一种懒洋洋的劲儿。

天没有黑透，四面的路灯已经都亮了——这是一道阴阳分界线，白天和夜晚之间的模糊就在这时候，被一刀切开，白天结束，夜晚开始。不少店铺也亮起了灯，这里那里，到处都有明亮的橱窗向匆匆的行人顾盼，可是没有人停下来和它们搭话。只有一家冰激凌店灯光贼亮，能够吸引人驻足，不断有人进进出出。

铃声又起。

“你在哪儿？”

这回是华森，不过他的声音不对头，似乎情绪很低。

“街口。”

“哪个街口？”

“你怎么了？有事？”

“我得马上见你——”

“马上？”

“马上。”

“这么急，有什么重要事？”

“见了再说。”

“太晚了，明天不行吗？”

“不行，”华森的语气一下子急切起来，“就现在，马上见。”

“你到底什么事？”

至少顿了五六秒钟，这小子才说：

“我让苒苒赶出来了。”

“你说什么？”

“我让苒苒赶出来了！”

“苒苒把你赶出来了？”

“对，我现在无家可归。”

我几乎不相信自己的耳朵。

“你们吵架了？”

“比吵架严重，严重得多！”

“到底什么事？”

“见了说！”

当我和华森在一个咖啡店坐下来，才明白事情的确很严重，原来这小子竟然有了“小三”，被苒苒发现了。

当华森一脸沮丧地把经过简单说完之后，很奇怪，我竟然忍不住笑了起来——连华森都有了婚外情！

“你还笑！”

面对一双恼怒的眼睛，我不能不认真了。

我从来没有见过华森脸上有这样一副表情。他脸上原来由于发胖而绷得很紧的肌肉，似乎一下子松弛了下来，甚至连两颊都瘪进去了一点，软塌塌的眼帘、嘴角和松松的两腮上，印满了疲倦、犹豫和烦恼，连眼神和手势也迟迟疑疑，好像为自己这时候还有眼神和手势而惭愧，好像要是根本没有眼睛没有手就好了。

故事再老套不过：华森这小子和一个女学生闹出了婚外情，被苒苒发现了。

“我现在怎么办？”

“你先说说，苒苒是怎么发现的？”

“手机。”

这两个字是被嘟囔出来的，几乎听不清。

“苒苒怎么样？说什么了？”

“她没说什么，就是把我推出家门，把我赶出来了。”

“别的什么都没说？”

“说了，可是我当时昏头昏脑的，没听清也没记住。”

“一句也没记住？”

“她说我永远别想再进家门。”

看着华森暗淡无光的眼睛，我才意识到事情很严重。

“怎么办？”

还能怎么办？只有想办法求得苒苒的原谅，可是，她会原谅吗？

不知道，我想不出来。

“你出门以后没给苒苒打过电话？”

“我没有手机。”

“没有手机？”

“给苒苒没收了。”

“你刚才怎么给我打的电话？”

“我上出租车，和司机师傅借的手机。”

我急忙查看手机，果然刚才的电话不是他的手机号。

“你身上还有钱吗？”

“有，钱包在。”华森拍拍口袋，忽然又说，“我饿了。”

“在这儿要个三明治吧。”

“这儿的东西难吃，换个地方。”

我看看周围，空荡荡的店里，不少灯都已经熄灭，昏暗中已经没有什么顾客，只有一对年轻的恋人在一个更暗的角落里一边拥抱一边喁喁细语，旁若无人；目力所及，远处，明亮的小吃柜台犹如一张荧光四射的屏幕，一些排列很齐整的快餐食物，三明治、奶油卷、草莓奶酪、巧克力奶油布丁，还有闪耀着一团团金光的蛋挞，竟依然都色彩鲜艳，虚伪地向我们表现自己一点不寂寞，保证新鲜可口。

- 55 -

金鼎轩。

已经夜里一点了，这里依然灯火辉煌，人声鼎沸，缭绕于半空的酒味和烟气，一下子扑面而来。

上到二楼大厅，也是人头攒动，座无隙地。

这地方现在有多少人在进食？

“吃货”——是谁，想起在“吃”后边挂了一个“货”字？太妙了，真是意味无穷。说某人是“吃货”，自然有一种对这家伙“只会吃”的轻贬，可是同时，其实褒贬中还隐藏着一种对这人“真会吃”的羡慕和嫉妒——现在，看见这么多“吃货”一齐聚集在一个有篮球场大小的空间里，兴高采烈，喧喧嚷嚷，又吃又喝，你是该蔑视还是羡慕？

我想在大厅里就座，可是华森在三楼要了一个单间，马上点菜：一份皮蛋瘦肉粥、一份虾饺皇、一份蟹柳烧卖、一份牛肉滑肠粉、一份腊味萝卜糕、一份水晶虾饺，还有四瓶青岛啤酒。这小子一定饿坏了，一边喝着啤酒，一边狼吞虎咽，虾饺、烧卖，都是一口一个，皮蛋瘦肉粥也几下喝完，然后又添了一份。看着华森这副没心没肺的吃喝相，我开始想象这家伙被苒苒轰出家门那狼狈的过程——当然任何一个摊上这样经历的男人都很狼狈，可是华森在事情败露那一刻是怎么解释的呢？抵赖了吗？马上就老实承认了吗？

我怎么也想象不出那个场面。

特别是苒苒，她会怎么样？更想象不出来。

“我说，到底怎么回事？”

看华森已经吃得差不多了，我忍不住问。

“什么怎么回事？”

“别绕圈子，你和那个学生，是怎么回事？”

听我这样追问，这小子一下子僵住，那已经有些油光和红润的胖脸，一下子暗了下来。

“怎么回事？”他躲开我的眼光，迟疑了几秒钟，深深叹口气，“你要听简本还是全本？”

什么简本全本？

应该扇你一个大嘴巴！

“不管全本简本，告诉我怎么回事。”

“那我就从头说？”

我真不知道应该不应该“从头”听起。

“开头其实就是讲故事——”

“讲故事？”

“是啊，我给她讲故事。”华森叹了口气，一脸悔意，“其实那时候我要把故事讲短点，也许就没事了。可我那天怎么也收不住，一口气讲了三个多钟头。”

如果今天还有专门以讲故事为生的行业，华森肯定是这行里的故事神，第一人。我多次见过这样的场面：男男女女一群人，痴痴迷迷的，或坐或卧的，前前后后的，全都环围在华森身边，个个屏气凝神地盯着他，随着他的语调不停变换着表情，一会儿紧张，一会儿迷惑，一会儿笑得前仰后合，一会儿又屏住呼吸，脸色时晦时明，好像这伙人的脑神经递质同时一起紊乱，一齐发作。有一次，听众中的一个女孩子让华森暂时打住，停一下，好让她喘口气，让心脏“歇上一小会儿”；我记得很清楚，这个让心脏“歇上一小会儿”建议，竟然立马得到在座好几位女性的支持，于是华森宣布说：好，那就歇个三分钟。我至今还记得他当时那庄严的神情——当时讲的什么故事来？对，那是“茶花女＋红与黑＋基督山伯爵”。这当然是胡来，可是这小子，就有本事把这些毫无关联的故事和人物即兴地编排在一起，又即兴地剪辑成有头有尾的一个大传奇。为这个，我几次认真地抗议，这太不像话，他不能这么糟践十九世纪的古典名著；可是他说：“这个没办法，十九世纪的文学就是有料，有人物、有故事，讲二十世纪？我讲什么？讲沃尔夫？讲卡夫卡？能讲吗？有人听吗？”

“讲故事就讲故事，十个钟头，一百个钟头，都可以，你干嘛闹出这种事，而且，还是和一个女学生？”

也许是由于华森这次的故事太有头有尾，也许是由于这小子的语气里渐渐多了一种得意起来的口气，我开始不能控制自己，火气大了起来。

“你别嚷行不行？”

虽然提高了声音，可是华森躲开和我对视，低下头，开始吃刚送上桌的那一笼蟹柳烧麦，还是一口一个。

“告诉我，这女生是不是你自己班上的？”

一声不吭，这小子还是低头继续吃烧麦。

可是他的眼睛，怯懦地泄露了秘密：躲躲闪闪的目光就像一只被赶出洞的惊慌老鼠，东西寻觅，想躲进一个黑暗的角落，想尽快藏起来。

我最担心的事已经是事实。

“到底是不是？”

明白找不到躲处，老鼠胆子大起来。

给自己满上一杯酒，华森抬起头看我。

“是又怎么样？”

“怎么样？你想过没有？这事很严重！”

“严重？能把我怎么着？脸上刺字？游街示众？”

语气里有一股无赖味道。

这是一个我不熟悉的华森。

这感觉从哪儿来的？是因为这小子手里没有了烟斗？头上也没有了淡淡烟雾的缠绕？还是因为他脸上肌肉的排列忽然方向不同？他的嘻嘻哈哈哪儿去了？他的天真哪儿去了？他那总是充满幻想的单纯的眼光哪儿去了？

我从来没有见过他脸上有这样的表情，怎么形容？也许可以说是浑浊，就像这间包房里的空气一样浑浊。刚进这房间的时候，我只觉得这里很气闷，可现在，肮脏的浊气越来越浓烈，越来越浓稠，特别是其中夹杂的一股腐败的白酒味儿，让我难以忍受，连呼吸都觉得困难。

“求你一件事，”华森端起一杯啤酒，咕嘟咕嘟一下子喝完，然后又给自己倒上了一杯，然后用杯子指着我。“你什么都别问我，至少今天，什么也别问，行吗？”

看我不说话，这小子很古怪地笑了笑，仰起头，又把杯中啤酒一下子喝干——桌上的四瓶啤酒已经都空了——我一口没喝，都是他喝的？什么时候喝的？

“喂，听见吗？借我手机用用。”

从很远的地方传来华森的声音。

我没有说话，把手机递给了华森。他接过手机，一边拨号，一边匆匆走出了房间。

看着眼前杯盘狼藉的桌子，我又想起苒苒。

苒苒会原谅我的这位“另一半”吗？

没法想象苒苒能原谅你。

华森，你小子这回的麻烦可太大了。

直到华森上了出租车，一个问题我一直没有问出口：他要去哪里？他现在“无家可归”啊。

是去他的小蜜那里了？

小蜜！

看着华森的出租车红色的尾灯消失在远处，我似乎才第一次真正面对一个事实：华森这小子有了情人，而且是一个小情人，还是他的学生。这已经确定无疑，是刚才他亲口和我承认的。可是现在，当我和他分手之后，把“小蜜”、“小三”这些词和华森连在一起，我怎么也不习惯。这个糊涂蛋，他知道自己在干什么吗？

我习惯性地掏出手机，不过马上想到现在已经没办法和华森通话。

苒苒在哪里？在家吗？

苒苒根本不接电话——我足足拨了一刻钟，没有用，始终是无人应答。现在已经深夜，两点多了，苒苒平时就睡得很晚，现在更不可能睡觉，她在干什么？她是不是在哭？

不会，我从来没有见到她流眼泪。

一阵带有寒意的夜风从背后吹来。

夏天真要过去了？风为什么这么凉？

我转过头，金鼎轩依然灯火辉煌，活活像一个自天而降的永远不会熄灭的超级大彩灯。不断有喧哗的人群被这彩灯吐出来，在停车场上吵吵闹闹，道别，骂人，嬉笑，打闹，然后是关车门的砰砰声，犹如炮竹，此起彼落。

不断有车子从我身边驶过，一辆辆都带着几分醉意。大概看到我孤零零地站在街口很可怜，竟有人停下车，问我要不要搭个便车，和他们一起去酒吧喝酒。

是啊，为什么不去找个酒吧喝酒？

- 56 -

怎么这样沉闷？

一支古德曼的四重奏轻快地在昏暗的灯光和阴影中迂回穿行，但是无精打采，鼓手克鲁帕打出的一段又一段帅气十足的过门，也带着一股阴阴郁郁的调子。酒客不多，罩在一片昏暗中的大厅显得十分空旷，甚至凄凉，只有吧台那边还有几分生气：一个人骑在吧凳上，两条腿晃来晃去，一边喝酒，一边和在吧台后面忙着擦酒杯的酒保低声聊天；吧台很长，台子里的灯光柔和透明，正好切割出一个透明的矩形画框；温暖的橙光里，两个人暗色的剪影和千百个晶莹闪亮的酒瓶、酒杯混在一起，很像是某个无聊的好莱坞警匪片中的一个桥段。

我的一瓶芝华士快喝完了，要不要再来一瓶？

每当酒至微醺，我的头脑就特别清醒，而且会获得一种能力：把一个念头固定起来，就像用钉子钉住，然后围绕它转个不停；如果恰巧钉住的是一段记忆，那里头的画面就会反复播放，其中的景象会越来越生动，越来越清晰，色彩和线条也越来越鲜亮；如果钉住的是一个问题，那问题的方方面面就会被仔细拆解，其中每个细节都清晰透亮，甚至闪闪放光。可是今天很奇怪，我的心思散乱不定，不能集中，乱七八糟，毫无秩序，更可笑的是，时不时闯入我心中的一个想法是什么？竟然是：以后恐怕再也吃不着苒苒做的饭菜了。

我眼睛竟然有点湿润，这是怎么了？酒的缘故？

“先生，这是你要的酒。”

一个酒保把一瓶芝华士轻轻放到我的桌上。

我挥挥手，意思是赶快走，别再打搅。

“先生，这两瓶酒，有人要给你付账。”

“什么？”

“这两瓶酒，你的朋友要给你付账。”

“我的朋友？”

“是，他们都要给你付账。”

“胡扯，我这儿没朋友。”

“先生，我说的是真的——”

“你弄错了。”

“我没弄错，你有两个朋友，一位先生，一位女士，都要为你付账。”

“你是不是偷酒喝，喝醉了？”

“先生，你真有朋友，一位先生，一位女士。”

“不可能。”

“这是真的，我指给你看。”

“在哪儿？”

顺着酒保手指的方向看过去，在我后面，躲在一片黑暗的阴影中，有一个带有低低的护栏的台子，虚弱的红色灯光照亮了其中一张桌子，一支蜡烛，一堆玻璃器，几个酒瓶，都在微光里闪闪烁烁，可以看见那里有几个人，两男两女。

“我不认识他们。”

我刚说完，台子上站起一个人，向前走了两步，然后举酒杯向我示意。

尽管距离不近，我还是看清了，这人是王颐！

他妈的，这混蛋怎么跑这儿来了？

“你去告诉他，我不要他这人情！”

“可是——”

“可是什么？快去！”

“除了这位先生，要付账的，还有一位女士。”

“一位女士？”

“她在那儿，就在你的对面。”

再顺着酒保指的方向看去，我吃了一惊。

原来是吴子君。

我坐的这个地方，是酒吧大厅中间的一个圈成方形的类似吧台的酒吧桌，四角的每个角上，都有一个青花瓷瓶做灯座的大台灯，桌子四边，每个方向上都有七八个吧凳，由于灯光很暗，除了桌面上一些暗淡的反光，对面的景象一片模糊。而此刻向我举手打招呼的吴子君，正好坐在我的对角线上，我们中间虽然一无所有，但是隔着这片幽暗的空间，她的面目还能依稀可辨。

她是什么时候到这里的？我怎么没有注意？

“你有纸笔吗？”

“先生，我有。”

我在酒保递给我的一张便条写了一行字：“谢谢，不必了，拜托。”

“把这个给她送过去。”

到酒吧，喝闷酒，一定要“闷”。

我最不愿意的，就是遇到熟人，既扫兴，又无聊，可是今天撞上鬼了，妈的，不但遇到了熟人，还是两个！

“先生，这条子是那位女士让我送过来的。”

酒保又笑容可掬地回到我身旁，手里拿着一张小纸条。

我接过纸条，上边写的是：“要不要一起喝，聊天？”

“不。”

我在纸条上加了一个字。

“把这送过去。”

没想到碰上这种事！

最好离开这地方，可是，到哪儿去？

音乐也糟透顶。

怎么还是古德曼？而且还是 Sing, Sing, Sing？在这样一个无聊寂寞的深夜，竟然听到这个曲子，太怪了，简直有点诡异，是哪个傻瓜播放的？播这个？

如果你的四周挤满了沉沉暗色，如果这里的每一片黑影都沉重得似乎在缓缓下坠，如果时间正在这里一块一块地慢慢凝固，让你想起半透明的肉冻，那还有什么样的音乐能给这里带来亮色？没有。其实，这地方根本不需要音乐，多余。要是古德曼地下有知，他现在也一定会堵住耳朵。不错，曲子依旧那么欢乐张扬，和弦依旧是那么浓烈灿烂，架子鼓的节奏依旧那么复杂生动，单簧管的尖声歌唱依旧那么活泼奔放、飘忽摇曳，可是，这一切只能是一大片嘈杂，让人不耐烦的、怒从心头起的嘈杂。

走吧，这地方不能待了。

我刚站起身来，背后传来一个熟悉的声音：

“怎么？要走？”

是王颐。

转过身，我正好和他面对面，这小子手里还端着一个威士忌酒杯，笑吟吟地看着我。

一瞬之间，我几乎觉得自己花了眼。

眼前的，是不是他妈的一张美男美酒的广告？

由于光线暗，小白脸的精致轮廓有点模糊，有如雾里看花，不过看得出来，他已经醉了——一个人要是醉了，他再能控制，那声音、那动作、那姿势，都会有点儿卡通化，那是不可控的，就像刚下了蛋的母鸡，就像刚被大领导夸奖了几句的小科长，就像刚收到和卡戴珊同款新包然后马上在镜子前顾盼不已的美女。

“别走，杨先生，我有事和你说。”

“我没工夫。”

“先坐下，行不行？”

这小子顺手从吧桌上拿起那瓶刚打开的芝华士，在我面前晃了晃，然后说：

“这个，刚打开。不喝啦？”

我不客气地把酒瓶夺回来，又放回桌上。

“我说，咱们，坐下说话，行不行？”

坐就坐，我坐下了。

是这小子脸上的表情引起了我的好奇。要是把这张脸蛋比作一个小花盆，现在这个花盆的色彩可真够绚烂：餍足、开心、得意、夸耀、骄矜，应有尽有，不过，其中有一朵花让我觉得陌生，那是一种非常暧昧的亲切，里面还带着一种又是讨好又是挑衅的怪味儿，让我一下想起怪味豆。

怎么能想起怪味豆？醉了？

“我和你打个赌，怎么样？”

打赌？

“你什么意思？”

“刚才，没得手，是不是？”

“什么没得手？”

这小子笑了，用酒杯画了个弧度，又扬了一扬。

“那边——”

我这时候才明白，他指的是吴子君。

“眼光不错，啊？”王颐的口气很亲切，好像我是他的一个哥们儿，“我刚一到这儿，就看见她坐那儿，一直就在那儿，可一直装B——好几个人，过去搭讪，都给拒了。”

说这些话的时候，这小子一脸快活得意，笑容里浮起了一层又一层的淫荡，像一桶五颜六色的污水。

这王八蛋。

“你说，天都要亮了，她还等，等什么？等——”

一个“等”字刚出口，他忽然顿住，眼睛亮了一下，然后不出声地笑起来，脸上所有线条都颤抖着。

“你知道她在等什么？”

止住笑，他很认真地又一次问我：

“你知道她在等什么？”

我还是不说话，可是小子谈兴不减。

“北京有句俗话——‘等个鸡巴’，对吧？”

这混蛋的嘴唇轻轻抖着，努力忍住不笑。

“等个鸡巴，这话在这儿，太合适了——她就是在等鸡巴，是不是？啊？”

又是一阵不出声音的笑。

我向吴子君那边看去，她趴在桌子上，头部正好隐在一道浓浓的阴影里，什么都看不清，只有旁边的一瓶酒和一只酒杯闪着微光。

要是再和这小子多待一会儿，我肯定得揍他。

还是走吧。

“等等，别走，”王颐拦住我，把酒杯里的残酒一口喝完，“我说过，和你打赌，是不是？”

“打赌，什么赌？”

“我过去，”王颐用手指了一下吴子君，“你看着，用不了一刻钟，准把她拿下来——如果超过二十分钟，我拿不下来，以后这酒吧里的酒，你随便喝，我包了。”

这叫什么打赌？

混蛋！

我气得不知道说什么，只觉得浑身肌肉都绷了起来。

“同意了？好，等我消息。”

不待我回答，这混蛋转身向吴子君走过去。

我该做什么？

拦住他？已经晚了。

我以为吴子君会立刻把这混蛋赶走，可是没有。她竟然抬起头，和王颐说起话来。我听不清他们的悄声细语，也看不清两个人的表情，能够确定的是，只一会儿的工夫，王颐就已经和吴子君靠得很近，而且，又过了一会儿，他的一只胳膊举起来，很自然地揽住了她的肩头。

这王八蛋究竟和她说了什么?

转过头，往王颐和他几个朋友坐过的台子看去，那里已经空无一人，小桌上的蜡烛早就熄灭了，只剩下一团死气沉沉的漆黑。

我不知道自己该怎么办，过去把那混蛋拉开？然后送吴子君回家？还是一走了之?

正在我为自己犹豫不决生气的时候，王颐回来了，一脸的得意："告诉你，成了！"

成了？什么成了?

"服不服？你看着，我这就带她去开房——"

这混蛋举起食指，在我鼻子不到两寸的地方点了点，这他妈是什么意思？可不管什么意思，随着这一指，我立马做了一个决定。

"喂，你听着，我也有事和你商量。"

"有事商量？跟我，商量？"

我什么也不说，转身就走。

"等等，到底什么事？我说——"

知道这混蛋还跟在我身后，我一言不发，越走越快。

在通向卫生间的一个通道，我停了下来。

"你要干什么？"

可能是我脸露凶相，这混蛋有点慌。

我一把抓住他前胸：

"不是说了嘛，商量事。"

"什么事？"

"让你脸上开朵花，愿意不愿意？"

"什么意思？"

“就是揍你一顿，明白了？”

“你说什么？”

“我说，揍你一顿，愿意不愿意？”

“你要打人？”

“不是打，是揍。”

“别胡来，听我说，别胡来。”

这小子的声音伴着喘息里断断续续，像是一根绷得太紧马上就要崩断的琴弦。

“不愿意？”

小白脸眼睛突然熠熠闪光，光芒里全是惊恐。

“你敢！？”

混蛋！你看我敢不敢？

一拳上去，小白脸上立刻见了红。

“救命！救命！”

想不到这混蛋的哀嚎这么嘹亮。

我揍了这混蛋多少下？

其实没几下，一，拳头打上去，拳头下面的骨头和肉是那么软囊囊的，打了几下，我就有点下不了手——这么打，简直有点欺负人；二，几个酒保和保安来得很快，死死把我拉住，也不能不停手。

一张俊美的脸上红血四溅。

真是一朵花，好看。

为什么不拿这个做红酒广告？

- 57 -

这大概是我一生里最意外的事。

民警打开门，进来的是谁？是带着一脸笑的金兆山。我惊讶得呆住了，这家伙怎么在这地方现身？难道是来这里的派出所办事？可是，没想到刚一进门，那个和金兆山一同进来的高个子警察竟然说：

“金总，这位就是您的朋友——”

不等警察说完话，金兆山已经走到我跟前，一边好奇地打量我，一边笑着说：

“没想到是我来接你吧？”

我刚要说话，他已经转头对警察说：

“我们走啦，和你们所长说一下，我忙，今天就不等他了，改天我请他吃饭。”

“金总，放心，”高个子警察的口气非常客气，“周所长刚才又来电话，说他在市里开会，往后一定上门拜访。”

这时候办公室里的几个警察都站了起来，纷纷和金兆山打招呼，不但都恭敬有加，有的人态度还很亲热。

“行了，留步，”走到了门口，金兆山回过身再次打招呼，“你们兄弟，无论谁，都欢迎到我那儿喝酒！”

“金总，说话算话！”

“咦，我什么时候说话不算话？”金兆山站下来，把屋里的人扫视了一圈，“这样，你们都说说，还有谁没喝过我的二锅头？”

好几个人应声说没喝过，还有一个人说：

“上回我陪所长去喝过，可是没吃着猪头肉！”

“听说金老板的猪头肉不一般，是浦五房特供。”

全屋子的警察都笑了起来。

“好，话说到这儿，”金兆山也笑了，小眼睛眯成两道小缝，大嘴咧得好大，“下次我请周所长吃饭，你们，有一个算一个，都去！二锅头，猪头肉，都管够，行了吧？”

“可一定是特供！”

“那必须的！”

刚走出派出所的院门，曹胖子马上迎了过来。

“去三间房！”

不待我说话，金兆山已经把我推进了车。

“你这二锅头、猪头肉，名气不小啊。”

听我这么说，金兆山咧开大嘴笑起来：“派出所，土地爷，庙小神不大，可一方土地都是他们管，四时八节，上香上供，那是必须的！”

“能不能告诉我，你怎么知道我在这地方？”

听我这么说，金兆山又嘿嘿嘿地笑起来。

“老弟，你把我公司里的一个高管打得鼻青脸肿，鼻骨骨折，还住了医院，这么大的事，我能不知道？”

鼻骨骨折？

便宜了这小子！

“我说，人家怎么得罪你了？”金兆山一脸好奇，那表情很像一个顽童，“你俩到底因为啥干仗？”

“没什么，喝多了。”

我不想多说，冷冷地回了这么一句。

“可你的手也忒黑了吧？什么仇？一下手就骨折。”

金兆山的小眼睛贼亮贼亮，语气里带着调侃。

“那小子细皮嫩肉，不禁打。”

“不禁打？”金兆山哈哈大笑，“老曹，你看我这把兄弟怎么样？没承想还是个大马金刀的人物，啊？”

曹胖子没说话，可是从侧面看去，似乎微微笑了一下。

“我们这是去哪儿？”

“吃点东西去。离这儿不远，那儿有一个姜师傅，做的汤面，是一绝，我隔几天就去吃一回；你蹲了一宿派出所，一定饿了，吃碗汤面，也松快松快。”

我往车外看去，车子正在沿着朝阳公园东路疾驶。

“我说，兄弟，”金兆山似乎心情特别好，声音里总是带着笑意，“你知道，你这回打的是什么人？”

这话什么意思？

我转过头，只见这家伙笑得很蹊跷。

“什么人？不是你的一位高管吗？对不住了。”

“不这么简单，兄弟。”

“怎么不简单？”

“你打的这个人，已经不是我的公司里的人了。”

“不是你公司的人？”

“对，人家现在是公家人，是政府官员。”

“官员？”

“人家调走啦，当官儿去了。”

“什么？”

“兄弟，别不信，这小子真当官儿去了。”

TMD，这种人也当官？世界确实变化快——老崔，你想过有这么快吗？

"想知道什么官儿？"

"什么官儿？"

"洪泉市市长秘书。"

市长秘书！这坏蛋！

"你放他走？你不是说，这家伙是个难得人才，是超级电脑吗？这么有用的人，你放他走？"

"不放走不行啊，这世上，有个人的话我不敢不听。"

听金兆山这么说，我真惊讶了，还有这么个人？

"这人是谁？"

"我媳妇儿啊。"

"你媳妇儿！"

看着我的表情，金兆山那一脸诡秘化作了一片得意的微笑，一点快活的星火在瞳孔里不停跳跃明灭 。

"告诉你，兄弟，洪泉市的市长一直要找一个能干的秘书，我媳妇儿推荐了他，人家一看就相中了，立马要人；也是这小子倒霉，这两天正办移交，没想让你给打成骨折——你把人家送进了医院，耽误了人家前程，知道不？"

"等一等，你媳妇，是什么人？"

"我媳妇儿？"

金兆山咧着大嘴笑了起来，笑容里带着一种天真，声音里，神气里，都有一些说不清的东西，那是什么？是钦佩？是赞美？是推崇？

我真是太好奇了：金兆山这位"媳妇儿"，到底是个什么人物？

看样子，能让"把兄弟"这么惊讶和疑惑，金兆山非常满意。

"她一会儿过来，你们见个面。"

"见你媳妇儿？"

"可不是！我拜了个把兄弟，她能不见？"

说起媳妇儿，金兆山兴致很高。在车子到达“三间房”之前，我的好奇和疑问差不多全得到了解答——和我的想象不一样，这位“媳妇儿”，既不是老板娘，更不是金兆山这个“成功男人背后的女人”，而是一个大型国营集团公司的总经理。金兆山用这样一句话结束了他的热情洋溢的介绍：

“兄弟，到我媳妇儿那地界，是公，到我这儿地界，是私，可是一回家里头，铁打的公私合营。嘿嘿。”

- 58 -

三间房所在地，原来是一个高尔夫球场。

蓝天白云之下，一川烟草，无远无近地向东、向北、向南，懒懒地绿了过去，漫无边际，十分霸道；只有高低起伏之中零落分布的几处大小沙坑，在这阔大的青碧里留下一些浅黄色的疤痕，十分显眼；远处，还有一条小河蜿蜒其中，窄窄的水面，在阳光下闪着细细的粼光。

更远处，一片树林用自己的一道墨绿在这明净的天空和宁静的草地之间，勾出了一条参差曲折的边界线；有两台割草机在那边蠕蠕而动，隐隐传来机器的响声，宛如蜂鸣。

“北京有这样的地方？”

听到我的诧异，金兆山嘻嘻笑着瞥了我一眼。

“没想到？”

“这么大一片地，原来都是农田吧？”

“都是庄稼地，好地，种的都是麦子，亩产能有四五百斤；北京这地方，碰上好收成，亩产三百斤就不赖——所以说这是块宝地，水好，土好，难得啊。”

“这么好的地改成高尔夫球场，不可惜？”

“兄弟，别操这心。走，吃面去。”

这个吃面的地方也和我的想象完全不一样。

和高尔夫球场紧紧毗邻，一座浅黄色的建筑方方正正地坐落在一片缓缓隆起的开阔的草坪上，四周绿茵如毯，花木扶疏，花坛上一丛丛美人蕉正值盛开，肥硕的花冠在刺目的阳光下娇艳异常，艳红如火。

“在这地方吃面？”

“对，就这儿。”

迎面是一排宽宽的多层石阶。

阶上是一个十分阔大的门廊。

拾阶而上，斜射过来的阳光在一排高大的柱子之间嬉戏穿行，或明或暗，光影交错，让每一个灰色的大理石廊柱都显得格外庄重；可奇怪的是，那些柯林斯式柱头竟然都被涂上了明晃晃的金色，恶心。不过，走进了大门我才明白，这是人家设计师的一番匠心——原来两扇大门的镂空雕花大窗，还有大门里中庭的三面墙上的浮雕，也都是金色的。

明亮的光线如一道道瀑布，从天窗里直泻而下，三面乳色大理石墙上凸起的浮雕，都熠熠闪光；两面侧墙上的内容看不清楚，但是正面这一幅，清清楚楚标着有“兰亭修禊”四个字，其中老少人物，就连山峦、树木、竹石和流水，包括飘荡于溪涧中的羽觞，无一不是金灿灿的。

“金总，您来了。”

一个看着像领班的小个子领着两个手下迎了上来。

“你什么都别张罗，我先去吃碗面。”说着金兆山又转过身来，指了指我，“小赵，这是我把兄弟，以后他来，你可不能怠慢。”

不等这个小赵说话，金兆山又想起什么，向站在后面的一排衣装靓丽的女服务员，也伸手指了一下，板起脸说：“你跟她们也都说清楚，谁慢待我这兄弟，立马儿卷铺盖卷儿走人。”

“金总，您放心——”

不听老赵说完，金兆山带着我径直向迎面一个门里大步走去，刚进门，又是两排全是唐装打扮的女孩夹道而立，像两排色彩斑斓的橱窗。

“金总，早晨好！”

女孩们一齐躬身，个个都带着微笑。

金兆山没有丝毫反应，带着我匆匆而过。

“这到底是个什么地方？”

“会所。”金兆山大步走着，不时和路遇的一些人点下头，偶尔还打个招呼，可是话头始终不断，“我今天在这儿有个活动，分不开身，委屈你老弟，老远地跟我跑这地方来。吃面是吃面，可我也是特意想让你认识这地方，你以后要想放松一下，想休息，就到这儿来，吃饭，喝酒，按摩、打牌，看电影，洗温泉，找朋友聚会，想干啥就干啥——你就当成是你自己的地界。”

金兆山说到最后一句，还重重拍了下我肩膀。

“这不是我来的地方。”

“为啥？”

“看你们门口那架势——”

“什么架势？”

金兆山停住了脚步。

“那伙人能让我进来？”

“我看谁敢！”他想了一下，又继续走起来，“那就这样：吃完了面，我让会所的经理把各部门管理人员都叫来，开个会，把你正式介绍一下，这就没问题了，行不？”

“算了，别费这事。”

“别费事？这怎么是费事？”

金兆山又停住脚步，有点诧异地盯着我。

“这种地方，我不习惯。”

大概看我的口气很坚决，他摇了摇头，然后说：

“兄弟，我性情粗，粗人，可做人不掺假，咱俩一见面就投缘，脾气对路，我是真心交你这朋友，也真心把你当成把兄弟，轮了过来，你也要把我当哥一样对待，咱们说好了，谁都不能来虚的。”

我们终于在一间古色古香的房间里坐了下来。

和门相对的一面墙上，错落着一些形状不一的壁龛，每一个龛里，都有一个黝黑的形制各异的龙山陶，看样子不像高仿，件件都应该是真品；转过头，对面墙前一座红木的天然几上，摆着一个近两尺高的老寿星捧桃彩色瓷像，一脸憨笑，粗大的拐杖头上还挂着一个金色的葫芦。

我不由得和这憨笑的老寿星对视了好一会儿。

“金总，几天不见了。”

一个身着中式酱红色印花短袖上衣和黑西服短裙的女孩子，一脸笑容地迎上来，同时指挥两个服务员送上茶水。

“小赵，去告诉姜师傅，说我来了，还是吃面，让他快点，我今天事多。”

“吃碗面也这么急？金总也太忙了。”

“还有，这位客人——给你介绍一下，是我把兄弟，杨博士，以后来了，你可要小心照顾。”

“杨先生，你好！”

小赵向我点了点头，转身离去，不过出门前又回头看了我一眼，似乎很好奇，然后又笑了一下，才消失在门外。

“你这儿的人怎么都姓赵？”

“都姓赵？我还真没注意。”

金兆山说着向立在旁边的两个女孩子招了下手：“你俩过来。”

两个女孩子走过来，齐声招呼：“金总——”

不等她们说话，金兆山问：“你俩姓什么？”

“我姓赵，她姓李。”

“你也姓赵，这附近是不是有个赵家村？”

“是，还有个李家村。”

“这就对了，我想就是这回事，”金兆山转头，指了指两个女孩对我说，“占了人家地盘，得了人家好处，不能不用人家的人，这是必须的。不过，赵家也好，李家也好，来我这儿，就看你能不能为公司尽职尽力，只要干得好，我绝不亏待了你，自古至今，皇帝不差饿兵，是不是？”

说着，他对两个女服务员挥了下手：“去吧。”

两个女孩立刻悄然退下。

到这样的地方，就是为了吃碗面？

这家伙一定有别的名堂。

果然，金兆山的神情忽然严肃起来，说话的时候，还把大嗓门也放低了：“兄弟，说实话，我还真有件事要求你，这事情还非你不可。”

这么多天我一直在想，这小子几次三番找我，到底为的什么事？——现在这谜底终于要揭开了。

“是这么个事——”

只说了这么一句，金兆山忽然停住话头沉吟起来，然后拿出一包烟，慢条斯理地抽出一支，再掏出那只金晃晃的打火机，打出长长的火苗，把烟点燃，大口大口吸起来。

“是这么个事，”他重复了一句，才继续说下去，“我有个老母亲，今年七十三了，别看这岁数，老人家精神好，不但身体硬棒，脑子还好使，不是一般的好使，是特别好使。”说到这里，金兆山脸上浮起一丝微笑，小眼睛眯了起来，变得十分柔和，“你信不信？咱们兄弟俩捆一块，要和老人家比脑力，绝对不行，甘拜下风。不信？我给你说个事：前两年，我这老娘替我打理过一个大型超市，在沈阳，规模不小，老大一摊子；说了你都不信——老人家可是不会用电脑，你想想，如今不用电脑，一个大超市，你怎么管理？啊？订货，采购，库存，营销，周转，配送，出的出，进的进，你想想，那是多少事？多少人？多少账？不用电脑，咋整？老太太厉害，全凭脑子——多少数据，全在脑子里——兄弟，那可不是一本账，横七竖八，那是多少本账！可是，什么都清清楚楚，超市里的部门经理没一个不怕她，也没一个人不服她，只要老太太坐上轮椅在超市里一转，谁不服服帖帖？——”

“等一等，你母亲坐轮椅，怎么回事？”

我的问题好像有点不是时候，金兆山看了我一眼，脸色暗了下来，伸手把才吸了一半的香烟熄掉，立刻又从烟盒里抽出一只，可是没有点燃，一边盯着它，一边又说了起来：

“兄弟，卢沟桥喝酒，说过去的事，我没说全，我还没说我母亲，还有我一个哥哥两个弟弟。”

"你们兄弟四个？"

"我母亲生了四个孩子，上边一个哥哥，我是老二，下边两个弟弟。父亲死得早，我十四岁那年就去世了，你想，这家日子难不难？啊？那真是，靠山山倒，靠水水干。可我母亲命硬，人也刚强，为了把我们哥四个养活大，真不知道这世上还有什么苦她没吃过——对，你问她为什么坐轮椅？"

金兆山忽然顿住，点燃了烟，默默地吸了起来。

"算了，说起来话长，以后说，还是先说正事。"

你小子终于要说"正事"了。

到底是什么事？

"俗话说，家家都有一本难念的经。"

金兆山说了这么一句，就又顿住了，好像还叹了口气。

难道他要说的"正事"竟然是他的家事？

"兄弟，说起来也不是什么大事。"金兆山吸了口烟，不再犹豫，口气忽然变得很轻快，"自古婆媳不和，我们家也一样——我母亲不喜欢我媳妇儿，死活看不顺眼。"

"等一等，你这媳妇儿叫什么名字？"

"王小凤——怎么样？这名字精神吧？"

- 59 -

看我没有反应，金兆山似乎有点着急，可是他刚想说什么，就被门外传来的一个声音打断了：

“胡说！甘蔗没有两头儿甜，就看你要哪头儿，想清楚了。真是有糊涂阎王，就有糊涂小鬼儿，要笨就笨一窝子，整不出一个明白人！”

门已经被打开一半，可是不见人，只有声音进来。

说话的是一个女人，声音很高很亮，很浓的东北口音，比金兆山的口音里的东北味儿更醇厚。

“说曹操，曹操就到。”

金兆山笑着对我说，转头向半开的门吐了口烟。

门外的声音越来越近。

“这还算是明白话，不用商量了，就这么办。不管什么膏药，能拔脓就是好膏药，你告诉这小子，这件事要给我办砸了，我连稀粥都不给他喝！明白了？”

好厉害。

我看看金兆山，他油光光的大嘴上笑意纷飞：

“怎么样，厉害吧？这人就是这作风，整个公司，没人不怕她，那真是一人之下，万人之上，嘿嘿！”

“一人之下，就是你了？”

“这叫各人马，各人骑，兄弟！”

金兆山又笑起来，只是小眼睛里多了几分猥亵。

“还有，你们两个，怎么还跟着我？”说着，声音已经到了门口，不过，说话的对象似乎已经换了人，“我已经说过了，你们这个报告，拿到国资委，一准儿通不过。材料有，理由有，可是说到重组的具体方案，就毛毛糙糙，不清不楚，怎么回事？还有，重组以后，几家企业的股份怎么分配，特别是职工股怎么分派，那是重点，重中之重，得有一个说法，一定有根有据，不能有半点含糊，你们现在这个肯定不行——好好的白菜，不能让猪毁了。你们回去，明天早晨九点到我办公室。”

几个人低声回应之后，半开的门终于被一下推开，一个笑吟吟的王小凤几步走到了在我面前，一边上下打量我，一边说：

“你就是杨博士？我一直在寻思，有本事把我老公深更半夜劫到卢沟桥上去喝酒，还把人灌了个烂醉，这到底是什么人？今天见到人了。”

我把金兆山“劫”到卢沟桥去喝酒了？

可是不等我分辨，王小凤又说起来了：“是你，昨晚上把王颐给打了？”

“是，我打的。”

王小凤俏丽，可算不上是美人，高额，黑眉，短发，一对灵活的眼睛，颧骨很高，嘴唇很薄，一颦一笑都很生动，像是一幅一幅的连环画，每一幅都有故事。不过，让我吃了一惊的，是她的衣着：一身黑色大圆领直筒真丝连衣裙，白色七分袖长款雪纺开衫，粉色双串珍珠项链，乳色阿玛尼手提包，带蝴蝶结的银灰色 VARA 鞋——比比她刚才门外说话的声音形象，这个声画蒙太奇效果，也太强烈了吧？

我不由得瞥了一眼身边的金兆山，一件印花黑 T 恤，一个个粉色压花字个个张牙舞爪，让人眼花缭乱；由于胸肌粗壮，那些红色英文字母 I A M K I N G，个个都被绷得紧紧的，好像长在了他皮肤上。

“你们怎么就打起来了？”

“喝醉了。”

“谁喝醉了？”

“我，我喝醉了。”

“一定是他惹你了？”

“大概是，记不清了。”

听到这里，王小凤转头对金兆山说：

“你说王颐这小子，一个白面书生，大半夜的跑出去喝酒，醉了不说，还敢和人叫号，叫号——还专找你兄弟这硬茬子，这不是不长眼？”

“还不是当了个市长秘书，就得瑟！烧包！”

“得瑟，也是跟你学的。”

“怎么是跟我学的？”

“你手下的人，到哪儿都扬铃打鼓，一个做派。”

“我手下的人——你就这印象？”

“不是印象，这是你的公司文化——”

王小凤正要说下去，她的手机响了起来。

看王小凤的话被打断，我觉得有点可惜：这俩人要是争了起来，那该是什么情况？何况，刚才金兆山一路上夸自己媳妇的时候，言语之间除了一点不想掩饰的欣赏，还有一种特别钦佩的意思，这引起了我的好奇：平日里，这个威风八面的大老板，是怎么和自己这位不平常的妻子相处的？他会不会怕媳妇？王小凤会不会是河东狮子？

“几个市长都已经到了，快走！”

王小凤收起手机，一边催促，一边往外走。

“怎么提前到了？这么早？”

“别磨叽了，走。”

金兆山站起身，把领班的小赵叫了过来。

“小赵，来不及吃面了，我这把兄弟就交给你，一会儿吃完面，带他转转，介绍介绍这里的情况。”

跟在王小凤后面，他也匆忙地走了。

- 60 -

我本来想吃完面就立刻回家，但是小赵说，如果她没有带我在这会所里“转转”，金总会生气。

“你怕他？”

“当然怕，谁不怕呀？”

那就“转转”。

小赵带着我四处游览，打开一个又一个门，上下一个又一个电梯，很认真地一一介绍会所里的各个功能区，还不断地微笑着问：“您还想看什么？”

我一下想起了古代的行宫，可是，这样的联想一点不恰当，完全没有可比性。如果哪一位皇帝，比如乾隆爷，忽然之间睁眼醒了过来，而且也有机会到了这里，东看西看，他会生出什么感觉？惊愕疑惑？怒不可遏？我猜，百感交集的纯皇帝爱新觉罗·弘历，最可能的是用一炬妒火，把这地方烧为一片焦土。

一个个走廊寂寂无声，像是迷宫。

偶尔会碰上一两个面带笑容的服务员，有如鬼魅。

我想起刘姥姥——此刻我是不是有点像刘姥姥？怕是有点像。可是，当小赵领着我走进了一间吸烟室的时候，我开始嘲笑起自己，刘姥姥？大观园？想哪儿去了？

对面墙上，在一个射灯的半圆光亮里，竟然是一张毕加索的素描，是他在晚年画了很多张的那种色情画：老公牛和裸女。我不喜欢毕加索。每次去美术馆，除了他蓝色时期的那些杰作，我很少在这位大师的作品前驻足停留，不管是什么立体派，还是什么新古典，在我看来都不过是聪明过度——这家伙太知道怎么讨好并且戏弄那些批评家和收藏家了。可是，眼前这张素描却一下子吸引住了我：以简洁强劲的单线勾出来的公牛，尽管逸笔草草，可是相当生动，一双紧紧盯着女人阴户的色眼，无耻地向外鼓胀着，似乎下一秒就要从里面冒出两根阴茎，而须发四出情欲鼓胀的脸上，又透露着一种焦灼，一种无奈，还有一些自我怜悯。这很有意思，过去也看过毕加索的这类东西，可都没有这幅这么吸引我，为什么？

这张比较特别。

是什么地方特别？

看我停下来仔细端详墙上的画作，小赵说："听说这张画很值钱。"

"你知道这画家？"

"我知道，毕加索。"

"别的呢？"

"别的？"小赵抱歉地笑了笑，"好像是个法国人？听说他的画最值钱，世界第一，是吧？"

"差不多。"

原来这一排走廊的一边，全是大小不一的吸烟室，而且每间房子里都挂着一些名画。似乎还都是原作，其中不光有齐白石、吴冠中、陆俨少一类画作，还有一些现代油画，其中不仅有艾轩、杨飞云、王沂东，还有一张米罗，一张马蒂斯，不过这些画作的布置，中西不分，大小不一，或混杂于一室，或并列于一墙，毫无章法。最让我意外的发现，是在一间很大的艺术品展室里，除了青铜器、唐三彩，中间一个柜子里，居然摆放着一件宋代汝窑的三足洗。

不过，让我真正大吃一惊的东西，还在后面。

当小赵领着我走进一个大门，进入一个十分空旷开阔的大厅的时候，我呆了——毕加索的公牛也好，宋代的三足洗也好，比起眼前这景色，又算什么？

我面对着一片海滩，细沙如雪，滔滔波浪。

小赵告诉我，那银白色的细沙都是从广西北海的银滩上挖过来的，而在这洁白色的沙滩上嬉戏的一波波涛涌，完全是人工的，是可以随意调节大小的人造海浪。

“金总说，这地方非洲风情还不太够劲儿，有点假，不真实，以后得弄几个黑人来。”

顺着小赵手指的方向看去，一片开阔的沙滩上，几株高大的椰子树袅袅地伸向空中，羽毛状的叶子纷纷藉藉，像伞一样张开，又婀婀娜娜地垂了下来，枝杈之间还垂垂累累地挂着一串串大小椰果。金雨般的阳光挥洒在玻璃顶棚上空，十分耀眼，银色的铝合金框架托起轻盈的玻璃，鱼鳞般闪着细细碎碎的光，干净，透明；蓝天显得格外深邃，几朵白云凝固在蓝色里，一动也不动。

椰树背后，是一面用彩色瓷砖镶嵌而成的巨大壁画：碧空如洗，海天相接，一层层在月光下闪着银光的浪花正从极目处滚滚而来，而近景部分，是一片如梦如幻、幽幽暗暗的热带丛林，葱葱莽莽，叶密林深，奇花异草，一个明亮的金黄色的裸女悠然地躺在一个沙发长椅上——啊？这是哪个混蛋高人的主意？把卢梭的《梦》放到这地方？

“杨先生，听说这是名画，你觉得怎么样？”

怎么样？

什么怎么样？还能怎么样？

有钱就 TM 这么任性？

忽然想起，在卢沟桥喝酒的时候，金兆山不知道怎么就扯起了人生梦想，他那时候已经有七八分醉意——特意压低了声音，把下巴顶在我肩膀上，像告诉我什么惊天秘密一样悄悄对我说：他有一个美梦，那就是到南太平洋一个小岛上去当一个酋长，还说：你知道当酋长是啥意思？嘿嘿，那就是和尚打伞，无法无天，想干啥干啥！

金老板，不当酋长，你不是已经想干啥就干啥了吗？

- 61 -

无论是华森，还是苒苒，都音信皆无。

打电话到学校，系秘书说华森教授到欧洲参加一个重要的学术会议去了，她还说，如果有急事，可以告诉她，由她转达，但是很抱歉，不能提供和华教授联系的方式。

这小子明显是躲起来了。

可是，你能躲到何时？躲过了初一，你躲得过十五吗？

无论如何，要先找到苒苒。

可是，无论是电话，无论是 email，全都是泥牛入海，没有一点回应，苒苒已经从人间悄悄蒸发了。

我该怎么办？华森这混蛋躲起来，我不觉得意外，他迟早会现身，我甚至能想象这家伙忽然上门来那时候战战兢兢的样子。可是苒苒如此决绝，让我非常不安，甚至惶恐。苒苒此刻在干什么？在想什么？在伤心吗？在生气吗？这些念头总在头脑里盘旋，如丛林里的一群麻雀，此起彼落，叽叽喳喳，一刻也不安宁。

- 62 -

站在这熟悉的门前，我犹豫了足有一分钟。

看见苒苒，我第一句话该说什么？

看见我，苒苒第一句话又会说什么？

我用力按了几下门铃。

门很快就开了——我吃了一惊：这是谁？

一个胖胖的大妈一脸笑容地站在我面前，额头上有一颗褐色的痣，穿着一件洁白的围裙。

“苒苒在家吗？”

“不在，她出门了，你有什么事？”

“出门了？去哪儿了？”

“啊，你是杨先生吧？请进。”

既然苒苒不在家，为什么还要请我进去？这个胖大妈是谁？她怎么会认识我？

“杨先生，苒姐有交代，要是你来了，一定请到屋里坐一下，喝杯茶——”

“她没有说别的？”

“没有，就说一定请你到家里坐坐，喝杯茶。”

苒苒，你这是什么意思啊？

一切都没有变化。落地窗，错落的窗格，窗子外一片青翠，绿意映了进来，半个屋子都染上了一层淡淡的青色；插着几只白色百合的球形花瓶，还是那么亮晶晶的，玻璃曲面有如一面凸镜，把窗外的景色凝聚起来，缩成一个变了形的模糊幽深的图画。但是，当我把目光移到客厅墙上的时候，苒苒手书的条幅已经不见，只剩下《红荷白鹤图》，依然彩墨淋漓，烟云满墙。

我盯着拿掉那张条幅以后留下的一片空白，心里一片沉重，这可不是好兆头。

“杨先生，请喝茶。”

胖大妈端上了一杯茶。

她是谁？是苒苒新请的保姆吗？

我猜对了，原来这是苒苒几天前刚从一个家政公司请来的家庭服务员。对我另一个疑问——她怎么知道我是谁？胖妈也给了一个简单的解释：苒苒临出门前，特意给她留下一张我的照片，并且嘱咐：如果是这位朋友来，一定要请进家里坐一坐，喝一杯茶。

不过，当我问到苒苒“出门”是去哪里了，得到的回答让我非常意外。

“先生，苒姐说去五台山了。”

五台山？

“她有没有说什么时候回来？”

“没有，先生。”

那杯茶我一口没喝。

出得门来，我心里的疑惑更多了：为什么苒苒突然从家政公司找来服务员？她什么时候找的？这和华森有什么关系？是在华森这小子出事以后吗？还是在这之前？还有，既然她已经根本不理我，电话不接，email 不回，为什么还要叮嘱家政服务员，一定让我进到家里“坐一坐，喝杯茶”？这是为什么？是让我知道她去了五台山吗？她去五台山？为什么？是为躲开华森？可是，发生这种事，躲有什么用？再说，躲——这绝不是苒苒的性格，她从来不是一个躲事的人。

如果不是躲，苒苒，你去五台山干什么？

大街上阳光灿烂，很晃眼，人在急行，车在疾驶，白茫茫一片。只有路旁的一家哈根达斯冰淇淋店的广告又稳定又妖艳：“爱她，就请她吃冰淇淋！”而面街的一个很大的玻璃窗后面，广告变成了现实版的活人演出，不过内容正好颠倒：一个身穿苹果绿吊带裙的女孩，正把一个小木勺子送到对面男友的嘴里，勺子上的一大块咖啡冰淇淋摇摇欲坠，那个幸福的男孩短粗眉，吊吊眼，嘴大大张开，样子有点像狗打哈欠。

五台山？苒苒在想什么？

- 63 -

“喂，是我，冯筝。”

声音这么轻快，她一定一脸笑容。

我对手机的铃声从来没有这么敏感过，几乎每一次铃声响起，我都是不待第二声就马上接听，因此，当冯筝听到我的声音那么急促，问我是不是“有什么事”的时候，我不知道对她说什么，而且有点不耐烦。但是冯筝对我的语气似乎一点不介意，说她正好路过我这里，想顺便把她借去防身的那根“打狗棒”还给我。

打狗棒？

“行啊，你来吧。”

冯筝不是一个人来的，身后还跟着一个女孩，白色雪纺圆领短袖衫，蓝色方格吊带连体裤，一头红得像火烧一样的假发，左手食指上戴着一个巨大的猫形卡通戒指，一件耀眼的银色金属大包——这一切都让两个人很不相配，何况她差不多比冯筝要高出一头。

“这是我的好朋友，黄芳。黄土的黄，芬芳的芳。”

带一个陌生人来，为什么不事先说一下？

“杨医生，你好！”

不等我说什么，红发黄芳微笑着打起招呼。

看出我的不快，冯筝抢先把右手里那根黝黑的“打狗棒”举了一下，笑着说：“还给你——我和黄芳试过，要是遇上坏人，这东西根本没用。”

“为什么？”

“我们抡不动！”

虽然这么说，冯筝还举棒过顶，摆了一个马步姿势，也许是她想象中的“棒打狗头”的招式吧。

我把“打狗棒”收了起来，但是不知道往下做什么，请她们坐下来？可坐下来又做什么？

看出我的犹豫，冯筝立刻抢先说话：“我们还有一件事。”

“什么事？”

“你不许不同意。”

“那要看什么事。”

“很小的事。”

“那是什么事？”

“你别管了，反正很小，你不许不同意。”

这丫头到底要干什么？

“好吧。我同意。”

我一边这样说，一边内心里升起一阵懊悔，而且马上回想起，已经有几次了，每当冯筝提什么要求的时候，我总是违背自己的意志说“同意”。这是怎么回事？这姑娘身上有一种什么特殊的东西让我不能抗拒吗？那是什么？是她的单纯？是她的直率？是在她眼睛里那种只有婴儿才有的清澈明亮？还是从她单薄的衣服下面时时散发出来的气息和气味？那种只有青春的肉体才能拥有的幽香？

“你看，”冯筝一声欢呼，高兴地转向黄芳。“我跟你说什么？他同意了吧？”

这位黄芳本来一直在低头看手机，这时候也抬起头向我笑了一下。

“我们有个小请求。”

“什么请求？”

“让我们看看你前女友的照片。”

“看照片？”

“是啊。”

“你不是看过了嘛。”

“我看过，可是黄芳也想看——我带她来，就是想让她看照片，她想看。”

这算什么事？

向黄芳看过去，红头发迎上我的目光，笑了一下。

看我还在犹豫，冯筝有点急了：“黄芳是一个星探，你知道什么是星探吧？星星的星，侦探的探。”

“我知道。”

“你知道就好办了，”冯筝喜出望外，高兴得眼睛熠熠闪亮，“她的工作，就是专门给时装杂志找合适的模特，我和她说起你女朋友，方芳一听，形象，气质，正是她要找的理想人选，我就带她来了。”

“她已经不是我的女朋友了。”

“对——前女友，我说错了。”

这样说的时候，冯筝没有一点别扭，还一脸笑意。我真的奇怪，难道她真的不觉得自己此时此刻说的、做的，都不合适，可以说都有点无礼吗？

不，到此为止。

什么星探，什么时装杂志，到此为止。

“杨先生，打搅你了，”正在我寻找一个拒绝理由的时候，黄芳说话了，语调非常客气，声音也很好听，“我们公司最近有一个比较大的策划，想改变一下时装刊物越来越低俗的倾向，我们需要你帮忙。”

“我能帮什么忙？”

“你当然能帮忙了，帮大忙。”冯筝抢过话头，口气非常急切，“现在流行一个说法，时装模特属于‘美人经济’，可是哪有美人啊？全乱七八糟！黄芳他们公司现在有一个大策划——”

我打断了冯筝：“先告诉我，这是什么公司？”

“一个模特公司，专门选拔训练平面模特——什么是平面模特你总知道吧？”

难道这两个女孩子想找周璎去做模特？

像是猜到了我心里想什么，冯筝马上又说；“现在你知道，我们为什么要看你前女友的照片了吧？”

很多天了，我已经让自己习惯不再想念周璎。

不管是她的形象，还是声音，一出现在心头，我就铁石心肠，马上 delete；这很有效，渐渐的，周璎开始远去，而且似乎已经走得很远很远，连背影都开始模模糊糊。然而，此刻她忽然又走到了我的眼前——是在她的那间宽大的卧室里，窗外，夕阳正在楼群之间的空档里带着晚霞缓缓下坠，把房间里反衬得一片光明，显得格外敞亮，甚至有点空荡；周璎把所有的衣柜都打开，不停地换上各种衣服，然后沿着想象的 T 台以很妖娆的猫步，走过来，又走过去，很严肃地摆出各种 pose，有时候忽然又做出个鬼脸，逗得我哈哈大笑。

那是去年夏天吗？

——“我们公司这一次的新策划，”黄芳的声音骤然清晰起来，不过，她似乎没有注意我的走神，“就是想突破过去我们行业僵化多年的陈规——体型、相貌虽然重要，但是气质更重要，我们希望在模特的职业感觉之上，还能展示高尚的文化品位，总之，我们在努力寻找一些新形象。如果你能帮助我们，我真是太感谢了，不是一般感谢，是感激不尽！”

红发黄芳这一套话，无论态度、语调、节奏、措辞都不但训练有素，而且一定在千百次的实践里经过了反复磨炼，早就炉火纯青。这女孩应该和冯筝年龄差不多吧？可是，两个人相比，一个是人情练达，一个是青葱未脱，性情可以说完全相反，奇怪了，她们怎么就成了朋友？冯筝和她在一起会觉得很合得来，很舒服吗？

该拿这个红头发怎么办？

“展示高尚的文化品位”——扯什么呀？

用什么理由拒绝，又用什么理由把这两个姑娘赶走？

没想到这时候冯筝又抢在了我前头。

“看一下照片就这么难啊？”她一脸惶急，眼光里闪动着恳求，其中甚至夹杂着一丝惧怕，“你答应过了，对吧？就让我们看一下——看一下，求求你啦！”

她这样惶急是怎么回事？

一定是这孩子和红头发把话说得很满，现在开始担心不能兑现。其实，不能兑现又如何？至于这么急吗？

“好吧，你们自己看。”

打开有周璎照片的文件，我躲到了小书房里。

我这小书房，一桌，一椅，一个书柜，从书桌走到门前不过三步。为这个，华森开玩笑说，这地方应该名为“三三斋”。

书桌上，一本书打开着，是我这几天正在读的王小波的小说《黄金时代》。坐下来，我想继续读下去，可是隔壁两个女孩说话的声音，从没有关严的小窗子里不断传来。听得出来，她们对周璎的兴趣非常之全面，除了胸围、腰围、鼻子、脖子、下巴、肚脐、腿长，还对她的衣服、首饰、鞋子、包包，都进行了全面热烈的讨论。

“看这鞋——”

“这骷髅围巾——”

“McQueen！”

“真是 McQueen。”

“还围在腰里！”

——骷髅？那条黑白色的围巾？

McQueen！ McQueen！

周璎，不过几天，你离我已经那么遥远了。

- 64 -

一切都熟悉，只有音乐变了。

酒客依然不多，昏暗的大厅依然十分空旷，只有吧台那边还有几分生气，看过去，那画面也依然同以往一模一样：一个人骑在吧凳上，一边喝酒，一边和在吧台后面忙着擦酒杯的酒保低声聊天；台子里橙色的灯光，温暖，柔和，正好切割出一个透亮的矩形画框；两人暗褐色的剪影犹如一对幽灵，和一排排高低错落、晶莹闪亮的酒瓶混在一起，闪闪烁烁，鬼鬼祟祟，全如梦幻。

梦幻还不断在这暗色的空旷里膨胀、扩张，那是因为查特·贝克的歌声——这是一股银色透明的声音，像月光，也像微风，飘飘忽忽地在半空里缓缓流淌，只有当他吹起了小号的片刻，高悬的清月才忽然亮了起来，给天上的云，还有地上的草木都镶上一条条银色的边缘，闪着莹莹的光华，可是一待他放下手里的小号，天空大地又都一片灰色，只有那银色的歌声又在云和云之间、树和树之间、草和草之间，也在我身边、胸前、耳际萦绕不已，复去还来。

查特·贝克，你在跟我说话吗？你想聊天吗？

可是我没有话和你说。

本来是要一边喝酒，一边静静地想一想——很久没有这样做了。

没想到查特·贝克在这儿。

在他的歌声里想事情想自己？我不能。

还在上学的时候，我曾经规定自己每隔一年就要让自己好好反省一次：找一个安静的地方，一边喝酒，一边把自己一年来的所作所为好好地想一想。可是，后来，年复一年，这个规定越来越失效；特别是有了诊所以后，就完全作废了。

假定有这么一只甲虫，一只金龟子，它有思维能力，它学会了反省，可是对它有什么用？如果它活在一片正在凋零的树林里，而且一场风暴正在来临？

可是，这几天，我有一个冲动，想静下来想一想。

竟然想反省？

在酒吧里反省？

他又唱起来了，我看见他放下手里的小号，轻轻唱了起来。有人说他吹奏时有如演唱，演唱时有如吹奏，说得一点不差，此刻，在半空里缭绕的这歌声真是人的声音吗？如果这是人声，声音怎么可能发光，这么明亮呢？怎么可能把天上的云和地上的树都染上银色，还晶晶闪闪呢？

这是幻觉？

不错，是幻觉。

要不然，眼前不会有这样的事：

查特·贝克走过来，坐到了我旁边。

可是，有点不对，他那迷倒过无数女人的英俊脸庞怎么好像变丑了？

是幻觉，他还笑，张开的嘴里几乎没有几颗牙——这所有的粉丝都知道，那是给上门要债的流氓们拔掉的，那是他潦倒生活里最最倒霉的时刻——他的后半生差点儿全给毁了，是啊，不能演奏，不能唱歌，你活着还干什么？你一定想过，活着已经没有意思？你从楼上一跃而下拥抱死亡的瞬间，想的又是什么？那个瞬间一定也是银色的。是幻觉，因为贝克忽然不见了，也不是不见了，而是在一片银色里的雾里飘走了，那张眉眼模糊的脸是飘走了，像一片飘摇的绸子。不对，他又回来了，又坐下了，而且和我说话了。“借酒浇愁？”“瞧你，脸儿煞白，生意做赔了？破产了？”“连家都回不去了吧？”什么家？我没有家。“来，碰一杯。”“痛快！”“没关系，谁都有碰上过点儿背的时候，钱——钱这东西，就打比是你从一条脏河里打出来的一桶水，一桶脏水，明白不明白？”这他妈是谁？是贝克吗？绝不是。你他妈到底是谁？“你倒霉，摔了个大跟头，一桶水洒了，洒一地，滴水不剩，地脏了，你也脏了，可是这功夫，你绝不能杵窝子。杵窝子——你懂不懂？你没工夫儿伤心，没工夫儿耽误，你得立马爬起来，干什么？去河边，再打一桶水——河，是脏一条脏诃，可水啊，他妈有的是！是不是？”你是谁？你把嘴张这么大干什么？这是什么味儿？“我一个朋友，发小儿，一笔买卖，折了，倾家荡产！房子卖了，车卖了，媳妇跑了，打败的鹌鹑斗败的鸡！你猜怎么着？这小子就剩下一辆破自行车，没关系，他骑着自行车四处找活干，从头儿干！只要能来钱，来妈内（money），什么都干！你知道他都干过什么？不对，得反过来问，他什么没干过？告诉你，什么都干过！其中有一样儿，特忒妈有意思：陪哭——你知道什么叫陪哭吗？不知道？我告诉你，就是哪一家死了人，有丧事，你就去人家那儿，干什么？帮着人家哭——那不是一般的哭，你得哭出水平来，哭得好，一样赚钱——你猜哭一回能赚多少钱？”

终于看清这小子了。

一个脏兮兮大手，食指上，一只又粗又大的戒指在我眼前晃过来晃过去，接着，一张黑紫色的大脸越凑越近，一双泡泡眼睛布满红丝、浑浊不清，上唇过分短窄的大嘴和突出的肥下巴一起向前拱着—— 一个褪了毛的猪头——再接着是一股扑鼻的臭气呼哧呼哧地从那大嘴里直喷过来。

这是什么味儿？

一阵翻肠倒肚的恶心突然涌了上来。

这到底是什么味儿?

虽然目眩心摇,我竟然还找到了卫生间,扑在马桶上一阵狂呕,止不住的呕吐一阵又一阵,还有窒息引起的痉挛,都让我上气不接下气,浑身抖颤,眼前爆出一片片金星。

他妈的,这闪灭不停的金星还很好看。

奇怪,这时候怎么还能听到贝克那如梦如幻的歌声?

像一股坚韧的游丝,它挂在耳边徘徊不去。

又是幻觉?

都是幻觉?

I get along without you very well
Of course I do
Except when soft rains fall
And drip from leaves that I recall
The thrill of being sheltered in your arms
Of course I do
But I get along without you very well
I've forgotten you just like I should
Of course I have
Except to hear your name
Or someones laugh that is the same
But I've forgotten you just like I should
What a guy
What a fool am I
To think my breaking heart could kid the moon

What's in store
Should I fall once more
No its best that I stick to my tune
I get along without you very well
Of course I do
Except perhaps in spring
But I should never think of spring
For that would surely break my heart in two

- 65 -

看着坐在我对面的苒苒，竟然有了一种陌生感，这让我觉得很别扭。

其实才过了不到一个月，可是好像过了好久。这种感觉从哪儿来的？因为她消瘦了很多吗？

她是瘦了很多。不过，更可能是因为她脸上那种木然的神情，她好像带上了一个薄极了可又透明的塑料面具，那层面具的后面，才是我熟悉的苒苒。

“我和你商量个事。”

待胖妈摆好茶具，离开客厅之后，苒苒开了口。

为什么是这样的口气？

“先听我说，”看我要说话，她立刻用手势制止，“我知道你想说什么，可是，我要和你说另一件事。”

“好，你说。”

另一件事？那是什么事？

没有马上说话，苒苒走过去掩上了客厅的门，可是回到茶桌旁边并没有坐下，抱着胳膊站在那里沉思。

我没有打搅她。不过那种陌生感更强了，以前，她的举止总是有一种柔和的从容，像现在这样，两手掩在胸前，抱着胳膊，一动不动地站在一个地方想事情，我从来没见过。

窗子外，两棵梧桐有一半浸在阳光里，风吹过，高处的枝叶就一波又一波地摇摆摇曳，化作片片颤抖的金片，可树下的绿荫却是一片阴暗，几株盆栽的龟背竹在暗影中呆立，悄无声息，一只胖胖的大黄猫，正卧在一个小木椅上酣睡。

“听我说，”她定定地看着我，欲言又止。

我在听，可是只听见茶桌上的电水壶在咕噜咕噜响，还从壶嘴冒出一缕缕活泼的水汽。

“我在考虑一件事。”

“什么事？”

难道她要和花子离婚？

这个念头像闪电一样从我心头闪过。

一定是看见我一脸焦虑，苒苒摇摇头，然后说：

“你先听我说——别打断我。”

“好，不打断。”

“答应我，听了我的想法之后，你一定要客观，不能感情用事，仔细想好了，再说你的看法。这事要不要和你说，我想了好几天，我是认真的，你也要认真。”

“我一定认真。”

听了我这么认真地保证，苒苒看了我一眼，木然而严峻的脸色有了一些生气，眼睛里流露出一丝柔和。我很熟悉的那种柔和。

“我——”

好像在斟酌词句，苒苒顿了一下。

“我想出家。”

出家，出什么家？

我的惊愕还不到一秒，一下子明白了“出家”这两个字的意思，她要“出家”？这就是她最近在考虑一个决定？这就是她要和我商量的事？为这个，还要我特别认真？

“你要和我商量的，是这个？”

我奇怪自己这句问话说得这么平静，一点都不激动，不过，那声音像是另一个人的，不太像我自己。

“对，我想出家。”

“你想知道我的意见？”

“当然。”

“绝对不赞成。”

“为什么？”

“这还需要什么理由？怎么想到出家？绝对不能。”

“绝对不能，为什么？”

“这解决不了问题——”

“等一等，我不是要解决什么问题，我是要出家。”

“可是，如果不是花子——”

“听着，今天不许提他。”

“听我说，苒苒，每个家庭都有遇到危机的时候——”

“你认为我出家，是因为家庭危机？”

“可是——”

“别提他，这事和他没什么关系。”

“这怎么可能？”

“真的没关系，实话。”

“这不可能！”

好像根本没有听见我的话，苒苒看着窗外默默不语，似乎有什么东西吸引了她的注意。可是，那儿有什么可看？不过是几株龟背竹，偶尔，有几片大叶子会在一阵微风的骚扰里轻轻抖动，再有就是那只大黄猫，它醒来了，不过懒洋洋地蹲踞在木椅上，一动不动。

什么声音都没有，怎么这么安静？

“我们还是先喝茶吧。”

一边说，苒苒回到茶桌旁坐了下来。

坐在这地方，喝苒苒泡的茶也不知道多少次了。

我不是一个好茶客，于茗茶从来就不热心，完全是浑浑噩噩，为这个，华森说给我喝好茶，完全是“茉莉花喂驴，糟蹋东西”。此刻，看着苒苒在茶具之间忙碌，温壶、装茶、浇壶、洗杯，我才注意，她的两只手好像变得比以往更瘦削、更白皙，特别是她拿着青瓷茶杯在茶洗和茶盘上冲洗的时候，纤细的手指和杯子的洁白釉色时分时混，一片缭乱，我不觉想起“扇手一时似玉”的诗句。

这是什么时候？

我竟然还想到诗？

不过，我不能把这句诗从心里赶走，那双有点透明、白玉似的手固执地吸引着我的眼睛。

那不是诗是什么？

“喝吧。”

端起茶杯，我一口喝尽，根本没有尝到茶味，因为我突然发现，苒苒的无名指上没有了结婚戒指，只留下浅浅的一道细痕。

- 66 -

“我想到了，和你说不通。”

“说得通，还是说不通——不是这个问题。”

“我以前求过你什么事吗？”

“没有。”

“现在我求你一件事，你能答应我吗？

她到底要和我说什么？

“你一定要答应。”

“那要看什么事。”

“这一次，你一定得答应。”

从没有看见苒苒这样的眼光：冷峻、坚定，但是其中夹杂的恳求，甚至还有点低声下气，这些都交织在一起，让我觉得那么陌生，内心里生出一阵慌张，甚至惶悚。

“好，我答应。”

“你答应了？”

“我答应，你说，什么事？”

“很简单，今天我们绝不涉及我的家事，我说什么，你要认真听我说，你要相信我的这些都经过深思熟虑。”

“我听，”我松了一口气，“你说。”

“我想让你明白我出家的理由。”

还是这个！绕这么大一个圈子？

苒苒，你怎么了？

“好，我听。”

“先喝一杯茶。”

我喝茶，可是苒苒只喝了一口，放下茶杯，又陷入沉思。

“你不明白我为什么学佛，对吧？”

“苒苒——”

“你听我说，你今天主要是听我说，行吗？”

“当然，我听你说。”

过去和苒苒聊天，虽然天上地下无所不及，但很少涉及佛学，只有一次，大概是酒喝多了，我兴之所至，竟然放肆地批评起《法华经》：这部经开篇就是佛在王舍城耆阇崛山说法，场面超级宏大，听法大众里，不但有罗汉果位的大比丘一万二千人，大菩萨八万人，而且还有天龙八部等天神和家眷，众多比丘、比丘尼、优婆塞、优婆夷，也有几万人——算一算，听佛说法的大众起码有十几万人，这当然是盛会，可先不说别的，当时肯定没有扩音设备，佛的声音怎么能让十几万人听见？就凭这一个细节，就说明佛经其实是神话——我这样说，够放纵了，不料华森在一旁敲边鼓，接着又插嘴说：佛讲法的时候，眉间竟然放出白毫相光，顿时照亮了东方万千世界，这不是神话是什么？释迦牟尼是佛，可也是历史上一位实有其人的圣人，怎么会有人把这样荒诞不经的神话当作了“佛说”？——我永远不会忘记，在我们俩正说得忘形之际，苒苒打断了我们的狂言，冷冷地说：

“第一，耆阇崛山发音不是 qí dū jué 山，正确读音应该是 qí shé kū 山，第二，希望以后，凡是我在场，你们两个再也别说佛学，拜托。”

说完这句话，她起身走开，扔下我和华森面面相觑——自那之后，我在苒苒面前不但绝不再提佛说和佛经，就连她本人学佛的事，也一概视而不见，完全成了禁忌。

现在她旧话重提，什么意思？

看我的杯子空了，苒苒默默地又执壶续茶，这时候我才注意到，壶上有刻字：酴醾落尽，犹赖有梨花——我以前怎么没有注意到？

“有一次你说到了《罪与罚》”缓缓地续好了茶，她终于开口说话，“你说的话我印象很深。”

“我说什么了？”

“你不记得？”

“记不清了。”

“你说，和现实相比，文学都是虚构的，是故事，是想象，可是这个虚构的世界里倒有诚实，因为在那里还能找到真实的情感，真实的人物，特别是情操高尚的人物。”

“比如索尼娅。”

听我说出这个名字，苒苒冷冷的表情似乎蒙上一层淡淡的暖意。

“索尼娅——”

说了这三个字，苒苒又停了下来，似乎在踌躇，拿不定主意说什么，怎么说。

她在想什么？到底要说什么？

难道她找我，就是为了讨论索尼娅？

“我以前没有注意过这个人物。最近我找来《罪与罚》仔细读了一遍，”苒苒喝了一口茶，有点像自言自语似地说起来，“特别仔细地读了你说到的那一段，就是拉斯科尼科夫给索尼娅下跪，后来又和她一起读圣经，讨论上帝那一段，‘我不是向你下跪，而是向人类的一切苦难下跪’；你当时怎么说的？——在今天，还有谁愿意这样为苦难下跪？没有，休提下跪，你如果在我们当中找一个愿意正视苦难的人，能找到吗？找不到。为什么？因为我们已经没有那样的眼睛、那样的耳朵、那样灵敏的心。你还说，拉斯科尼科夫给索尼娅的临别赠言里，说人不能做一个‘发抖的畜生’，可我们，活得已经像畜生，不过是麻木的畜生——我们连发抖都不会。”

戛然而止，苒苒一下子收住了话头，眼光转向我，充满询问和期待。很显然，她没有说出来的话是：

“这都是你说过的。”

我说过这些话？

似乎说过，至少大概意思如此。

听苒苒这样复述自己说过的话，我觉得很别扭，甚至尴尬——记忆不可靠，这些话是不是已经被她加工过？其中有多少是我说过的原话？

陀思妥耶夫斯基是我最喜欢的作家，《罪与罚》是我读过次数最多的小说，而拉斯科尼科夫深夜里和索尼娅会面，一起读圣经那一段章节，我觉得是这小说里最精彩的部分，每次拿起《罪与罚》，我差不多都会把这一节再读一遍，哪怕是匆匆浏览。我自己也一直不能解释，为什么我对这段情节如此着迷，是因为索尼娅吗？这个女孩不得不靠卖淫来养活母亲和弟妹一家人，是很悲惨，可类似的故事在文学里有的是，为什么她身上总笼罩着一圈特别的光晕？为什么拉斯科尼科夫给她下跪的动作让我那么感动？为什么每想起“发抖的畜生”这个形容，总会心有不宁？说到底，这不过是个文学意象。可是，如果在别的小说里碰到它，我会在意吗？为什么只有索尼娅，还有拉斯科尼科夫，这两个人和这个意象连接在一起的时候，才在我心里引起那么强烈的内疚和不安？而且，每当心情特别糟糕，对自己特别不满的时候，我会不由自主地想：你根本就是属于“发抖的畜生”那一类的人——可是，我凭什么把自己和“畜生”联系起来？还发抖？这样联系其实不很自然，有点做作——说到底，这是要为自己辩护而引申出来的带有表演意思的矫情，不过是要向自己，也向朋友，证明自己还不是一个“发抖的畜生”——但这不是更坏吗？

很显然，苒苒把那种一闪即逝的东西当了真。

现在，面对着苒苒期待的眼光，我怎么回答才好？

糟糕的是，没等我想好说什么，苒苒又说了起来。

“你还说，你有时候会摆脱不了这种感觉，最苦恼的时候，甚至想过自杀。”苒苒目不转睛地看着我，目光里有一种我没有见过的严峻，“我现在想知道，你真的想过自杀吗？我的意思是，你认真想过，你可能自杀？”

我有没有想过自杀？

这个问题太突然了。

- 67 -

“我不明白，为什么要问这个？”

“你先回答我，行吗？”

“一定回答？”

“随你，不回答也可以。”

不回答也可以？看样子是不可以。

“我记不清当时我怎么说的了。”虽然不太情愿，我还是进入了苒苒的话题，“自杀——心情很坏的时候，我想到过自杀，不过，那多半都是——琢磨自杀是怎么回事，为什么有人会想自杀，一个人的心里发生什么样的大危机、大崩溃，才考虑自杀？然后，我才想，我自己会不会自杀？可这都不是认真的考虑，是琢磨，说讽刺一点，也可以说是推敲。一句话，我不是会自杀那种人，甚至还有点看不起自杀的人。”

听了我的回答，苒苒的表情有些异样，怎么形容？那就像本来一扇纤尘不染的窗子突然变得不够透明，但不是窗玻璃蒙上灰尘，而是窗外的远处风沙骤起，一片昏暗。

她会说什么？

我以为苒苒会马上说什么，可是她什么也没有说，低头忙着沏一壶新茶，温壶、装茶、浇壶、洗杯，一时间，纤细的手指又和杯子洁白的釉色时分时合，一片缭乱；我觉得应该说点什么，可是脑子里一片空洞。

无论如何，我须要再说点什么，可说什么？

空气似乎已经凝固，只有苒苒浇水、注水的时刻，水流零零乱乱地冲击杯壶的汩汩声，破碎了这寂静。

终于，在我的杯子里注满了茶水之后，苒苒开了腔。

“我想过自杀，有几次，差点就真自杀。”

我差点跳起来——苒苒她想自杀？还几次？

“不可能！”

“为什么不可能？”

“这次花子出事——”

“我已经说过，今天不提他，这事和他没有关系。”

“怎么可能和他没有关系？”

“我告诉你，没关系。”

“不可能，苒苒，我们得诚实。”

“诚实？一个人告诉你，她一直想自杀，有几次都几乎自杀，你说她不诚实？”

有时候，人的冷冷的目光，会让你身上突然生出一层寒霜，让你呼吸困难，动弹不得，思虑呆滞。

我得冷静下来。

在今天，任何一个人说起有自杀的念头，都绝不应该轻视，何况是苒苒。可是，自杀？苒苒会自杀？还几次？如果此刻眼前换上任何一个别的人，我相信自己很快都能有正确的应对，然而，眼前不是别人，是苒苒，刚才她说要出家，现在又声言想过自杀，难道这是苒苒？

我忽然觉得自己面对的，完全是一个陌生人。

“告诉你一件事，有一次我已经决定自杀，可是在最后关头，是你救了我。”

我差不多又要跳起来。

“我——我救了你？”

“不错，你救了我。”

看我茫然的样子，苒苒对我笑了一下。

说这样的话题的时候，她竟然还笑？

“你是不知道——你还记得那次我们去峨眉山看佛光吗？”

“当然记得。”

“到峨眉的第二天，我们看日出，记得吧？”

“当然记得。”

“那天早晨，在舍身崖，有件事你一定不记得了。”

舍身崖？什么事？

“你把羽绒衣脱下来给我穿了。”

我眼前出现了一片云雾，还有苒苒在云雾中那影影绰绰的身影。

那其实不是云雾，是白云，峨眉山顶一片云海苍茫——当我突然发现白云里的一个模糊人影是苒苒的时候，真是大吃一惊——头天晚上，我们落脚在雷洞坪一家农家旅馆里，说好第二天一早去金顶看日出；可是华森这小子麻烦多，他说太累了，执意要乘索道登顶，我只好一早起来独自上山，万万没想到，登上顶峰不久，我正在流云里徜徉的时候，竟然在咫尺不见人的云雾里忽然碰到了苒苒。她当时的解释是，她也不喜欢索道，就甩下华森自己上山来了。

可是，现在苒苒说，就在那时候，她决定自杀。

她要跳舍身崖？

“苒苒！——”

“如果当时，没碰上你，你没有把羽绒衣脱下来给我穿上，我就跳崖了。”

我一句话说不出。

“你的羽绒衣好暖和，当时我冷得浑身发抖。”

我还是说不出话，何况，苒苒一边说“跳崖”这两个字的时候，一边又对我笑了一下，她笑得那么平和，可我一下子心都抖了起来，而且冰冰凉。

“现在你明白我为什么要出家了吧？”

“不明白。”

“你还不明白？”

“不明白。”

我躲开了苒苒的目光，心里一片混乱。

“不明白算了，不解释了。”

“听我说，苒苒，”我自己都没有想到，我的声音一下子提得很高，几乎喊了起来，“不管你怎么解释，你绝对不能想出家，花子这混蛋再混蛋，你也不能这么做；一个人，只要是活人，谁不犯错？也许他现在已经后悔了，认错了，为什么不能原谅？他嘻嘻哈哈，大大咧咧，可你知道他骨子里是个不自信，不能完全独立的人，这么多年，他依赖你，你也知道他有多依赖你——有时候，我看你和他，老是想起一个母亲带三四岁的孩子过马路，你能想象，这孩子在马路中间松开你的手吗？如果你现在这样做，他会怎么样？他会完蛋——”

“说完没有？”

“没有。”

“你忘了，今天我们说好了，不提他。”

“可咱们怎么能绕开他？你们是夫妻——”

我的话一下子被苒苒打断，她一言不发地站起来，转身去了书房。

“你看这个。”

从书房出来，苒苒把一张纸递给我。

那是一张离婚判决书。

看着手里这张判决书，我目瞪口呆。

怎么办？我应该说些什么，可是我刚要说话，苒苒忽然身体晃了一下，右手伸向我做了一个奇怪的手势，然后就倒在了地上。

她怎么了？

只不过几步的距离，我没有来得及扶住她。

苒苒脸色发灰，牙关紧闭，双手冰凉，更糟的是，几乎没有脉搏，我一下子撕开她的上衣，把耳朵贴到她的胸上：已经听不到心跳，再贴到她鼻子上，感觉不到呼吸。

这是猝死。

是猝死。

我必须镇静下来，我做了几个深呼吸。

不要慌。

这几分钟里绝不能慌。

第一，打 120 急救，第二，马上做心肺复苏。

当我把苒苒紧紧咬合的嘴用力撬开，开始用力送气的时候，她毫无血色的嘴唇不但毫无生气，而且一片冰——难道她会死吗？从此就不再醒来？这个想法像闪电一样划过，我的心急剧地跳起来，我听见了血液突然冲向头脑的嗡嗡声，像是一股滚滚的潮水要漫过我、淹没我——我得镇静，不能慌，决不能慌，我对自己说：坚持做，按照急救规则坚持做：人工呼吸，心脏按压，人工呼吸，心脏按压，心脏按压是十五次，人工呼吸两次，再十五次，再两次……

什么都不要想，坚持做，坚持到急救医生到来。

忽然，我听听见苒苒轻轻呻吟了一声。

她睁开了眼睛。

看到我，她笑了一下，一个灰色的笑。

嘴唇动了一下，她似乎要说什么。

正在这时候我听见了救护车的刺耳的警笛声。

它干嘛这么刺耳啊？

我在苒苒病室外的长椅上睡着了。

一个护士摇着我的脑袋，叫醒了我，告诉我不能在这个走廊的长椅上睡觉，这姑娘一脸的青春痘，每个痘上都清清楚楚地印着不耐烦。

她就不能温和一点吗？

坐起来，我向苒苒的病室看过去，白色的门紧闭着，不知道从哪儿吹来一阵阵阴冷的小风，一下子让我又想起她没有血色的脸，冰凉而又干燥的嘴唇。她现在怎么样了？危险期已经度过了吗？突然猝死，原因很多，苒苒是属于哪一种？心肌梗死？脑出血？为什么事先没有一点察觉？难道过去就没有一点征兆？没有一点察觉？怎么会？

完全是花子这混蛋出轨惹的祸——花子，混蛋，你躲到哪儿去了？我怎么才能找到你？知道你惹大祸了吗？你知道你大难临头了吗？

骂花子有什么用？我呢？难道我自己不是个混蛋？

苒苒是怎么回事？只能有一个解释：她有抑郁症，而且是很严重的长期抑郁症，为什么我没有察觉？哪怕是一点点察觉？她是在隐瞒，可为什么隐瞒？也许隐瞒花子是必要的，为什么连我都隐瞒？当然，一个人的抑郁很难用语言形容，抑郁者能用语言说清楚自己的抑郁是什么样子吗？不可能，这就好比一个受火刑的人，如果他没有死，他有语言形容自己被大火炙烤时候的疼痛吗？没有，没有这种语言。问题是察觉，我怎么能够一点不察觉？花子是个糊涂蛋，马虎蛋，他不注意，不留心，不太奇怪，我呢？我为什么没有一点点察觉？

混蛋，你怎么能没有一点察觉？

“杨先生！”

是胖妈。

她说：苒苒现在不愿意见我，不要再等了。

我对胖妈说，没关系，让她好好休养，我以后再来。

在医院里绕了半天，我才走出医院大门。

大街上人来人往，一片喧嚣，一个鲜花店门前摆满了鲜花，几丛向日葵在阳光里闪耀，旁边有一盆结了几颗红果的万年青，和苒苒佛堂里摆的那盆一模一样。

- 68 -

看见冯筝靠在我诊所的门上，一只手提着一个塑料袋子，一只手拿着手机，大拇指动得飞快，正在门廊的灯光下忙着发短信，我真是惊讶极了。

“冯筝？你怎么来了？”

“啊呀，你可回来了，我都急死了！”

冯筝一脸笑容，一双明亮的眼睛笑得弯弯的。

“这么晚——有什么急事吗？又要采访？”

我看看表，已经九点多了。

“你这人！我不能来看看你吗？”冯筝一边手里还在发着短信，一边有点嗔怪地瞪了我一眼，“正好路过嘛，顺路访问，怎么啦，不欢迎啊？”

“最好事先打个电话，”无可奈何，我努力掩饰自己心里的不快。“万一我今晚不回来，你怎么办？”

短信几下打完了，冯筝收起手机，提起放在脚下的双肩包：“能不能请客人进你办公室，再说话？”

我想说：“我并没有邀请你来做客啊。”

实际上我什么也没说，反而是拿出了钥匙，为这位不请自来的“客人”开门。不过，看见冯筝一点不客气，不等我发话就穿过小门厅，然后高高兴兴地在我的办公桌旁边径直坐下的时候，我就下了决心，今天无论如何要请这位“客人”早点离开，不管什么说词，什么理由，包括那个经常让她“茶饭无心，坐卧不定，失眠，还爱发火”的好奇心，都一概说No。

把房间里的几个灯都打开之后，我在冯筝对面坐了下来，没有马上说话。

这女孩似乎更瘦了，身材也更小了，套在牛仔短款小外套里的两肩，尤其更显单薄，只有眼睛还是那么清澄，笑盈盈的。

“没准哪一天，我也到你这里做心理咨询，行吧？”

没想到冯筝一开口就说这个，而且样子很认真。

“你还需要做心理咨询？”

“怎么不需要？我问题多着呢！”

“不是什么问题都需要做心理咨询。”

“我有心理问题，很严重，相信不相信？”

“不太信。”

“不信？”

“不信。”

“不信就不信。”冯筝忽然提起放在一边的塑料袋对我说：“吃不吃？”

“这是什么？”

“包子——庆丰包子铺的包子，刚买的时候挺热的，还烫嘴呢。”冯筝笑了一下，又补充说，“我特爱吃包子。本来想和你一边聊一边吃，没想你回来这么晚。”

她几下解开塑料袋，一边把装得满满的一盒包子推到我面前，一边叽叽呱呱说个不停：

“为什么老不接电话？再不接，打爆你的手机。我早就来了，一直等你，太饿了，就先吃了，吃完了我就想，无论多晚，非要等你回来不可。除非你找什么女的去开房了，那就没办法了。不过，你不是那路人吧？”

“你胡说什么？”

我有点火了，可是冯筝似乎不在乎，笑嘻嘻地把饭盒向我这边推了一下。

“都是你的，吃吧。”

盒子还是温的，包子香味扑鼻，这时候才意识到，我已经一天都没怎么吃东西了。

看我一两口就一个地吃包子，冯筝笑起来，站起身到饮水机那里倒了一杯热水，然后放到我桌前。

“饿坏了吧？慢点吃。”

这女孩的行为和语气里，有一种好像她才是这个房子里的主人的从容，而我，反倒是个客人。

这不是有点荒唐？

“喂，你怎么老是愁眉不展，是不是有什么倒霉事啊？”

倒霉？苒苒现在还在医院里，这能用倒霉来形容吗？

“你一定有不痛快的事，跟我说说，行吗？”

这孩子一脸的恳切，我不由得有些感动。

“我有一个好朋友——”

我本来想说，有一个好朋友想自杀，可是临时改口：

“要出家——”

“出家？出家当和尚？”

“不是。”

“不当和尚，算什么出家？”

和这女孩能说什么？还是什么都不说为好。

“一个人想出家，一定有特别的原因，是吧？”

“当然有原因。”

“和我说说？”

“我说不清楚。”

“是不清楚，还是不知道？”

“也可以说我不知道。”

“你刚才还说，你们是好朋友。”

“是好朋友。”

“那你怎么不知道？那算什么好朋友？”

是啊，我和苒苒真的是好朋友吗？

“你这朋友，是男是女？”

“女的。”

“啊，这么快，”冯筝一声惊呼，“你又有新女朋友啦？”

“不是我的女朋友，是我好朋友的妻子。”

“是这样！”冯筝一下兴奋起来，“你们搞暧昧？”

我真的火了，看看墙上的钟，已经快十点了。

“太晚了，你该回去了。”

我这么不客气地逐客，不太像话。

“再聊一会儿，行吗？”没想到冯筝并没有生气，语气还是那么恳切，“到十一点，行不行？”

“不行，我今天非常疲倦，要早休息。”

“那就二十分钟，聊一小会儿。”

“不行，以后吧。”

这时候女孩才生气了，一边拾起地上的背包，一边咕哝了一句：“真是肉包子打狗！”

“你说什么？”

“我说——肉包子打狗！”

一脸忿忿，冯筝挑衅地直直盯着我，眼睛里一片怒火。

往门口走了两步，她忽然转身说：“你得送我。”

“什么？”

“你还得送我，和上次一样。”

“还有人跟你吗？”

冯筝没有回答，眼色里夹杂着轻蔑和恼怒。

我也没有再说话，站起来穿外套。

“拿上你的打狗棒。”

“不用了。走吧。”

“拿上你的打狗棒——你不怕，我怕。”

我只好又把铁梨木棍笼在袖子里。

刚一出门，冯筝立刻紧紧挽住了我的胳臂。

又感觉到从她的乳房传来的压力，温暖，弹性。

我很想把胳臂抽出来，可是刚一动，就被冯筝更紧地牢牢抓住，一瞥之间还看见她满脸笑容，眼睛炯炯发光。

- 69 -

想不到，信箱里有石头来的一封信。

信很短，就几行：

“我是石禹，从你那里回来，我一直想着咱们说过的那些话，讨论过的那些问题，还有那些争论。你的很多看法都和别人不一样，和我也不一样，不过，我很喜欢和你聊天，因为你这人不做假，不装，不作，这也和别人不一样。说实话，我没想到你是这样一个人，我喜欢这样，我赞成这么做人。不过这都是闲话，我真正想和你说的，是关于你说不知道写什么这件事，我们争了半天，我还是不明白，你为什么会觉得不知道写什么，这几天我老想这件事，因为我觉得，今天可写的太多了，但是不可能从道理上说服你，我也说不过你，我就想不如从我写的一些东西里，挑一两篇给你看看，这些东西我从来没给别人看过，给你看，一是请你批评，二是你看了之后，咱们再讨论，也许能说服你，今天绝不是没的可写。”

他给我看的是什么东西？
信里有一个附件。
原来是一首诗，题目是：砸碎我的头盖骨吧

想看我在想什么吗？
那就砸碎我的头盖骨吧！
用大锤砸，
用铁凿砸，
用石头砸，
随便你用什么砸，
砸碎我的头盖骨吧，使劲砸！
砸开了，砸碎了，

砸烂了，砸穿了，
你就什么都能看见，
用你的猪眼看，
用你的鼠眼看，
用你的狗眼看，
让你看个够！
你看见了什么？
一双猪眼能看见什么？
一双鼠眼能看见什么？
一双狗眼能看见什么？
能看见什么？
你们能看见什么？
能看见什么？
能看见什么？
你什么都看不见！
不，你能看见，
看见猪能看见的，
看见鼠能看见的，
看见狗能看见的，
你只能看见你能看见的！
那你就看，
你只管看，
可你看见了什么？
我问你，你能看见什么？你看见了什么？
我知道你们看见了什么，
你们不过是看给我看，

我也在看你们看，
我看见了，
我看见了你们看见了什么！
真不少啊，
虫子，
各样的死虫子，
死了的苍蝇，
死了的蝴蝶，
死了的蚂蚁，
死了的蟋蟀，
死了的蝎子，
死了的知了，
都是死的，
都不是活的，
都是腐烂的，
都是空壳的，
都是发臭的，
苍蝇落在臭水里，
蝴蝶落在烂泥里，
蚂蚁落在烂泥里，
蟋蟀落在臭水里，
蝎子落在臭水里，
知了落在烂泥里，
还有臭鱼，
还有烂虾，
臭鱼，

烂虾，
臭鱼和烂虾，
都是臭的，都是烂的，不是烂的，就是臭的，
泥土变臭了，
空气变臭了，
连风也是臭的，
不管是南风，不管是北风，
不管是东风，不管是西风，
都烂了，
都臭了，
这就是你们的猪眼看见的，
这就是你们的鼠眼看见的，
这就是你们的狗眼看见的！
你还能看见什么？
你们还能看见什么？
我看见了你们看见的，可是你看不见我看见的！
更看不见我不想让你们看见的！

想看我在想什么吗？
那就砸碎我的头盖骨吧！
用大锤砸，
用铁凿砸，
用石头砸，
随便你用什么砸，
找更大的大锤，
找更尖的铁凿，

找更重的石头，
砸啊，
砸碎我的头盖骨吧，使劲砸！
砸开了，砸碎了，
砸烂了，砸穿了，
你就什么都能看见，
砸吧，使劲砸，大锤，铁凿，石头，一起上！
砸碎我的头盖骨吧！
砸碎我的头盖骨吧！
砸碎我的头盖骨吧！

石头，你这是在写什么？
——你这么愤怒，
——每一个字都是愤怒，
——你在写愤怒吗？

- 70 -

从快递员手里接到一个大信封的时候，我并没有仔细看快递单上的寄件人，顺手撕开信封，没有想到里面竟然是苒苒给我的一封信，而且是八行书，手写的！

我刚打开折起来的信纸，从中掉出来一个小纸条：

“这是我前一阵给你写的信，本来想，如果能够当面说明白，就不用把它给你看了，可是，看来还是得借用文字。另外，这信的前两页说了些别的事情，现在已经没有意义，我就拿掉了。抱歉，给你看了一封断头信。”

读过这小纸条，再看手上沙沙作响的一叠信纸，我心里充满了惶惑。已经很久没有收到这样白纸黑字、手写的信了——有多久了？太久了。现在，这一行行遒劲的字体，究竟要对我说些什么？为什么，她写这样的信？这么郑重？还有，这是什么意思——“如果能够当面说明白”，如果？这两个字简直像这信纸上生出的两根耀眼的尖刺，它们好像随时可以从纸上跳起来伤人。

我眼前又出现了苒苒在茶具之间忙碌的情景：温壶、装茶、浇壶、洗杯，脸色苍白，两只手也苍白，纤细的手指和杯子的洁白釉色时分时混，一片缭乱，“扇手一时似玉”。

她当时脑子里想的究竟是什么？

现在这信她又要说什么？

为什么我要出家？

我不知道怎么才能和你说明白，我也不知道自己为什么总觉得须要和你说明白，其实，也许根本不需要说明白，也根本说不明白。

还是从我的一个梦说起。

几个月前，四月八日的夜里，我做了这样一个梦：

一只鸟在天上飞，无日无夜，不休不止，后来发现，那只鸟原来是我自己，是我在飞，在努力奋飞，不过我发现，这奋飞只是作状而已，实际上，我冰冷的头和四肢，都已经又僵硬，又沉重，像一块怯弱的石头——我有翅膀，不过也是石头的，奇异的是我的两片石翼能够扇动，能够飞，只不过越来越吃力，越来疲惫。还有，不管在梦里，还是醒来之后，梦里所见景象都使我万分惊骇，及至现在，也如在目前：我的头上，高悬这一轮明月，不过白白的，薄薄的，似一张剪纸，并没有光明，但那确实是月；天穹漆黑，只是高，奇怪地高，稍让人心宽的是，还有几颗星于这无边的铁幕深处时明时灭。后来，我发现自己越飞越低，脚下忽然有地面显露，还见到了树木。想到终于可以休息一下，我欣喜若狂，不过立刻又焦虑起来：四视之下，原来下方竟无处落脚，是一片枯死的林子，且每一棵树都十分可怖，有的树上缠满了披着冰雪的荆棘，有的树上布满了相互吞噬的虫蛇，有的树原来早已朽成糟木，很多枝干竟然不堪自重而纷纷无风自落——精疲力尽，高声呼救，可是我并无声音发出，只有窒息；就在这时刻，突然前方出现一棵茏葱大树，枝叶婆娑，光明四射，空中有百鸟鸣啭，绿茵上有群鹿漫游，于是我急速下落，直向那棵光明树投了过去，心中升起一片喜悦——即在这一瞬，我从梦中醒来。

也即是从这醒来的一刻起，我决定皈依佛门。

如果这之前，究竟要不要出家修行，在我一直是个难以决心的事，四月八日夜里的梦使我再无犹豫。

我知道，你对我读经向佛一直不以为然，更不必说出家修行。你曾几次说，倘若我只是研究佛教史，你可以理解，甚至完全赞成，但我之学佛竟日益认真，你不仅不能明白，甚而有一种纯粹的心理学的好奇，想知道谜底是什么。过去，明知你有这烦疑，可我总是小心回避，盼望由于某种机缘，待你于佛法有一个领悟时再解释不迟。然而这个时机迟迟未来，现在我只能对你说，这个梦就是谜底，若还不能解你的疑惑，那就依然有待机缘，有待未来了。

不过，你对这样一个重大决定竟然来自于一个梦，一定还是不以为然——关于梦，记得我们以前讨论过，你的一个看法我至今记得：你完全不赞成弗洛伊德，认为他的《释梦》是胡说，梦的活动不过是一种超现实的符号表达，和其他符号表达一样，根本是个解读和诠释的问题，若没有诠释，就无所谓梦；你还举出《左传》中几个占梦的例子，说明梦的诠释这个行为，早已被成见、常识、习惯语言诸多因素所预设，故而从符号解读（你认为弗氏即错在这里）入手来“释”梦，不过是以释求释，结果必然是释无定释，有意而无义；说实话，每听你说这些，我就想劝你也学佛，因为这样的见解，实际上是说梦相并无自性，是假名为梦，以语言或文字释梦乃是见指而不见月，自身也是梦话；这样的见解，与象非真象，虽象而非象的般若性空说已经不远，仅几步之隔，你不学佛，实在是可惜了。不过此刻说这些，都已经是多余的话。

还有一次，我从尼泊尔蓝毗尼回来，你说，不明白究竟佛学、佛法中的什么东西吸引了我？我当时对你说：这涉及很多问题，既有个人对佛法的向往，也有对佛法于今日发展的学术追究，几句话很难说清楚，所以你不如问，是什么东西逼迫我学佛？可是当时你没有注意，你把话题岔开了。

说自己是被逼迫学佛，似乎有点奇怪，但这对我自己来说，是一种诚实。我之学佛，其实来自一个长期藏于内心的困扰，那就是：为什么我的思想和生活不能一致？读书期间，我以为此后一生无非就是读书做学问，“闭门自有陈编在，不对今人对古人”，然而，这些年来所经历的一切，证明这绝不可能，恰相反，日复一日，我发现我“自己”已经全然分裂，我的思想和生活不惟是脱节，且是两个世界——虽同一个人，却生存于两个世界里，思于阳界，活于阴界。于我，这完全成为无止无尽的折磨，无论醒着，还是睡着，我都不断自问：如此阳阴两分，自己究竟还能坚持多久？究竟如何才有个尽头？所幸的是，在本来不过轻慢地想于无聊中借以消磨智力的佛家典籍里，我竟然寻得一条解脱的路径。

最后，还有一件事，我觉得应该再说几句。你曾对佛法有一个批评，大意是：无论小乘、大乘，其弊都在避世，若只限于度己，或者可以做到，但若在今天还想度人救世，那是不明今世何世，逆势而行。对你这说法，我的反驳是，自古以来的诸多人生难题，现代社会有哪一个真正得到了解决？远的不说，近二三百年各种救世思想还少吗？可有一种真正提高了人的德性？还不都是“君以此始，必以此终”？时至今日，德性的堕落更如溃堤洪水，肆意横流，不见尽头——何以故？为什么？ 这个疑问始终萦绕于心头，不容我回避，每日疑，每日问。是近年于佛法的修习，让我得到一个认识：以往各种救人的宗旨，凡追究并回答何为人、又人为何这根本问题时，倘或不是全错，也总有不易明白的大错隐于其中，或百是而一非，或一是而百非，这需有人静下心来给以根本的检讨，寻找新的精神方向；自然这很艰难，或要很长很长的时间，而佛学作为一种古老的智慧，我以为恰可以为这艰难的检讨提供最必需的资源，人的修行能否达到究竟觉，我是存疑的，人之觉悟应该没有止境，觉而又觉，或能对究竟何为究竟觉，有新的认识和彻悟。我相信这是一条觉之路，我要走到底。至于我究竟凭借了什么能如此自信，如是说，如是想，如是行，已经难以在一封告别信里说明白——

什么？告别信？

这是一封告别信？

告别——我眼前出现了一片云雾，还有苒苒在云雾中那影影绰绰的身影，同时，一些遥远的细节忽然从心中升起，时而模糊，时而清晰。

在那个寒气逼人的拂晓，我印象最深的是什么？是我认出了她，一把抓住她的时候，她的那种神情：脸色苍白，眼光灼灼，一双眼睛闪着狂热的光芒，已经色作灰白的嘴唇，以及一种怪怪的类似冷笑的笑意。在当时，我以为这都是由于寒冷，她是被冻坏了。现在，看着手里的几页信纸，我才明白，那一刻，苒苒是在告别：她在认真向人生告别。

现在，又是告别，专门和我告别，为了出家！

我抓起手机，发疯似地拨打，结果是“不在服务区”。

会不会在家里？电话倒是一下拨通了，可听到的又是胖妈的声音，她说苒苒已经在昨天去五台山了。

现在该怎么办？

这个问题我已经向自己问了很多遍，而且明白这样问并不是为了有个答案，因为不可能有答案——那么，为什么还不断这样问自己？让它像一个停不下来的陀螺，在我心里旋转不已？为什么？为什么苒苒这封信让我这样反应？为什么我会有一种心寒，觉得自己的生活也由此断裂，成了不能连接的一个过去和一个现在？这种感觉后面是什么？是因为今后我将再不能吃苒苒下厨做的好饭好菜吗？是因为我再不能每逢寂寞就可以去苒苒那里一边泡茶喝一边谈天说地吗？还是因为我已经不知不觉早就把她当成自己的一个亲人，想起她就会感觉一种亲人才能给你的温暖？可是，亲人？亲人！什么样的人，才是一个亲人？苒苒能算是我的一个亲人吗？

花子！王八蛋，你到底在哪儿啊？

- 71 -

我和海兰面对面坐下，相对无语。

还是海兰先说话了。

“她给你的信，能让我看看吗？”

我打开抽屉，把苒苒的一叠信拿出来，递到了海兰的手上。她接过了信，低下头，一言不发，一页一页地读下去，只有在她翻阅另一页笺纸的时候，两个手才动一下。

我也默不作声。

是我的感觉吗？我觉得海兰的脸色越来越白，细长的手指也越来越白，特别是指尖的指甲就更白，白得发青。

海兰读得很慢，而且全信读过后，她又从头到尾读了一遍，然后默默地把信还给了我，还是一言不发。

我接过了信，忍不住问：

“苒苒有没有给你写信？”

海兰点了头，想了一会儿，拿起沙发上的手袋，从里面拿出了几页纸，也是十六开素八格的信纸。

“信我就不给你看了，”她从那叠信里挑出两页递给了我，“你就看看这个吧。”

我一看，两张信笺上是两首诗：

海兰雪夜招余之保利看戏饮茶有感

逝者如斯去匆匆，
萧萧叶落又初冬，
雪中斗室竹犹暖，
杯里狮山茶正浓；
举箸情深说亲友，
促膝意快论虚空，
不愁晓镜云鬓改，
屈指惟愁少相逢。

又元旦，忆去岁与海兰饮茶

冬夜沉沉雪临窗，
依稀去岁旧时光。
道今说古由臧否，
唤弟呼兄岂寻常。
短梦只因觉梦短，
长裙犹记带茶香。

但说前途多荆棘，
卖刀卖马又何妨！

两首诗，显然都是留给海兰的纪念。

我听华森说过，苒苒偶尔会写旧体诗，可是从来没有给我看过——说起来，我和她一起聚会也不少，她会不会也写过诗？

如果有，恐怕也永远看不到了。

我默默把诗还给海兰，想说什么，可是说不出来。

她接过诗，并没有收起来。

接着我看见大滴大滴的眼泪落在诗笺上。

没有一点声音，只有泪珠落在纸上的噗噗声。

苒苒，你在哪里？

- 72 -

这人是在电话里预约的。

在电话里，他的声音就犹犹豫豫的。现在，人来了，他的犹豫也跟着来了，活像套在他身的一件很不合身又脱不掉的大号衣服。坐了下来之后，他的每一个举动都带着过度的谨慎和迟疑不决，特别是他厚厚的眼镜片后面的眼神和表情，犹豫里还混杂着一种警惕，甚至是害怕。

“杨医生，你能保证做到保密吗？我要求我说过的一切都被严格保密——你能保证吗？”

这话来回来去已经说过好几遍了,我也连解释带保证好几遍了。

“严先生,我向你保证,我们有严格的职业道德和职业纪律,绝不允许诊所里的任何信息以任何方式泄漏出去,你在这里说的话,永远是你和我之间的秘密,永远不会有第三个人介入。这我绝对可以保证。”

听了我的话,这位严先生很神经质地笑了一下,这笑里有几分迟疑,有几分疑惑,还有几分尴尬,简直就是一道模糊的彩虹,色彩斑斓,耐人寻味。可是,笑容退去之后,严先生又陷入沉默,一言不发,只有度数很深的眼镜闪闪发光,像两个小镜子。不过,他的耳朵,先是右边,接着是左边,隔一会儿就轻轻动一下,像一支已经睡得很沉的猫,可两只耳朵特别警醒,一直在留神周围的世界。

大约过了三分钟,严先生的耳朵不动了,可是,严先生大约又犹豫了两分钟,才开始说话:

“杨医生,我来,不是想和你说自己的心理问题,像一般人那样儿,也就是说,不是严格意义上的求医——不知道可以不可以这么说——我的意思是,我来主要是想和你讨论些问题,这些问题对我很重要,非常重要。”

说到这里,严先生戛然而止,一种苦恼的表情一在脸上一闪而过,在那一瞬间,他的脸上忽然浮出很多皱纹,像风干了的橘子皮。

看起来今天这场讨论肯定不轻松,我不如主动帮助这位严先生热热身。

“严先生,你的顾虑完全不必要,我很愿意和你讨论问题,再说,你愿意和我讨论问题,是对我莫大的信任。”

严先生又迟疑了一会儿,才好像下了决心把这这莫大的信任交给我："杨医生，我想先给你提出一个问题—— 一个小问题，很小一个问题——想知道你的看法，这合适不合适？如果不合适——"

"没问题，"我打断他，"你可以问我，这绝没有什么不合适，你放心。"

我的迅速反应好像起了作用，严先生这回只迟疑了半分钟："这问题很简单，真的很简单，可是，有时候，越简单的问题越复杂。是不是？"

"很多时候都如此，甚至于是越简单越复杂。"

"杨医生，您这么看！？"

"我确实这么看。"

一道惊喜的亮光忽然照亮了严先生的枯瘦的小脸。

"有一件事，我想了又想，越想越想不清楚，可是我越想不清楚，就越想。"

严先生又戛然而止。

我决定等待，遇到这样的人，绝不能急。

"杨医生，我想知道，一个人可以不可以——"

神经质地笑了一下，又停了下来。

"一个人，也就是我，"他避开我的眼睛，似乎这样可以让他能够决心说下去。"我能不能有一个秘密，我谁都不告诉，也就是说，永远不告诉任何人？"

"这当然可以。"

"那如果有人想知道我这个秘密呢？"

"你可以不告诉他，你有这样的权力。"

一波喜悦在严先生的脸上荡漾起来，有如微风吹皱的一池春水，他的声音里都有一种紧绷绷的兴奋：

“看来我到你的诊所来，是对了。我已经去过好几家心理咨询单位，全让人失望——你想和他们讨论问题，根本不可能！”

“谢谢你的信任，我们可以继续讨论。”

“可是我也不能告诉你，因为我说了，既然是秘密，就谁也不能告诉，对不对？”

“那当然。”

“可是，像我这样的人很多，他们死了，就把很多秘密都带走了，埋在地下，那就永远没有人知道了——我个人，秘密不多，可是很多人的秘密一定比我多，如果都埋在地下，那该有多少秘密被永远永远藏了起来，是不是？”

“是这样，可是没有办法，我们无可奈何。”

听了我的话，严先生的两只耳朵又动了起来，左一下，右一下。我猜，他这是在下最后的决心，要不要把那个很小的一个“小问题”提出来和我讨论。

果然，耳朵安静下来之后，他开口了：

“如果这样，可以反过来想：要是被藏起来的秘密那么多，那我们生活的世界有多少谎言？有多少不诚实？多少隐瞒和欺骗？是不是？如果这样想——其实我老是这么想，连做梦都这么想，这是不是挺可怕的？”

说到这里，在厚厚的眼镜片后面，严先生的眼睛一面闪闪发光，一面神色里又充满惊慌，好像被自己刚才说的话吓坏了。

他这一番话，完全出乎意料，我不禁沉吟起来，琢磨应该说什么、怎么说，但是不待我说话，严先生忽然又急急说起来了，不过满脸愧色。

“杨医生，这样，今天就说到这里，我觉得很好——不是很好，是太好了，我很感激，谢谢。我想下次来的时候，再和你讨论，我觉得和你讨论很好，很受启发，不过，我还要再想想，行吗？”

说着，他已经站起身来，拿起了身边的布包。

那是一个蓝色蜡染印花布袋，不过折叠起来，被当成一个裹的很严的包袱来用，蓝布上的白色印花也很特别：一个个类似小鱼，又类似变形虫一样的碎花，布成一个个圆圈，密密麻麻，显得很神秘，看上去很不舒服。

“杨医生，你能保证做到保密吗？我要求我说过的一切都被严格保密——你能保证吗？”

这人忽然要离开，而且这么急迫，我当然只能同意：

“没有问题，下次我们再讨论当然可以，如果你还是担心保密问题，这绝对没有必要，你完全可以信任我。”

“我信任，我完全信任。杨医生，不是信任问题，请你也信任我！”

做了预约之后，这位严先生匆匆走了。

站在窗前，我看着严先生渐渐走远的身影，心里不觉升起一丝忧虑：刚才他的表现基本算正常，但是一个人如果对秘密、谎言、欺骗产生那么严重的焦虑，精神状态已经有不很正常，需要进一步仔细观察。我打开电脑，想为这些想法做一点笔记，可是一下子发现有周璎的一个邮件，内容是她即将要在一个城市发展论坛举办的“商业建筑设计与现代城市理念”讨论会里，做题目为《步行城市的理念和商业建筑》的演讲，说如果有兴趣，我可以去听，她会“十分欢迎”。

周璎，你为什么又出现？

为什么？

- 73 -

我听见一片低声的议论——周璎走上演讲台的过程，成了一道风景，待她在台上站定，还没有开口，伴随着嬉笑的各种俏皮话在台下已经纷纷扬扬。

“这位美女是谁？哪个单位的？”

“恐怖啊。”

“恐怖？什么恐怖？”

“眼球忙啊，她讲什么，谁能听见啊？”

“那你就把眼球先收起来！”

“收哪儿啊，没地方。”

“那就放裤裆里。”

“嘿嘿。”

不过，当周璎只说了一句开场白，然后在屏幕上打出了王府井东方广场图像的时候，所有悄声细语都很快消逝了，会场一下安静下来。

以往和她聊天，关于城市发展倒是一个经常的话题，她的种种想法，我很了解；她此刻的发言如果是对当前城市规划和建设提出尖锐甚至尖刻的批评，那一点不意外，但是当她开门见山，竟然直接拿北京做批评对象，而且矛头直指长安街的东方广场时候，我还是有点吃惊。

没有一点铺垫和婉转，周璎毫不客气地拿“东方广场”开刀，批评这一组建筑的建设，不仅破坏了长安街和王府井的古都景观，而且严重地破坏了王府井这条商业街的传统商业功能，实际上，不管政府和设计单位提出了什么样冠冕堂皇的理由，这样做都不过是照搬美国和香港模式，把非常糟糕的所谓“广场”模式——也就是超大规模商业中心——非常不适当地横移到北京来，全不顾北京和香港是两类完全不同的城市，因此，北京这样照猫画虎，不仅是题不对文，而且是对这个古都的毁灭性破坏，更是对拥有几千年历史的中国城市理念和城市文化的侮辱，所以，“东方广场”完全是泼到北京城里的一盆带着香港土豪味儿的脏水——话题展开到这里的时候，整个会议厅的气场开始发生变化，众人头顶上的安静似乎渐渐凝成了一大块透明的冰，可是裂纹纵横，随时都能裂碎，随后像一阵特大冰雹，一块一块砸到与会人的头上。然而，周璎似乎一点没有注意这气氛的变化，话题继续深入，把批评的锋芒进一步直接指向了北京市政府，指出恰恰是由于市领导错误的城市理念，北京没有一条起码像样的橱窗街，实际上成了一个“没有橱窗的城市”，一个取消步行、无街可逛、没有情趣也没有传统的城市，因此，从根本上说，北京已经没有资格被看作是现代化城市，更没有资格被认为这是一个国际大都市。这时候，会场上的开始出现一些轻微的骚动，这里那里的交头接耳像一片池塘水面上的鱼泡，此起彼伏，而周璎那融合着低音音符的磁性声音，就像池塘上的一阵阵的骤风，在水面上吹起一道道起伏不定的涟漪。

“北京都不算是现代城市？真敢说。”

“还有王府井嘛，那不是步行街？”

“是不是现代城市，步行街根本不重要。”

“什么重要？”

“大街上有美女，一定数量的美女，那就是现代城市。”

“对了，美女是城市现代化程度的指数。”

“行了，声音小点吧。”

“听说，部里好几位领导都在这儿。”

“北京市也有人来。”

“这周璎是哪单位的？”

很明显，周璎的批评太尖锐了，完全不合时宜，而且也确实很快就遇到了麻烦。

当她的发言结束，进入提问和讨论的时候，不断有人站起来，对周璎的“步行城市”理念进行质疑和批评，特别是关于北京是不是一个“没有橱窗的城市”，以及一个没有橱窗的城市究竟算不算得上是现代化城市这个说法，提出批评的人格外多，而且相当激烈。

周璎显然是对这样的场面有充分的准备，她在答辩的时候，不但毫不退让，舌战群儒，还同时放映了巴黎、伦敦、纽约、米兰几个城市许多橱窗街的图片——无论谁拿这些图片之后，再和王府井那类的几条所谓商业街作对比，大约都不得不认可，北京有一股说不出来的土气，一点不“现代”。

我以为只要会议结束，周璎惹起的这场风波就可以结束了。不料，还有麻烦，而且和我有关。

周璎问我要不要留下和她去会议餐厅一起吃饭，我说算了，她现在已经成了明星，走到哪儿都有人行注目礼，如果和她共进晚餐，差不多就是一场晚餐秀，那太难受了。周璎听了马上就说，那好，走吧，我们一起出去找地方单独共进晚餐好了。正这样说着，一个瘦瘦的穿一身褐绿色西服、打着红领带的人，走过来拦住了我们。

“周璎，跟我来，到牡丹厅去，到那边吃。”

“我不去。”

“不行，这回你一定要去。”

“为什么？”

“璎姐，几位领导都想见见你，就刚才，院长还特意让我来找你，一定让你到他们的桌上去。”

瘦子一点不掩饰自己在讨好周璎。

如此张狂的谄媚，不但渗透在他脸上那一层甜了吧唧的笑容里，而且还内涵在他浑身上下的种种微妙的小动作里，这家伙不简单，真有绝活儿。我很想绕到他身后去看看，这小子屁股上如果没有摇着一根小尾巴，那就奇了怪了。

“见我？干嘛要见我？”

“对你的发言有兴趣啊，北京市一位领导也特意留下来吃饭，就是想听听你的意见。”

“可是我意见已经都说完了，说得还不清楚？再说我要和我朋友一起吃饭。”

这时候瘦子才注意到我，脸上的表情立马有了变化。

轻蔑是最不容易掩饰的情感活动，当这瘦子的眼光在我的夹克衫、牛仔裤和旧皮鞋上一扫而过的时候，那眼光里流露的正是不折不扣的轻蔑。

“那——”瘦子正了正自己的红领带，然后一边掏出手机，一边说，“我让会议秘书处安排一下。”

“谢谢，不用了，”周璎挽起我的胳膊，对瘦子挥了一下手，“请转告几位领导，说我已经和朋友有约，不能荣幸地和他们共进晚餐了。”

周璎一边说，一边挽上我转身就走。

没想到走出不远，瘦子又急急忙忙追上来。

“璎姐，电话，你的电话——院长的电话！”

但是周璎加快了脚步，头也不回地向后摆了下手。

“璎姐，至少——你听我说一句，奥运会刚开完，现在的气氛是什么气氛？你一定得注意！”

瘦子又跟着走了几步，但是周璎对我做了个鬼脸，拉着我越走越快，很快走出了五洲大酒店的大门。

我忍不住回头看了一下，小瘦子一直站在大厅里目送着我们，细俏的身形好像又小了几个尺码，特别是那条包不住屁股让人想起卓别林的裤子，不过，这小子的领带红艳艳的，很醒目，像一盏亮红了的交通信号灯。

当我们已经走得很远的时候，我又回头看，发现瘦子还一动不动站在那地方，尽管已经面目不清，可细瘦身体摆出的那姿势里，有一种很让人感动的东西。我问周璎，这小子是什么人，她只简单一句话：

“是一个处长，马屁精！”

- 74 -

三晋酒楼是山西菜馆，招牌菜“老醋烧鱼”很有名，但是我和周璎到了地方才发现，在这里“共进晚餐”已经绝不可能，不但大厅里已经坐满各路饕餮客，包间更没有一间富余。周璎很扫兴，蹙着眉头说到处都是这么多人，怎么就没有一个清静地方？我拉着她一边往外走，一边说可以找到一个清静之地，包她满意。周璎环视着周围那些一边大吃大喝一边高谈阔论的吃客，一边怀疑地说：

“我可不是光要清静，我还要吃，要吃得好。”

出了餐馆大门，我拦住一辆出租，告诉司机去北土城路甲21号招待所。周璎一听就叫起来：

“招待所？你干什么？我要吃饭，吃晚饭！”

我告诉周璎这招待所不是招待所，是名叫招待所，实际上是个餐馆，她还是满怀狐疑地看着我，说吃饭就是吃饭，可不许旁生枝节。我说她这完全是小人之心，如果想“旁生枝节”，不用去什么北土城找什么招待所，可以直接找一个宾馆，听到这里，她狠狠说了一句：“别废话！”

“甲21号招待所”让周璎非常意外。

“啊，是西南菜！”

一进门，是灰色砖墙围成的一个小天井，几棵散尾葵映在灯光下，在一堵白墙上印出一簇深深浅浅的剪影。周璎立刻喝了声彩：还不错啊。到了餐厅里，Loft风格的装修，大斜面的临街玻璃飘窗，稀疏放置的桌椅，餐桌旁大叶婆娑、一片绿意的滴水观音，还有稀疏的顾客，更让她满意之极。上菜之前，我还有点担心，这家的招牌菜，一个是“馋嘴骨”，一个是“阿翰生蚝”，不知道她喜欢不喜欢；没想到，这两道菜都很合她的口味，吃得兴高采烈，特别是一道“煸茶树菇”，是把茶树菇手撕成细丝，然后浇上酸辣椒汁的小菜，更让她赞不绝口。后来我告诉她这餐馆另有一个来历——老板是一位名字叫高明骏的台湾歌手，周璎听了，马上叫来服务员，问能不能和这位歌手老板见一下，结果她很失望——餐馆主人恰好这段时间回台湾了。不过，这个失望引出了周璎的另一个话题，她曾经有一个最大的梦想：做一个摇滚歌手——有这事？她从来没有和我说过。

“那你怎么没做成摇滚歌手？”

“这故事就长了。”

说完这句话，她看着已经凉了的菠萝饭犹豫了一下，忍不住还是舀了一勺放在嘴里。

“好吃！”

“凉了，要不要热一下？”

“不用了，这也很好吃。”

“可以让他们热一下，不麻烦。”

听了我的话，周璎忽然盯着我看起来，好像在努力回想什么事，又像在找话说。

“喂，我说，”她忽然放下筷子，语气一下子郑重了起来，“除了吃，我们能不能说点别的？”

“说什么？”

“说什么都成。”

“还是你出题吧。”

“出题——我让你说什么，你就说什么？”

“当然。”

“那你就说说，你为什么离婚？”

这太突然了，我和周璎从来没有认真聊过这个题目。还是在九寨沟，我们第一次坐在一起吃晚饭的时候，我就告诉了她，我离过婚，是个单身男；她的反应出我意外的简朴，只是喝了一口酒，耸耸肩说：“很时髦哦。”然后就再没有提过这个话题。今天，她为什么突然旧事重提？

“你要听简本还是全本？”

这句话，怎么和华森的口气一模一样？

他妈的，这混蛋现在到底在哪儿？你这辈子只要还敢现身，我一定把你揍出屎来！

“就简本吧。”

蜡烛光里，周璎的指甲闪着紫色的荧光，和她杯里的红酒，还有她右手食指上的一颗哥特式鬼头异型戒指正好相映生辉，简直是一个有诡异风的广告画面。

“那我就简单说吧，极简主义。”

“还极简主义？”

带着惊奇瞥了我一眼，她笑起来。

“开始了？”

“开始。”

“事情是从一个星期天早晨开始的，我推着割草机给我们家的草地剪草，光着脊梁，浑身大汗，汗珠在我脸上、胸脯上、脊背上、大腿上，包括裤裆里的鸡巴上，四处流淌——”

“流氓！老忘不了夸你的宝贝！”

“别打岔。我正在起劲干着，忽然抬头看见她站在门廊里向我喊什么，还打手势——”

“她是谁呀？”

“我的前妻，还有谁？她让我向四周看，看什么？我就一边擦汗一边看，原来是邻居们都在剪草，远处，近处，东一片，西一片，到处是轰轰的机器声，这有什么可看的？没想她向我伸出两个大拇指——她在表扬我。可是，忽然的，就在这一会儿，这个表扬让我感到一阵阴郁，说不出的沮丧，还冒出一个声音，在我心里荡来荡去，像是我心里有另一个人在和我说话，他说：你这是图什么？你汗流浃背，你汗流成河，为了什么？就为了自家的草坪和别人家的一样？就为人家怎么过日子，你也学着他们一样过日子？”

“后来呢？”

“后来我就把剪草机一扔，到浴室洗澡去了。”

“再后来呢？”

“从那天早晨起，我开始换了一种眼光看自己。”

“那是什么眼光？”

“算了，这个就别说了，我们还是吃饭吧。”

“这新眼光让你离婚？”

“可以这么说。”

“到底什么新眼光，那是？”

“还是吃饭吧。”

“能不能说清楚？到底什么新眼光？”

“说起来太麻烦，以后吧。”

以后？难道还有以后？

“好吧，以后说。”

真的还有以后？

“行了，大概还是明白了，为你的离婚碰杯。”

两个杯子轻轻碰在一起，发出一声清响，很好听。

“今天找你，是有事和你说。”

放下酒杯，周璎忽然严肃起来，说话语气也很郑重。

“什么事？”

“是这样——”

没有看我，视线盯着酒杯，她似乎在斟酌词句。

什么事？很少看到她这样踌躇不决。

“是这样，我想辞职。”

“辞职？”

“对，辞职。”周璎顿了一下，继续说起来，还越说越快，“别打岔，听我说。那次去布拉格，咱们俩到附近的农村去瞎转的时候，看见好几片墓地，你记得吧？当时俩人都呆了，因为每一片墓地上都是一片鲜花，不是摆放的，是种在地上的，每一块墓碑都是一个花圃，玫瑰、百合、鸢尾、满天星——没有一点死亡气息，鲜花怒放，还有鸟叫，还有蝴蝶，还有蜜蜂，太美了，美得没道理，那是墓地啊！可后来让我印象更深的，是旁边的一块草地，有一只白鹅一直在那儿找草吃，我当时夸这个呆头鹅活得好悠闲，你说它是悠闲，可一天到晚不过是在草地上荡来荡去找草吃，其实挺可怜的。后来我经常想起那个墓地，那只鹅，还有你说的话——每次一想起来，我就觉得我像那只在草地上觅食的鹅，身边还有一个鲜花怒放的美丽的墓地，就觉得自己很惨。”

啊呀，周璎，你觉得自己活得很惨？

你像草地上那只闲逛的鹅？

- 75 -

该和周璎说什么？

“不说鹅了，你刚才说要辞职，怎么回事？”

“简单说，就是改变一下自己。”

“怎么改变？”

“我受不了了，”周璎叹了口气，提高了声音，“我觉得自己越来越像那只呆鹅，在草地上转来转去，不过是为吃点草，别人看着很羡慕，自己还傻乎乎，感觉良好，我真是烦死了，不能这样了。”

“出什么事了？怎么一下变化这么大？”

“怎么变化了？”

“刚才你还在会上宣读论文，我在下面听，当时会场上有那么大的反响，反应那么热烈——”

“那又怎么了？”

“虽然我外行，可我也觉得你说的很对，会上质疑的人不少，可是到底现在城市怎么发展，什么才是现代城市，能引起争论，这很不错啊。”

“你以为那有用？”周璎打断我，神情和语气里都充满了讥诮，“你以为会有人听我的？”

“慢慢来，迟早会听。”

“天真！”

一边说，周璎一边举起酒杯。

“来，为你始终不变的傻气碰杯。”

“好，碰杯。”

酒杯里的葡萄酒红得像血，杯子相碰的声音异常悦耳。

“你真要辞职？”

“真的。”

“下决心了？”

“还没有完全下决心，所以找你商量。”

“找我商量？为什么？”

“不找你，我找谁啊？我还能找谁？”

周璎一脸诧异，甚至有点恼火。

“既然你问我，那我告诉你：我不赞成，而且我也不明白：一个人，她刚刚发表一篇论文，她在论文里讨论了很大的问题，关系到了一个国家，如果夸张一点儿，甚至可以说关系到了整个人类的未来发展——你知道我怎么想的？我羡慕这个人，还嫉妒这个人，觉得她活得比我好，有意思，有意义，可她要干什么？要辞职！我不明白。这没道理。”

两个人的酒杯都空了，周璎拿起酒瓶给每一个酒杯都续了酒，然后举起了酒杯。

“你还羡慕？为你羡慕的这个人碰一杯？”

“可以。”

两个酒杯相碰，又清脆地响了一声，很好听。

“你不明白，好，我告诉你，”收起了讥诮的笑容，周璎严肃起来，“说得简单一点，那就是：我觉得我这些年所做的一切一切，都没用，没有一点夸张，真没有一点用——算一算，我读了多少年书？小学，中学，到美国读大学，读博，多少时间？二十年！这二十年，我不断自己问自己，将来我要干什么？干什么最有意思？干什么最有意义？最后我选择了学建筑、学城市规划，觉得这个专业好，前景远大，一定能大有用武之地，于是拼命学，学啊学，把自己的脑子里塞满了 urban design、 economic development，还有什么 Gropius、Corbusier ——学是学了，也算学成了，可是，有什么用？我在干什么？一年到头，除了开会开会再开会，立项立项再立项，计划计划再计划，哪一个规划给认真实现了？哪个立项不是挂了羊头卖狗肉？我干成了什么事？有谁认真听我的？谁尊重我的专业知识？谁认真对待城市的规划？”

从来没有见过周璎这么激烈，她平时很少说起自己，也很少说及她的工作，偶尔提起近些年城市化中的问题，也总是嘲笑几句就过去，没想到她内心里这么波涛汹涌。

“起码你可以做研究，谁也管不了你。”

摇摇头，周璎凝神地看着我沉吟，并不说话。

“不说了，反正我要辞职。”

“辞职以后你干什么？”

“结婚。”

我真是大吃一惊。

“结婚？你结婚？”

“对，有人向我求婚了。”

像是不经意说出了这么一句话，周璎的语气很平淡，甚至于脸上没有任何表情。

“谁向你求婚？”

“先别管这个，我想问你，我结婚怎么样？”

“那要先看是和谁结婚——”

“不管这个，先说我应该不应该结婚？”

“这不能在抽象层面上讨论。”

“怎么抽象了？我——还不具体？你不了解？”

这太荒唐了。

你周璎不是说过，什么都在过时，婚姻和家庭也正在过时，人类正在创造一种新的两性关系和两性秩序吗？你为什么现在又这么急于结婚？突然来个一百八十度的急转弯？

一定发生了什么不寻常的事。

一定。

那是什么事？

——多半和这位求婚者的特殊性有关。

“能不能告诉我这位求婚的人是谁？什么人？”

“这重要吗？”

“当然重要。”

“那你猜一猜看，智力测验。”

“第一，特别聪明。”

“还有？”

“第二，特别有钱。”

周璎的酒杯停在了半空，有些惊讶，有些忸怩，变色的脸上阴晴不定，很明显，她在努力找话说，可是不知道第一句该说什么。在过去那段时间里，只要我们俩说话，无论说什么我都处在下风，周璎永远是个不依不饶的“常有理”，可是此刻，她不但在尴尬地搜寻词汇，而且显得有些狼狈——这说明我的猜测差不多命中十环，但是这个十环似乎成了一个深不可测的黑洞，我的心正在这黑洞里缓缓下沉。

“不是一般有钱，”我决定继续向靶心射击，感觉自己带着一种恶意，“白玉为堂金作马，福布斯榜上有题名。”

把酒杯里的酒一口喝完，周璎叹口气说：

“你这人，讨厌。”

“怎么讨厌？”

“你猜的，差不多。”

我把自己酒杯里的酒也一口喝尽。

“告诉我，到底为什么，你要和这人结婚？”

“我还没最后决定。”

“可实际上你已经决定了。”

“没有，还没有决定。”

“所以找我咨询？”

“你怎么用这种口气说话？”

“先别管我的口气，你说，是什么打动了你，不但让你想结婚，而且是和这样的人结婚？你爱他？”

“我不知道。”

“你不知道！”

“你怎么了？别用这种口气和我说话。”

我们的问答引起了邻桌的注意，旁边两个桌子上的人都转过头来看我，其中一个身子细长、头很大可是秃顶、留了一绺山羊胡的小伙子举了举手里的酒杯，向我做了一个表示同情的鬼脸，然后向我举起右手，握成拳头，再伸出拇指连连做上下仰俯的暗号，那意思最明显不过：赶快磕头。

不能磕头，这一回可绝不能磕头。

静了一会儿，还是周璎打破了这难堪的静默。

“听我说，我已经犹豫好多天了，我真的不知道自己该不该走这一步，可是，我刚才和你说了，我实在受不了现在这种生活了，我想改变一下，不管什么改变，只要改变就行，只要不这么无聊、不这么虚伪、不这么平庸，怎么变都行！”

“你以为你去的那个世界就不无聊、不虚伪？”

“我不知道，所以我想去，不管怎么说，那是另外一个世界——我多少接触过那个世界，偶然有机会从人家窗口往里看了看，实话说，很吸引我，因为那儿的一切都和我们熟悉的东西不一样，什么什么都不一样，我不是指物质生活，这个对我没有太大吸引力，我说的不一样，还包括生活里很多很多别的东西，很多东西都不一样，真的不一样，我想进去看一看，就算是探险，去一个陌生的世界探险——”

“这位先生是哪国人？”

“瑞典人，美国国籍。”

“年龄一定比你大很多？”

“对。”

“差不多和你父亲一样大吧？”

“你什么意思？”周璎大怒，“这么说话？”

现在磕头已经晚了——我这话刚一出口，就知道什么都晚了。

“你是个大笨蛋！”

她忽地站起身，顿了顿，又补充了一句：

“还是个大混蛋！”

“大混蛋”的蛋字刚说完，周璎已经冲出了餐厅。

当我结完账追出去的时候，那个留山羊胡的小伙子又向我打起了手势，他笑嘻嘻地点点头，然后举起右手，把大拇指竖得高高的，那意思是：不错，有种！我也匆忙回了他一个大拇指，谢谢他那么热心地支招儿。

- 76 -

当我追到餐馆外的时候，马路边已经空无一人。

涌到眼前的一切都再熟悉不过：朦胧的夜色，凉爽的空气，如水的车流，稀少而匆忙的行人。

现在去哪儿？

没有地方可去。

给苒苒打个电话试试？结果自然是预料中的“不在服务区”。我不甘心——万一苒苒在家里？——至少胖妈会在，可是电话打过去，回应的是一阵阵冷漠的铃声；难道那里已经是一个空房子？空无一人？尖刻的铃声没完没了地响个不停，好像在向我较劲：

看谁更固执？

要不要叫一下花子？

不。

这混蛋迟早会出现，而且过不了多久。

收起了手机，我又问自己：现在去哪儿？

不远就是土城遗址公园，那儿有一条酒吧街，去那里喝杯闷酒？

不能去——如果喝这酒，我一定会烂醉。

我已经看到了那个画面：一杯杯闷酒下肚，可是没有一点熏熏然的乐趣，相反，喝得越多，就越清醒，而且我会由于清醒而不停地来回问自己：为什么对苒苒那么粗心？为什么我一直相信花子这混蛋的话，说她闲在家里其实“很自在”？为什么她每次下厨做出一顿顿美食的时候，自己竟然和花子一样没心没肺地又吃又喝——这算什么？是不是一种残忍？——我很残忍？可是，一个人闲在家里，炒股，学佛，读经，还买那么大房子，这又算什么？

去喝酒？

带着这样的心情去喝酒？

绝不能。

我有过一次真正的烂醉，烂醉如泥。

那是我的博士论文获得通过的那一天。

那是在我人生里的一个十字路口，只要在记忆里回到那地方，就总是能看见有红灯一闪一闪的。

——经过两个小时的折磨，论文答辩终于被通过，我走出教学大楼，从自动售货机买了一罐可口可乐，坐在一个台阶上慢慢让自己回神，尽管几位教授的祝贺还在耳边回响，可是心里一片茫然。

忍不住回首以往，我一遍又一遍地检查自己的过去，就像一个电线巡线员巡逡于野外，一段一段检查线路。

下决心读心理学学位，是我到美国读书第四年的事，但那并不是深思熟虑之后的选择。九四年到美国，我像一只精神抖擞的小公鸡，一身的羽毛根根倒立，觉得自己无所不能。那时候我在自己的作家梦里还没有醒来，只不过，觉得先积累足够的知识更重要，于是先读社会学，后来又读艺术史，硬靠打工完成了两个硕士学位。至于最后选择读心理学，那是因为有一天，苒苒提醒我说，你不可能一辈子做知识的流浪儿，你总得有一个职业能养活自己——我是个知识的流浪儿？我从来没这么想过。苒苒的提醒可以说是非常及时。不过，最后选择心理学来结束自己的流浪，还有另一个理由：我一直以为，心理学，特别是临床心理学，应该能够让我从人的“内部”真正了解人的秘密，并且由这门径再去了解社会的秘密——如果有了这样的准备，何愁不能把心理学和文学嫁接，再从这棵大树上摘下一个奇异的大果子来？可是两年之后，当我开始准备博士论文写作的时候已经明白，心理学并不能解释人的秘密，和社会学一样，那不过是一个学科，而且，和其他学科一样，理论和理论，观点和观点，流派和流派，互相永远冲突不已，无止无休，究竟谁对人类心理活动的动力和机制的解释是正确或准确的？究竟学者和学者之间的分歧和争执谁真是为了真理，谁是为了学术利益和学术地位？那真是天知道。

坐在那个台阶上半日胡思，一直到夕阳西下，周围都沉落在一片飘着冷风的阴影里，我于是做了一件事：不远的一处草坪上，一尊罗丹的“思想者”青铜雕像正沐浴在一道玫瑰色亮光里装模作样地沉思，我瞄了一下，把手里的易拉罐使劲扔了过去，那罐子在空中画了个优美的弧线，在这家伙头上跳了一下，然后滚落在了旁边的草丛里，一些可乐液溅洒在了他脸上，像是几道汗珠滚落之后留下的汗迹。

对不起，给罗丹和他的思想者道了声歉，我直接去找了一个酒吧，从傍晚喝到深夜，喝得烂醉如泥。

那是一个仪式，不但是和我最后一个不切实际的幻想告别，也向心理学这门科学告别。

可是，我今天绝不能喝酒，绝不能烂醉。

可是我现在哪里去？

- 77 -

又是不打招呼，突然来访。

坐下以后，石头犹犹豫豫，似乎拿不定主意说什么。

“苒苒有消息吗？”

问得干巴巴的，可是口气里又充满焦虑。

“没有消息。”

“你去找过吗？”

“没有。”

“为什么不去找？”

“不知道她现在哪里，怎么找？”

“全国就那么多庙，一家一家找，总能找到。”

“石头，全国寺庙至少上万，怎么找？”

“一家一家找啊，准能找到。”

“这是不可能的。”

“你不愿意找，是不是？”

突然提高了声音，石头一脸怒容，疑问、迷惑和气愤轮流在他眼光里闪进闪出，同时把抖动的嘴唇紧紧咬住——看得出来，他在拼命地抑制自己，把一些更不客气更难听的话，生生硬吞了下去。

这简直有点像审讯，我只能沉默以对。

石头盯着我看了一会儿，忽然摇了摇身边的木拐，伸出去抓住木拐的右手，痉挛地越抓越紧，直到粗大的几个手指都开始发白，怎么？他要干什么？我开始有点紧张，觉得应该说点什么和缓一下这人的情绪，不料他突然说：

"这样，我跟你一块去找，行不行？"

这人疯了？

我真是不知道应该说什么了。

出乎意料的是，石头看看我，忽然把木拐松开，脊背后仰，重重地靠在椅背上，一下暗淡下来的眼光也移向半空，一脸的木然，像一个只闪雪花没有影像的屏幕，看不出他在琢磨什么。

他不说话，我也不说话，我们俩一时都不说话。

怎么办？我始终一言不发？不合适吧？

谁知道，似乎一下惊醒，石禹突然说了这么一句：

"兰兰大学的时候，就不太爱说话，是不是？"

问这个？

什么意思？

不等我回答，石头主动说起来：

"自从苒苒出家，她就老是哭，以泪洗面，后来看我着急，就强忍，可是半夜偷偷哭。"

说到这里，石头的眼睛湿润了，我眼睛也湿润了。

这像什么话？两个男人泪眼相对？

“她最近更不说话了，有时候，一天都没一句话。”

“你应该劝劝她。”

“我笨嘴拙舌，不会。”石头深深叹了口气，“最近，我们俩最近说话越来越少了，我不说，她更不说。”

“越这样，你越应该多说啊。”

“说什么？”

“说一些让她听起来高兴的事，有意思的事。”

“不行，我说的话，往往都是——”他停下来，似乎不知道用什么词才合适，“往往都是负面的，就像媒体说的‘负面新闻’，没办法让人高兴——”

眉头皱得更紧了，脸色也暗了下来。

“你可以不说‘负面新闻’，尽量说正面的。”

“我没有正面新闻。”

“为什么？”

“我们出版社里能有什么正面的新闻？一天到晚，从上到下，都是钱：什么书能赚钱？什么策划能赚钱？怎么赚幼儿父母的钱？怎么赚五岁到七岁这群孩子的钱？怎么赚中学生和他们老师的钱？怎么赚穷人孩子的钱？怎么赚富二代的钱？怎么赚农民工的钱？怎么赚暴发户这个特殊群体的钱还有另一种特殊群体——腐败官员的钱？”石头停下来看看我，突然用一句话收尾，“我能有什么正面新闻？”

“出版社里就没有一点正面的东西？”

“有。”

“是什么？”

“是我。”

“你？”

“对，是我，我和他们斗。”

“你一个人和他们斗？”

“差不多——有几个支持的，可是都胆小，我不怕，他们拿我没办法。”

“没办法？”

“看这个，”石头又伸手抓起拐杖，举起来，用力摇了一下，“我是残疾人，他们敢开除我？不敢。”

他这样说的时候，脸色严峻，目光阴郁，声音不高，可那是一种坚硬的声音，沉重，锋利。

“可是，海兰为你担心啊。”

“说的就是！我以前没注意，”没想到，听我说起了海兰，他马上变得一脸沮丧，“过去，每天回到家里，我第一件事，就是和兰兰报告，这一天都有什么事，我是怎么说的，怎么做的，他们又是怎么说的，怎么做的，我一直以为，把什么都告诉她，等于是我们俩一块和他们斗，后来才发现，我糊涂——这两年，完全是因为我，她失眠，经常一夜睡不了两三个小时；你想，她是一个幼稚园的园长，每天，孩子一大堆，事情一大堆，那有多忙啊？长期睡不好，怎么成？所以，我下决心了，一不在单位惹事，二不回家乱说，可是我不说，俩人就没话说了——我不说话，她更不说话。”

“你可以说别的，不一定非说出版社的事。”

“那说什么？”

“生活里有很多琐碎事，都可以谈。”

“那也没什么可谈的。”

“为什么？”

“因为，我们家的琐碎事我都包了。”

“都包了？”

“是，所有家务事。”

“你都包了？”

“买菜、做饭、洗衣裳、打水、扫地、打扫卫生、交水电费，都是我干，什么都不用她操心。”

“做这么多家务事，你不烦？”

“不烦，家务事总得有人干。现在我着急，是为兰兰着急，她和苒苒感情深，比亲姐妹还深还亲——你不能想象有多亲。这些天，她夜夜为苒苒掉眼泪，我怎么办？”

说到这里，石头的额头上耸起一道深深的刻纹，可是两颊反倒有些松弛，眼底下甚至隐隐有了眼袋，只有眼睛依然灼热。很明显，他的精神已经陷于过度的紧张。

这绝不是好事。

“你可以主动一点，找一点两个人都能做的事。”

“什么事？”

“轻松一点的事，只要愿意，总是有。”

“比如什么事？”

“比如看电视剧。”

“不行。”

“怎么不行？”

“第一，她忙，没时间，第二，她喜欢看韩剧，《大长今》什么的，我受不了，我还想写文章批判韩剧。”

“你写了吗？”

“没写。”

“怎么没写？”

“我一写，她就连韩剧都不看了，那怎么办？”

我又一次被感动了：世界上还有这么细腻的男人？

“我问你。”石头直愣愣地看着我，语气也变得格外生硬，“你们在一起的时候，你知道不知道，她有什么特别的兴趣？”

“她好像很喜欢花。”

“那时候，她种花？”

“在学校怎么种花？她喜欢看花。”

“喜欢看花——”石禹顿了一下，怀疑地看着我，“不可能吧，她从来没说过。”

“这一类事情，你不能等她告诉你，要想办法了解，注意她有什么兴趣，不能等着她说。”

“这很容易，我去问她。”

“你怎么问？”

“今天晚上见面就问。”

“这不行——”

“怎么不行？”

“直接问，不太好，最好不要直接问。”

“为什么不能直接问？”

“你要细心观察——”

“观察，我要观察她？”

“不只是你观察她，她也需要观察你。”

“你的意思是，我们俩要互相观察？”石禹的语气里有了怒意，甚至有点敌意，“一家人，需要互相观察？”

过去来诊所做心理咨询的人，也有过这样的事：谈话中来人对我突然产生莫名的敌意，局面一时很尴尬，不过，差不多都能被我想办法缓解，最后总能化敌为友，可是现在，来自石头的这股敌意冷冷的，像一阵逼人的寒气，竟然让我一时踌躇，不知道该说什么。

“我走了。”

不等我说话，石禹已经站起来，先拿起木拐，然后弯腰有抓起地上的塑料袋，向我挥了挥：

“我是出来买菜的，就便来看你，我该回去了，做晚饭。”

说完，也不等我回答，砰一声关上门，头也不回地走了。

从窗子看出去，借助于拐杖，他跨的步子很大，走得很轻也很快，没一会儿就混在在人群里没了踪影。

刚看见石头的时候，我还以为他一定是来和我讨论《砸碎我的头盖骨吧》那首诗。

没有，难道他已经把这诗忘得干干净净？

为什么海兰不告诉石头，她喜欢花——在春天看花？

那是哪一年？春天特别明媚。

她生日的半个月前，海兰就提出来，能不能把生日过得特别一点儿，不那么俗气？我说，你不是喜欢花吗？你生日那天，我们去看花吧，“春日游，杏花吹满头”啊。海兰马上就同意了，可是立刻又提出疑问：桃杏都已经谢了，上哪儿去“吹满头”？我说杏花过了，看藤萝。

特别喜欢藤萝，是因为有一次去纪晓岚故居，看到纪大烟袋手植的一株紫藤——历经二百多年的变迁，这株老藤自知没有资格再独立于纪家的庭院当中，悄悄站在了院墙之外的人行道上，无依无靠，孤苦伶仃；可让人惊讶的是，这株古藤似乎全不介意自己的不幸，也不介意自己老之将至，不但根干茁壮，不拳不曲，而且于一片葱绿葱茏中生出了一串串大朵繁花——真是老树着花无丑枝，这些藤花犹如在一团浑浊土雾中点燃起了一盏盏的淡紫色的水晶灯笼，如此明亮，如此耀眼——那是一个难以忘怀的记忆：站在街头的我，一时泪水盈眶，赶快转过头去看咫尺之旁塞满车辆和烟气的大街，心头一阵悸动——老纪啊，纪大烟袋，你如果此刻站在了这株紫藤之下，对着这灰头土脸的世界会想些什么？

不过，我没有带海兰去纪晓岚故居。

我们是去国子监看紫藤。对那一天的生日，海兰非常满意，用她的话说，那满天花雨一样的紫藤花竟然和有几百年岁月的古柏老槐拥抱在一起，相依相偎，两不相厌，太好了，太美了，“那是游仙境，比仙境还仙境。”

仙境？

是仙境。

- 78 -

“咱们上回说到哪儿了？”

金兆山用牙咬开酒瓶子的瓶盖，一边给我们俩人的杯子里满上酒，一边问。

“说到你们一共兄弟四个，你老二。”

“对，还说到了我老母亲，她老人家把我们哥四个拉扯大，不容易。那真是口挪肚攒，数着米粒儿下锅，数着米粒儿下肚，一早一晚数米粒儿，苦日子苦熬。亏得还有我大哥，初中念完了，不上学，给我妈帮把手儿，要不然，我母亲一准儿撑不下来，一准儿累死！来，先走一个。”

“走！”

还是二锅头，猪头肉。

金兆山给两个杯子都斟上酒，又把一筷子猪头肉塞到了嘴里，有滋有味地吃起来；寂静之中，他的咀嚼声像是有人光着脚在一片湿泥里乱捣，那叽叽咕咕的声音听起来让人有点受不了。于是我也夹一筷子猪头肉送到嘴里，把咀嚼声也弄得十分响动，以毒攻毒。

“你大哥现在干什么？”

“他发了，大发！开夜总会，哈尔滨，沈阳，长春，都有他的买卖，大事业，是我们东北数得上的人物。”

“你两个弟弟呢？”

“老三也出息，现在是大学教授，还是工程师，一边教书，一边自己还办一个科技公司——老太太最喜欢他，说他走的道最正，最让人放心。”

“老四呢？”

“老四，不瞒你，兄弟，那是我们家里一个祸害，搅家精！起小就没走过一天正道儿，供他上了高中，可死活不上大学，刺毛撅腚，非要凭自己能耐闯江湖，犟眼子！他又是老疙瘩，不光是老太太，全家都宠，当成了宠物养。现在想起来真是后悔，悔不该啊！”

“他怎么不走正道？”

“酒、色、财、气，样样都占。”

“那可是麻烦。”

“谁说不是？老话儿怎么说来着？酒色财气财为先——财，一个财字，那是重中之重！酒也好，色也好，气也好，那是上层建筑，对不对？财，是经济基础，是基础，是底子，是命门，没有财，什么什么都不好使，你没这个底子，没有经济基础，你还好酒，还好色，你还想使气使性子使唤人，那能行吗？可这瘪犊子，混！”

“他现在干什么？”

“开了几个网吧，那能赚几个钱？糊弄事儿。”

自从认识金兆山以来，我还没有见过他脸上有阴天，可现在，这家伙一脸愁容，平时精光四射的一双小眼睛居然也黯淡下来，黑黑的，再无星火的闪烁。

“来，走一个，干了。”

“干！”

“我记得上回在这儿，你还说到你母亲的事。”

“今天找你，还是为这。” 用筷子指了我一下，把嘴里的酒和肉全都送下肚，心满意足地吐了口气之后，金兆山才开始说话，“家家都有难念的经，可是啊，兄弟，婆媳不和，那是最难念的经！紧箍咒！箍死人！上次和你说了，我老母亲不喜欢我媳妇儿，而且啊，非但不喜欢，而且是水火不容，针尖对麦芒，石头碰碌碡，愁人不愁人？兄弟，你是心理医生，还是美国学回来的，能不能想个办法？我就靠你了！”

我想过，金兆山又找我喝酒，很可能是说他家婆媳不和的事，果然。

“把你这儿子夹在当间，够难受吧？”

“可不是！我金兆山，起小到大，摸爬滚打，这半辈子什么阵仗没见过？我没愁过，更没怕过——愁字怎么写？怕字怎么写？不知道。可是，家庭不和，我怕。要是别的不和，拉倒了，可是我妈，苦了一辈子，到老了，还因为我，过不上个痛快日子，整天憋屈，这当儿子的，怎么办？老话说，妻贤夫祸少，可我，唉！”

一口闷酒下肚，金兆山竟一时无话。

“我有个朋友，他家也是婆媳长期不和——你知道后来出了什么事儿？我这朋友的母亲——老人家心太重，怎么也想不开，最后自杀了！”

看着我，金兆山重重叹了口气，大嘴张开，可是几次开合，就是怎么也说不出话来，最后给自己满满倒上一杯酒，一口喝干。

看这家伙是真愁了。

“你母亲和你媳妇不和，总得有个过程，你想一下，她们合不来，最早是因为什么？”

“最早因为什么？”金兆山又叹口气，看看我，犹豫了一下才说，“不大点儿的事儿，说出来，你笑话。”

“不会，你说。”

“是因为磕头——”

“磕头？”

“就是！”金兆山点了下头，接着又连连摇头，眉头紧皱。“我俩结婚那会儿，正赶上过年，不成想麻烦了：我母亲这人讲老理儿，儿女拜年，大年初一得磕头，人人都磕，可我这媳妇儿，说出大天也不磕。你想，大过年遇上这宗事，我妈能不生气？就这么，礼数上不大点儿的事儿，冷战开始，两个阵营，两个司令部，谁也不让谁。”

“你们兄弟几个的媳妇，都磕头了？”

“可不是！老四还没结婚，没他的事儿，我大嫂，我弟妹，大年初一，排成一溜儿，一个挨一个给老太太恭恭敬敬磕了头，那场面！可我这媳妇儿，不磕，鞠躬，唉！”

想想金兆山当时的尴尬，我不由得对眼前这个黑脸大汉同情起来，甚至对坚持不磕头的王小凤也十分同情——身为一个大国企的一把手，差不多是一位山大王，大年初一要给一个坚持“老理儿”的婆婆跪在地上磕头，想想那场面，确实可笑，还可以想象，一旦在她的企业的各级员工里传开，那是什么效果的八卦？

“除了磕头，她们之间还有没有别的矛盾？”

“有，能没有吗？”

“说一个。”

“小的不提了，就说上市这事情，我母亲就和我媳妇儿绝对意见不合——”

“你们家务事里，怎么还和上市有关系？”

“怎么没关系？兄弟，你不明白，小家过小日子，大家过大日子，搁别人家里，能有上市这事儿？能为这闹矛盾？婆婆和媳妇儿能为这种事儿鸡头白脸，着急上火？”

“是不是你的公司要上市？”

“就是！现在是什么形势？小打小闹行吗？”

“可是，你母亲怎么能知道你们公司的事？她是你的股东？董事？”

“那倒不是。”金兆山连连摇头，可是脸上的表情有了变化，锁紧的眉头舒展开来，“你是不了解我母亲，她老人家是什么人？那不是一般人，人家都管她叫老神仙。”

“老神仙？”

“可不是！”

“老神仙——这么称呼，一定有很特别的意思。”

“可不是。神仙，那是随便叫的？”

看着此刻把酒杯举在半空的金兆山，我又想起了他第一次和我说起自己媳妇时候的神情，现在，他说起自己被称作“老神仙”的妈妈，瞳孔里又闪起快活的星火，咧着大嘴，笑容天真，声音里，神气里，都带着一种由衷的自豪。

这个人，一头是强悍的母亲，另一头，是同样强悍的妻子，他夹在中间，苦不堪言，可是居然一点不影响他对妈妈和妻子同时都保持同样的欣赏和赞许，这太有意思了。我想起华森说的话：这家伙的确“不是凡人”。可是，他现在找上我，要让我来“想个办法”，解决他妈妈和他妻子之间两个司令部的冷战，我该怎么办？

我不愿意也不应该卷入一个大老板的家庭纠纷。

何况，凭什么管这闲事？就因为我是老板的把兄弟？

还真把这“把兄弟”当回事？

不过，金兆山和他的这个大家庭——开夜总会做成一番“大事业”的大哥、身为教授同时又开科技公司的三弟、酒色财气都要占的老四，还有死活不给婆婆磕头的“媳妇儿”王小凤，特别是他的号称老神仙的老母亲，一下子对我有了一种难以抵挡的吸引力——我的好奇心被发动起来，像一辆 F1 方程式赛车点了火，就待一跃而起。可是，这对我绝不是好事，一旦进入跑道，我肯定不能控制自己，不由自主地跑偏，根本不知道自己会跑到什么方向、什么地方。

怎么办？

我要不要去认识他的母亲，一位老神仙？

我对金兆山应该说 yes，还是 no？

沉浸在犹豫之中，我对金兆山在说什么不再注意，只是不断和他一杯接一杯地“走”酒。

一阵手机的铃声，打断了我的心不在焉。

金兆山拿起手机，一边接听一边站起身走向门外，可是突然一脸诧异地停住了脚步。

“这小子来了？”

他转过身对我说：

“兄弟，让你马上见一个人物。”

“谁？”

“我们家老四。”

“你弟弟？”

“可不是，才刚还说他，说曹操，曹操就到。”

- 79 -

当金兆山这位四弟在小赵和几位女服务员簇拥下进到房间的时候，我不由得大吃一惊。

想不到他是个残疾人，右臂还架着一只拐。不过，给我印象更深的，是他的脸：一道凶恶的伤疤，霸道地从左耳直贯嘴角，使得本来就消瘦硬峭的脸有些畸形，两眼向外凸出，比他哥哥小眼显得更小，浮肿的大嘴富于表情，嘴角上天然带着一丝讥诮；所有这些都和金兆山的相貌相去太远了，特别是由于个子很矮，哥哥和弟弟简直没有一丁点儿相似。

这就是金氏家族全家当宠物一样养着的“老疙瘩”？

“二哥！”

“你怎么来了？”

这位老四并不理会金兆山的询问，而是把拐杖顺手扔给身边的一个女孩子，大喇喇地在桌子旁坐下，拿起二锅头酒瓶鄙夷地看了一眼，做了个鬼脸。

“我肏！还是二锅头？”

“小宝，这就是我新拜把子的兄弟，杨博士，打今往后，你得叫他哥。”

金兆山这么说的时候，提高了声音，表情和声音也都格外郑重。但是他这个四弟，对这些没有一点反应，一只胳膊搭在椅背上，毫无礼貌地打量我，那表情和他刚才看二锅头酒瓶的表情一模一样，一点不掩饰他的鄙夷。

“听说我二哥新拜了个把兄弟，我肏，是你？”

“小宝！”

金占山喝了一声，然后转向我说：

“忘了告诉你，小宝是他小名，大号叫金兆木。你以后就叫他小宝。”

虽然金兆山摆足了哥哥的威风，可是弟弟毫不在意。

“你是心理医生？”

“是。”

“你治病？你治什么病？”

“治心病。”

“心病也能治？”小宝笑了，稀疏的眉毛下的眼睛，还有弯起来的大嘴角，都闪出一片嘲讽，“帮狗吃食儿吧？是瞅上我二哥的钱了吧？和他拜把子？我肏！”不等我说话，这小子把讥刺的目光从哥哥那里又转移到我的脸上，“这么着，我问你，我有心病——我怕死，你能不能治？”

这小混蛋想挑衅？

“你怕死？”

“我说了，我怕死。谁不怕死？你不怕死？”

“怕死，可是人和人怕法不一样，你是怎么怕？”

“还跟你说这个？”

“看病，就一定要知道病情，对不对？”

“我肏，你想耍我？”

小混蛋，要耍你又如何？

“我能让你不怕死，信不信？”

忽然之间，小宝的表情有了变化，他脸上出现了一阵痉挛，在贯穿左脸的那道伤疤抽动几下之后，眼光里忽然流露出一丝柔和。

“你鬼头蛤蟆眼，”他没头没脑说了这么一句，然后转身问金兆山：“二哥，他是美国博士？真的？”

“假了包换。”

“我肏，兴许他有两下子？”这小子又转向了我，盯着我看了几秒钟才说话，“人能不怕死？”

“当然能。”

“你怎么整？让人不怕死？”

“你用过带橡皮头的铅笔吗？”

“用过啊，上小学就用——我肏，怎么扯起这个来了？”

“铅笔写了字，掉过头用橡皮一擦就没，是不是？”

“你扯这个，啥意思？”

“我能把怕死这事，从你心里擦掉。”

“我肏，你把我当成一张纸？”

“人人都是一张纸，你二哥，还有我，也是一张纸。”

“我是一张纸？”

“是啊。”

“你在上头乱画？”

“不是画，是擦，把怕死这事从你心里擦掉。”

“我肏，那绝不可能，告诉你，肏屄舒服吧？我肏屄的时候都想着死——”

“小宝！”

金兆山一生断喝，他大概想拦住小宝的粗话；可是这小子无动于衷，似乎完全没有听见。

“知道我为啥怕死？告诉你，我死过！不信？”这小子突然起立，一把脱下上身的连帽卫衣，又双手一扬，T恤衫也一把褪下来，右手指着胸膛和肚子上几处可怕的伤疤，“看见没有？这儿，是什么？没见过吧？告诉你——”

他脸上浮起一阵奇怪的笑容。

“这是枪眼。”

听见我说出这四个字，小宝一下愣住了，一脸惊奇。

“我肏，你还认识这个？”

不知道我是不是也一脸惊奇，因为这家伙一身结实的腱子肉，也把我吓了一跳。

尽管布满了刀伤和枪伤，眼前这人，很像一个健美运动员：隆起的肩膀很有型，厚重的三角肌和背阔肌正好让上半身成一个V字形，一块块腹肌时隐时现，皮肤下的肌肉还不断滑动，像有什么活物躲在里面。可是，每一滑动，他胸腹上的那些累累的伤疤也一起争相移位，于是这些滑走的疤痕立马交错成一幅狰狞的图画。

谁能想，这么一个人还架拐？

“你打过架？”不等我说什么，小宝抢先嚷了起来，声音里带着尖声，“你他妈打过架！一准儿！二哥，没想你这把兄弟还有点儿意思——喂，问你，在美国你也打架？动枪？动刀？美国人，是人就有枪，是不是？我肏，美国人牛！一言不合，立马抄家伙——”

“行了，别扯了！”

金兆山站起来，拿起小宝脱掉的衣服：

“穿上。”

然后向站在门边几个女孩挥了下手，“你们还站这儿干什么？”

几个女孩退出门之后，他把那支包了铁头的木拐立在一旁的椅背上，在小宝身边坐了下来。

“说吧，找我什么事？”

“二哥，我说了，你不能含糊。”

“你惹事了？什么事？伤人了？还是死人了？”

金兆山皱起了眉头，黑脸一下凝重起来。

“不是，是赌输了，输了二百五十万。”

“什么时候的事？”

“就三天前，这不赶紧找你来了，二哥——”

“赌的什么？”

“梭哈。”

“赌梭哈？你？”

“我怎么了？”

“你那猪脑子，推个牌九差不多，你还梭哈！”

“牌九有啥意思？一翻两瞪眼——我差那么一点儿就赢了，肏，我是对子葫芦，没承想，下来一张河牌，那瘪犊子凑成了同花顺——”

“别废话，谁赢的你？”

“你就别管了。”

“在哪家赌的？”

“二哥，这你也别管了——”

“这事妈知道了不？”

“没有，不能的。”

“大哥知道没有？”

“我吃了豹子胆？让他知道，还不把我打死？”

“你还知道怕？”

“二哥，找你，一是钱，你得喊哧咔嚓，把这事帮我给结了，不能让妈知道，更不能让大哥知道——还有，也不能让嫂子知道——”

“你还怕她？”

“怎么不怕？咱家谁不怕她？你不怕？”

“别跟我扯犊子！”金兆山声音严厉起来，眉头拧成了个黑疙瘩，“欠人家，你写字据了？”

“可不写了。”

“给我看看。”

“不行，你一看就知道是谁了。”

金兆山忽地一下站起来，转头对我说：

“兄弟，你在这儿等我一会儿。“

然后他一把拉起小宝：“跟我走！”

一边说，他已经把拐塞给弟弟，拽起他快步向门外走去。

房门开合之际那一瞬间，还能听到小宝在嚷什么，但很快被遮在门外，没了一点声息。

“杨先生，您需要什么吗？”

一个女孩子走到我身边，轻声轻气地问我。

“什么也不需要，我在这儿等一会儿。”

实际上，我等了不到二十分钟，也起身走了。

- 80 -

这混蛋终于露面了，一脸灰色。

想象中的一切，臭骂一顿，狠扇几个嘴巴，此刻都没有发生。相反，我俩都一时无话，花子抱着头，蜷缩着坐在沙发上，好像要把身体折叠得更小更薄，最好一下掉进哪个沙发缝里，最好一下子在我眼前消失。

我忽然心软了。

他现在都在想什么？我不知道，我也不想知道，可是一个声音如同沸腾的气泡在我脑海中不断爆裂：花子，你怎么回事？你小子怎么回事？ 怎么回事？怎么回事？花子，你小子怎么回事？

我听得见这些气泡啵啵的爆破声。

花子！你明白到自己是怎么回事吗？

“你说——”

突然，这小子抬起头，说话了。

“你说，我是什么人？”

你是什么人？

“你是个混蛋。”

听我这么这么骂，花子又低下了头。

他到底在想什么？为什么这小子问了这么一个没头没脑的问题？

“你说得对，我就是个混蛋。”

这句话还没说完，花子哭了起来。他双手捂住脸，埋着头，一阵阵压低的呜咽时断时续。

真怕他会嚎啕大哭，还好，他没有。

有过这么一个画面：茫茫雪原，寒夜已深，狂风吹得帐篷啪啪乱响，花子从睡袋里爬了出来，抱着我大哭，说他完蛋了，没有爱情，也没有前途，是个 loser —— 一个壮实的男人软塌塌的，可怜兮兮，活像个婴儿扎在我怀里，一把一把的眼泪鼻涕都抹到了我的脸上——这都真的发生过？

我还记得当时怎么耐着性子百般安慰这个伤心人。可是现在，眼前的花子，没有嚎啕，没有倾诉，只有低声的呜咽和抽泣，双肩不停抖动，让我想起落在草丛里不停颤动着翅膀的一只蝴蝶——这样的抖动该积蓄了多少伤心和绝望？可是，我竟然没有一点感动——难道这个在绝望中发抖的人，不是自己的最好的朋友、自己最亲近的哥们吗？我为什么这么无情？心肠这么硬？难道不应该对他说点什么吗？至少，可以把手放在他背上，不用说什么，只表示理解他？

然而——

我怎么也举不起手来，也不想站起来。

不知道过了多长时间，花子终于安静下来。

站了起来，他到饮水机那里给自己倒了杯热水，然后回到沙发坐下，一口一口慢慢喝水，没有一点声音。

“你说，”放下水杯，他忽然说话，可是眼睛并不看我。

“她为什么出家？”

这小子第一句话是问这个。

该怎么回答他？

我的第一个反应，就是把苒苒那封告别信拿出来给花子看，可是，我立刻打消了这念头，不，那信是苒苒给我的，那信是向我告别。

“和我离婚，可以，我能理解，可为什么非要出家？为什么？她为什么做得这么绝？”

我能说什么?

我该说什么?

我想起苒苒的那个梦:

一只鸟在天上飞 无日无夜 不休不止 石头翅膀 可是石翼能煽动 能够飞 白月高悬于天 薄薄的 似一张剪纸 漆黑的夜穹奇怪地高 几颗星于铁幕深处时明时灭 ——

忽然，我听到花子在对我嚷:

“你听见我说什么了吗?”

“你说什么了?”

“我到五台山去了一趟。”

“你去五台山了?”

“对，普寿寺女子佛学院。”

“她在女子佛学院?你怎么知道的?”

“从她的佛友那儿打听到的。”

“你见到她了?”

“没有，根本不见我。”

我们俩又沉默下来，谁也不说话。

花子站起来，从饮水机那里取了杯水，自己没有喝，却莫名其妙地送到我面前——他这是要干什么?

“我说，咱们说几句话成不成?”

“说什么?”

“你和苒苒见过吧?”

“见过一面。”

“就见了一面?”

“就一面。”

“她和你说过，要出家?”

“说了。”

“你为什么不拦住她？”

“我拦了。”

“你拦她了？”

“当然拦了。”

“可你没拦住！”花子突然嚷起来，火气十足，“你干什么去了？你怎么不看住她？你应该守着她——她的脾气，你不知道？她说了，她肯定就做，从来说一不二，你不知道？你以为她是随便说说，没有当回事？一定是！你没当回事！是不是？现在怎么办？你说怎么办？”

花子的声音越来越高，还在我眼前晃来晃去。

一股怒火蓬一下在我心头烧起，呼呼作响。

混蛋！信不信我揍你？

我憋住了。

“别嚷了！你先坐下。”

看这小子举手过头，还想说话，我大喝了一声：

“你坐下！”

看了我一眼，他放下手，坐了下来。

“现在我问你，她和你透露过想出家的想法没有？”

听我这么问，这小子的脸色一下子又阴了下来。

“没正式说过——”

“什么叫没正式？到底说过没有？”

“有一次，她从五台山回来，好几天没怎么说话，和我也不说话，我问是怎么回事，也不理我，脸上没一点表情，你见过她那种严肃样吧？ zero，没有一点儿杂质的纯 zero。你要想找到一丁点儿暗示，别想！ 最后给我问得急了，她才告诉我，她的一个朋友刚刚落发为尼了，这让她佩服，说这朋友很勇敢，我说这算什么勇敢？出家是什么意思？就是逃跑！一个人选择出家，好像有重要的理由，是在生死之间做出决定，可你到网上去看看，男的女的，老的少的，出家的人有的是，理由也有的是，五花八门，但是根本原因，其实就一个：生活不如意，又没有勇气改变，于是逃跑，从人生里逃跑——”

“你就这么对她说的？”

“是啊，我——”

“你怎么能这么说！？”

“不这么说，应该怎么说？”

“她当时怎么反应？”

“她没说什么，对我笑了一下。”

“对你笑了一下？”

“就是，我记得很清楚。”

清楚？你还记得很清楚？

那是什么样的笑容？

我见过：淡淡的，苍白的，让人心寒。

那绝不是 zero。

花子！你什么都不知道。

“喂，你怎么不说话？”

——你小子不能安静一会儿？

安静。

我自己也要安静。

我得控制自己，身体放松，肩膀放松，胸肌放松，脊背放松，两个攥紧的拳头也要放松。

“前一段时间她心情不好，你注意了吗？”

“她心情不好？她和你说了？”

“我是问你。”

“有时候她不高兴，这你都知道。”

“你不觉得她可能有抑郁症？”

“抑郁症？”

“你仔细想想，有没有什么迹象？”

“什么迹象？你什么意思？”

“就是抑郁症的迹象，你知道我什么意思。”

“你是怀疑她有抑郁症，才出家？”

“先别说出家，我是让你回忆，有没有迹象？”

“迹象？什么迹象？你不了解她？”

看着花子一脸惶惑的表情，我忽然感到一种绝望，好像眼前有一道裂开的伤口由于疼痛在不停地抽搐，而疼痛并不是一种感觉，是从那伤口里生伸出来的一根根如同章鱼一样长长的血色触角，它们上下左右舞动着，渴望着，每一根都指向我和花子，在我们面前徘徊不去。

这真让人受不了。

要不要告诉他，苒苒在峨眉金顶的云雾里彷徨，差一点跳崖的事？

应该告诉他。

问题是，如果苒苒没有告诉他，我有权力吐露这秘密吗？

不过，事已至此，这还算是秘密吗？

当然是秘密，应该还是秘密。

“喂，你听见我说话吗？”

声音这么严肃，他好像有什么严重的话要说。

“你说吧。”

“你听着，你到普寿寺女子佛学院去一趟，一定去，她不见我，可是不会拒绝你——”

去普寿寺？去见苒苒？

“你怎么知道不拒绝我？”

我这么问，花子似乎很意外，他阴沉地盯着我，似乎在苦苦地思索什么，不过嘴唇动了一下又忍住了。

“她肯定不会拒绝见你，”挥了一下手，像是赶走了什么东西，他又接着说起来，“她生我气，恨我，瞧不起我，一定要离婚，这我还能明白，我接受，可为什么非要出家？非要毁了她自己？学佛，在家居士多得是！在家一样修行，一样皈依三宝——再说，这些日子她不已经是一个维摩诘了吗？你和我，不是也都把她看成是维摩诘了吗？”

他忽然停住了，脸上一阵痉挛。

“我就是不明白，她为什么要出家？到底为什么？你去问她，如果她出家完全是因为我，是我伤透了她的心，你告诉她，那我也去五台山出家。”

混蛋，你在说什么？

你，你出家？

“行了，别瞎扯，你坐下来，让我静一会儿。”

我真需要安静一会儿，希望花子也忍住，两人都静一会儿——我要想想，我真的去五台山，去一趟普救寺？

不，不是普救寺，是普寿寺。

一阵急促手机铃声打破了寂静。

是花子的手机。

“我有事，我要走了。”

我没有抬头，我不想说话，我只想安静。

“我说——”

你还说什么？你走吧，快走。

“你能不能借我点钱？我现在身无分文。”

身无分文？

一下子想起，那天苒苒给我看的离婚判决书，我其实没有来得及看清楚，刚才花子的一通痛哭，闹得我心烦意乱，也来不及问他，现在这小子说什么身无分文，什么意思？——难道是所谓的净身出户？不会吧？

“钱包在左手抽屉，有我的卡，你拿着吧。”

“我拿上了？”

“拿走。”

“密码？”

“469891。”

“我走啦？”

走就走，还问什么？

听到了关门声，屋子里立刻死气沉沉。

走得这么匆忙？

混蛋！

不过，有了一个借口能离开，花子一定松了一口气——刚才这么长时间不说话，这小子一定难受死了。

不过，我自己不也是松了一口气吗？

- 81 -

我把苒苒的告别信，又拿出来看了一遍。

已经读过很多遍了，几乎能把一些段落背下来，可是每次读这信，我都会有一种强烈的陌生感：写这信的人，真的是苒苒？是我隔三岔五就去她那里蹭饭的苒苒？是那个讲究好茶美食、非要用莫干山竹笋当配料才能做出好菜的苒苒？那个逼着我一定要和分手女友见面的苒苒？——不，这是一个我全然不了解的苒苒。这怎么解释？为什么？就因为这封信？过去那么多 email，不都是信吗？为什么这封信给我感觉如此不同？如同我心里的一场地震？因为这信是手写的？因为是一个告别信？因为这信宣布她出家？不是，至少不全是。那究竟是什么东西这些天让我一直心神不定？可是，现在，就在我要把它重新叠好，准备收起来的一瞬间，突然的，像是有一束光照亮了手上这几页信纸，我一下子明白，我的一切不安来自眼前这些文字——不同于电脑屏幕上的那些 email，更不同于过去我们之间曾经有过的那些非常认真的谈话，在这里，在一封手书的亲笔信里，这个人在用文字来表达自己，思考自己——这人是苒苒。对，正是苒苒的文字，或者说这个文字的苒苒，让我觉得陌生，觉得这封信，这告别，其中另有意义，非比寻常。想一想，本来不应该奇怪，难道不是太多太多的人都因为有了文字而过着双重生活吗？一个在语言里，一个在文字里，每一个人都被分裂成两个人，一个和另一个都认为自己是自己，但其实是不同的两个自——无论是谁，一旦认真进入文字，都可能变成另一个人。为什么有机会见到一个作家，一听到他的谈吐，你会大失所望，觉得扫兴，甚至觉得恶心？因为这家伙一旦和你聊天，他就已经生活在日常语言里，他就不得不扔掉了文字的魔杖，成了一个和你我一样的俗人，甚至是一个品德相当可疑的俗人。相反，一个再平庸愚笨不过的小官僚，如果有机会上台演讲，手里又正好有一份别人替他拟写得不错的讲演稿，这家伙就会摇身一变，突然谈吐不俗，俨然一个有远见卓识的领导——不是别的，是文字让人获得思想的能力，让思想实现为思想。但是，为什么我过去一直没有注意这个？竟然完全忽略文字和人之间的这种奇异的因缘？苒苒，我们是好朋友，多年的朋友，都认为彼此是至交，可是回想一下，这么多年，在我和她之间，有过用文字来认真交流思想吗？没有，我们都是聊天，即使有过很多 email，那实际上也是聊天，只不过是用日常语言聊天，不过是日常语言卑劣地偷用了文字的外壳，那不是思想，更不是思想和思想的碰撞——现在，苒苒用这样一封告别信告诉我，她和我不一样，她不但用文字表达自己，用文字探究自己，用文字思想自己，还努力用文字思想自己的思想——这才是问题所在！也正是这个，大概才是我如此不安的真正原因：自己原来是一个不能思想的人，或者准确地说，是一个不明白也不会用文字来思想的人，对，就是这个——这能算是一个觉悟吗？为什么蓦然之间，我心情一下子变得这么沉重，好像心里掉进了一块石头，而且，这块石头还能生长——不是悄悄地慢慢地生长，而是很吓人地迅速生长，现在，我在心里哪怕一瞬间想到苒苒，想到这信，它就会立刻发疯膨胀，甚至能听见它咯嘣咯嘣的开裂声。这是怎么回事？怎么解释？这需要解释，也完全可以解释：要诚实，要承认，这里有几分的不服，要是再诚实一点，这不服里还有几分嫉妒，可是，我嫉妒？嫉妒苒苒？在这样的时刻，我竟然会嫉妒？但如果不是，我心里这块疯狂生长的石头又是怎么回事？——苒苒宣称要从佛学的古老智慧中“寻找新的精神方向”，我完全不以为然，不仅不以为然，在心底深处其实还讥笑这想法，难道这也是由于嫉妒？不，不是，至少不完全是，也许，真正的问题是，苒苒，你那是什么新方向？如此“寻找”，能找到什么？难道不是又一次盲人领盲吗？

- 82 -

这是走到哪儿了？

又是一个十字路口，人行匆匆，车行匆匆。

我饿了，一下子就饿了，突然觉得饥肠辘辘。

这时候才一下子想到信用卡被华森这小子给拿走了，不过，钱包里还有点钱，吃饭应该不成问题。

路边正好有个茶餐厅，太好了。

餐厅不大，人也不多，一棵枝叶茂密的假树奇怪地立在几张桌椅的上空，枝条上布满了没有一丝生气的塑料叶子，不过片片绿油油的，还有一颗一颗的仿真的红苹果从枝叶间垂了下来，好像在无声地蛊惑：来呀，尝尝吧，你不会后悔——这也太夸张了吧？另找一个餐厅？可实在太饿，我选了一个空位坐了下来。

点了一份虾仁蛋炒饭、一份干炒牛河——几乎没尝到什么味道，两盘饭就被我一扫而光，以至于服务员来收盘子的时候，面对她的一脸惊异，我都觉得不好意思，于是又要了一杯咖啡。

现在去哪里？刚才在街上已经走了两个多小时了。

可以回家，听听新到手的几个音乐碟片，或者躲在三三斋里看书——上个星期逛三联书店，买了一本村上春树的《海边的卡夫卡》，一直想看，可是一直也没看。前些年，读过英文版的《挪威的森林》，一本专门写忧郁的小说，那种只有中产阶级的孩子们才有机会承受的忧郁，淡淡的，幽幽的，不轻也不重——这种忧郁会一直跟着他们，一年又一年；不管是渡边们，还是绿子们，渐渐都会老去，可是，我想附在他们身上的那种忧郁不会老，一定青春常在。

村上，你现在又写到了卡夫卡，你想说点什么？

“真的？这是真的吗？”

从我背后传来一声尖叫，随后是一阵女孩子的笑声。

“当然是真的！三天前，刚和我说的！”

“三天前？他们哪天结的婚？”

“就三天前啊，不对，四天前——”

“对嘛，他们婚礼那天是周末，四天前！”

“不管几天前，新郎真从洞房里跑了，找他妈妈去了？”

“就是，从洞房直接回家——‘我要我妈！’”

对新郎声音的恶意模仿又引起一阵哄笑。

我回头一看，背后是一个带有双座秋千座椅的桌子，四个女孩分别坐在桌子两边，一人面前一杯珍珠奶茶；桌子是白色的，悬挂在两边的秋千椅是白色的，连几个人的衣服也竟然也都是白色的。一片白，白得晃眼。

四个人都兴高采烈，谈话之间，其中一个秋千椅还轻轻地荡来荡去。

“进洞房，不抓紧办事儿，去找妈妈，什么病啊？”

“真是为了吃馄饨吗？不至于吧？”

“当然是真的——那天闹洞房闹得太厉害了，也闹得太晚了，朋友、客人都走了，夜里三点了，就剩他们俩了，故事也开始了：这回轮到新郎官大闹洞房，说饿了，怎么办？给妈妈打电话！马上回家里吃妈妈做的馄饨——”

“那新娘子怎么办？”

“人家说了，要么跟他一块回家吃馄饨，要么就留在新房，等他回来——”

“再办事？”

“对，妈妈的馄饨一定比伟哥顶用！”

又是一阵嬉笑。

“现在男的，其实都离不开妈，我的前男友——”

“等等，你的第几个男友？”

“第四个吧？还是第五个？”

“算啦，不管第几个，你前男友怎么了？”

“你们想不到，大学四年级了，马上毕业了，可是人家日常用的肥皂、牙膏、擦脸霜、洗面奶、浴帽、啫喱水，还有别的乱七八糟的，都是他妈妈定期给寄的，一月一次。”

“有没有洁尔阴？”

“好像没有。”

一片笑声。

“我倒愿意有这么个男友，省事啊！”

“省事？你知道人家省了事干什么？打游戏——”

“说起打游戏，我前男友才气人，不过也特别可笑，他一和朋友聚，就喝酒，一喝就醉，不是一般的醉，是那种酩酊大醉，经常的，一屁股坐在马路牙子上，一滩泥，还迷迷糊糊睡着了，来一辆吊车也别想把他拉起来，一次两次的，也就算了，可是回回这样？怎么弄？后来我有了个绝招。”

“什么绝招？”

“我不拉，也不拽，拍拍他脑袋说，不闹，乖点儿好不好？起来，回家打游戏去——人家腾一下就站起来了！”

四个女孩共同发出一声惊叹。

“哇！”

又是一阵混杂着惊叹和讥嘲的笑声。

——还继续听下去吗？

该离开这地方了，可是去哪儿？

没想到手机响了起来，更没想到，是冯筝。

“你现在有事吗？”

这女孩永远这么直率，说什么都直奔主题。

“我现在没事。”

“咱们能不能马上见面？”

“你有什么事吗？”

“一定有事才见面？没事就不能见面？”

“好吧，在哪儿见？”

“你在什么地方？”

“一个茶餐厅。”

“那是哪儿？什么茶餐厅？”

“我也不知道在哪儿，那种带秋千椅的，可以一边吃饭喝茶一边打秋千。”

“打秋千？”

“桌子边上带秋千椅。”

“啊，想起来了，我见过。”

“喜欢一边吃饭喝茶一边打秋千吗？”

“不喜欢，你找我来行吗？我在三里屯 village。”

三里屯 village？

我不是很喜欢那地方，它太限研吾了——这个 village，本来就是往北京东区硬塞进来的一颗巨型人工钻石，限研吾又发疯一样往这个荒诞的大钻石里塞进了太多的东西：餐厅、酒吧、咖啡吧、冷饮店、精品店、概念店、旗舰店、高档商务酒店、写字楼、电影院、地下超市和商场、橱窗、广场、喷泉、花园、阳台、露天彩色 LED 电子广告屏、玻璃墙壁、游廊、天井、狭窄的过道、游戏式楼梯，甚至还有喧闹的小街和北京的胡同——这个大钻石的每一个棱角、每一个斜度、每一个折面当中，都活动着一群群凌乱的人影，在吃、在喝、在买、在高谈、在阔论，在笑语，在喧哗，在引诱，在蛊惑，特别是到了夜晚，这个巨型人造钻石不仅光芒四射、灿烂夺目，其中闪动的每一道艳艳的光芒都是肉感的，肉欲的——欲望直接变成了味道、声音、颜色、光影——真是奇迹：人的欲望，无论是原始的，动物的，现代的，后现代的，人类的，后人类的，忽然之间变得这么具体、这么细腻、这么物质、这么日常，你不但可以看，可以听，可以嗅，可以触，还可以投身在这欲望的磨盘里把自己磨成碎末和细粉，然后很快被分解、再分解，被溶化、再溶化，然后混迹其中，忘乎所以。

去吗？去三里屯？

得承认，想到可以见到冯筝，我不但心里一阵轻松，而且十分高兴。

- 83 -

“怎么脸色不太好？”

这是临街的一个阳台，冯筝选的这张桌子又紧靠阳台的栏杆，虽然刚刚是黄昏，可是往下看过去，杂色的灯光伴随着隐隐的音乐已经蔓延到了整条酒吧街，一排排桌椅占满了人行道，喝酒的闲人又簇簇拥拥占满了所有的桌椅，然后是啤酒瓶和酒杯又占满了小桌，不过，在一些灯亮不及的昏昧里，几只蜡烛的微光依然依稀可见。

“可是你今天很精神啊。”

我这样说，倒不全是恭维，冯筝今天似乎刻意打扮了一下，紫色宽条纹的针织衫，外面叠穿了一件宽松的烟灰色短袖 T 恤，胸前是一个黑色的格瓦拉头像，下身是鹅黄色的紧身七分裤，整个人显得十分靓丽。

什么是青春啊？这就是，就在眼前。

“我这是第一次约会，当然要精神一点儿。”

“第一次约会？和谁？”

“和谁？和你啊——你现在不是赴约来了嘛。”

什么话？这就算是约会？

“喝点什么？咖啡？果汁？果汁是鲜榨的。”

举了一下手里的玻璃杯，一脸期待，冯筝明显是希望我和她一样，也喝果汁；我从来不喝果汁，可是看到那个大杯子里的芒果汁颜色那么鲜亮，透明的金黄色和她身上的紫色、灰色搭配，完全是一幅马蒂斯作风的画面，不由得有点犹豫，是不是我也喝一杯果汁？艳红的西瓜汁？

我还是要了一杯黑咖啡。

“我说，你怎么啦，一脸黑线。”

“一脸黑线？”

“是说你不高兴。”

“怎么看出来我不高兴？”

“我是干什么的？察言观色，职业病。”

难道脸色真的不好？还一脸黑线？不会的，我不是那种喜怒形于色的人。可这丫头怎么看出我心情不好？

“你肯定心情不好，心里头，一片愁云惨雾。”

“我有那么惨？”

“你就是挺惨的啊——你不觉得？”

我笑起来，有人用惨这个词来形容我，平生这还是第一次，这倒挺新鲜。

“不说我，你怎么样？还有人跟踪你吗？”

“说不清，这两天好像没有，报社那边传来消息，说我惹的麻烦，给最近来的一个新领导摆平了。”

“什么叫摆平了？”

“摆平了你都不懂？”

“不太明白。”

“几句话说不清，还是回来说你吧——你怎么了？是不是又遇上倒霉事儿？”

冯筝虽然嘻嘻地一脸笑容，高兴得没心没肺，可目光里的询问很认真。

“没什么事，不说这个行吗？”

“不，一定要说。你知道我的毛病嘛，只要一想弄清楚什么事，那就一定上天入地，没完没了，你不说，你心里闷得难受，我心里憋得难受，两个人都难受，傻呀？”

“你这毛病真够呛。”

“天生的，没办法，还是快说，为什么心情不佳？”

“朋友的事，也是几句话说不清。”

“想念和你分手的那个女友了？”

“瞎说，分手就分手，彻底结束。”

“这就对了，分手就要彻底。”冯筝做了一个严厉的表情，然后又笑起来，“告诉你，我也有一个重要消息，我和男朋友也分手了，也彻底——彻彻底底。”

“什么时候？”

“刚刚。”

“为什么分手？”

“合不来嘛，昨天我们电话里大吵一通，决定分手。”

“和男朋友分手，你还这么高兴？”

“这你就不懂了，这是喜事，人逢喜事精神爽嘛。不像你，让人家甩了，就这么惨。”

“我真不是因为分手的事，都过去了。”

“那一定有了别的麻烦。”

麻烦？可以说是麻烦，生活里的很多困难都可以用麻烦来形容，可是如果你心里生出来一块石头，这石头还能不断地膨胀，你时时刻刻都能听得见它咯嘣咯嘣的开裂声，这还能用麻烦来形容吗？

“知道了，”冯筝盯着我看了几秒钟，然后很自信地点了点头，“还是那个出家朋友的事，对吧？”

“你怎么知道？”

“这你就别管了，我说的对不对吧？”

“差不多。”

“有新情况了，是吧？”冯筝一边说，一边抢先接过服务员送来的咖啡，放在我面前，“喝口咖啡，提一下神——你这么愁眉苦脸，我受不了，不习惯。”

我真的愁眉苦脸了？

“有那么严重？别夸张。”

“你不信？”冯筝伸手在身旁的背包里摸索了一下，掏出一个小小的粉红色的折叠化妆镜，啪的一下打开，然后递给我，“你自己看，是不是一脸不痛快？”

我接过镜子照了一下，的确和平时不太一样，可绝不是愁眉苦脸——这丫头瞎说。

“快还给我，再照，人家还当你是个 gay。”

果然邻桌已经有人向我频频送目。

“说吧，别让我急了，到底是什么事？”

是冯筝轻松的催促起了作用？还是周围的咖啡、果汁和鸡尾酒混合起来的气味起了作用？尽管有点勉强，我还是说起了华森这小子的事，本来只想简单说说他今天怎么突然冒了出来，怎么痛哭流涕，我又怎么从这小子那儿得到了苒苒在普寿寺出家的确切消息——原来打算，这一切都说个大概，可是冯筝寻根究底的盘问，让我的防线完全崩溃，不知不觉，我的话越来越长，竟然讲述了我和华森、苒苒三个人来往结交的整个故事：大学就是同学，到美国读书以后又是同学，还有，我和华森怎么成了哥们，华森和苒苒又怎么恋爱，怎么结婚，然后三个人在华森鼓动下怎么一起回国，以及最近发生的最最想不到的事——华森这混蛋怎么有了外遇，等等等等。

“我不喜欢你这哥们，是坏人。”

“坏人？不能这么说，他是有毛病。”

“你还替他辩护！”

“不是辩护，他混蛋，可不是坏人。”

“他出轨，背叛家庭，小三还是自己的女学生，这还不是坏人？”

“按你这样的标准，坏人就太多了。”

“本来就多！因为男人多！”

“男人多怎么了？”

“男人，大部分，差不多都是坏人。”

“男人大部分都是坏人？”

“你不同意？对了，你也是男人，你们男男相护！”

还有这说法？“男男相护”？

我笑起来。

“你笑我？”

“没有，仔细想想，你这么说其实有道理。”

- 84 -

“说远了，还是问你个正经的问题，行吧？”

“什么问题？”

“你去不去普寿寺？”

“普寿寺？”

“就是五台山那个女子佛学院啊，你去不去？”

“还没想好。”

“这么大的事，你怎么有点冷淡，奇怪。”

“我怎么冷淡了？”

“既然知道人家下落了，还想有什么可想的，应该马上行动啊！”

“怎么行动？”

“这还问？你应该去找她，马上去。”

“马上去？”

“是啊，去庙里，把她接回来。”

“你以为我能把她接回来？”

“怎么不能，劝她，劝她走出佛门，回家。”

“不太可能。”

“想办法嘛，总得让她回心转意啊。”

让苒苒回心转意？

如何回心？

如何转意？

“真见了她，我不知道说什么。”

“你不知道说什么？”

“不知道。”

“怎么可能呀？”

“真的不知道。”

“你们不是好朋友吗，互相了解吧？都知根知底吧？那就应该有办法。”

“问题就在这儿，这几天我一直在想一件事——我们究竟是不是好朋友？”

“这是什么意思？”

“我们是好朋友，也许是个错觉，或者幻觉。”

暮色更浓了，我们的小桌添了一盏坐在玻璃小碗里的蜡烛，隔着飘曳的烛光，我看见冯筝惊奇地扬起了眉毛，阴影里闪亮的眼睛里一片疑云。

“这又是什么意思？”

“就是说，以为是好朋友，实际上不是好朋友。”

“我说，你别这么绕行不行？”

我忽然觉得，我和这女孩之间，相隔的不是一张桌子和一个静静的烛火，而是一道透明的高墙。

我喝起咖啡，她的果汁喝完了，也要了一杯咖啡。

还是冯筝先说话。

“你别老那么沉重行不行？你这两个朋友，虽然都是你好朋友，一个出轨，一个出家，那是人家的选择，你有什么责任？其实和你没关系。”

“可是，她出家如果还另有原因呢？”

“什么原因？”

天色差不多完全黑了，阳台下面，三里屯南街望过去一片酒绿灯红，各种颜色的霓虹都争先恐后，纷纷和张狂的音乐一起抢夺着这本来已经十分拥挤的空间；街道上，像彩色糖果一样的汽车塞满了狭窄的马路，只能耐着性子一步一步缓缓移动，不时有一些人从人行道的树下窜到路中间，走过去和车里的人搭讪。

“你知道那些穿黑衣服的，”冯筝注意到了我的目光，用手往街那边指了一下，“是干什么的？”

“干什么的？”

“鸡头。”

“真的？”

“你看那边，那棵树下面，还有那个墙边站着的，都是站街女，她们不直接拉客，是这些鸡头给拉活儿。”

果然，向冯筝指的地方看去，有几个衣着裸露的女孩站在暗影里；天气已经很凉了，其中两个还穿着超短裙，似乎有一个还在吸烟，隐隐还得见有殷红的烟头时明时灭。

“你对这儿的情况很熟悉啊。”

“我专门采访过卖淫女，写了很长一篇报道。”

“什么时候？”

“在北京漂，我不能闲着，就写这个。”

“最近？”

“是啊，就这些天。”

我真惊讶了。

“你不怕危险？卖淫和黑社会关系非常密切。”

“可是怎么办？一个记者，有时候免不了要冒点险，是吧？”冯筝的咖啡来了，她一边忙着往杯子里兑奶，加糖，一边还做了个鬼脸，才继续说话，“知道为什么我认为男人都是坏人？就因为这次采访。我原来就对男的没好印象，第一，好色，第二，胆小，第三，自私——不过，我总共才接触过多少男人啊？深入一点的，不就是刚分手的男友嘛。所以，不能一概而论，不能冤枉人，是吧？可是我做了这个卖淫问题的社会调查之后，一点儿不犹豫了：你们男人，差不多都是坏——绝对不冤枉你们，实事求是。”

说这一大套的时候，冯筝兴高采烈，看着我的眼光里还充满了挑衅。

“你说的有道理，”我向站街女那边又看了一眼，发现已经有一个穿短裙的女孩走近一辆黑色奔驰车，和车里的人说了一两句话，开门坐了进去，“我自己就算不上好人。”

“真这么想？”

“真的，实话。”

大概想说什么，冯筝指了我一下，但是停住了，什么都没有说，只把我的咖啡轻轻推了一下，“喝咖啡。”

我喝了口咖啡，再往街上看，那辆黑奔驰已经走远了。

“回到刚才的话题，你说她出家另有原因？”

“另有原因。”

“到底什么原因？一定不平常？”

“她有严重的抑郁症。”

“你一点儿不知道？”

“问题就在这儿，我不知道，一点儿不知道。”

“很严重？”

“当然严重——她还想过自杀。”

“啊？这样？”冯筝叫了起来，“想自杀？”

我心里一阵绞痛，峨眉山顶的茫茫云海，还有流云中徜徉的苒苒身影，一下子清清楚楚地来到眼前，又一下子和冯筝惊恐的表情叠印在一起。

摇了摇头，冯筝的惊奇很快变成了疑惑。

“我不明白，她这抑郁是从哪儿来的？要说，你这朋友敢作敢为，是个意志坚强的人，这样的人会抑郁？从小就是学霸，然后又海龟，学者，教授——她要什么有什么，更别说还有本事做股票、赚大钱——她抑郁，抑郁什么？不是信佛、学佛吗？一个人信了佛还抑郁？一个信佛的人想自杀？”

看着冯筝，看着她充满疑惑的目光，我很想对她说：小丫头，你明白什么是抑郁吗？对你来说，那是一个词，是形容某种糟糕心境的一个形容词。

- 85 -

“你怎么不说话？”

我还说什么？已经说得够多了。

是说得太多了，不知不觉，怎么说了这么多？现在能喝点酒就好了——再去卢沟桥大醉一场，那该多痛快！喝个半醉再躺下，脊背和屁股一贴上光滑的桥面，立刻就会有一股暖意缓缓地钻进两肩、后背、屁股蛋和睾丸，那感觉太奇妙了，是吧？—— 一定再去卢沟桥，还是二锅头，就直接坐在桥面的石头上喝，喝个痛快。

“喂，你听见我说话了吗？”

“听见了。”

“她学佛，是不是假装啊？假的吧？”

“别说这样的话。”

“那你给一个解释，她为什么学佛，还出家？”

“大概是想从佛学里找到信念，找活下去的理由。”

“人活着还要理由？”

“当然要理由，你活着没有理由？”

“我不要理由，活着就是活着，用不着装深刻。”

“人活着有一个理由，就是装深刻？”

“是啊。人活着为什么一定要有理由？没有理由就不活了？你又不考公务员，又不是哲学家，你非要给自己一个活着的理由，干什么？还不是给别人看？再不就是自我吹牛——看我多深刻啊，我活着有理由。这是什么？还不是装？”

这回我已经不是惊讶，而是震惊。

仔细在冯筝的脸上搜寻了一遍，我一无所得——虽然她整个人都处在背光的阴影里，面部的细节有些模糊，可是一双眼睛清澈明亮，毫不回避地迎接着我的注视，明明白白地告诉我：她是认真的。

“你不以为然？是吧？”看出了我的疑惑，冯筝又立刻说了起来。“给你讲一个前些日子碰到的事：我和几个朋友到一个小饭铺吃饭，离我们不远，一个女人带着一个孩子在另一个桌上吃饭，不一会儿，先听见孩子哭，尖声尖叫，接着又听见女人和老板吵架，说包子馅里的肉太少，越吵越厉害，也是尖声尖叫，特别刺激神经，叫人受不了，几个人都想走，可就在这时候，我们明白了，原来是那个小孩想吃肉包子，想了好多天了，可是没想到吃到嘴里没多少肉，于是我跑过去，给孩子买了一盘包子——你知道什么结果？你想不出来！孩子看着包子，一口不吃，倒是孩子母亲哭了，哭得特别伤心，不知道你见过没见过那种哭？一丝声音都没有，她捂着脸，眼泪一颗一颗从手指缝里流出来，扑打扑打，一滴一滴全落在了包子上——那一刻，我真难过得要死，可我能做什么？能做的，就是给她递纸巾，到最后，她安静下来，对我说了这么几句话：姑娘，不是我买不起几个包子，我是在想，从什么时候起，我到了这地步，为了一个包子肉多肉少，和人家这么吵架？我是怎么了？我这辈子是怎么活的？再这么活，还有什么意思？——就这么一件事，再普通不过，我和我的朋友怎么也忘不了，一说起来就难过。刚才你说，人活着需要理由，对吧？可是，为一口包子伤心的那个母亲，她活着需要什么深刻的理由吗？不需要，既然你活着，你活就是了。”

大概是觉得自己说的太多了，冯筝戛然而止，忽然不再说话，看她一脸期待的表情，我知道，她在等待我的反应，好奇我说什么。可我能对她说什么呢？整整一下午，我都在盲目乱走，四下游荡，看行人，看车流，看广告，看橱窗，看街头促销，看穿着时髦的女人，看园林工给街旁的花坛浇水，看撞进眼球的一切，根本没想到会到三里屯来，更没想到在这样的地方和一个刚见过几面的女孩谈我的过去，我的生活，我的朋友，最后竟然开始和她说起苒苒的抑郁症，还和她讨论苒苒出家的原因——这是怎么回事？

很简单。

我是太想找一个人说话了，无论说什么。

可我现在一句话都不想说。

“我知道你要说什么，”还是冯筝先开了口，“你那朋友不一样，她必须有信仰，不然就不能活，是吧？”

“这么说也不错。”

“你不觉得，信仰把她给绑架了？”

“什么意思？”

“因为，信仰这东西根本不能追求，”冯筝要了一杯卡布基诺，很满足地一小口一小口把奶沫喝掉，“有就是有，没有就是没有——你一定要有，你就给它绑架了。”

“瞎说。”

“你不高兴了？”

我确实不高兴，开始深深地后悔，干嘛自己要来这个鬼地方？干嘛来这里和冯筝见面？

“喂，我还有个感觉——我的感觉可特灵。”

“什么感觉？”

“你不是爱上她了吧？”

“爱上谁？”

“你那个出家的朋友啊。”

“你胡说什么？”

“我绝不是胡说——每次，一提到她，你就不一样。语气、眼神都不一样——你别急，我不是说，你们有不正当感情关系，可是，有可能暗恋啊，可以很暗很暗地恋啊，一直暗到那种程度，你压根儿不知道自己爱上了一个人，特别是情况特殊，你不能公开也不能表白爱一个人的时候——”

“你胡说八道什么？”

“别急，听我分析完嘛。”

“你好奇，可以，但是不能过分。”

“这不是好奇心，是客观分析。”

“够了，别说了。”

“我还有一个大胆的猜想，想知道吗？”

“不想知道。”

“听我说，我猜啊，你这朋友其实也是喜欢你的，她嫁给他，就是说嫁给你出轨的朋友，其实多半是为了你——这种事一点不稀奇，我的一个同学，他爸娶他妈，就是因为暗恋他妈的一个闺蜜，浪漫吧？真正的浪漫！所以你——”

“胡说八道，到此为止。”

“生气啦？”

“我说了，到此为止。”

“看，你生气了，这说明——”

“对不起，我还有事，我该走了。”

我知道这样做很不礼貌，可我还是站起身来，看也没看冯筝一眼，离开阳台，穿过充满了欢声笑语和浓浓咖啡味道的大厅，一直走了出去。

正是这种夜晚最热闹的时刻。

从自动梯上下来，眼前就是广场喷泉和在泉水里奔跑嬉笑的一群孩子，他们的头上的巨型LED广告显示屏，正在用不断变幻的光影色彩来装点由孩子们散在半空的快乐尖叫，而左手的UNIQLO商店，犹如一个伸向夜空的五彩的大玻璃盒子，这玻璃盒子的下半部是金红色的，有人影在这金红色的光芒里闪动，右手，是阿迪达斯店，也是个璀璨的畸形玻璃盒，只不过它顶上的广告过于粗暴，Adidas几个超大的银白色字母高高悬起，把雾霾淫淫的夜空映衬得越发浑浊。相比之下，在这些玻璃盒子四周悠闲地游动的人群，个个面目不清，像一些虚而不实的灰色的影子。我呢？也是这影子们里的一个吧？不过，我是路过，是这地方的影子过客——那些在这金红色里晃动，觉得悠闲无比的影子才是这里的主人。

我是不是真的暗恋苒苒？有这可能？

——有这可能。

或者，如果早早就遇到她，我会爱上她吗？

——我想我会。

还有，如果早早就遇到我，她会爱上我吗？

——有这可能。

我怎么一直没有这样想过？

——幸亏你没想过，证明你还不是坏人。

- 86 -

没想到，开了门之后，出现在我眼前的是小玲。

小玲立刻跑进来，一下子抓住了我的手。

“杨医生！”

小玲身后是王大海，手里拿着那本夏加尔的画册。

我又想起初见到这父女俩时候的感受：父亲壮得让人想起一头犀牛，而女儿完全是一棵小豆芽，这种对比里有一种难以形容的让人感动的东西。

和上次一样，王大海刚一坐下来，小玲又跑回到他的身边，倚在爸爸的膝盖之间，也和上次一样，爸爸把女儿揽向自己身边的时候，那没有表情的黑脸会忽然变化，一瞥之间，投向小玲的眼光是那么柔和，用柔情似水来形容也不为过。

“杨老师，这书让玲玲看了这么长时间，该还给你了，真是谢谢——玲玲，谢谢杨老师。”

“谢谢。”

小玲的声音很轻。

“不用还，让她接着看吧，我没用。”

我还想把画册推回给王大海，可是他已经顺手把画册放在了旁边的桌子上。

“真不用了，杨先生，我们要离开北京了，以后再见就不容易了。小玲这孩子一直打搅您，我也不知道怎么谢，我和孩子都会记着您。”

这么说着，王大海把女儿的小手抓住摇了摇，小玲马上连连点头，用眼光告诉我：是，我会记着你。

“离开北京，你们去哪儿？”

“我去山西阳泉。”

“我记得王师傅家是在河北。”

“在阳泉那边，我有一个亲戚，他和一个煤矿老板是连襟，人家帮忙，给我找了份工。”

“他们要钱，”小玲插嘴，“管我爸要了好多钱！”

“那是押金，”王大海笑着抚摸了一下女儿的头，低下头对她说，“人家要押金是规矩。”

我听说过，如果有人要到私营煤矿下井挖煤，必须先向煤主交一笔押金——难道王大海是要去挖煤吗？

“你到那儿干什么活儿？”

“下井，挖煤。”

听到这四个字，我的心不由得紧绷起来，去山西小煤矿下井？这些年，那里的煤矿事故频发，就在去年十二月，临汾市洪洞县一个煤矿发生一起爆炸事故，一百多人遇难，为什么王大海还要去那地方干活，还下井？我想劝阻他，这工作太危险了，还是不去为好，可是话没出口就看见了小玲，小家伙眼睛瞪得圆圆的，好像正在观察我。

“那小玲怎么办？”我急忙改口，“她也去吗？”

“不带她，这孩子太小，带着是个迟累，还是送她回老家——家里也难，凑合吧。”

“爸，我也去，你带我去。”

小玲在王大海的膝盖之间转了个身，仰起头央求父亲。

“不行，丫头，咱们不是说好了吗？”

“我跟你去。”

“那儿不是北京，不一样——”

“那地方有好多好多大山。”

“是啊，除了大山，那儿什么都没有。”

“我没看过大山，你下了班，带我去爬山。”

“到了那儿，爸爸很忙——”

“我在家等你，我做饭，做好了饭等你回来。”

王大海笑起来，黑黑的脸上一片光辉。

我不是个很喜欢孩子的人，特别是几岁大的孩子，总觉得他们更像小动物，和小孩们在一起，我常常会手足无措，不知道该说什么，该做什么，偶尔有机会跟一个小孩在一起的时候，我一边觉得自己的耐心在渐渐耗尽，一边不断纠缠于一个念头：这小动物怎么这样难对付！可是，现在，看着眼前这父女俩，我不但感动，而且竟然生出一个从来没有过的念头：我要是有这么一个女儿，该多好。

带着这样的羡慕，我爱听这父女俩的对话，真希望他们能不断说下去，遗憾的是，王大海的手机响了。

“对不起，我先接个电话。”

听了几句，王大海的表情一下严峻起来，向我做了个手势，几步走出了门外。

“杨叔叔，我送你一个东西。”

“什么东西？”

小玲翻开那本夏加尔的画册，拿出夹在里面一张纸。

“这个。”

“这是什么？”

“我画的。”

是一张蜡笔画，画面上是一座山，山上长满了果树：苹果树，梨树，枣树，还有一些奇异的果树，其中还有一棵树上结满了花生，那显然是一棵花生树——所有的果树上都结满了果子，有大有小，繁繁密密，烂漫一片。画的一角，还有歪歪斜斜三个字：花果山。

“你喜欢吗？”

“喜欢啊，画得好！”

“我送你的。”

“这画是送给我的？”

“给你画的。”

“太好了，谢谢你！”

我这些年接受过各种礼物，可是哪一个能比得上这一件呢？小玲，孩子，我该怎么表达我的快乐？

我望着眼前的孩子，竟然说不出谢谢两个字。

“杨叔叔，”小玲忽然收起了笑容，“你去过煤矿吗？”

“没有。”

“他们说，挖煤下井，那井很深很深，是吗？”

“不一定，有的深，有的很浅。”

小玲看着我，想了一会又说：“泥鳅大哥他们说，下井挖煤可危险了，杨叔叔，我爸爸会危险吗？”

我一下愣住——孩子，你问这个？

我该怎么回答你？

- 87 -

已经是暮色四合。

曹胖子把车开上了八达岭高速路，向北疾行。

十多年前，这一大片地方都是庄稼地，路的两边全是绿油油的小麦、玉米，一片接着一片。那时候北京郊区的公路很窄，也很安静，人很少，车也少，路两边的都是瘦瘦高高、身形异常苗条的白杨，一有点小风，蓝天里的树叶就一边在阳光里闪烁，一边快乐地哗哗响；骑着自行车，你可以在这路上撒着把撒欢，金黄的麦浪，寂静的农舍，无边无际的青纱帐，还有灰蓝色的远山，从白杨树之间一一闪过，形成一道又单调又迷人的风景。现在，这一切都不见了，车窗外不断出现的，是一个又一个冷冷的住宅区指示牌，不待你看清楚，就已经一闪而过。至于这些指示牌后面的房子，都藏在一片片的密林或者是高墙后面，藏得很深。偶尔的，才有一两个神气活现但是怪里怪气的院子大门立在公路边上，除了板着脸的门卫一动不动站在那儿，没有一点人间烟火的迹象。

渐深的暮色像一块半透明的幕布，一直拦在前方，车灯打出的一片淡黄的光晕虽然很努力，但仍是一团混沌，让我想起在平底锅上正在迅速融化的一块黄油。

车子跑得很平稳，几乎感觉不到速度。我有点困，很想在这幽暗里睡过去，像一条鱼慢慢沉入水底，可是不能。一种感应越来越强烈，此情此景是这么熟悉，似乎自己又正在回到过去发生的一次经历之中——终于，一件往事在眼前渐渐清晰起来：去年秋天和周璎开车去八达岭看红叶，好像也是走的这条路，而且还把车子停在路边来了一次车震。也许是越来越清晰的往事，还有这昏昏沉沉的暗夜，都能刺激荷尔蒙，我感觉到自己的阴茎在膨胀，同时还听到血液的潮起和凝聚——我又一次觉得这种时刻很奇妙：无缘无故，忽然大潮澎湃，又突然一下子凝固，化为一座坚硬的黑礁石，直直的树立在那儿，生气勃勃，桀骜不驯。

一连有几辆车从对面飞驶而来，车灯像一道一道从昏暗的深渊里升起的闪光，勾出了曹胖子一双耳朵的轮廓，还有路边一排排黝黑的树木。这些树木排列得格外整齐呆板，像一堵死去的墙。

不过，很快这一切都又消失了，无论是曹胖子的耳朵，还是一排排的树木。浓密的暗色重新把我包得严严实实，连我的皮肤都感到了一种实实在在的压迫。

可是，我的阴茎一点也不在乎这压迫。有如躲在黑暗里的一只焦虑的困兽，准备随时一跃而起。

人的记忆能力真是很奇怪的东西。

——也是这样的夜，不过夜色更浓，周璎把车停在荒郊野外的公路边上，宣布她想 ML，而且是马上，立刻。

我从来不属于车床族，对在汽车里做爱从来没有什么兴趣，可以说毫无经验。可是周璎的熟练——无论是必不可少的宽衣动作，还是她选取做爱姿势时候那种轻车熟路的迅速——让我一下子明白，在这样狭小黑暗的空间里行云行雨，对我这位女友来说，即使不一定经常，但是也绝不陌生。

这是我一生里唯一的一次“野合”的经验，当时也非常刺激，可不知道为什么，后来再回忆起来，那一夜的激情竟然已经相当模糊。唯一深刻的印象，是我的双手在她纤纤细腰之间的摩挲，好似一首以触觉谱写的音乐。后来，在很多我想念周璎的时刻，这首乐曲都会悄无声息地冒出来，在我的十个指尖上轻轻流动，若有若无。

一切都宛在目前。

车子停在路边的树林里，夜的暗色涌进车窗，黑得伸手不见五指，周璎面对着我，带着毫不节制的呻吟、喊叫，用双手抓住后排座椅的靠背上下耸动，大起大落，很快进入激情四射的状态，我能感觉到她炙热的呼吸，她抖动的乳房还不时地撞到我的脸上，可我根本看不见周璎。好像她的身体已经溶进了浓浓的黑夜里，好像我不是和一个姑娘做爱，而是在和黑夜做爱，好像我自己就是黑夜的一部分。

我一时间手足无措，好像胳膊和腿都放得不是地方，特别是手，该放在哪儿？放在哪儿都不合适，这让我分心，非常别扭。但是很快，它们终于有了归宿——我的双手一左一右紧紧握住了周颖纤细的腰肢，在她的呻吟和叫喊的激励下，和它一起翩翩起舞。不知道什么时候，周璎已经脱掉了上衣，我的手，不但可以握住她的轻盈的盆骨，还可以随便地上下滑动摸索，感受她肤如凝脂的细腻。在我的感觉里，周璎的身体竟然还有了一种透明感，一片晶莹，顷刻之间连我的手都变成了透明的。常常的，每当周璎全裸的时候，她的腰和臀构成的那道曲线，总让我着迷，每次都让我想起一架大提琴边板的美妙弧度——这弧度让我欲火熊熊，一边觉得尴尬，一边完全不能自制。但是，当你什么也看不见，只用手来感受的时候，我才明白，男人和女人之间，原来还有一个触觉的世界。在我的手指和手掌之下，周璎的身体这么妙不可言。

这时候，眼睛完全多余。

又有几辆车呼啸而过，电闪一样的灰色的弱光，又一次次照亮车窗、椅背、雨刷，还有窗外模糊的林木。

周璎，你决定结婚了吗？

别犹豫了，结婚吧。

- 88 -

北京近郊的这些高级住宅区，我在网上看过一些介绍和图片，但是一直还没有机会进到里面看看，所以曹胖子把车子缓缓开进月湖山庄的时候，我特意打开了车窗，顺便把这种地方仔细观察一下。

已经八点多了，周围的景色已经朦胧不清，不过一栋一栋House的轮廓，还是能够看得出来：虽然每幢房子都不太一样，但基本上都是所谓“欧陆风情”的独栋“洋房”，每个房子都有很大的花园和草坪，房前房后有不少郁郁葱葱的成年大树，垂柳、雪松、银杏；不远处还有一个用高高的铁丝网拦起来的灯光雪亮的网球场，有一男一女两个人正在打网球，高兴得又叫又笑，给这个死气沉沉带来了几分的生气。

看来，是有不少富人在这儿扎堆儿过日子。

不过，这地方有些事情比较奇怪。

按说这个住宅区已经远离京城，又是“别墅”，那就应该和城市的生活拉开距离，有点儿野趣，多少讲究点儿僻静和清幽，可是，和我的想象完全相反，这个别墅区的道路和城里的马路一模一样，也是傻宽傻宽，也都直来直去，有混凝土浇筑的马路牙石，有人行便道，有规规矩矩的青砖铺地。沿着这些路，一家一家的院门，也是规规矩矩，随着呆板的便道一字铺开，家家院门紧闭，渺无人踪。最显眼的是那些生铁铸成的沉重的栅栏门，个个又高又大，很神气，神气得和此地的闲适环境显得很不和谐。还有，在这些笔直的马路和高大的铁栅们旁边，竖着一排排的路灯，和北京城里大马路两边的路灯并无分别；这样的照明带来一个奇异的舞台效果：此处的光明太整齐了，连黑暗也都整整齐齐。

这就是北京的富人们花了上千万的钱买的住处？

“对不住，这么晚把你请来，让你辛苦啦。”

金兆山大步迎上来，一脸的笑容。

“你一定心里纳闷，是啥急事？”一边让我落座，他一边给我解释，“其实这事又急又不急——是我老母亲，从沈阳来了，刚才和我唠嗑，又唠起你，老太太说能不能见一见，我说改天吧，可老太太说，改天干什么？见你这把兄弟，还非挑个吉日？我说行行，立马见——这就让老曹把你接来了。”

原来是为这个！也好，本来金兆山说，哪天得闲空，专门陪我回一趟沈阳，去拜见他的“老神仙”母亲。

我刚要说什么，忽然听见一个很熟的声音。

“老曹！他们在哪儿？躲哪个旮旯儿了？二楼？”

好像曹胖子说了句什么，不过王小凤的声音已经沿着楼梯走了上来，越来越近。

我和金兆山所在这地方，的确是个“旮旯儿”。

金兆山的这栋大洋房，应该是所谓“维多利亚风格”的设计，所以带有一个塔楼。这座房子二楼的西南屋角，正好被塔楼隔出一间半圆形小室，地方不大，可布置得很费心思：朝外是沿着弧度凸出去的雕花飘窗，紧靠窗子边，立着一个欧式彩绘圆角儿，上边放着一盆君子兰，正中间则是一个白漆手绘描金的小圆桌，一个大口鳄鱼样式的陶瓷烟灰缸张牙舞爪地伏在小桌上，围着桌子是四把牡丹蔷薇团花织锦描金靠背椅，在这小室通向里面房间的空处，是一架四美钓鱼螺钿镶嵌黑漆四扇屏——尽管这东西一点不“洋气”，显得很不搭调，不过有了它遮挡，这地方正经成了一个“旮旯”。

“空气不好，什么味儿？去，赶快把窗户打开，给屋子透透风！”

又是声到人到，带着最后“透透风”三个字，王小凤绕过屏风，来到了我们这个旮旯。

“今天没整二锅头？”

她笑盈盈地打量我——上次见面没看清楚？

我也不客气地打量她。

和上一次着装不一样，今天的王小凤似乎更精神，白色的真丝打底衫，宝蓝色的圆领西服上装，下身搭配了一件黑色的休闲长裤，除了坠着蓝宝石的一对耳环，浑身上下再没有别的装饰。

“哪能回回二锅头？”金兆山看看我，做了个遗憾的表情，“改天，还去卢沟桥，喝酒看月亮，怎么样？”

“你还知道看月亮？”

王小凤惊奇地扬起了眉毛，转过头对我说：“自有了你这知识分子的把兄弟，他来事儿了，要文雅了——往常二锅头猪头肉就行了，现在知道了看月亮。”

“与时俱进嘛。”

“得了，你穿了龙袍也成不了太子！”

“可以陪太子读书嘛。”

“行了，不闲扯。”王小凤也坐到了小圆桌旁边，收起了笑容，语气一下变得很严肃，“一会儿见老太太，我就不去了，先说正事。”

正事？这俩人见我还有特别的正事？

难道见老神仙，还不是正事？

“急什么？茶都没上呢，你先去把衣裳换了。”

“我这是专门赶回来的，就怕赶不上。”

“有什么赶不上的？”

“啊呀，别废话了——我来说。”

王小凤转过身，锐利的眼光扫过我脸的时候，带着一股冷风。

“杨老师，不是外人，和你说两件事。”

“什么事？”

“头一件，让你打断了鼻梁骨的那个王颐，前些日子到你那儿去过两次，对吧？”

“对，两次。”

“你打人家，下手那么狠，过去有过节？”

“有一点。”

“我早就想到了，不结仇，哪能啊！这样，你们俩有什么过节，这小子怎么得罪了你，是你们的事，不说它。现在我们想知道，他到你那儿，说没说有关公司的事？”

原来是这事情！

“不错，是说了一些有关公司的事。”

“能不能告诉我们，都说了些什么，行吗？”

“有什么不行？可以。”

我原原本本把王颐两次来访的经过说了一遍。

很明显，金兆山和王小凤对王颐第二次去诊所的情况不怎么关心，倒是对这小子第一次和我谈话的内容，不但非常注意，而且连一些细节都问得很详细：他先说的什么？后说的什么？当我指出来，他是想拿钱买金兆山的“心理健康情报”的时候，他当时是怎么回答的？后来，他说“可以光明正大地利用”这情报的时候，又是怎么说的？当我拒绝了之后，他又具体说了些什么？他第二次雨夜访问的时候，有没有再提买情报这事情？有没有说到金兆山？

“这王八犊子！特务！”

这场盘问终于结束，金兆山用力拍了一下桌子，一脸怒气地大喝了一声。

“出什么事了？”

在回答这夫妻俩询问的时候，看两个人的神色越来越凝重，我已经猜到，王颐这坏蛋一定又干什么坏事了。

“老金！”

王小凤轻轻喝了一声。

本来脸色铁青的金兆山立刻不再说话。

“杨老师，几句话说不清楚，”王小凤掏出了手机，一边在手机上查询什么，一边继续和我说话，“谢谢你实言相告，事不大，可正在节骨眼上，小事就是大事。”

“可不是！”金兆山重重拍了下桌子，“兄弟，这事你早点告诉我就对了。”

“行了，别说这些没用的话。”

“怎么没用呢？早知道一天，就早一天防范，这小子平日里溜须舔腚的，谁想——”

“那也是遇上了你。”

“遇上我怎么了？”

“喜欢虚头巴脑，人家一给上菜碟就晕头。”

“谁虚头巴脑了？谁给我上菜碟了？谁晕头了？”

上一次见王小凤，他们夫妻俩就有过一场拌嘴，可惜草草收场，现在他们又争起来，我不由得好奇心又起——金兆山得意洋洋地说“各人马，各人骑”，我倒要看看，你们两个到底谁骑谁？

可是，看来我又要失望了。

王小凤没有理会金兆山，只顾继续迅速地在手机上查询——那是刚上市的iPhone3，好东西！

王小凤忽然抬起头，皱着眉头说：

“拆房逮耗子，咱们不知道王颐这小子手里到底有多少东西——如果你的心理他都看成重要情报——想必是东西少不了，不管怎么样，事到如今，这人肯定是个大祸害。”

金兆山紧皱眉头，并不说话。

“这样，我现在马上去和杨市长、谭主任他们几个联系，”王小凤站了起来，一边拨电话，一边往外走，一边说，“以前还真是小瞧了他——针大的眼，斗大的风，绝不能再出岔子，原来的安排恐怕还不行。我先到下边去，一会儿你来办公室找我。”

王小凤说着已经走出了屏风，可是她又转回身，笑着和我打招呼：“杨老师，事情比较急，不能陪了，以后吧，我陪你俩喝二锅头，算是给你赔不是。”

我心里早已经疑问丛生，一个王颐为什么让他们夫妻这么紧张？这个混蛋干什么了？金兆山说用这人等于是养了一头豹子，现在这豹子开始伤人了？我似乎又看见了这个坏蛋：一双漆黑的眼睛冷酷地盯着我，像昂起头的眼镜蛇，可是唇红齿白，脸上的线条和轮廓带着一种女性味道的纤细，十分精致，精致里又带着一股邪气，完全是现实版的总三郎。

“到底出什么事了？”

“家贼难防啊！”

金兆山看着我，摇摇头，黑脸上一层层的黑云。

“这小子不是已经调走了吗？”

“就是调走了，家贼一下子成了外贼！”

又摇了摇头，金兆山长出了一口气，才对我说：“你那时候揍他，下手怎么不再重点？”

“为什么？”

“你就打了他一拳？”

“是啊，和你说过，那混蛋不禁打。”

“再两下，能把那瘪犊子肋骨打折几根不？”

“能啊。”

“那你怎么不多打几下？”

“那怎么了？”

“那今天就省事了，”金兆山阴阴地笑了一下，“你不知道，他拿到的那个秘书位子，惦记的人多了，一个瓶子八个盖儿，他要是在医院住一阵子，洪泉市就没他了。”

“你是说，他在那儿出事了？”

“不是他，是洪泉市市长出事了。”

“出什么事了？”

“你知道什么是双规吧？”

“知道。”

“那个市长刚刚给双规了。

我开始隐约能推测金兆山可能遇到什么麻烦了。

“和你们关系很大？”

金兆山看了我一眼，沉吟不语。

我不便再说什么，转头看窗外，邻近的一棵云杉上洒满了灯光，有两只不愿意安静的喜鹊正在枝叶间翻飞啼叫。

“兄弟，实话和你说，不但有关系，而且麻烦很大，也可以说很凶险，”金兆山一边说一边掏出烟盒，抽出一根烟，用打火机点燃，大口大口地吸起来，“这里头牵涉的事儿太多了，有人的事儿，有钱的事儿——人牵连了一堆，钱差不多上亿，麻烦啊。”

“看样子事情很复杂？”

“你知道‘股权改造’和‘债务重组’这两个词吗？”

“知道，可不知道是什么意思。”

“那就算了，和你说，你也不懂。”

“很复杂？”

“很复杂。”

不再说话，金兆山大口吸着烟，陷入了沉思。

“这和王颐有什么关系？”

“他知道的太多。”

“把他抓了？”

“还没有，拔出萝卜带出泥，早晚啊。”

金兆山脸黑得像一口黑铁锅，一双小眼睛一眨不眨地钉在灰色的烟雾里，精光闪烁，神色诡异，透露出他心里一定翻江倒海，风暴连连。

“我说，我今天是不是先回去，你们先忙。”

听我这么说，金兆山一下醒了过来：“那不成，老太太还等着见你呢。”

“改天吧，以后再见。”

“不行，现在马上去，再说，还有另一件事没和你说呢。”

“什么事？”

“来不及和你细说了，大概是这么回事：前些日子我媳妇儿有了个想法，在我们下面成立一个文化公司，名义上是文化咨询，啥都做，可实际上是往影视制作上发展——先做做电视剧，以后也做电影——我们商量了，这公司就交给老四，金兆木，让他操持——”

我大吃一惊。

“让他做文化公司？做影视？”

“不合适？”

“你们觉得合适？”

“是不太合适，明摆着的。”金兆山眉头紧皱，把手里的烟伸到鳄鱼嘴里用力揉搓，然后又掏出烟盒打火机，点燃一颗新烟，深吸了一口，好一阵不说话，最后才又说起来，“可是，这里有几层缘由：一，这孩子老大不小了，鬼不成鬼、贼不成贼的，还能老这么混？二，我母亲前些日子还把我们兄弟几个骂了一通，说三个哥哥都踩了银桥过金桥，插金戴银，可谁都不管自个家里的小弟，老太太这话够重吧？这么着，才有你嫂子这主意，文化公司好歹是个正经事，让他试试——说明了，归根结底，这都是让老太太高兴。”

金兆山停下话头，看着我。

这是他们家里事，我能说什么？

“我知道，都是我们家里事，你不好说话。”金兆山用手挥了一下眼前的烟，苦笑了一下，“我也不为难你，可有一件事求你：一会儿见了我母亲，说起这文化公司的事，你可要帮忙说好话；老太太到底上岁数了，老觉着做影视是虚头巴脑不正经——其实我也是这看法，搅到文化里干什么？电视剧电影有什么做头？可你嫂子说，那也是一个大产业，以后发展起来了不得，必须向前看——那就不管了，反正船多不碍港，车多不碍路，做就做。”

说着金兆山站了起来，一边向外走，一边说：

“走吧，去见我母亲。”

本来金兆山走得很急，可是在楼梯口，他忽然又停了下来，压低声音说：

“兄弟，老哥上次和你说的事，还记得吧？”

“什么事？”

“两个司令部——”

“当然记得。”

“那就妥了！一会儿见着我母亲，我就不陪了，你和老人家该说啥说啥，拜托！”

“行了，放心。”

有意思，我成了一个说客。

- 89 -

老神仙的样子，大出乎我的意料。

我想过好多次，这位让金兆山如此崇拜的母亲该是一个什么样的形象？那一定是个精明外露的人，即使不像儿子那么强悍霸道，举止做派也肯定是板板正正，带着一种不怒自威的气场，可没想到，现在我见到的，完全是一个再普通不过的老太太：齐耳的灰白短发，饱经风霜的脸上皱纹很深，穿着也再平常不过：一件褐色碎花对襟褂子，一件黑色麻花图案的针织外套，一件也是褐色的宽腿休闲裤——这样的老年女人在跳广场舞的人群里有的是。

不过，老太太是坐在一个轮椅里。

“你是老二新拜的把兄弟？”

“是。”

老太太凝视着我，一点不掩饰自己的好奇。

虽然她的眼睛已经不很明亮，有点浑浊，可是那目不转睛的专注，让我觉得很不自在——很显然，金兆山那双贼亮的小眼睛是从他妈这里继承下来的。

“老二搁我跟前儿没少夸你，说你学问好，人品好，不爱财——他这人，刀子嘴，喜欢褒贬人，可骂人的时候多夸人的时候少，他这么夸一个人，很稀罕，头一回。”

金兆山这小子这么评价我？没想到。

“今天我见着真人了。”老太太的注视继续，向我射来眼光并没有一丝游移，“我这老二，人实诚，厚道，就是耳朵根子软，人家花里胡哨甜嘴巴舌糊弄他，就容易迷糊——你既是他拜把子兄弟，和亲兄弟是一样的，遇上他天上一脚，地下一脚，办事不靠谱的时候，你得说他，别怕他瞪眼——他脾气急，可是明白你是为他好。实在不行了，你就来找我，咱们一块儿收拾他，知道没有？”

“知道了。”

我怎么就说出这么三个字的？——知道了，我知道什么了？对着金兆山的母亲说这样几个字，可是一个很严重的承诺，我怎么能这么容易做了这个承诺？

老神仙？

是因为老神仙显圣了？

正当我在心里忐忑的时候，老太太又发了话：

“另外，有了你这个兄弟，老二又这么服你，我心里踏实了几分，这些年，他生意做大了，摊大饼，越摊越大，我又不能多管——当妈的，能管儿子，可不能把手伸到人家企业里头乱搅和，是不是？我明白，如今是乱世为王，这不错，可当个王那么容易？你就是七个头、八个胆，也得步步为营——我话说多了，简而言之，现在有了你，等于老二身边多了一个明白人，我也有了一个靠得住的眼线，以后他那儿要是有什么大麻烦，别瞒着我，成不？”

什么什么什么？

我要变成这位老神仙放在她儿子边的眼线？

这可不能随便表态。

看我没有说话，老太太脸上的表情似乎有一丝变化，是一闪即逝的微笑吗？我没把握，不过，不可能完全是错觉。

“你在美国念的书？美国博士？”

“是。”

“在美国念了多少年？”

“差不多十年。”

“十年？人家说，博士五六年就毕业。”

“我是自费，花不少时间打工，就比别人慢。”

“在美国打工也不易吧？”

“没什么，我能吃苦。”

“能吃苦好，天下人有几个是贵妃命？再说，你到了人家外国人的地界，那就是端人碗、受人管，能让你取巧？不吃苦还行？跟我说说，你都打过什么工？”

“什么工都打过。”

“具体说，什么工？”

“送外卖，搬运家具，给人家草坪剪草，给人家新房子粉刷墙面、给旧房子换屋顶，修炉子，扫烟筒，给外出旅行的人家喂猫、遛狗——”

“喂猫遛狗？那你挣多少钱？”

“不是遛一家的狗，是几家狗凑一起遛，最多的时候我牵过二十几条狗，一起遛，很威风。”

“是威风，想得出来。”

老神仙笑了起来，笑得很天真，像个孩子——这又让我想起金兆山，这娘俩大概很多地方都很像。

“还干过什么？”

“在中国餐馆打工，厨房里包饺子——”

“你打工，包饺子？”

“是，一天包下来，不累，就是几个手指头都肿了。”

老神仙又笑了，一脸的皱纹一下子灿烂起来。

“打那以后，你大概再不想吃饺子了吧？”

“不，爱吃，在美国十几年，最想的，就是饺子。”

“你自己包吗？”

“不包，我和不好馅，也嫌麻烦。”

我这是实话，虽然最爱吃饺子，可是很少吃，在美国读书期间，哪儿哪儿都是粤菜馆，根本没地方吃饺子，结婚那两年，前妻是杭州人，讲究的是吃菜吃鱼吃米饭，即使一年三百六十五天都是白米饭也从来不嫌烦；回到了北京之后，有些日子，我进餐馆就点饺子，一连吃了两个星期，可惜的是，我住过的几个地方，附近都没有饺子馆，反倒是我最不喜欢的各种韩国烧烤店遍地开花，几乎每条街都有。

“你想吃饺子？好办。”说起饺子，老神仙似乎更高兴了，“你不知道，我手底下有饺子店，连锁的，整个关外，从南到北都有店，这有一年了，我正谋划把店开到关里来——再过个半年，兴许几个月，在北京就有了咱们自家的饺子店，你可劲吃，怕不吃腻了你肠子！”

已经和我刚见到的样子不一样，此刻老神仙的神情、语气、手势都发生了很微妙的变化，怎么形容？可以说，是一种“范儿”，一种只有当了老板的人才有的“范儿”。

我不由得心想，这才是庐山真面目。

“您过去也吃了不少苦吧？”

“从那时候过来，谁不吃苦？”老太太忽然向我伸出手来，把两个手的手背摊开，“看看我这手。”

那是一双黑灰色的手，粗粝的皮肤上布满大小不一形状可怕的伤疤。

“这是怎么弄的？”

“烫的。”

“什么东西烫的？”

“铝，融化成液体的铝，液体铝，铝汁儿。”

“是把铝融化了，变成液体的铝？”

“就是那东西。”

“那是干什么用？”

“做铝锅、铝盆、铝壶，凡铝活儿，都做。”

看我一脸的疑惑，老太太又看了看自己的手。

“你是不能明白，说起来，都是故事：孩子他爸爸一去世，我靠什么养活四个孩子？就靠这个——做铝锅、铝盆、铝壶，土法子，也是一门手艺。”

“您自己一个人？”

“可不是。”

一定是我的“难以置信”的表情刺激了老神仙，她一摆手制止了我的话头，向房间外喊了一声：

“珍子，来一下。”

马上有人应了一声，走进了房间，这是一个二十几岁的女孩，梳着当下少见的两个黑黝黝的齐肩辫子，和她一身的韩版连衣裙很不搭调。

“这是我秘书，大名叫贾珍珠，叫她珍子就行——大学生，吉林大学，你是学啥的？”

“行政管理。”

女孩向我点点头，笑了笑。

“这孩子行，脑子好使，灵透，放我这块儿真委屈她了，”没想到，老神仙说到这里，还突然做了个鬼脸，“我这儿也没行政，管理啥？也就是管理我——珍子，去把电脑拿过来，找找我做铝活儿那时候的相片。”

应了一声，女孩转身走到一架当隔断用的博古架上取下一台笔记本电脑，又把老太太的轮椅推到一张桌子旁边。

“找到了，这儿。”

珍子把电脑推到我和老神仙眼前。

只有用一个很差的老相机才能拍出这么糟的照片，画面一片暗灰、完全没有光影不说，图上出现的所有人和景全都有点模糊，但是这些照片的内容把我彻底震了——眼前的十几张照片，完全是一幅幅土法浇筑铝制品的说明图，不过场景很简单，靠路边的一个地摊，一个炉子，一堆河沙，几个破旧的模子，再就是当时年轻的老神仙种种劳作的身影：她和沙子，她做模子，她在炉子上化铝，她把融化了铝液的坩埚从炉子里提出来，她把通红的铝液倒到模子里，她给成形的铝盆和铝壶打毛刺——怎么总是她一个人？

“怎么就你自己？孩子不帮一点忙？”

“都上学去了，不让他们干活。”

“那他们下了学呢？下学以后总能帮你一下。”

“下了学干活儿，几个孩子撂下书包，都四下子去搜罗废铝，人家不能用的铝锅铝盆，要不捡回来，要不仨瓜俩枣换回来，可是不容易，经常的，当天能弄回来多少，第二天就做多少，都是可着头做帽子——看这个，这是老四，这是他刚弄了不老少的废铝回来。”

这个孩子是小宝?

- 90 -

我看着照片呆住了，差点发出一声惊呼。

那明显是个初春，路边有肮脏的积雪堆，从灰色的雪里露出一些花花绿绿的塑料袋，雪堆的一边，停着着一辆平板三轮，上边摆着几排各式鞋子和帽子，三轮的主人蹲在一边，正从地上的一个大纸箱里往外掏别的小商品；雪堆的这一边，是化铝炉子、坩埚、模子和一堆河沙，一个男孩子站在这些东西中间，身前背后，都挂满了用绳子串起来的破旧的大小铝壶和铝锅，他身上的棉袄有几处破了，已经露出了棉花，脚上是一双过大的球鞋，赤着脚，没穿袜子，能够清楚看见他瘦瘦的脚脖子，不过，让我几乎叫起来的，是金兆木的笑容——孩子开心地笑着，就像人经常形容的：心里乐开了花。

这笑容就像一道阳光，让灰突突的照片异常明亮。

“这是金兆木？”

“对，小宝儿。”

老太太忽然不再说话，似乎完全沉浸在回忆里，可是看不出她在想什么，脸上那些皱纹板板地凝在了一起，浑浊的眼睛一动不动，木木然没有一点表情。

“他这时候多大了？”

“十岁。”

说完这两个字，她忽然对珍子说：

“好了，收起来。”

待珍子把电脑收起来之后，她又转过来对我说：

“说个正经事。”

又是正经事？这家人到底有多少正经事啊？

“老二和你说文化公司的事了？”

“说过了。”

“我就问你一件：在美国，拍电影真能赚钱？听了不少说法，我不太信——你在美国待了那么多年，又在那地方得了个博士，我信你的。”

“这很复杂——”

“知道复杂，我还不知道复杂？凡沾上钱的事儿，没有不复杂的。现在我要问的是：在美国，好莱坞，投资做影视是怎么一个情况？是不是真能赚钱？”

“情况不一样，要是做不好——”

“做不好，干什么都不能赚钱！不说这个，你就直接回答，如果做得好，能赚多少钱？”

“不一定，有多有少，差别很大。”

“你先说大致情况。”

这怎么说啊？

老神仙！好莱坞没有“大致情况”，你知道吗？

看我为难，老神仙摆了一下手说：

“这么着，就说做好了的情况，能赚多少？”

“一部片子赚一亿美金都是有的。”

“一亿美金？”

“对。”

“不可能的。”

“有的还不止一亿美金。”

“不可能的。”

“这是真的，”站在一边的珍子，忍不住插嘴了，“这些网上都有，我可以整个材料。”

“别给我胡扯！网上的忽悠能信？”

老太太已经面带怒容。

我和珍子对视了一下，她轻轻摇了下头，使了个眼色，那意思是不要说话。

“你这是干啥？”

真厉害，这个眼色给老太太看见了。

屋子里一片寂静，只能听见楼下有人轻声说话。

“你下去看看，”老太太忽然指示珍子，“去问问什么事儿？”

女孩松了一口气，立刻跑下楼去。

我觉得珍子似乎是有意被支开的，这是为什么？难道是老神仙有什么特殊的话要和我说？但是她没有说话，皱着眉头陷入了思索。

“我再问你一个事，”她突然张口了，口气变得格外严肃，“既是一家人，你实话实说。”

“什么事？”

“你刚才见着老二的媳妇了吧？”

“见到了。”

“到我这儿，是不是替她当说客来了？”

这样说的时候，老太太神色变得一片阴沉，连声音都带着阴沉。

“你是说文化公司的事？”

“先说这个。”

“这事是金兆山和我说的，她没有。”

“她没和你说？”

“确实没有。”

老太太似乎将信将疑，看着我沉吟。

这太过分了，也太荒唐了，我怎么糊里糊涂地卷到金家的这么复杂的家务事里来了？老神仙那阴阴沉沉的脸色说明了一切：金兆山想缓和或者调和他母亲和媳妇之间的矛盾，那绝对是妄想，两个司令部？不错，这是家族内部两军对垒，是生死搏杀，没有妥协的可能。

金兆山，你等着吧，你真正的大麻烦还在后面。

可我掺和在其中干什么？

是珍子回来打破了让我觉得尴尬的寂静。

“下边什么事？”

“是老赵家来的人。”

“谁？老赵家谁来了？”

“老赵家的二婶子。”

“她来干什么？”

“说是她家的一个亲戚在抚顺和铁岭的几家店都开不下去了——”

“不用说了，去告诉她，各家的孩子各人抱，让她少管闲事，找我不好使。”

珍子还想说什么，没想老神仙瞪起了眼：

“还磨叽？”

吓得珍子悄悄向我伸了下舌头，赶快跑了。

我想起了金兆山对他母亲的形容：没一个人不怕她，也没一个人不服她，只要老太太坐上轮椅在超市里一转，谁不服服帖帖？——看来这是真的，这个穿一件褐色碎花对襟褂子其貌不扬的老年女人，只要略一发威，确实谁见谁怕。

“你知道不知道，这文化公司，是老二媳妇的主意？”

“我知道，不过办这事的目的好像是——”

“说是为小宝，是要给老四这孩子找个事情干。”

“是这么说的。”

“说是这么说，可谁知道——”

老神仙深深叹了口气，摇摇头，又沉默不语。

我想这时候我该告辞了，可是没等我说话，珍子又跑了上来，轻声地说：

“赵家二婶子不走，说有封信要给你看。”

“什么信？我不看，让她走！”

“她说，她手里有一封钱局长的信，一定给你看才行。”

“钱局长？”

“就是。”

“赵家怎么认识钱局长的？他们没来往啊。”

“说的是。不过，上个月您过生日，赵家不是老大老二都来了嘛，赵老大还带来一个金玉麒麟当大礼，您没忘吧？这个赵老大可是和孙市长是亲家，他们家的女儿嫁给了孙家二儿子，是孙家的最漂亮的儿媳妇，她又把自己一个闺蜜——亚洲名模选美的一个亚军，说是比钟楚红还漂亮——”

“钟楚红是谁？”

“是香港的电影明星。”

“行了，明白了，然后呢？”

“然后这个大美女就成了赵家大儿子的女朋友，没想赵家大儿子又通过这个女朋友认识了钱局长的儿子，一块儿做生意，于是，关系到这儿就接上了：钱局长这儿子的大姨和赵家二婶子是五服里的亲戚，我说明白了吧？”

“绕这么大一个圈子。”

“可您说过，人情就是圈套圈。”

老神仙想了一会儿，摆了一下手：

“那我还是见一下。”

转过头来，她又对我说：

“这样，我们一会儿再说话，你先去看看老四——这孩子一直等着你呢，一定早就等急了眼了。”

什么？我还要见一下小宝这混蛋？

不过，我倒愿意见见这小子。

- 91 -

“哥，你可来了！”

我刚一进门，小宝一声欢呼，两步蹿了过来——其实他正在和几个人打扑克，一看见我进门，这小子一把抓过立在身边的拐杖，一下跳了起来，敏捷得像只被惊吓了的大猫。

“你们几个听着，这就是我二哥新拜的把兄弟，以后你们见着了，都叫哥，听见没？”

几个人都站了起来，一齐应声：

“是了，宝哥。”

“都叫一声哥！”

“哥！”

“行了，都走，我们有事儿办。”

几个人又都应了一声，一齐走了出去。

小宝一边拉着我坐到沙发上，一边急急地说：

“见着我二哥二嫂了？”

“见着了。”

“他们和你说文化公司的事没有？”

“说了。”

“我肏！真说了？”

“还说这公司是给你的，让你主事——”

“我肏！真这么说了？”

“你二哥说的。”

“我嫂子呢？她怎么说？”

“她有急事，先走了，你哥说这全是你二嫂的主意，这公司第一步先做影视剧，以后还做电影——”

“我肏！”

已经坐在我身边的小宝大喊一声，然后一跃而起，两只眼睛像是在燃烧，脸部兴奋得一阵痉挛，那道斜穿过多半个面颊的刀疤变得格外狰狞可怕。

“我肏！”

他又大喊了一声，架起拐在屋子里大步走来走去。这小子穿的是一件T恤，由于浑身都绷着劲，薄薄布面下的阔背肌不但块块凸起，还跟着他的走动不断起伏，特别是架着拐的右臂肌肉，随着步伐不断落下鼓起，显得格外野性。

突然，这小子一跳站到了我面前，低着头问：

“我妈呢？我妈怎么跟你说？”

这小子差不多快疯了吧？

不过，看得出来他还是在抑制着自己，尽管呼吸急促，小眼睛里全是灼热的欲望，脸上的疤痕还在颤抖，可是说到妈妈的时候，声音竟然放低了，似乎有些害怕，还充满了谦卑。

“我妈怎么说的？”

小宝紧张地又问了一句，几乎像一声呻吟。

我只好把和老神仙的谈话内容大概重复了一遍。

“她真这么说的？”小宝一屁股坐在茶几上，脸上出现了笑容，“就这些，没说别的？”

“没说别的，可是，话还没说完——”

“她没说这公司不能做吧？没反对吧？”

“没有。”

“这就妥了！”

一挥拐杖，这小子又一跃而起。

“妥了，这事儿行了，没想到真行了！”

一边大步走来走去，一边嘴里不断这么咕噜，他好像一下忘了屋里还有别人。

我看着他，觉得像看一只关在笼子里的什么野兽。

这样一个人，要办一个投资影视业的文化公司，还要拍电影？这是真的吗？这是现实吗？要不是我眼前有这么一个活人，要是别人告诉我，有这样一个人，这样一件事，我能相信吗？绝对不会，我会认为那是编故事，还是荒诞故事。可是现在，我眼前这个正在狂喜中的小疯子，明天就要成为一个大文化公司的老总和电影制片人，这可是真的，清清楚楚，明明白白，实实在在，一点不荒诞。

荒诞？

现实一点不荒诞，荒诞也一点不现实。

“喂，我说，我妈没反对，一句都没有？”

小宝又坐在了我对面的茶几上。

我看着他，不由得想，不错，荒诞就是TM不现实。

“没反对。”

“我嫂子，也没反对？”

“没有。”

他兴奋地把两只拳头攥紧，使劲晃了晃。

“我妈和我嫂子合不来，我哥都和你说了吧？”

“说了。”

“两个司令部，也说了？”

“说了。”

“这俩人，针尖对针尖，秤砣对秤砣，唉！”

“为了你，婆媳不是已经合作了嘛。”

听我这样说，小宝的一脸喜悦忽然退去，反而起了一片愁容，一时不再说话。

这小子还知道发愁？

“我哥和你说没说，这公司的人事？”

“没有。”

“一点儿没说？”

“没说。”

“这事情才闹心！谁是董事长？谁是法人代表？谁是财务总监？奁，一堆的麻烦。两个司令部以后一准摽劲儿，驴踢马槽，马踢驴槽，我怎么办？我只能打哑巴缠！”

这小子还有这样的心机？想不到。

不过，他对自己的未来似乎已经有些盘算了。

我要逗逗他：

“你这公司正式开业了，你先想做什么？”

“什么意思？”

“就是问你，有没有什么计划？你马上手里要有一个公司，总得想想，拍什么电影？什么电视剧？”

“哥，你这么问，就问得不对。”

“怎么不对？”

“这问题不能问我。”

“应该问谁？”

“问乐意花钱买票的人，人家想看什么？”

这样反驳我，小宝一定很得意，大嘴和看我的眼光里都带着笑，一点不掩饰自己的得意。

“那你说，花钱买票的人想看什么？”

“你不知道？我肏，你不知道？”

“不知道。”

“其实简单，就看一样东西。”

“什么东西？”

我这样连续追问，显然让小宝非常开心，他站起来，架起拐，几步走到沙发对面的墙边，举起了拐，用拐头指着墙上一张很大的《教父》的电影海报，然后说：

“这电影一定看过？”

- 92 -

刚进门的时候，我就注意到这是一间很大的地下室，四面墙都没有窗子，其中三面墙都贴满了电影海报和演唱会的宣传画，其中有几张，包括《猎鹿人》《美国往事》《蝙蝠侠》《飘》，显然都被专门放大，粗暴地压在一些香港电影的画面上，其中最倒霉的是洪金宝，不但被一张《夺宝奇兵》的海报压住了半张脸，还有人用红颜料给他画了一条细长的舌头，活像个吊死鬼。

现在，马龙·白兰度的大头像正对着我，小宝的拐杖头在他的黑领结和胸前的那朵红玫瑰之间划来划去，接着又不客气顶上了他的嘴，好像要戳进他嘴里 。

我是哪一年第一次看的《教父》？记不清了。

“看过，怎么了？”

“你说，这电影人人爱看，为啥？”

“各种原因都有，人人不一样。”

“哥，叫我说，很简单，原因就一个。”

“你说。”

“这片子里，一窝子坏人，一个比一个坏。”

小宝笑起来，说出这句话似乎让他很开心。

不过，随着他脸上刀疤的一阵扭动，这开心的笑变得十分狰狞可怕，这和他背后 Don Vito Corleone 的阴沉神情重叠在一起，有一种说不出的诡异。

看样子这小子在等我说话。

“你接着说。”

“一窝子坏人——看这窝子坏人怎么坏，谁更坏，谁坏了谁，谁被谁坏了，这能不好看？我肏，好看！”

一边说，一边笑，小宝兴奋得两眼放光，两颊发红。

“哥，凡演坏人的电影，都票房好，为什么？”

“为什么？”

“因为世界上没好人，都是坏人。”

“都是坏人？”

“对啊，坏人才爱看坏人，越坏他就越爱看，做影视怎么赚钱？就靠这个：坏人看坏人。”

“世界上没有好人？”

“没有好人。”

“那为什么不少电影里有好人？”

“那是陪衬，没有好人，坏人显不出坏。”

“那说明还是有好人。”

“什么是好人？我肏，就是坏的程度不一样，你要是不够坏，你没别人那么坏，你就是好人。”

这小子还在笑，这笑里的那股狰狞的表情，让我非常不舒服，可是他的神情里还有更可怕的东西——一种尽情释放的幸灾乐祸，一种恶毒，一种讥刺，一种肆无忌惮的挑衅，又很吸引我，让我一下想起一个词：恶之花——过去，这个意象在我心目里就是一个模糊的意象，一个只有不怀善意的诗人才能想出来的意象，其中隐含着愤怒和怨恨，可是又充满了怯懦和迎合，所以我一直不喜欢这个词，小心翼翼地把它放在我的词汇表的一个偏僻的角落里。可是，此刻，我面前正盛开着一朵恶之花，不是词，不是意象，是一个人，活生生的人。

这个人就在我眼前。

我的思绪好像一张风中的蛛网，突然被戳出几个大洞，飘飘摇摇，怎么也集中不起来。

我被惊着了？被气糊涂了？

“我问你，你自己呢？你是坏人吗？”

“我？”

“对，你觉得你自己是坏人吗？”

我以为这样的问，一定让这混蛋为难，谁想他笑得更开心了，简直就是兴高采烈。

“我肏！你问我这个？——我？我当然是坏人，我能是好人吗？你去问问，有人说我是好人吗？我知道自己坏，谁不知道我是坏人？包括我妈，我哥，都知道我坏——是不是有一个词，出类拔萃？我肏，我就是出类拔萃的坏人！”

这一番表白，让我目瞪口呆。

“哥，你生气了？”

“你觉得是坏人还很光荣？”

“我肏，这和光荣不光荣有什么关系？怎么扯起这个了？”

一个心理医生，一个最基本的能力是善于对话，和各种各样的人都能对话，特别是在对话进入困境的时候，要有能力巧妙地解困——可是现在，我完全不知道自己该说什么，该怎么和眼前这个混蛋对话。

我只觉得自己越来越恼怒，恼得甚至有点发昏。

“哥，我能问问你吗？”

“你问。”

“你觉得自己是好人还是坏人？”

问这个？这小子公然挑衅？

“你不说，我也知道。你觉得自己一定是好人？是不是？可我告诉你，你也是坏人——没我坏，可也是坏人！”

真是怒从心头起，我不能不反击：

“那我问你，你妈和你哥是不是好人？”

“哥，你这叫抬杠！你不能为难我。”

小宝恼怒地叫起来。

可是我决心不退让：

“不是抬杠，你说，你妈和你哥是不是好人？”

“我肏！”

看得出来，小宝被我彻底激怒了，一双突出的小眼睛冒着怒火，狰狞的脸也变得通红。

怎么？想打架？

我们俩互相盯着看，谁也不让谁。

小宝的脸变得铁青，我想我也差不多。

我得冷静下来——和一个残疾人打架？

- 93 -

打开电脑，想不到有一封冯筝的来信：

杨博奇：

我犹豫再三，还是决定给你写一封信。

你那天不礼貌的不辞而别，很意外，在我的印象里，你是不应该做出这种傲慢无礼举动的人。你还记得，坐下来喝咖啡之前，我对你说过，那是我和你的第一次约会——我去见你之前,打扮自己的时间足足有三个小时,可你没怎么注意,只说我很精神，真让我伤透了心——那不是随便说的，我是认真想让你做我的 boyfriend，为这个，我还特意打电话给我妈妈，她说你离过婚，比我大十四岁，这都没关系，只要人是好人就行。我呢，从认识你第一天，就觉得你人好，和我见到的其他男人不太一样，和我刚分手的男朋友更不一样。

我想试一试，证明我不错，也证明你不错。

可是，你经不起证明。

原谅我说得这么直接，或者这么粗暴。

你那天和我那么粗暴地分手之后，我仔细想了一想，一连想了好几天，越想越觉得你这种粗暴不是偶然的，现在把我想到的告诉你，怎么想就怎么说。

我们见面不算多，可是，每次见面，我们聊天的时间都很长，这在我是很少很少的，所以，我可以说对你有一定的了解，至少可以说一些我的印象。

以印象批评一个人，一定不怎么准确，可是有些话我不能不说——想到可能从来没有人和你么说话，我就更想把这印象变成白纸黑字，一吐为快。

你傲慢，一开始就觉得你傲慢，不知道你哪儿来的这个劲儿，我其实不喜欢傲慢的人，尤其是男人，尤其是像你这样总是神气活现的人。不过，如果一个人的骄傲和自负是有理由的，不是那种无缘无故的，就可以原谅，可以容忍。自从想让你做我的boyfriend,我其实已经开始担心,为自己能不能容忍担心，我甚至于自己还在镜子前面学着你那样说话，想着我怎么反应，怎么“治”你，怎么一点一点改造你。你一定觉得这有点可笑？是有点可笑。不过,我说了，我要试一下。可惜，你那天的粗暴太过了，而且这粗暴里带的那股酸气的傲慢，正是我绝对绝对不能容忍的。我想说，你的傲慢——我今天才看清楚——绝不是一时失态。你年龄大我那么多，可以算是两代人，如果仔细算，也许中间不是差着两代，而是三代或四代都说不定，所以，你我对世界和生活看法不完全一样，那是正常的。可是，要是从来没有人对你说过，我要告诉你，你在知识上那种优越感，其实是病态，是有病。有一次，我说我喜欢网络上的穿越小说，你立刻那么不屑，我刚和你辩了几句，你就说网络上的小说基本上都是垃圾，还说你不捡垃圾，这是什么意思？那就是我在捡垃圾了？我是个只会捡垃圾的人了？怎么能够这么不尊重人？你哪儿来的这种狗屁自信？好了，写到这里，我已经越来越生气，再写下去，一定出言更加不逊，更难听。算了，不写了，最后再说一句，多读了些书，并不代表一个人就一定聪明，何况，以书本为中心的知识，还有以文字为中心的文化，很快就要被淘汰，以后学习用不着读书，google就是一本超级大书，代替所有书的书，不久的将来，知识不过是用网络储存起来的一种东西，一种人人都用得着的东西，我这里把知识说成是“东西”，你一定又不高兴，可是，以后的知识就是一种有用的东西，像一个大水池，谁渴了，谁舀一瓢喝就是——弱水三千各取一瓢饮——小学大学，读硕读博，费时费力用半辈子生命获取知识的时代，即将成为人类史前史的一部分。你要是一个有足够的想象力的人，就应该明白，就算我们还没有到达那个时候，知识也已经暗地里在贬值，至少不再神圣，一个人有知识，也不再是他应该被尊重的理由，更不应该和尊严挂上钩，要求别人向他脱帽致敬，今天有人还以知识自傲，不光糊涂，还有点傻。

再有，你以后做什么事都勇敢一点，不要藏头藏尾，瞻前顾后，那不是责任心，那是怯懦。

冯筝

又及，写完了最后一行，觉得说你怯懦，可能过分，你是心理医生，怎么会不知道什么是怯懦，并且让自己怯懦？不过，我就是那种感觉，错了就错了，反正也说了。

等等，等等——
我傲慢？
我有优越感？
我神气活现？
我的粗暴里还带着股酸气？
还有，
知识不过是一个大水池？
人人各取一瓢饮？

- 94 -

“石头不见了，不知道哪儿去了！”

我大吃一惊，这怎么可能？

海兰一脸倦容，显得很憔悴，一双大眼睛还是那么又黑又亮，充满了惊慌。

“什么时候不见的？”

“今天早晨，我醒来看见他留个条子，说他出发去找苒苒，找到就回来——我急死了！”

“没有别的？”

“没有，打电话到他们出版社，说他前几天向社长写了一个报告，请了三个月的假，社长没批准，他和人家大吵了一架，说这个假准也得准，不准也得准——这两天他们社里还传出来，说他要是擅敢不上班，就开除他。”

“以前他有没有和你说过？”

“他说和你商量一块去找苒苒，你不愿意。”

我什么感觉？好像心脏突然缩成了一个死疙瘩。

它还在跳吗？

还在跳。

“他和你商量的时候，是怎么说的？”

“他说只有找到苒苒，把她劝回来，你才能安心。”

“这个人！石头！”

“他全是为你——”

“呆根子！”

“我问你，除了为你担心，最近他有没有别的事情？情绪上有没有什么什么特别的表现？”

“他假装没事，实际上他这些日子又气坏了。”

“为什么事？”

“出版社里流传着一个消息，挺可怕的。”

“什么消息？”

“据说他们领导还坚持认为石头神经不正常，还要把他送到神经科医院检查——”

“胡闹！这是什么混蛋领导！”

海兰凝视着我说：

“我觉得不是胡闹，他们干得出来。”

“他们敢？！”

“他们怎么不敢？”

海兰的口气怎么那么平静？好像在说一件平常事。

“精神病院也不会做出那种诊断！”

“怎么不会？——我打听了。”

“你打听什么了？”

“精神病院也可以用钱摆平。”“不可能。”

“可能，现在有什么事情不可能？”

我想起小宝——确实，今天还有什么事情不可能？

我和海兰都不再说话，那感觉又来了：空气变得越来越沉重，仿佛渐渐变成了固体，可以用刀切开。

“你说，石头出走，真是去找苒苒吗？”

我没办法回答海兰，因为我正担心这个——一个被层层焦虑压迫得透不过气来的人，很难说所言所行能完全一致，他说的，不一定是他心里想的，他做的，不一定是他说的，如果找苒苒不过是个石头减压的借口怎么办？如果他出走的真正动机，藏在他的内心深处，他自己也不能完全明白怎么办？要是他找不到苒苒，他内心的各种焦虑都翻腾起来，互相冲突，互相激荡，那会出现什么后果？

不堪设想。

“我也想请假——”

“干什么？”

“我要去找他。”

“找谁？”

“石头。”

“你上哪儿去找他？”

“他能去哪儿，我就去哪儿。”

“别胡来。”

“不是胡来，我想好了。”

“你可以报警，让公安帮你找他。”

“我报过了，他们说，这种情况他们不管。”

“他手机呢？”

“他没有手机，他从来不用手机。”

“他的电脑呢？”

“留在家里了，就在书桌上。”

一个可怕的思想突然闪过：石头真是去找苒苒了吗？

我和海兰在沉默里互相凝视。

几次张嘴，可是舌头僵住，怎么也说不出一句话。

我的胡思乱想被一阵电话铃声打破。

我拿起电话，还没有张口，就听见华森慌里慌张的叫声：“快来，快来救我！”

这小子有什么麻烦了？

“你怎么了？”

“快来，你快来，他们要打我！”

“怎么回事？谁打你？”

“你快来，在美丽园，KTV 包厢，你快来！”

“到底什么事？”

“他们讹我！”

这句话还没说完，耳机里传来一片骂声：“讹你？你他妈再说一句？”“给钱，别废话！”

——这不全是电视剧的情节吗？

“你那地方在哪儿？”

“朝阳区，出租司机都知道。”

我只好收起耳机，告诉海兰：

“华森这小子在一个 KTV 被人讹诈，我去一下。”

海兰摇摇头，什么也不说。

- 95 -

我一进到 KTV 的包厢，只扫了一眼，不由得心里笑起来——还真和电视剧里的场面一样。

屋子的顶灯没有亮，只有两个墙边的落地筒灯放着暗暗的黄光，几面墙都挂着深紫色的厚厚的墙幔，一圈沙发对面是一个很大的电视屏幕，三个圆形的茶几布满了酒瓶、酒杯和各式盘子、包装纸，还有不少吃剩的东西，其中一个大果盘基本没动，推起来的水果顶上，是一个芭比娃娃，一只脚站在一颗雕刻成四面牡丹的苹果上，做飞翔状。

一股酒味，很浑浊，很难闻。

花子这混蛋缩在一个沙发角上，脸上带血迹，旁边还贴着一个满脸恐惧的女孩子——那是他的小蜜？

“你是他朋友？”

几个保安模样的人围上了我。

“我是。”

“带钱来没有？”

“把酒水单拿来我看看。”

一个脸相很凶又哑嗓子的高个子对身边一个小伙计说：

“给他看看。”

我接过酒水单一看，二十三万——这 TM 也太黑了。

我扫了一眼几个茶几上的酒瓶和果盘：

“你们这价格不合理。”

这时候一个小个子上来就推了我一把，恶狠狠地嚷：

“到底有钱没钱？”

我一把把这小子推开：

“别动手。”

没想到马上有两三个小伙子围上来。

“你找打！？”

小个子更是冲上来，照我头上就是一拳。

这小子手很重，嗡一下，我的头立马麻木了。

我抄起茶几上的啤酒瓶，一下磕碎，但是一看玻璃碴不够锋利，就又换了一个，再磕碎——这个还可以。

“你们谁再动手？试试？”

几个人愣了一下，其中一个叫起来：

“赫，你还敢动手？揍的就是你！”

可是他一下被哑嗓子拦住了。

“先生，你别无理取闹——”

“是他动手。”

“我再说一遍，你别无理取闹。”

“是他先动手。”

“这样吧，你既然来了，就别废话，到底能不能给钱？”

“我说了，你们价格不合理。”

“先生，说这都没用，一句话，到底给钱不给钱？”

在这样的拖延里，我想到了金兆山，不知道他能不能帮忙？这家伙人脉那么宽，这里又是朝阳区的地界。

“等一等，我打个电话。”

“行，你打，只要有人送钱来，都好说。”

电话一下就通了，耳机里传来金兆山的大嗓门：

“兄弟，这会儿打电话，有事吧？”

我把情况简略和他说了一下。

“告诉我什么地方？”

“美丽园，朝阳区。”

“你等着，立马！”

我收起耳机，对哑嗓子保安说：

“等一会儿吧，你们经理一会儿就来。”

一听我这话，几个保安面面相觑。

“你他妈别诈我们！”

“他就是使诈！”

“等一会儿就等一会儿，要还是没钱，把他捆上！”

我把碎酒瓶子放下，走到花子的沙发旁。

“等着吧。”

我在他身边坐了下来。

“你找的谁？”他怯生生地问，“行吗？”

“等着吧。”

现在说什么都没用，只能等。

这时候我才注意了一下花子身旁的那个头发散乱、一脸惊惧的女孩，她似乎被吓坏了，一边倚着华森，一边紧紧抓住他的手，察觉到我在看她，这才勉强笑了一下。

她没说话，花子也没说话，我也没说话。

有什么可说的？

没想到这么快，不过五分钟，就有一个穿黑色西装、打着红领带的人进到包厢里，他刚一进来，几个保安马上都涌上前去打招呼：“李经理！”

这个李经理并不理他们，进来之后马上问：

“哪位是杨先生？”

“我是。”

我站起来迎上去。

李经理立刻走过来，对我说：

“对不起，误会了，我们冯总让我代表他向您道歉，请别介意，都是误会，都是误会。”

接着他向保安们挥了下手：

“都过来，给这几位先生女士鞠躬道歉。”

几个保安都愣了一下，但是很快就走过来连连鞠躬：

“误会，误会，我们错了，请先生原谅。”

看他们只给我鞠躬道歉，并不理会华森，我转过身问那位李经理：“就给我一个人道歉？”

“您不满意？”

我指了一下还坐在沙发里的花子：

“这一位——”

李经理不待我说完，立刻对那个哑嗓子保安喝了一声：

“你还等什么？”

“是，是！”

大个子赶忙带着几个人又涌到沙发跟前。

“华先生，我们道歉，请先生原谅。”

等他们七嘴八舌道歉鞠躬完了，李经理笑着问我：

“杨先生，您还有什么要求吗？”

“有。”

“请您说，什么要求，我们一定满足。”

我走到几个保安前面，问：

“刚才谁把我这朋友打了？”

几个人互相看了看，一个人走了出来：

“我，是我。”

我一看，就是刚才那个打我的小个子。

“你为什么打人？”

“我错了。”

“我问你，为什么打人？”

小个子不吭声，瞪着眼睛看着我。

“为什么打人？”

“钱！他不给钱！”

小个子突然嚷起来，一脸愤恨。

“牛三儿！你他妈疯了？”

哑嗓子冲上来，扇了小个子一个大耳光。

“给杨先生再道歉！快着！”

小个子迟疑着，看着我轻蔑地说了一句：

“狗仗人势！”

这声音并不大，可是所有在场的人都听得清清楚楚。

大个子立刻又冲上来：

“你找死！”

“他——他妈的就是狗仗人势！”

“混蛋！”

一连两拳，小个子脸上立刻全是鲜血。

“我凭什么鞠躬？不鞠！他们欠钱，他妈还有理了？”

这时候李经理走了过来：

“你就是牛三？”

“对。”

“行了，你别在这干了，滚蛋，马上！”

“凭什么？”

牛三突然眼露凶光，眼光里充满愤恨。

“没听见？我让你滚蛋，马上！”

李经理紧绷着脸，提高了一些声音。

牛三还想说什么，被哑嗓子一把抓住拖出了门外。

“什么东西！狗仗人势！“

小个子一边被拽住带走，一边回头地看着我，同时还鄙夷地笑了一下，眼光里的愤恨已经变成仇恨。

我和花子已经在街上走了半天了，谁都不说话。

车不多，行人也不多，一个很安静的夜。

一辆出租车在我们身边减慢了速度，跟了一小段路，看我们没有打车的意思，就急忙又走了。

起风了，是秋风。街旁的树木都哗哗响了起来，有些悬在大街正中的路灯也开始摇晃起来。

想起刚才和花子分手的女孩，我好奇地问：

“那个女孩儿就是你那个学生？”

花子瞥了我一眼，惶恐地摇了摇头。

这小子成了韦小宝？

“你们到底几个人？怎么花了那么多钱？”

“八个。”

“他们都哪儿去了？”

“他们先走了。”

“为什么他们先走？”

花子没有回答，眼光里都是愧疚。

我突然想起借给这小子的信用卡。

他为什么不用那信用卡付钱——信用卡没了？

我刚想张口问，忽然听见背后有急急的脚步声，还没有来得及回身，就觉得一根坚硬的棒子打在了我的背上，等我转身看的时候，下一棒已经狠狠砸到了我头上。

花子的一声惊呼，眼露凶光的一张脸……

- 96 -

我这是在哪儿？怎么又是十字路口？

二环路？

红尘万丈，车流缓缓，像一条黏稠的河，可是没有水没有波浪，河面上，只有废气和暑气争相腾起，有如无数的无形无色的烟花竞相迸放，塞满了天空，在河里头蠕动的人为什么都像是虫子？为什么不像鱼一样游起来？干什么一个一个都一动不动，呆若木鸡，愁肠百结，一脸忧郁？原来这儿不是二环，原来这是中关村大街，下雨了，半夜了，这地方还是灯火辉煌，e 世界大楼占了半个夜空，楼顶上巨大的蓝色 e 字，像妖怪的独眼，妖怪？是妖怪！一会儿睁眼，一会儿闭眼……那是谁？站在了那么高的楼顶上？黑云压城好看吗？万家灯火好看吗？怎么回事？我怎么到了这里？这又是什么地方？蓝天白云，一川烟草，一条小河蜿蜒其中——这地方麦子亩产能有四五百斤，可现在变成了一片海滩，细沙如雪，波涛滚滚，椰子树袅袅地伸向空中，白云凝固在蓝色里，一动不动，椰树背后，是一片幽暗的热带丛林，叶密林深，一个金黄色的裸女躺在一个沙发长椅上……看这边，怎么树上吊着一个人？还头朝下？太阳快下去了，密密的枝叶间有一束阳光照下来，正好投在了他身上，让这人在幽幽的昏暗里变成了一块耀眼的光斑，他是谁？为什么被人倒吊在树上？我走过去，刚一走近就大吃一惊，这人在微笑，是那种讽刺的不带好意的笑……

“你是谁？怎么回事？谁把你吊在这里？”

“我是谁？看不出来？”

“看不出。”

“你是从哪儿来的？”

“我不知道。”

“你要到哪儿去？”

“我不知道——能不能告诉我，前边是什么地方？”

“我也不知道，嘿嘿。”

“你到底是谁？”

“问我？你是谁？你知道吗？”

“我当然知道，我是我。”

那人冷笑了。

“你是你？”

“我当然是我，你呢？”

“想知道我是谁？”

“你是谁？”

“看不出来？我是你啊！”

“胡说，你怎么是我？”

“你再细细看看。”

“看着你有一点面熟——”

“就是面熟？”

“有一点。”

“混蛋！我是你啊！”

“不可能！”

“你不敢认？”

“不可能，你不是我。”

“你还是不信？”

“当然不信。”

“脑残！”

他生气了，一脸恼怒。

“你敢不认我？！”

“我干什么要认你？你到底是谁？”

“你先说清楚你是谁？”

“你先说！”

“我是一个心理医生，认出来没有？”

“你一定不是我——我可不是一个心理医生。”

“那你是谁？”

“我是金兆山，都叫我金总。”

那人哈哈大笑。

“哈哈哈哈哈哈哈哈哈哈哈哈哈——”

“别笑了，行不行？”

“你想当老板？你疯了！”

“你不是心理医生吗？你怎么随便就说我疯了？”

“你也是心理医生，你就是我。”

“胡说！我不是你，你也不是我！”

挂在树上的人做了个鬼脸，似乎很开心。

“呵呵，不是你就不是你，恭喜你啊，恭喜你变成了金老板，以后欢迎你到我诊所来。”

“你现在明白你不是我了？你承认了？”

“你走近点，仔细看看。”

“我先把你放下来怎么样，这样吊着多难受。”

“把我放下？——你不配！”

“为什么？”我也火了，大声嚷起来，“谁配？”

“别管谁配，反正你不配！”

吊在树上的人忽然哈哈大笑，那笑声在幽暗的森林里像雷声一样回荡，一时所有的树木都在这笑声里摇摆起伏，高悬于半空的树叶突然发疯一样大片大片地脱落，四周的大树先后变成了光秃秃的枝丫，空中四处飞舞的落叶有如一群黑色的大鸟紧紧追在我的身后，而落在脚下的一团一团枯枝败叶黏稠稠的，让我几乎迈不开脚……

我要被落叶埋住了，我只有赶快逃跑——

……

这又是什么地方？怎么这么熟悉？彩色的塑料帐篷，新旧影碟，廉价的手镯、丝巾和鞋袜，太阳镜、游泳衣、各式凉鞋，蜜桃、草莓、鸭梨、荔枝、葡萄、苹果、橙子，一摊一摊，一堆一堆……朱记骨头庄，四方矮桌，酱骨头肉，麻酱拌凉粉，东北大丰收，凉拌白菜心……

不好！

凄厉的笑声像一阵狂风从背后吹来——那个非说我是他的疯子追来了，已经有暴雨一样的树叶跑在我前边……

跑啊，快跑！

离那疯子远远的，越远越好……

咦？是哪里？远远还传来歌声：

I get along without you very well
Of course I do
Except when soft rains fall
And drip from leaves that I recall
The thrill of being sheltered in your arms
Of course I do
But I get along without you very well
I've forgotten you just like I should
Of course I have
Except to hear your name
Or someone's laugh that is the same
But I've forgotten you just like I should
What a guy

What a fool am I
To think my breaking heart could kid the moon
What's in store
Should I fall once more
No its best that I stick to my tune
I get along without you very well
Of course I do
Except perhaps in spring
But I should never think of spring
For that would surely break my heart in two

最后定稿，2018 05 11 于纽约